아이언 위도우
천상의 폭군 1

쟈오 재이 시란 지음 | 심연희 옮김

arte

HEAVENLY TYRANT
SEQUEL TO IRON WIDOW
Copyright © 2024 by Xi Ran Zhao
Cover art copyright © 2024 by Ashley Mackenzie
Mecha illustrations copyright © 2023 Setodra
This translation published by arrangement with Tundra Books, an imprint of Tundra Book Group,
a division of Penguin Random House Canada Limited
All rights reserved including the right of reproduction in whole or in part in any form.
No part of this book may be used or reproduced in any manner for the purpose of training artificial intelligence technologies or systems.

Korean Translation Copyright © 2025 by Book21 Publishing Group
Korean edition is published by arrangement with PENGUIN RANDOM HOUSE CANADA LIMITED
through Imprima Korea Agency

이 책의 한국어판 저작권은 Imprima Korea Agency를 통해
PENGUIN RANDOM HOUSE CANADA LIMITED와의 독점계약으로 북이십일에 있습니다.
저작권법에 의해 한국 내에서 보호를 받는 저작물이므로 무단전재와 무단복제를 금합니다.

"추 진(秋瑾, 청나라의 혁명가이자 페미니스트, 시인.) 로자 룩셈부르크,
오마 사카라, 살바도르 아옌데, 그리고 이전의 선조들에게,
그리고 그 뒤를 이을 후세에게 이 책을 바친다."

이 책에는 폭력과 학대, 바디 호러, 대량 학살, 유독한 관계, 생식 강요 논쟁, 아동 성 학대에 대한 암시, 유산, 가정 폭력, 성폭력과 자살 등의 내용이 포함되어 있음을 알려드립니다.

이 책은 역사 소설이나 역사 판타지, 대체 역사물이 아닙니다. 이 글은 중국 역사의 문화적 요소에서 영감을 받아 창작했으며, 수많은 SF 소설이 로마 제국을 배경으로 하는 것과 같은 맥락으로 완전히 다른 세계를 배경으로 한 미래의 이야기입니다. 이 책에 등장하는 역사적 인물은 그들이 표현하는 정신을 탐구할 목적으로 재창조된 캐릭터입니다. 따라서 그들이 실제로 살았던 생활 환경과 자라온 배경을 정확하게 묘사하지 않습니다. 또한, 이 책은 어떤 식으로든 교육적 참고서로 볼 수 없습니다. 실제 역사에 대한 적절한 견해를 알아보시려면 논픽션 자료를 보시기 바랍니다.

이 소설에 등장하는 허구적 인물들은 자신들이 처한 세계 속의 고유한 조건 가운데 도덕적으로 문제가 될 만한 선택을 많이 합니다. 그러한 묘사가 있다고 하여 현실 세계에서도 이런 행동을 옹호한다는 뜻은 아니며, 현실과 유사성을 끌어내고 싶다면 먼저 크리살리스 같은 판타지 설정 장치가 있어서 세계관에 얼마나 큰 영향을 미치는지 고려하시기 바랍니다.

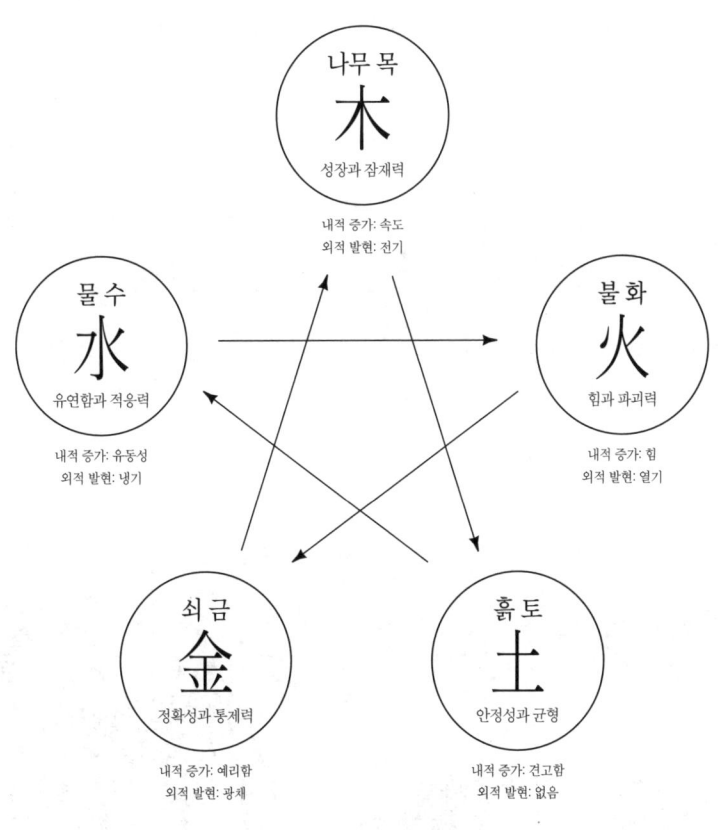

유형: 목 유형

등급: 대공급

양의 조종사: 유체 (한 세종 효무황제 유철(劉徹)로, 아명이 체(彘)임.)

음의 조종사: 위자부 (衛子夫, 무사황후 위씨. 전한 무제의 두 번째 황후.)

일반형   기립형

청룡

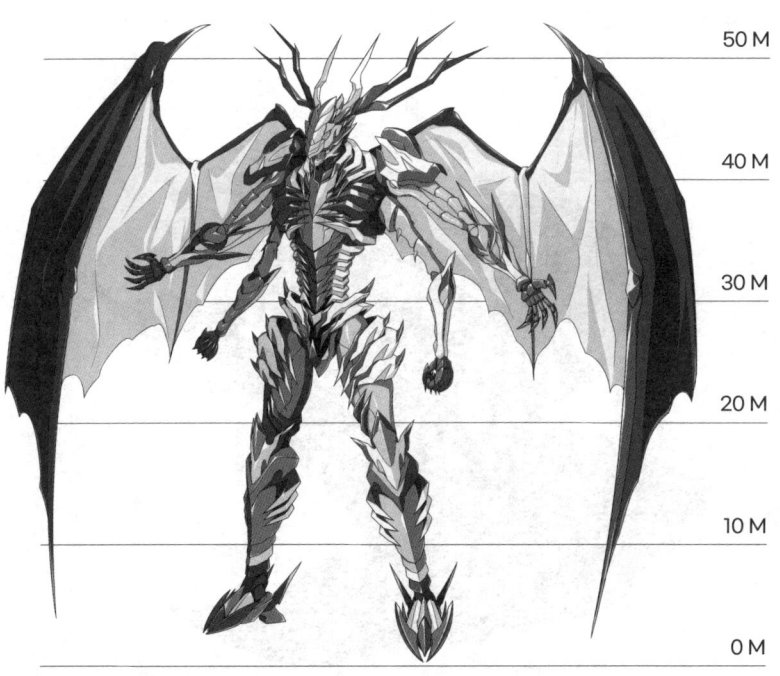

영웅형

유형: 수 유형

등급: 공작급

양의 조종사: 장자 (莊子, 중국 전국 시대의 도가 사상가)

음의 조종사: 경우에 따라 다름

일반형

곤붕

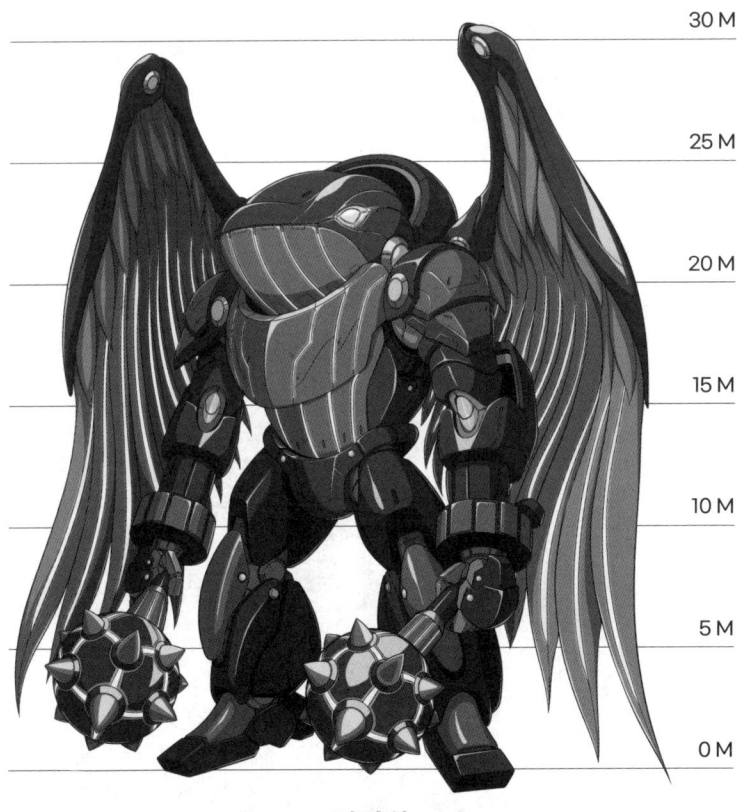

기립형

유형: 금 유형

등급: 백작급

양의 조종사: 경우에 따라 다름

음의 조종사: 양옥환 (楊玉環, 양귀비의 이름. 당 현종의 후궁이자 며느리로 중국의 대표 미인 중 하나.)

일반형

매화록

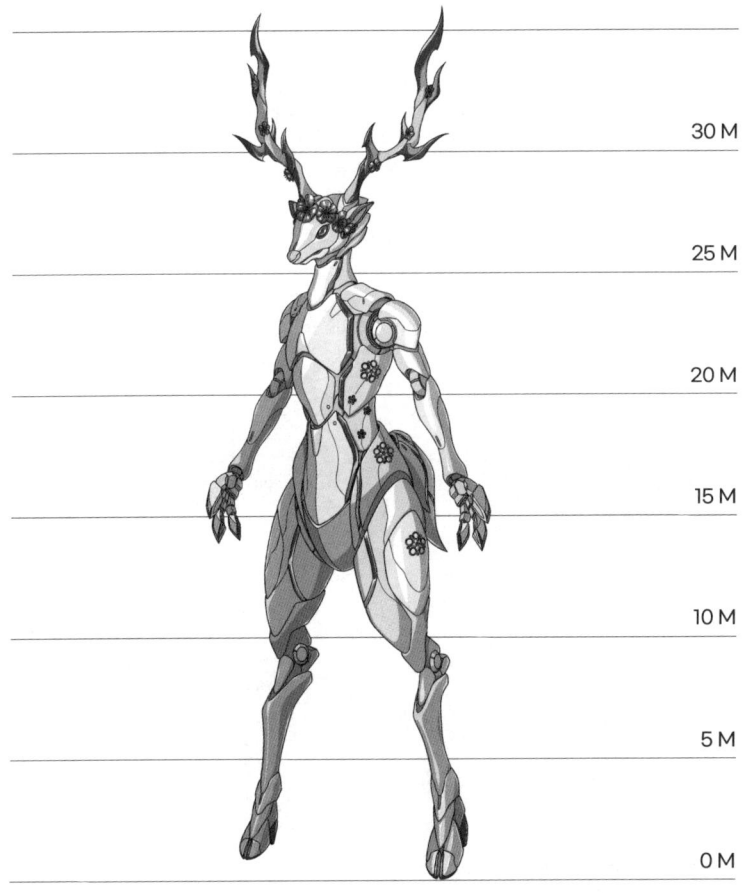

기립형

※ 이 책의 모든 주는 옮긴이 주입니다.

프롤로그

　세상에는 자신을 죽이려 드는 사람이 이토록 득시글대건만, 정작 죽게 된 이유는 전염병에 걸려서라니, 진정은 이렇게 될 줄은 생각도 하지 못했다.
　그는 인간이 만든 가장 큰 건축물도 가뿐하게 뛰어넘는 크기의 혼돈들을 무찔러 왔다. 자신에게 항복하기를 거부하는 바보들이 지휘하는 크리살리스 군대도 제압했었다. 서로 다투는 일곱 나라의 노동자들을 일으켜 그들을 지배했던 산업가와 은행가, 지주들과 맞서 싸우게 했다. 게다가 진정은 아직 젊었다. 훨씬 더 긴긴 세월을 보내며 혁명을 추진했어야 했는데. 하지만 지금은 눈에 보이지도 않는 너무나 미세한 존재에게 속수무책으로 쓰러져야 한다는 사실이 참 터무니없지 않은가. 바이러스는 그의 장기를 죄다 파괴하고 속에서부터 그의 몸을 찢으며 피부에 저주받은 꽃 같은 농포를 피워댔다. 어릴 적 부랑아로 살며 매춘부의 아들이라고 사람들에게 침 뱉음과 비웃음을 당했을 때보다도 더욱 무력한 기분이었다. 정상을 올려다보며 무한을 꿈꾸기도 쉽지 않았으나, 정상에 도달한 후에 경고도 없이 추락하는 것은 더더욱 힘들었다.

축융봉 아래를 파서 행성의 생명력에 닿을 만큼 깊숙이 황룡을 넣은 후, 그는 조종사 연결 장치를 끊었다.

"사부……. 이게 아니잖아……."

그는 자신의 앞쪽 음의 조종석에서 의식을 회복하고 있는 여자에게 말했다. 그녀와 같이 크리살리스를 조종하게 되리라고는 한 번도 생각해 본 적 없었는데. 언제나 그녀는 본인의 크리살리스를 타고서 자신의 옆에서 나란히 싸웠으니까. 바로 삼족오의 조종사이자 철의 미망인들의 지도자인 왕급 장군 미선이었다. 그녀는 진정의 스승이기도 했다.

"말하지 마라. 기력이 낭비되잖느냐."

그녀는 뒤돌아보며 중얼거렸다. 보호용 가죽 입마개를 쓰고 있어서 말소리가 똑똑히 들리지 않았고, 유리 렌즈에는 김이 서렸다. 그가 세운 초기 화하 제국 출신 인물 중에서도 진정에게 이런 식으로 말할 수 있는 사람은 다 사라지고 미선만이 남았다. 그녀는 임시로 입은 황룡 아머를 마치 금빛 허물처럼 벗고 검은 조종복 차림으로 일어섰다. 평소 입던 삼족오 아머를 조종석에 가져오긴 했지만, 앞으로 벌어질 일에 그 아머는 필요 없었다.

진정은 건틀릿 낀 손바닥에서 가느다란 침을 뽑아냈다. 미선이 자신과 황룡 사이의 기 흐름을 조작하게 하려는 것이었다. 성현 회의에서는 이 실험을 수행하는 걸 격하게 반대했지만, 그렇다고 다른 대안을 내놓지는 못했다. 진정은 현재 더없이 심한 화두 증세를 보이고 있었다. 며칠만 있으면 장기가 몸속에서 액화되기 시작할 터였다. 하지만 며칠 내로 치료법이 개발될 리는 없었다.

그는 나지막하게 신들을 저주했다. 다시 신들에게 공물을 바치기 시작했지만, 신들은 대화를 요청하는 진정에게 대답하지 않았다. 지금 남은 유일한 선택지는 자신을 늦기 전에 냉동시키려는 대담한 시도뿐이었다.

"사부."

진정은 오랫동안 썼던 목소리보다 더 작은 소리로 말했다. 화하를 타인에게 넘겨야 한다는 게 괴로웠지만, 지금은 제국은 물론이고 자신의 존재조차도 유지하기 어렵지 않던가.

"치료법이 나올 때까지 날 깨우지 마. 시간이 얼마나 걸리든 상관없어."

미 장군의 강철 같은 눈이 입마개의 유리 렌즈 뒤로 반짝였다.

"그건 약속해 주마."

그녀는 맨손에 진정의 건틀릿 침을 꽂았다. 그녀는 이를 악물었다. 둘의 손 사이로 피가 뚝뚝 떨어졌다. 미선의 목과 손등 위로 드러난 맨살 위로 기를 운반하는 경혈이 어두워지는 모습이 보였다. 수기는 그녀와 가장 맞지 않는 기였는데도, 미선은 거센 파도의 힘으로 수기를 휘둘렀다. 차가운 기운이 진정의 핏속에 덩어리지듯 퍼졌다. 그의 본능은 모든 것을 통제해 왔던 방식대로 기를 통제하려 했지만, 이번만큼은 그냥 가만히 기가 흘러가도록 두었다. 수동적인 기의 흐름이 황룡을 통해 아래로 흐르는 강물처럼 이어질 수 있다면, 그래서 그 근본적인 입자가 물 입자만을 미세하게 걸러내져서 진정에게 들어간다면, 이론적으로 이 차가운 기운은 무한히 지속될 수 있었다.

"선 누나……."

진정은 얼어붙어 가는 의식 속에서 나지막하게 말했다. 제자가 스승을 부르는 방식이라 보기는 힘들었다. 하지만 그녀의 대답 역시 신하가 황제를 부를 때 쓰는 방식이라 여겨지진 않았다.

그녀의 속이 살짝 떨렸다. 진정은 무어라 더 말하고 싶었지만, 이 느낌을 전부 표현할 만한 적당한 단어가 더는 떠오르지 않았다.

"쉬어, 정아. 다시 올게."

미선은 나직하게 말했다.

'제발 꼭 와 줘.' 그는 속으로만 애원했다. 이런 말을 절대로 입 밖에 낼 수는 없었으니까.

호수를 뒤덮은 얼음처럼, 한기가 그를 덮쳤다.

그러다 분명히 일 분도 되지 않았는데, 다시금 몸에 온기가 돌기 시작했다. 어둑한 조종석에서 눈이 파르르 떨리더니 날개를 단 흐릿한 형체가 보였다. 미 장군이 삼족오 아머를 입고 있나? 그녀의 손이 건틀릿을 누르자 화기가 몸 안으로 들어왔다. 실험이 실패한 건 아닌지 잠깐 두려움이 들었지만, 지금 그녀와 함께 또 다른 누군가가 자신의 다른 쪽 건틀릿을 잡고 있었다. 그렇다면 시간이 흘렀다는 거겠지. 사부가 정말 돌아와 줬군.

"치료제는?"

진정이 갈라진 목소리로 말했다.

그녀와 다른 사람은 말없이 서 있었다.

"치료제는 어디 있어?"

녹고 있는 폐로 신선하지 못한 공기가 나왔다 들어오기를 반복했다.

조종석 안 저 어두운 곳에서 고함 소리가 들려왔다. 조종석에 사람을 더 많이 들였단 말인가?

미 장군은 이윽고 불쑥 움직이면서 다른 쪽 손으로 무언가를 더듬거리며 소리쳤다.

"아머를 열어요!"

그런데 장군의 목소리가 이상했다. 더 높은 소리에다, 거칠지도 않았다. 그녀의 기 역시 낯설었다. 걸친 아머는 붉고 조악해 보였다. 원래 입던 몸에 딱 맞는 검은 아머가 아니었다.

감각이 살아나지 못해서 그런 것인지 따져 보기도 전에, 오른쪽 몸이 마비되고 얼굴 반쪽이 처진 느낌이 먼저 들었다. 진정과 미 장군은 둘 다 놀라서 비명을 질렀다. 그는 한쪽 건틀릿을 확 털어서 그의 얼굴 반쪽에 기 금속 마스크를 만들어 덮었다. 처음 이 얼굴을 본 충격쯤이야 그녀가 금방 신경 쓰지 않고 털어버릴 것을 알고는 있었지만, 그래도 추한 모습을 보여주고 싶지 않아서였다.

예상대로 그녀는 잠시 멍했다가 금방 정신을 차리고는 진정의 목에 주사기를 찔렀다. 화두 치료제 같은 차가운 액체가 그의 몸에 스며들었다. 이윽고 느릿하게 그의 시야가 맑아졌다.

하지만 보고 싶은 광경을 보지는 못했다.

그녀는 미 장군이 아니었다. 놀라우리만큼 비슷하게 생겼고, 피의 복수를 하고야 말겠다는 눈빛만큼은 똑같았지만, 미 장군이 더 젊고 몸집이 작아질 리는 없을 테니까.

어떻게 된 거지? 얼마나 시간이 지났지? 장군은 어디 있지?

"크리살리스를 조종할 수 있어요?"

온갖 생각으로 빙빙 도는 머릿속에 여자의 질문이 꽂혔다. 그녀는 대체 어디 방언인지 알 수 없는 이상한 말을 하고 있었다. 이윽고 그의 목에서 주사기를 뺀 다음, 피가 나는 부위를 누르며 그녀는 다시 말했다.

"당신의 힘이 필요해요. 당신의 크리살리스가요. 지금 당장."

진정은 속내를 드러내지 않았다. 이게 무슨 상황인지 모르는 가운데 자신의 취약점을 드러낼 수는 없었다.

그녀의 기력을 느끼자 진정은 헛웃음을 내뱉었다. 이 여자애는 자기가 뭐라도 되는 줄 아나? 아무도 얘한테 내가 누군지 알려주지 않았나? 자신과 함께 조종한다면 저 애는 죽은 목숨이었다. 진정은 자신이 가진 모든 힘을 끌어모아 다섯 가지 기를 모두 흘려보내면서, 저 여자애가 어떻게 될지 정확히 보여주었다.

하지만 몇 초 동안 멍한 표정을 지었을 뿐, 여자는 포기하지 않았다. 그녀는 진정에게 여자의 자리인 음의 조종석에 앉으라고 명령했다. 그러면서 말을 듣지 않으면 약을 주지 않겠다고 협박했다. 당치도 않은 말이다. 진정은 그녀에게 그대로 말했다.

"살고 싶어요? 아님 죽고 싶어요? 간단하잖아요!"

여자애는 그에게 소리쳤다.

"네가 어찌 감히 나한테……!"

"진정, 난 당신보다 221년의 세월을 더 많이 알고 있어요. 지금은 설명할 시간이 없지만요!"

그녀는 계속 호통을 쳤지만, 진정의 머릿속은 방금 들은 숫자에 꽂히고 말았다.

221년이라니.

두 세기가 지났다니.

진정은 자신을 중심으로 세상이 빙빙 도는 것처럼 느껴졌다. 태양을 221번 공전했다니. 별자리가 그만큼 순환했다니. 나무가 자라서 죽고, 삶이 시작되었다가 끝난 그 세월.

그의 미 장군은 그가 아는 모든 사람과 모든 것들과 함께 죽었다.

제1부

HEAVENLY EMPEROR
천황(天皇)

어찌하여 입을 옷이 없다 하시오?
내 나의 겉옷을 그대와 나누겠소.
폐하께서 군대를 소집하셨으니 내 도끼와 창을 준비하리다
그대와 함께 적을 무찌르겠소.

어찌하여 입을 옷이 없다 하시오?
내 나의 상의를 그대와 나누겠소.
폐하께서 군대를 소집하셨으니 내 도끼와 창을 준비하리다
그대와 함께 행군하겠소.

어찌하여 입을 옷이 없다 하시오?
내 나의 치마를 그대와 나누겠소.
폐하께서 군대를 소집하셨으니 내 갑옷과 무기를 준비하리다
그대와 함께 전진하겠소.

— 시경(詩經) 중 진(秦)나라의 민요

제1장

전설, 진실

나는 신들을 죽여버릴 준비가 되었다.

다만 그들을 찾을 수가 없을 뿐이다.

황룡을 타고 반짝이며 항해하는 천궁을 찾아서, 저 위로 펼쳐진 별들의 대양으로 중력을 박차고 날아올랐다. 예상치 못했던 신들의 전언이 머릿속을 불태우면서 연료가 되어주었다. 그래서 피로감으로 의식이 좀먹어 들어가는 와중에도 앞으로 나아갈 수 있었다.

"성현들처럼 우리의 명령을 계속 따라준다면, 네가 잃어버린 것을 돌려줄 방법이 있도다. 하지만 우리에게 반항하거나 진실을 드러내려 한다면, 모든 것을 잃게 되리라."

곧 별들이 점점 희미해지면서 머리를 세차게 얻어맞을 때 눈앞이 번쩍하는 것처럼 어지럽게 보이기 시작했다. 솔직히 말하자면 지금 어디로 가는지도 모르겠다. 신들의 전언을 받은 후 곤륜 산맥 너머로 황룡을 조종하고 있었지만, 이 방향으로 가서 신들을 찾아낼 수 있다는 조짐은 전혀 없었다. 그저 난 본능적으로 미지를 향해 나아가는 듯했다. 저 아래로 서황 사막의 모래가 흘러가고 있었다. 지금껏 지도상의 최서단 표시로만 알고 있었던 곳이었다.

"넌 아직도 신들이 어떤 이들인지 정확히 모르는구나."

진정은 믿을 수 없다는 기색으로 말했다. 지금 그의 영혼은 내가 있는 음양의 영역 반대편에 앉아 있었다.

"몰라요. 그들이 어떤 이들인데요?"

내가 대뜸 묻자, 그는 고개를 저었다. 그의 멍한 눈빛은 아스라했다.

"네가 미래를 살고 있으니 나를 가르쳐주어야 하는 거 아니냐? 221년이 지났는데도 무엇 하나 바뀐 게 없다니. 신들은 계속 너희를 지배하고 있고, 너희가 자기들을 신성하게 여기도록 하고 있잖아. 그들의 권력은 깨지지 않았고."

나의 집중력이 진정 쪽으로 나뉘어지자 황룡의 비행 속도가 느려졌다.

"왜 상황이 달라졌어야 했다고 말해요?"

그의 영혼은 내가 어처구니없는 말을 했다는 듯이 날 바라보았다.

"내가 하려고 했던 최후 통첩이 뭔지 모르냐?"

"몰라요! 대체 무슨 소리를 하는 거죠?"

"석 달 전에…… 그러니까 내 시간대에서 석 달 전에 난 신들에게 바치는 공물을 모두 중단했다고. 더는 맹목적으로 그들을 따르지 않겠다고 했지. 그들이 주장하는 것만큼 강력한 존재는 아니라고 항상 미심쩍게 생각했으니까. 그래서 진정한 모습을 드러내라고 요구했지. 만약 화하가 계속 공물을 바쳐야 한다면, 우리도 더 많은 걸 받아야 한다고 요구했어. 하지만 신들은 경고만을 보냈지. 그러다 2주 전에, 난 끔찍한 화두에 걸리고 말았어."

진정은 본인의 얼굴을 만졌다. 꽃 모양 농포가 피어 있는 몸은 실제와 똑같아 보였다.

지금 이게 무슨 일인지 어떻게든 이해해 보려고 해도 막막하기만 했다. 그의 시간대에서 2주 전이라. 그렇다면 내 입장에서는 221년 전이었다.

"신들이 감염시킨 건가요?"

"그럴지도. 아니라 해도 그들은 내가 공물을 다시 바치기로 했는데도 날 죽게 뒀어."

우리의 정신 연결을 통해 진정에게서 솟구쳐 나온 증오심이 얼음물처럼 내게 흘러들었다.

"사상 최강의 조종사인 *내가* 전쟁을 끝내려는 계획을 세웠다고. 그런데 신들은 이런 일이 벌어지도록 내버려둘 리 없거든. 이 일로 내가 품은 의혹이 확인되었어. 우리가 바치는 혼돈의 껍데기는 신들에게 대단히 귀한 것인가 봐. 우리가 혼돈을 전멸시킨다면, 그들은 더는 아무것도 받을 수 없게 되지."

혼돈을 떠올리자 머릿속이 마구 돌았다.

"이건 우리 지구가 아니야!" 이치의 말이 마치 유령의 울부짖음처럼 나의 기억을 긁어대었다.

나는 목멘 소리로 물었다.

"혼돈의 진실을 알고 있어요? 이 세계에 혼돈이 어떤 존재인지, 아니, 우리가 이 세계에 어떤 존재인지 알아요?"

진정은 서늘하도록 무심한 기색으로 말했다.

"그래, 알지. 혼돈이 공격을 일삼는 침략자고, 우리가 오도 가도 못하는 방어자라는 이야기는 혼돈에게 맞서 대중의 결집을 이어나가는 데 유용한 거짓말이야. 권력 상층부에 있는 우리들은 진실을 더 알고 있다. 모종의 연구나 발견이 나왔을 때 미리 싹을 잘라버려야 하니까. 관찰력이 뛰어난 학자라면, 역사의 기록과는 모순된 발견을 어렵지 않게 해내는 법이라."

나는 공중에서 황룡을 돌렸다.

"모두에게 이 사실을 밝혀야 해요."

"절대로 안 돼!"

진정은 황룡을 장악하더니 어마어마하게 높이 떠 있던 고도에서 강제로 하강시켰다.

"이건 분하게도 내가 신들과 합의했던 유일한 사안이야. 거짓말은 효과가 있어. 이걸 폭로했다가는 득보다 실이 더 많을 거야."

"무슨 소리죠? 진실을 말하는 게 어떻게-."

"너, 통치하고 싶지 않냐? 이게 그 대가야!"

그는 보이지 않는 음양의 영역 바닥을 내리쳤다.

"우리가 그 거짓말이 주는 환상을 유지하지 않고서도 화하 전역을 통제하고 방어할 수 있을 것 같냐? 진심으로 그렇게 믿어? 좋은 조종사는 언제나 부족했어. 전쟁이 지지부진한 상황을 보니 지금도 그건 마찬가지일 것 같은데. 진실을 밝혀봤자 전투 의지만 꺾일 뿐이야."

"그래서 우리가 왜 싸워야 하는지 온 세상에 거짓말하는 거라고요? 웃기는 소리!"

"정말 웃기다고 생각하냐? 네가 얼마나 괴로워하는지나 봐. 그런데 네가 지금 우리의 상황에서 뭘 할 수 있지? 혼돈의 공격은 끊임없이 이어질 거야. 우리는 그들을 막는 걸 멈출 수가 없다고. 그런데 진실을 알아봤자 마음에 혼란만 생길 뿐이야. 그밖에 무슨 실질적인 변화가 있는데?"

나는 손마디로 이마를 누르면서 모든 힘을 쏟아부어 흐트러지는 정신을 다잡았다.

"진실은 혼돈이 생각 없는 침략자가 아니라는 거죠. 평화를 이룰 희망이 있다는 거예요."

내 말에 진정은 쓴웃음을 지었다.

"평화? 우리 말도 이해 못 하는 금속 벌레랑 무슨 평화를 이루는데?"

"이해를 못 한다고 누가 그래요? 수형 황제급 혼돈이 우리 머릿속에 대고 말하는 거 못 들었어요?"

"우리를 살려줘……. 제발……." 주 지방에서 마지막 반격을 했을 때, 황룡을 이용해 기를 빨아들이는 동안 혼돈이 간청했던 모습이 떠올랐다.

"그런 건 들어본 적 없어."

진정은 이렇게 말했지만, 말투에는 긴가민가하는 기색이 섞여 있었다. 진정이 살았던 시대에는 그런 경험을 한 번도 한 적이 없었나 보네. 200년은 긴 세월이니, 성장하고 진화한 건 인간만이 아니었을지도 몰라.

"당신의 뇌는 아직도 덜 깨어났잖아요! 내가 당신을 깨워주기 전에, 내 군대가 금형 황제와도 싸운 적이 있어요. 가서 거기 있던 조종사를 잡고 아무나 물어봐요. 다들 머릿속으로 말하는 소리를 들었다고 할 테니."

무슨 방법을 써도 그 섬뜩한 목소리가 우리의 머릿속을 찔러대는 상황을 막을 수가 없었다. 날카로운 가락에 실려 오는 목소리를 들으면 우리는 자연스럽지 못한 공포에 죄다 빠져버렸다. *"나가! 우리를 내버려 둬!"*

그때는 이게 무슨 일인지 알 수가 없었지만, 지금은 안다. 나의 세상에서 일어나는 수많은 점이 이제 이해가 되기 시작했다.

진정의 눈은 무언가를 읽는 것처럼 양옆으로 휙휙 움직였다.

"특별하고 희귀한 황제급 혼돈이 어찌어찌 그런 능력을 개발했다고 쳐도, 그들과 제대로 대화를 나눴던 적이 있냐? 다른 혼돈이 그런 능력을 보여준 적이 있냐고?"

"시도해 볼 수도 있다는 걸 몰랐어요! 하지만 지금은 알잖아요. 그러니 분명히 혼돈과 소통할 방법이-."

"혼돈은 네가 말하는 평화 같은 망상에 장단 맞춰주지 않을 거야! 그들의 관점에서는 우리야말로 침략자니까. 우리가 혼돈과 같은 저력으로 싸울 수 있는 유일한 길은 우리도 그들처럼 생각하는 것밖에 없다. 이 전쟁은 수백 년 동안 이어졌지. 전쟁이 어떻게 시작되었는지는 이제 중요한 게 아니야. 수많은 오랑캐 부족들의 설화를 보면 '천벌을 받아 하늘에서 추방되었다'는 내용이 있다. 이건 우리 조상들이 사실은 이 행성으로 추방된 범죄자라는 의미를 내포하지. 우리는 조상들이 있었던 곳으로 돌아갈 수가 없게 될 거야."

속에서 메스꺼움이 올라왔다. 조상이, 범죄자라고. 진실은 어디까지 깊고도 추악해질 것인가?

나는 제대로 생각을 할 수가 없었다. 캐도 캐도 계속 끊임없이 나오는 권력자들의 거짓말에 너무 지쳤다. 나는 절대로 그 거짓말을 이어가는 사람이 되지 않으리라.

"게다가 신들이 우리를 지배하는 한, 그들은 평화를 이룬다는 전망을 용납하지 않을 거야."

진정은 계속 말하다가, 내 쪽으로 몸을 숙이고는 목소리를 낮추어 말했다.

"하지만 네가 진실을 모두에게 공개하려고 한다면, 신들이 너를 끝장내기 전까지 기다릴 것도 없겠지. 내가 직접 끝장내 줄 테니까. 그러면 네 말 같은 건 한낱 정신착란 같은 헛소리라고 기억될 거야."

그의 날카로운 시선에 나는 움찔했지만, 내가 지금 상대하는 게 누군지 따져 보면 별로 놀랍지도 않았다. 저 눈은 수많은 적이 항복하거나 죽는 걸 지켜보았지. 솔직히 말해서, 내가 그에게 '평화'라는 단어를 들먹인 것부터가 웃긴 일이었다. 이 사람은 진정이다. 빌어먹을 황제 진정이라고. 온갖 이야기와 전설로 들어 알고 있던 사람이 시간과 죽음을 초월하여 부활해 내 앞에 살아있다는 게 아직도 완전히 믿어지지는 않았다.

하지만 이 세계는 그가 통치하던 곳이 아니다.

"현대 사회가 어떻게 돌아가는지 하나도 모르면서 어떻게 그럴 수 있을지 모르겠네요. 어떻게 하면 되나 나도 보고 싶군요."

나는 움츠러들지 않고 말했다.

"네 기억을 충분히 읽어 봤어. 대중들은 너보다 내 말을 더 믿을 거란 확신이 들던데, 철의 미망인."

순간, 황룡은 강력한 힘으로 부르르 떨며 땅에 착지했다. 이제껏 순수하게 진정의 의지를 따라 내려왔던 것이다. 정신 연결을 통해 기억이 전달될 수 있다는 사실이 떠오르자, 마음 깊은 곳에서 솟아난 공포심으로 속이 오싹해졌다. 진정은 내 인생에 대해서 어디까지 알게 된 거지?

"정말 그렇게 믿는다고요?"

얼음장 같은 메스꺼움이 내 속으로 밀려왔지만, 나는 음양의 영역에서 그의 눈빛을 똑바로 받아내었다.

오랜 침묵이 흘렀다. 이윽고 그는 고개를 비스듬히 기울이며 눈빛을 누그러뜨렸다.

"넌 짝을 돌려받고 싶지 않냐?"

의식 저 깊은 곳에서 번뜩이는 이미지에 몸이 움찔했다. 액체가 가득한 유리 수조에 떠 있는 몸의 잔해였다. 난 인정할 수가 없었다. 그게…… 어떻게…….

입에서 말이 더듬더듬 흘러나왔다.

"신들은 허풍을 떠는 거야. 거기서 돌아올 수 있는 법은 없어요. 있을 리가 없다고."

"신들은 우리가 이해할 수 없는 것까지도 많이 할 수 있어. 그들이 우리에게 받는 공물의 대가로 던져주는 기술의 정보는 그들이 지닌 지식의 극히 일부일 뿐이라는 건 확실해."

"그러면 대체 어떻게 신들과 거래를 할 수 있다고 생각했죠?"

"노예로 썩어가는 것보다야 싸우다 죽는 편이 나으니까. 그래서 너도 그들의 전언을 받고 나서 곧바로 그것들을 잡으러 가야겠다는 마음이 든 거 아니야?"

황룡의 눈을 통해 나는 우리가 선 황량한 풍경을 둘러보았다. 곤륜산맥 저편의 숲과는 완전히 다른 모습이었다. 보름달 아래로 바람결에 휘날리는 모래는 마치 별 먼지처럼 반짝였다. 논리적으로 따지자면 이길 수 없다는 걸 알면서도, 신들과 맞서려는 욕망에, 그 펄펄 끓는 순전한 욕망에 사로잡혀 나는 이 미지의 영역에 들어왔구나.

"하지만 이런 식으로 헤매서 어떻게 신들을 찾겠어요?"

이건 진정에게 하는 말이라기보단, 나에게 하는 말이었다. 오늘 하루에만 10년은 늙은 기분이었다. 오늘 아침에 수-당 국경에서 출발할 때만 해도, 주 지방을 탈환하여 정부에 대항할 수 있을 거라고 조심스럽게 희망을 품었건만. 이제는 수-당 사령부는 물론 중앙정부도 모두 없어지고 말았다. 내가 둘 다 무너뜨려 가루로 만들었으니.

맙소사, 내가 정말 그랬다고? 난 이 난장판을 어떻게 정리하지?

진정은 눈을 질끈 감고 말했다.

"이건 정말 어리석은 짓이야. 지금은 장안으로 돌아가서 신들의 명령을 따르는 편이 현명해. 우리가 그들에게 도전하려면, 좀 더 구체적인 계획을 세워야 해."

'우리'라. 그 단어가 마치 가시처럼 내 머릿속에 박혔다.

'우리' 따윈 없어! 난 강경하게 소리치고 싶었다.

하지만…… 따지고 보면 있지 않나?

나는 진정의 정신 형태를 자세히 살펴보았다. 명상에 잠겨 있는 듯한 모습이 어찌나 침착하던지, 200년이나 잠들었다가 깨어난 사람처럼 보이지 않았다. 그는 내가 함께할 수 있는 조종사 중에서도 단연 강력한 존재다. 물론 혼돈의 진실을 밝히는 데는 서로 의견이 다르지만, 신들에게 도전하겠다는 목표는 같았다. 진정이 없다면 나는 물리적으로 황룡을 활성화시킬 수 없을 것이다. 장안으로 돌아가자는 것도 틀린 주장은 아니었다. 무턱대고 날아다닌다고 해서 천궁을 찾을 수는 없을 것이다. 천궁의 움직임을 추적하고 알맞은 궤적을 알아내는 작업을 해야 한다.

진정이 눈을 감고, 황룡이 지면에 선 지금, 나는 깨달았다. 진정은 나에게 이륙할지 말지 결정권을 맡겼구나. 하지만 어째서? 그는 권력을 스스럼없이 내어줄 자가 아닌데.

아니, 어쩌면 그럴 수도 있나? 어쩌면 진정은 냉동 상태에서 깨어난 지 얼마 안 되었기에 제대로 크리살리스를 조종할 만큼 맑은 정신이 아닐지도 모르지. 내가 그에 대해 아는 건 정확히 뭘까? 이름, 힘, 그가 이룬 것들은 안다. 하지만 매춘부의 아들로 태어나 일곱 나라를 통일하여 화하를 이룬 전설의 황제 말고 또 다른 모습은 무엇일까? 나는 진정에 대해 아무것도 모른다. 다만, 그의 정신 영역에서 수많은 아귀들이 얼음 바다를 뚫고 나와 손톱을 세웠던 장면을 경험했을 뿐. 그건 무슨 뜻일까? 세간에 알려진 이야기 말고도 그는 무슨 일을 겪으며 살았을까? 왜 얼굴 한쪽에 그은 듯한 상처가 있지? 그는 자신이 살던 시대에 누구를 두고 왔을까?

모른다.

난 모른다.

하나도 모른다.

아무리 애를 써도 난 그의 기억에 다가갈 수가 없었다.

아무것도.

나는 황룡을 다시 공중에 띄웠다. 아무것도 하지 않고 가만히 앉아 있는 것보다는 나으니까.

진정은 황룡의 움직임에 아무런 영향을 행사하지 않았다. 이어서 끝없이 펼쳐진 사막 위를 날아갈 때는 솔직히 도움을 받고 싶은 마음마저 들기도 했다. 내게 추진력도 아드레날린도 없는 상황이라, 황룡을 앞으로 움직이는 것조차 힘에 겨웠다. 이대로라면 얼마 가지 못할 것 같았다. 어서 어디든 자리 잡고 쉬고 싶은 마음뿐이었다.

드디어 곤륜 산맥 근처에 다다랐을 때였다. 황룡의 조종석 내부에서 띠링 울려대는 소리가 이어져 나는 깜짝 놀랐다.

제길. 내가 산에 설치해 둔 전파 중계 트럭 범위 밖으로 나가지 말았어야 했는데. 나는 군대와 전략가들이 연락하지 못하도록 전파 송신기 연결선을 모두 파괴했다. 하지만 개황 망루와 성현궁을 파괴한 후로, 이치와 연락하기 위해 몇 군데만 복구해 놓았다. 내가 못 받은 연락이 뭘까? 이런 상황에서는 느리게 반응할 수 없다.

황룡을 산 어귀에 착륙시키고 정신 연결을 끊었다. 어질어질한 과정을 거쳐 다시 인간의 몸으로 돌아온 다음 손목 기기를 확인했다.

이치가 보낸 첫 번째 음성 메시지를 열자마자 스피커에서 그의 목소리가 터져나왔다.

"측천! 당장 돌아와! 유체와 위자부가 청룡을 타고 이리로 날아온다는 보고가 있어!"

얼굴에서 핏기가 싹 가셨다. 이 둘은 화하에 셋 있는 대공급 조종사로, 내가 아직 만나보지 못했던 마지막 균형 잡힌 쌍이었다. 나는 이치가 메시지를 보낸 시각을 다시 확인했다.

벌써 30분이 지나 있었다.

제2장

이것을 기억하라

"저택 지하벙커로 들어갈 거야. 통신이 불안정할 수도 있어."

이치가 마지막으로 보낸 메시지가 이랬다. 계속 상황 보고를 요청했지만, 답은 없었다.

나는 다시 황룡과 연결한 다음 공중으로 날아올랐다. 이번에는 장안으로 돌아갈 수 있기를 속으로 빌었다.

정말 괴롭게도, 황룡은 장안까지 간 다음 혹시 모를 전투까지 치르기에는 기가 부족한 상태였다. 그러니 먼저 축융산에서 기를 충전해야 했다. 나는 다른 파일럿들이 주 지방을 탈환하려고 온 기의 흔적을 더듬어 비행을 시작했다. 신들을 찾아 나서기 전, 나는 그들에게 화산 근처에 머물라고 지시해 놓았으니까.

최악의 시나리오가 머릿속을 맴도는 가운데, 나는 황룡을 몰아 달빛에 어렴풋이 드러난 산과 골짜기 위를 지났다. 이치는 현재 고씨 가문 저택을 기지로 사용 중이었다. 내가 성현궁을 파괴한 것처럼, 청룡이 그 저택을 파괴하는 모습을 상상하자 그만 비행하다 말고 흔들리고 말았다. 이치는 지하 벙커에 숨을 거라고 했지만, 누군가 기회를 포착하여 그를 배신하면 어떡하나? 이치는 아버지를 죽이고 고 기업을 차지했다. 부하들은 무서워서 이치에게 충성을 맹세했을 뿐이다. 바로 내가 무서워서다. 하지만 현재 나는 거기에 없다. 그들은 너무도 쉽게 유체 편으로 넘어갈 수도 있지 않을까?

만약 내가 제시간에 간다 해도, 어떻게 이치를 하루도 빼놓지 않고 시시각각 보호할 수 있을까?

나와 이치는 함께 세상에 맞서고 있다. 개황 망루와 성현궁을 파괴해서 거기 있는 권력자들이 선수 쳐서 우리를 죽이지 못하게 한 건 참 짜릿했지만, 새로이 전개된 냉혹한 현실은 매 순간 나를 무겁게 내리눌러 왔다. 우리를 통치자로 받아주지 않는 국가를 어떻게 둘이서 통째로 지배할 수 있단 말인가?

음양의 영역 속, 진정의 영혼은 눈을 감은 채로 저항 없이 앉아 있었다. 그를 얼마나 신뢰할 수 있을까. 모르겠다. 미쳐버린 심장 박동처럼 공포심이 두근두근 울려퍼졌다. 제아무리 황룡이 무적의 힘이 있다지만, 나는 한계가 있는 인간이고, 그 한계를 너무 아슬아슬하기까지 밀어붙이고 있는 중이다. 이미 한계를 감당하지 못하고 무너질 뻔한 적도 있었다. 이제는 이걸 해결해야 했다.

하지만 물러설 수도 없었다. 난 단 한순간도 경계를 풀 수가 없었다.

이윽고 측융산의 험준한 화산 분화구가 시야에 들어왔다. 잿빛 경사면이 부서진 혼돈의 잔해로 반짝여댔다. 그중에는 반격에서 살아남아 휴면 상태로 비활성화된 크리살리스들이 보였다. 조종사들은 대부분 조종석을 열고 반쯤 바깥으로 나와 앉은 채라서, 이 높이에서는 간신히 보일 뿐이었다. 가까이 다가가 보자 자그마한 사람들은 화들짝 놀라 경계 태세를 취하며 크리살리스 안으로 들어갔다. 이윽고 빛이 확 뿜어져나오면서 재활성화된 크리살리스 군대가 형성되었다.

행성 내부의 기를 뽑아내려 황룡의 꼬리를 화산에 담그려면 혼돈의 잔해 위로 착륙하는 수밖에 없었다. 반짝이는 조각이 닿을 때마다 구역질이 나면서, 우리가 혼돈을 죽일 때 터져나온 분노와 슬픔이 느껴졌다.

"야!"

백호가 표준형으로 산을 쿵쿵 밟으며 우리 쪽을 향해 뛰어왔다. 말할 때마다 독고가라의 초록색 목기와 양견의 검은색 수기가 합쳐져 주둥이가 진녹색으로 빛났다.

"무슨 일이야? 왜 갑자기 날아왔어?"

그렇다. 나는 이치와 신들에게서 들은 진실을 말하지도 않고서 급히 떠났다. 진실이 어서 밖으로 나가려는 것처럼 내 입에서 쓴물처럼 넘실거렸다. 하지만 음양의 영역에 앉아 명상하는 진정의 형상 때문에 나는 진실을 삼킬 수 있었다. 이걸 말하는 순간 그는 나를 분명히 죽일 것이다. 지금은 참고 더 나은 때를 기다려야 했다.

나는 황룡의 입으로 진실을 일부만 이야기했다.

"신들을 찾고 있었어. 네가 본 대로 신들이 정말로 주작의 머리를 가져갔는지 알아보려고."

백호의 눈이 별들을 바라보았다.

"그래서…… 찾았어?"

"아니."

커다란 금속성 메아리가 산비탈에 여기저기 울리면서 다른 크리살리스들이 백호의 뒤에 모여 명령을 기다리듯 섰다. 독고가라와 양견이 나에게 비행선이 주작의 부서진 머리를 가져갔다는 사실을 말해주기도 전에, 나는 여기 처음 착륙하여 이 파일럿들에게 성현궁을 파괴했다고 알려주었다. 그들은 당연히 심하게 놀랐지만, 아무도 이의를 제기하지는 않았다. 진정이 내 편이라 아주 효과적인 억제책이 되어주었으니까. 하지만 나를 거역하지 않는다고 하여, 이들이 우리가 아는 세상을 죄다 바꾸려고 적극적으로 나서 줄지는 알 수 없다.

"독고가라, 양견. 현무가 주작을 공격했을 때, 왜 우리를 도와주었어?"

백호에게 말을 거는 목소리가 살짝 떨려나왔다. 백호들은 전략가들에게 불복하고, 날 도와준 유일한 크리살리스였다. 그 덕에 나는 진정을 파낼 수 있었다.

그들은 잠시 침묵했다가 말했다.

"왜냐하면 그걸 보니 우리도 곧 다음 차례가 되겠다는 걸 알았거든."

그들의 말이 내 속 깊숙이 울려퍼졌다. 순식간에 나는 그 말뜻을 이해했다. 둘은 이제 곧 25세가 된다. 조종사들이 은퇴해도 괜찮은 환상의 나이 말이다. 하지만 군대 내 공공연한 비밀에 따르면, 나이 든 조종사들은 '공물'로 정해져서 전투에서 의도적으로 버려져 죽게 된다. 그러면 혼돈이 그들의 기력이 꺼져가는 걸 물리적으로 느끼고 당분간은 잠잠해지기 때문이다. 독고가라와 양견은 본인들이 승리의 포상을 받아 이런 운명이 되지는 않을 거라고 믿었을지도 모르나, 나와 세민을 제거하라는 명령을 받자 똑똑히 알게 된 것이다. 제아무리 우리가 화하를 위해 한 지방을 통째로 탈환한다 해도, 쓸모없어지는 순간 내쳐진다는 사실을.

그런데 이제는 상황이 바뀌게 되었다. 그리고 독고가라와 양견은 나의 가장 강력한 동맹군이 될 수 있었다.

나는 황룡의 고개를 들어올려 크리살리스 전군에게 말했다.

"반격의 후반부 때 내가 밝힌 조종사 시스템의 진실을 모두 들었나? 여성 조종사들에게 불리하도록 의도적으로 조작되었다는 진실을?"

크리살리스들은 주저하는 기색으로 웅성거렸다.

"그래. 그걸 들으니 많은 게 설명이 되더라."

백호가 유독 강한 목소리로 대답했다. 왼쪽 푸른 눈이 더욱 환하게 빛났다.

"자, 이제는 새로운 시스템을 만들 시기다! 우리는 이뿐만 아니라,

구체제의 다른 불공정함도 바로잡을 수 있다! 조종사가 젊어서 죽는 운명이 더는 없도록 하여라!"

불편한 침묵이 얼마나 이어졌을까, 이윽고 어떤 크리살리스 하나가 환호성을 질렀다. 그러다 나머지 이들도 재빨리 합세하여 모두의 목소리가 하늘로 치솟아 허공을 가르는 거대한 함성이 되었다. 하지만 겁에 질려 꽉 막힌 목소리들도 많았다. 이들이 세상이 뒤집혔다는 사실을 받아들이게 되려면 오랜 시간이 필요하리라.

괜찮아. 난 모두가 필요한 게 아니다.

"유체와 위자부가 장안으로 오고 있어. 너희는 우리와 함께 가겠어?"

나는 백호에게 최대한 소리를 낮추어 물었다.

"그 맹랑한 것들이 온다고? 우리도 가긴 하겠지만, 청룡과 상대할 때는 별 도움이 안 될 거야. 우린 날 수가 없으니까."

"그냥 우리를 엄호해 주는 것만으로도 충분해. 자, 타. 그리고 네가 신뢰하는 다른 조종사들을 불러 줘."

나는 황룡의 주둥이를 그들에게 낮춰 주며 말했다. 백호는 황룡의 머리에 뛰어올라가더니, 여섯 기의 크리살리스 이름을 외쳤다. 그중에는 정위(精衛, 중국 신화에 등장하는 새. 염제(炎帝)의 딸인 여와(女娥)가 바다에 빠져 죽은 후, 바다를 채우려고 노력하는 새인 정위가 됨.), 기린(麒麟), 저팔계가 있었다. 그들의 전투를 방송에서 본 기억이 어렴풋이 났다.

모두는 황룡의 긴 등 위에 자리 잡았다. 축융산에서 흘러나온 기가 몸체에 가득 차자, 나는 모두를 싣고 하늘을 날아올랐다.

"나머지 군단은 진지를 구축하라!"

나는 남기고 간 군대에게 명령했다.

원래는 반격 후 우리는 대부분 주 지방의 국경 지대에 머물며 곤륜 산맥에 크리살리스를 널리 배치할 계획이었다. 크리살리스의 조종석과 중계 트럭에 야영용 식량과 물자를 충분히 싣고 왔으니까. 거기다 주 지방 국경의 만리장성을 복구하기 위해 추가로 인력도 올 예정이었다. 하지만 그중 얼마나 이룰 수 있을까. 생각해야 할 것이 너무나 많았다.

나는 최대 속도로 황룡을 몰면서, 주 지방을 가로질러 난 부서진 나무들의 흔적을 따라 날아갔다. 밤에는 보이지 않았지만, 나와 세민이 주작을 타고서 오늘 아침에 밟은 바로 그 길이라고 애써 생각하면서, 그렇게 집으로 나아갔다.

의식의 가장자리로부터 까만 점들이 피어올랐다가 사그라졌다. 진정에게 이 지루한 여행을 나 대신 해 달라고 부탁하고 싶은 충동이 머릿속에서 부글부글 끓어올랐지만, 생각을 억눌렀다. 이 힘을 잡기 위해 이제껏 내가 겪은 일을 생각하면, 결코 이 주도권을 자발적으로 포기할 수는 없었다.

따져보면 짧으나 체감은 영원처럼 느껴지는 비행이었다. 만리장성을 지난 다음 만난 구불구불한 산맥에는 간간이 마을과 도시의 불빛이 점점이 빛났다. 어둠 속에서 가장 밝게 빛나는 고속도로를 따라가면 결국 장안이 나오겠지. 정부가 전복되었다는 소식을 들은 민간인들은 어떤 생각을 하려나? 옛 이웃 사람들은 집에서 뛰쳐나와 목숨을 부지하려고 도망치려는 본능에 휩싸여 있겠지만, 어디로 가야 할지는 전혀 알 수 없는 상황이겠지. 그들은 내가 장악한 화하의 심장부 가까이에서는 구원받지 못할 것이다. 그렇다고 혼돈 야생 구역으로 후퇴할 수도 없겠지. 지금은 점령되었지만 여전히 불확실함이 가득한 광대한 자연 구역이니까.

정말 이 모든 걸 내가 일으켰나? 이 세상을 고치기 불가능할 정도로 파괴한 건가? 내 머릿속은 현실과 유리된 것처럼 떠돌았다.

장안에 다다를 즈음에는 며칠 동안 잠을 못 잔 기분이었다. 황룡에게 눈꺼풀이 있었다면, 난 억지로 눈을 뜨려고 안간힘을 쓰고 있었을 거다.

수도는 으스스하게도 고요했지만, 창문마다 환하게 불빛이 켜져 있는 아파트들이 마치 빛나는 기둥처럼 보였다. 수백만 명의 사람들은 경악한 채로 잠 못 이루고 이제 세상이 어떻게 변하려나 지켜보고 있으리라. 나는 주 지방으로 떠나기 전, 통금령을 내려서 모든 사람을 집으로 돌려보낸 다음 허가 없이 나오지 못하도록 해두었다. 거리는 순찰차 몇 대를 제외하면 텅 비어 있었다. 이치는 가족의 인맥으로 수도 병력을 동원해 통금령을 집행했다. 그들이 아직도 말을 순순히 들어주고 있다니 다행이었다. 그렇다면 이치는 안전하단 뜻이니.

아닐 수도 있지만.

제발 안전하게 있어주길.

장안의 주요 도로 위로 황룡의 그림자가 드리워졌다. 6차선 도로를 다 가릴 만큼 그림자의 폭이 넓었다. 우리는 통일 광장을 지났다.

네온 간판이 마치 회오리바람처럼 무성하게 사방을 둘러싼 광장 한가운데는 진정 황제가 기 금속을 수은처럼 자유자재로 휘두르는 거대한 조각상이 있었다. 지금 내가 그 조각상의 장본인인 역사 속 인물과 정신 연결이 되어 있다니, 이 얼마나 초현실적인 상황이란 말인가. 하지만 나는 애써 그런 생각을 지웠다.

기감을 이용하자 우리가 타고 있는 크리살리스 저 너머로 강력한 기의 압력이 느껴졌다. 역시, 기척이 저 멀리서 빠르게 다가오고 있었다. 바로 청룡이겠군. 우리가 한발 먼저 도착했구나.

"무측천."

청룡의 조종석 안에서 단호한 목소리가 들렸다. 난 너무 놀라서 그만 공중에서 떨어질 뻔했다.

"무측천."

목소리가 한층 더 크게 조종석을 울렸다. 이건 사람의 목소리가 아니라 기계음처럼 들렸다. 하지만 이 소리는 정확히 어디서 나는 거지? 내 손목 기기인가?

"청룡을 파괴하거나 그 안에 탄 조종사를 죽이는 일은 금한다. 그들은 한 지방의 국경으로 돌아가야 한다. 바로 너희의 만리장성을 보호하기 위해서다. 한 지방은 수-당 반격을 위해 지원군으로 수많은 크리살리스를 파병했다. 대공급 조종사 쌍을 또 잃을 수는 없다."

뭐라고?

"이 명령에 불복하려 하지 마라. 대가를 치르게 될 것이다."

난 그 말을 비웃을 뻔했지만, 순간 이치의 미소 짓는 얼굴이 머릿속을 스쳐갔다. 지금 이치는 어디에 있는지 모르잖아. 절대로 위험을 감수해서는 안 돼.

나는 폐허가 된 성현궁 위에 천둥소리를 내며 내려앉았다. 장안에서 황룡을 내릴 수 있는 곳은 여기가 유일했다. 황룡의 몸체를 둥글게 똬리를 틀자 자미산(紫微山)에서 잔해가 굴러떨어졌다. 백호를 비롯한 여러 크리살리스는 황룡에서 뛰어내린 다음, 청룡의 기척이 다가오는 쪽을 향해 재빨리 주의를 기울였다.

청룡을 파괴하지 않고 제압한다라. 불가능하지는 않다. 곤륜 산맥에서 진정은 수형 황제급 혼돈을 단 한 번의 상처도 내지 않고서 기를 완전히 빨아내어 소진시켰다. 그렇다면 청룡에게는 더 쉽겠지. 청룡은 가장 취약한 목형 기 금속으로 만들어졌으니.

밤공기를 가르는 괴물의 포효처럼 청룡의 소리가 먼저 들려왔다. 이어서 길쭉한 몸이 보였다. 그 모습은 옥으로 조각한 용의 뼈대가 우주를 누비는 것만 같았다. 한쪽 눈은 타오르는 화기의 붉은 색, 다른 쪽은 토기의 노란색으로 빛났다. 거대한 박쥐 날개 같은 날개가 등에 솟아났고, 다 드러난 척추는 채찍처럼 마구 휘어진 앙상한 꼬리로 이어졌다. 가슴은 다 드러난 갈비뼈였고, 그 안으로 영혼 금속의 덩어리처럼 보이는 것이 있었다. 그걸 보니 불안하게도…….

아니야. 그런 생각 하지 마. 세민이 생각은 하지 마.

눈부시게 빛이 확 퍼지면서 청룡이 영웅형으로 변신했다. 앞발이 부르르 떨리면서 앙상한 네 개의 팔로 변했다. 날개는 더욱 넓어지고, 뿔이 길어졌다. 뼈로만 이루어진 몸이 이족 보행 자세로 뒤틀리면서 빨갛고 노란 강조선이 드러났다. 별빛 가득한 밤하늘에 날개를 쫙 펼친 채로 우리 쪽으로 달려드는 청룡의 번뜩이는 색상이 밤하늘에 흐릿하게 퍼졌다.

나는 황룡의 무수한 발에 힘을 주고 엎드렸다가 확 날아올라 전투에 임했다. 집에서 계속 틀어놓았던 전투 방송을 떠올려 보자면, 영웅형 청룡은 약 50미터였다. 하지만 지금 나의 눈높이로 보자면 인간보다 조금 더 커 보일 뿐이었다. 네 개의 팔이 가슴에 손을 모으더니 갈비뼈 네 개를 뚝 끊었다. 그 뼈들은 날카로운 검으로 변했다.

휴식한 지 얼마 되지 않아 다시 황룡을 조종하려니 훨씬 힘들었다. 마치 근육이 찢어지는 통증을 느끼면서 무거운 물건을 떨어뜨렸다가 다시 집으려는 느낌이 이럴까.

나는 검의 공격을 슬쩍 피하며 황룡의 입으로 소리쳤다.

"우리는 싸울 필요 없다! 과거의 정부는 너희의 충성을 받을 자격이 없었어! 우리와 함께한다면 이 전쟁의 판도를 바꿀 수 있다! 너희가 20대가 되어도 공물로 바쳐지지 않도록!"

"우리는 네 편에 서지 않을 거다, 이 매춘부야!"

청룡이 고함을 질렀다. 그 입은 노란 목기와 붉은 화기가 뒤섞인 주황빛으로 빛났다.

매춘부라고? 쟤들은 단어 선택이 왜 이래?

"우리는 너희 가족에게 주 지방의 광대한 토지를 줄 수 있다! 방금 그곳을 수복했다는 걸 알잖아!"

나는 일단 약속을 내뱉었다. 실행 방법은 나중에 생각하기로 하자.

"우리가 그런 어두운 손길의 유혹에 넘어갈 것 같으냐!"

말투가 너무 오글거리잖아? 난 잠깐 어리둥절해졌다가 이내 유체가 열넷, 위자부가 열셋이라는 걸 떠올렸다.

그렇다면 논리가 통하지 않겠구나.

나는 청룡에게 확 달려들었다. 기를 빨아들여 이 상황을 끝내려는 마음이었다. 하지만 청룡은 놀라운 속도로 내 뒤쪽으로 확 회전하면서 공중에 날개를 퍼덕였다. 나는 돌아서서 청룡을 잡으려 했지만, 민망할 정도로 헛발질을 하고 말았다.

아, 안 돼. 목형 크리살리스는 가장 빠른 개체로, 그 속도는 황룡조차도 따라잡을 수가 없었다. 마치 벽돌 기둥을 겨우겨우 들어올려 파리를 잡으려는 것이라고나 할까. 나는 황룡을 힘겹게 돌려서 성현궁 폐허로 물러났다. 지면 근처로 유인해서 전투를 하면…….

하지만 내가 산에 내려앉기도 전에 청룡은 날 따라잡더니 황룡의 머리에 열십자로 두 번 공격했다. 통증이 타는 듯 느껴졌다. 나는 음양의 영역에서 무의식적으로 영혼의 머리를 움켜쥐었다.

온갖 색깔이 미친 듯이 몰아치는 가운데 청룡은 황룡의 주둥이로 뛰어올라 공중에서 몸을 홱 뒤집었다. 몸놀림이 어찌나 빠른지 나는 기를 빨아들일 수조차 없었다. 크리살리스가 든 네 개의 검은 유체의 화기로 붉게 타오르면서 목기의 흐름을 받아 추가적인 파괴력까지 갖추었다. 이제야, 너무 늦게 나는 떠올렸다. 목기는 토기와 싸울 때 유리하다는 걸.

잠시 몸을 뒤집은 채로, 청룡은 아까 냈던 상처 근처에 공격을 두 번 더 가했다. 나는 음양의 영역에서 두피가 찢어지는 고통을 느끼며 몸을 구부렸다. 황룡은 자미산 위에 덩어리째 쿵 내려앉고 말았다. 백호와 다른 크리살리스들은 간신히 자리를 벗어났다. 원거리 공격이 가능한 크리살리스들은 청룡에게 기를 쏘았지만, 청룡은 뼈로 이루어진 몸체를 잽싸게 움직여 피한 다음 다시 내게 달려들었다.

크리살리스가 너무 커서 패배할 수 있다니. 정말이지 어이없는 가능성이 내 속 깊은 곳에서부터 떨려 나오며 현실이 되었다.

아니. 절대 아니야.

그렇게는 안 돼. 우리는 그럴 수 없어.

"진정, 저들에게 물러서라고 해줘요! 당신이 말하면 들을 거예요!"

나는 음양의 영역에서 소리쳤다. 황룡의 지배권을 내주고 싶지 않았지만, 이미 내 손에서 조금씩 빠져나가고 있었다. 난 너무 지쳐버렸다.

진정의 영혼 형태는 미동도 없이 눈을 감고만 있었다. 황룡을 통해 보이는 시야가 점점 흐릿해지는 가운데, 백호가 과를 휘두르며 청룡을 향해 뛰어오르는 모습이 보였다. 하지만 잡지 못했다.

"진정! 뭐라도 해 봐요! 당신 역시 죽을 거라고!"

나는 그의 영혼 형태를 마구 흔들었다. 하지만 그는 꼼짝도 하지 않았다. 아니야, 분명히 의식이 있을 거야. 그렇지 않다면 나와 함께 음양의 영역에 있을 리 없잖아.

내가 꼭 애원까지 해야겠어? 나는 정신 깊이 비명을 질렀다.

아니 잠깐……. 혹시 그걸 원하는 건가?

진정의 손을 강제로 떼어 황룡에게서 떼어버릴까도 잠시 생각했다. 하지만 그렇게 되면 내가 조금이라도 정신을 놓을 경우 결국은 의식을 잃고 말 것 같다는 생각이 들었다. 위험을 감수할 수는 없었다. 나는 깨어 있어야 했다.

자존심 따위 지킬 여유란 없다.

나의 손은 그의 어깨에서 스르르 내려와 가슴에 닿았다.

"진정, 도와주세요. 부탁이에요."

순간, 그는 눈을 번쩍 떴다. 그리고 내 턱을 슬쩍 잡아 들어올렸다.

"방금 배운 교훈을 잊지 마라, 꼬마야."

내 정신을 누르고 있던 황룡의 어마어마한 무게가 사라져갔다. 안도감에 쓰러질 것 같던 순간, 현실 세계의 감각이 완전히 변했다. 처음에는 너무나 당황했다. 진정이 날 조종석에서 던져버린 것 같아서였다. 하지만 난 여전히 그와 함께 음양의 영역에 있었다. 다만 다른 게 모두 달라졌을 뿐이다. 나무부터 잔해와 전투 중인 크리살리스에 이르기까지, 모든 게 순식간에 확 커졌다. 내가 어렴풋이 인식하던 황룡의 몸체는 완전히 다른 형태로 감지되었다. 이제는 길고 구불구불한 모습이 아니라, 인간형이 되었다.

난 이제 통제권이 없기에, 황룡의 시야를 통해 옆으로 지나가는 광경을 바라보며 방금 일어난 일을 얼기설기 짜맞춰 이해할 따름이었다. 보름달 아래로 빛나는 금빛 팔에는 진정의 기 아머 같은 자그마한 사각형 무늬들이 새겨졌다. 청룡의 날개와 맞먹을 만큼 거대한 날개가 펄럭이며 번뜩였다.

청룡은 이제 황룡과 거의 같은 크기였지만, 알아들을 수 없는 소리를 지르며 우리에게서 도망치기 시작했다. 우리가 몸을 틀어 공중에서 뒤쫓아가자, 산 위의 장면이 다시 눈에 들어왔다.

마침내 진정이 어떻게 한 건지 이해가 되었다. 1초도 되지 않는 짧은 순간에, 그는 황룡에게서 인간형 몸체를 분리해낸 것이다. 나머지 몸체는 자미산에 마치 허물처럼 무너져 내렸고, 머리는 속이 텅 빈 상태였다. 다른 크리살리스들은 당황한 눈빛으로 우리와 황룡의 몸체를 번갈아 보았다.

나의 시야가 다시 한 번 휙 돌았다. 진정은 청룡의 아래쪽 팔을 잡아 자신의 몸통에 감은 다음 밤하늘에 휘감아 돌렸기 때문이다. 별빛과 도시의 불빛이 다시금 어지러이 회오리쳤다. 저 멀리서 모인 이들의 비명이 수없이 들려왔다.

진정은 옆으로 휙 방향을 틀어 주거 지역을 피해 통일 광장에 내려앉았다. 그 와중에 그의 조각상이 부서졌다. 주위의 고층 빌딩의 광고판이며 창문이 죄다 부서지면서 또 비명이 울려퍼졌다. 광장은 정말 아주 오랜만에 캄캄해졌다.

"감히 황제에게 칼을 들이미느냐? 조종석을 열어라!"

그는 청룡을 바닥에 찍어 누르고는 인간형 부위의 입을 통해 소리쳤다.

그러자 이마 부분이 확 열리면서 유체와 위자부가 드러났다. 청아한 달빛에 그들의 창백한 얼굴이 보였다. 조종사를 죽이거나 크리살리스를 복구 불가능하도록 파괴하지는 말라고 명령을 받았다는 사실을 아마 저들은 모를 거다.

"이거 어떻게 한 거죠?"

나는 음양의 영역에서 진정에게 물었다. 이 보조 몸체를 뭐라고 불러야 하는지조차 몰랐으니까. 크리살리스의 더 높은 단계가 오히려 더 작은 몸체일 수 있다니. 머리가 어지러웠다. 게다가 진정이 순간적으로 이걸 만들어낸 것도 너무나 놀라웠다.

진정은 눈을 가늘게 떴다.

"조종사에게 이젠 가르치지 않는 게 많은 것 같군."

"맞아요. 배운 적 없어요. 그런데 우리는, 아니 당신은 이거 다시 황룡에 연결할 수 있는 거죠?"

"당연하지. 이건 기 아머와 같은 원리로 작동한다."

하지만 기 아머는 이미 만들어놓은 것 아니던가. 이 보조 몸체는 진정이 소환해 내기까지는 황룡에 존재하지도 않았는데. 몸체에서 떨어져 나간 부분을 크리살리스에 다시 붙이려면 절단면이 깨끗해야 했다. 하지만 이 보조 몸체는 황룡의 머리에 난 구멍과 전혀 맞지 않았다.

온갖 질문이 머릿속을 떠돌아 뭘 물어봐야 할지 고민하던 중, 섬뜩한 깨달음이 확 들었다. 이 보조 몸체를 불러내는 게 언제든 가능했다면, 나는 성현궁에서 내 가족까지 죽이지 않아도 되었을 텐데. 더 전략적이고 깔끔하게 그곳을 타격해서, 그곳이 죄다 무너지기 전에 가족을 안전하게 구할 수 있었을 텐데.

나는 음양의 영역에서 진정을 잡고 소리쳤다.

"이럴 수 있다고 왜 진작 말해주지 않았어요? 성현궁을 부수기 전에 내가 얼마나 힘들어했는지 알았잖아요. 왜 나를 막지 않았어요?"

그의 시선이 나를 스쳤다. 입가가 아주 살짝 올라갔다.

"네가 정말로 그럴지 궁금했거든. 네가 권력을 잡기 위해 어디까지 갈지 알고 싶었다."

그래, 안다. 지금 나는 너무 지쳐서 정확하게 생각조차 할 수가 없다. 난 지금 제정신이 아니다. 내가 선택해 놓고 진정을 탓하는 건 옳지 않다. 그렇지만 난 또 마음이 찢어지는 듯 비명을 지르며 그의 영혼 형태에, 그의 얼굴에 주먹을 휘둘렀다. 진정은 뒤로 쓰러졌다. 나는 그를 올라타고서 한 번 더, 또 한 번 더, 그렇게 계속해서 주먹을 꽂았다.

그렇게 다섯 번째 주먹을 날리던 순간, 그는 내 팔을 홱 당기고 영혼의 몸체를 자신의 몸에 딱 붙였다.

"그쯤 해."

그의 손가락이 내 등을 파고들었다.

내가 무슨 소리를 내기도 전에, 그는 내 척추를 확 잡아뜯었다.

제3장

음짐지갈(飮鴆止渴)

그 아래로, 저 아득히, 나는 떨어졌다.

착지하는 순간의 충격으로 온몸이 산산이 부서졌다. 이지러진 사지와 어긋나 튀어나온 뼈 덩어리가 되어버렸다. 부서져 다 드러난 늑골 사이로 심장과 폐가 고통스레 움직였다.

극심한 고통 속에서도 온 힘을 다해 나는 몸을 뒤집었다. 그리고 망가진 몸을 끌고 앞으로 나갔다. 저 앞에 누군가 서 있다. 도와달라 입을 열었지만, 목에서는 내 것이 아닌 목소리가 나왔다.

"측천……."

이제 시점이 확 바뀌었다. 이제는 내가 일어서서 아래를 내려다보고 있었다. 기어 온 사람이 고개를 들었다. 눈이 있어야 할 자리는 텅 빈 채로 피가 흘렀다.

"측천……, 측천, 어떻게 날 이렇게 두고 갈 수 있어?"

미안해. 난 울고 싶었지만 누가 입을 꿰멘 것처럼 벌어지지 않았다. 나는 비틀비틀 뒷걸음질을 쳤다. 미안해 미안해 미안해…….

그는 나를 따라 더 빨리 기어왔다. 일부밖에 남지 않은 그의 몸 뒤로 널따랗게 핏자국이 이어졌다.

"도와줘, 측천……."

나는 그만 발을 헛디뎌 고통스럽게 바닥에 넘어졌다.

그는 일그러진 손으로 내 다리를 잡았다.

"날……. 온전하게……. 해줘……."

머릿속에 그득했던 사과의 말은 날카롭게 빠져나와 소리 없는 비명이 되었다. 나는 다리를 홱 빼내고 옆으로 굴렀지만, 바닥에는 피 묻은 손이 또 느껴졌다. 일그러진 손가락은 마치 덫처럼 내 손을 꽉 잡았다. 마수영의 눈망울이 보였다. 한때는 나에게 조언을 해주던 부드럽고 상냥한 그 눈망울은 이제 까뒤집어진 채로 공허하게 나를 바라보았다. 그녀의 몸은 금속 조각 더미 속에 으스러져서 핏덩이가 된 채 누워 있었다.

"네가 이랬잖아……."

마수영의 목소리가 내 주위를 맴돌았지만, 탈구되고 한쪽이 으스러진 턱은 움직이지 않았다.

"넌 여자들을 위해 싸운다 했지만 나한테 이런 짓을 했어……. 난 그저 아이들을 지키려고 했을 뿐인데……."

그럼 내가 어떡해야 했을까? 너한테 죽어줘야 했을까? 소리치고 싶었지만, 그럴 수가 없었다. 나는 그녀에게 잡힌 손을 잡아 빼고서 다른 쪽으로 기어갔다.

이번에는 어머니와 할머니의 망가진 몸뚱이가 내 앞길을 막았다.

"우리를 구했어야지."

그들의 말이 내 주변에서 계속해서, 끊임없이 맴돌았다.

"우리를 구할 수 있었으면서."

어떻게 하는지 몰랐다고!

하지만 나의 변명은 그들에게 닿지 않았다. 망가진 시체들이 더욱 많이 나에게 다가와 사지를 할퀴고 잡아당겼다. 어딜 가든 빠져나갈 길이 없다. 그들의 수는 압도적으로 많았고, 다들 나의 뼈에서 살점을 뜯어내었다. 피부가 갈기갈기 찢어지고, 근육이 겹겹이 뜯겼지만 난 단 한 마디도 소리 내지 못하고 그 고통을 오롯이 느꼈다.

온몸을 떨며 잠에서 깨었다. 머릿속이 온통 뒤죽박죽이었다. 여기가 어딘지 알아볼 수가 없었다. 현실과 악몽을 구분하고서 내가 누군지 기억해 내는 데만 해도 시간이 오래 걸렸다.

"안 돼……."

낯선 침대에서 벌떡 몸을 일으켰다. 현기증이 몰려오면서 머리가 어지러웠다.

사슬이 덜그럭거리는 소리가 들리면서 손목에 압력이 느껴졌다.

식은땀이 흘렀다. 나는 캐노피 침대 기둥과 연결된 사슬에 묶여 있었다. 다른 쪽 팔에는 정맥 주사가 꽂혔고, 철제 스탠드 높이 수액 주머니가 보였다. 눈을 가늘게 뜨고 수액 주머니에 적힌 글자를 일부 읽었다. 기 회복을 돕는 영양제였다.

"마마!"

문가에 쿠션 달린 화려한 의자를 두고 앉아 있던 소녀가 벌떡 일어나더니, 몸을 돌려 외쳤다.

"마마께서 일어나셨어요!"

"여기가 어디지?"

나는 갈라진 목소리로 물었다. 방을 둘러보자 심장이 격하게 뛰기 시작했다. 고급스러워 보이는 방 안에는 섬세하게 만든 자단 가구를 놓았고, 짙은색 벽에는 황금빛 소용돌이무늬가 칠해져 있었다. 천장의 목조 격자에서는 호박색 불빛이 은은히 흘러나왔다. 창문은 없었다. 지금이 낮인지 밤인지 알 수가 없었다.

제길. 얼마나 시간이 됐지? 내가 잠든 새 무슨 일이 벌어졌을까? 청룡, 진정, 이치랑 다른 크리살리스들은 어떻게 됐지? 그리고 나 왜 묶여 있지?

소녀가 침대 옆으로 다가와 절을 했다. 이곳은 어쩌면 고 가문 저택일지도 모르겠네. 이 여자애는 하녀 복장처럼 하얀 블라우스에 분홍색 조끼와 파란 주름치마 차림이었다. 머리카락은 양쪽으로 모아 얼굴 옆으로 둥글게 땋아 말아 올렸다. 머리 위로는 고양이 귀 모양 핀을 달고 있었다. 그녀는 고개를 숙이고서 말했다.

"여기는 새 궁전입니다, 마마. 마마께서는 사흘 동안 혼수상태셨어요."

이런 썅! 사흘이라니, 너무 긴 시간이잖아. 그런데 '새 궁전'이라는 게 무슨 소리지?

"여기는 고 가문 저택 아니야?"

"예전에는 그랬지만, 지금은 아닙니다, 마마."

알았어. 그렇다 이거지. 그냥 이름이 달라진 거군.

여기가 어딘지 아는 것만으로는 전혀 위안이 되지 않았다. 손목에 걸쳐진 수갑의 무게가 아직도 묵직했으니까. 이치라면 나에게 절대로 이런 짓을 하지 않았을 텐데, 대체 이게 무슨 일이지?

"누가 나를 여기 데려왔니?"

나는 몸을 살펴보았다. 갑옷과 조종사복은 없고 대신 금빛이 감도는 투명한 재질의 반소매 가운을 걸치고 있었다. 내 몸에는 기 금속이 전혀 남아 있지 않았다. 심지어 조종사들이 아머를 입을 때마다 바늘에 찔릴 필요가 없도록 부착하는 척추 지지대도 없었다. 아마도 누가 날 씻기기도 했나 보네. 피부에서는 희미한 꽃향기가 났다. 머리카락은 매끈하게 빗겨 있었다. 모르는 이들이 내가 의식을 잃은 새 벌거벗은 몸을 만졌다고 생각하니 구역질이 났다. 특히, 내 발에 붕대를 감아준 이는 잘못 감았는지 열감 어린 둔통이 일었다.

"이치는 어디 있지? 고이치 말이야."

하녀는 반질반질한 바닥만을 계속 바라보며 대답했다.

"폐하께서 곧 오셔서 다 말씀해 주실 겁니다, 마마."

폐하라니?

아, 안 돼.

내가 원치 않는 답을 듣고 싶지 않아 무서워졌던 순간, 문이 확 열리며 진정이 들어왔다. 입고 있는 갑옷이 덜그럭 소리를 내는 가운데, 금사를 수놓은 검은 망토가 뒤로 휘날렸다. 반가면을 쓴 얼굴을 보니, 그를 처음 냉동 상태에서 깨웠을 때의 꽃무늬 감염 자국이 확연히 줄어 있었다. 대부분 굳은 딱지가 떨어진 피부 위로는 하얀 자국만이 희미하게 남았다.

"나가라."

그는 손을 내저어 하녀를 내보냈다.

하녀는 절을 하고서 등을 전혀 보이지 않고는 뒷걸음질로 문을 나섰다. 문밖으로 병사 두 명이 서 있는 게 언뜻 보였다.

문이 달칵 닫히는 소리와 함께 진정과 나만 남게 되자 피부에 소름이 쫙 돋았다. 그는 조종사 역할을 하기에는 너무 멍한 척했지만 그게 다 계산된 행동이었다고 생각하니 소름이 끼쳤다. 그는 나를 관찰하면서 내 약점을, 바로 내 자존심을 이용하는 게 가장 좋은 공격 방법이라고 마음먹은 것이다. 의도적으로 내가 알아서 지쳐 나가떨어지게 몰고 갔다.

"방금 배운 교훈을 잊지 마라, 꼬마야."

그래, 잊지 않을 것이다. 다시는 그를 과소평하지 않으리라.

"왜 제가 수갑을 차고 있는지 알고 싶습니다, 폐하."

나는 사슬로 묶인 팔을 들어 최대한 담담한 어조로 말했다. 폐하라니, 케케묵은 호칭을 쓰려니까 혀가 어색하게 움직였다.

진정은 냉동에서 깨어났을 때 쓰던 지역 방언을 버리고 방송용 표준 한어에 비슷한 말을 하기 시작했다.

"예방 조치다. 네가 공공질서를 교란하기 참 좋아한다는 사실을 알아냈으니 말이다."

그는 손가락을 폈다. 그러자 아머에서 기 금속이 소용돌이쳐 나오더니 그의 손에서 열쇠로 변했다. 나는 전설에 나오는 진정의 이야기가 과대평가라고 생각했지만, 그가 순식간에 황룡에서 보조 몸체를 떼어낸 걸 보면, 전설이 오히려 그의 능력을 제대로 알려주지 않았다는 걸 알게 되었다.

진정이 나에게 성큼성큼 다가오자 어쩔 수 없이 헤드보드에 몸을 움츠리고 말았다.

그는 쓴웃음이 배인 목소리로 말했다.

"무서워하지 마라. 의사들이 그러는데, 내가 걸린 화두 변종은 사실 이 시대 사람들에게는 무해한 수준이라더군. 너희 미래 사람들은 참 운이 좋군. 집단 면역과 발달된 백신도 있고 말이야."

그가 200년 전에 왔다는 사실을 떠올릴 때마다 아찔해지곤 한다. 정말 이상하다. 너무 이상하다고.

진정이 나의 손목을 들어 수갑을 풀어주려 하자, 나는 이불을 확 끌어당기고 싶은 충동을 애써 참았다. 이 투명하고 얇은 가운은 아무것도 가려주지 못했으니까. 진정이 이토록 가까이 있는데 나는 너무나 연약하기만 하구나. 숨도 쉬지 못할 것 같은 이 기분을 감히 드러낼 수가 없었다. 처음 황룡의 조종석에 있던 그를 보았을 때는 그저 어리게만 보았다. 전설 속 이야기들은 진정이 처음으로 황룡을 활성화시켰을 시점만을 강조하기 때문에, 우리는 그를 소년으로 생각하고 있었으니까. 하지만 지금 본 그는 어딜 봐도 성인 남자였다. 생물학적으로 정확히 따지면, 아마 20대 초반일 테지. 그가 쓴 왕관은 높다란 뿔 모양 머리 장식 같았다. 윗부분의 네모꼴 판을 따라 앞뒤로 구슬 꿴 발이 달렸다. 그래서 얼굴 위로 구슬 그림자가 드리워졌다. 얼굴의 반을 가린 가면은 귀에 고리로 걸어 놓았는데, 그가 처음에 서둘러 만든 가면과 달리 용 비늘 같은 재질이었다. 그가 다시 살아났을 때 가면 아래 얼굴이 녹아내린 것처럼 보였던 건 이유가 무엇이었을까. 상처 때문일까. 하지만 그 말고는 전체적으로…… 멀쩡해 보이는데?

"옛 성현궁의 정보를 해독하던 기술자들이 모두 암살을 당했다."

그가 내 귓가에 속삭였다. 나는 퍼뜩 정신을 차렸다.

"뭐라고요? 어떻게요?"

"머리에 저격을 당했어. 현재는…… 비밀 조직을 통해 고용한 암살자들의 소행이라고 생각하고 있다."

그는 이 용어들이 낯설다는 듯 말을 매끄럽게 내지 못했다.

"조사관들이 암살자를 추적하도록 지시를 내려놓았지만, 결국 따라가 봤자 그 배후에는 어디서 왔는지 알 수 없는 전언들이 있겠지. 이건 신들의 경고다. 그러니 그들 이야기를 더는 드러내려 하지 마라."

진정은 수갑을 풀어 떨어뜨렸다. 사슬이 침대 헤드보드에 부딪혀 소리를 냈다. 나는 그가 위협하는 것처럼 사슬을 달아두었다는 걸 눈여겨 보아두었다. 하지만 지금 내가 가장 걱정해야 할 건 그게 아니야!

나는 숨을 헐떡이며 말했다.

"이치, 고이치도 죽었나요? 우리랑 같이 황룡에 탔던 애 있잖아요."

진정은 열쇠를 다시 건틀릿에 흡수했다.

"아니. 고이치는 경호를 너무 잘 받고 있다. 그는 현재 나의 황제 비서관이 되었으니까."

자고 일어나 보니 다른 세상이 된 기분이었다.

"그게 무슨……. 그렇다면, 당신, 아니 폐하는 전투 후에 이치와 이야기를 하셨나요?"

"그렇다. 이치는 이 저택을 화하의 새로운 궁전으로 헌납했다. 그래서 난 그를 황제 비서관으로 임명한 것이지. 이치는 이 복잡한 미래 세상을 헤쳐가는 데 대단히 많은 도움이 되었다."

"이치는 어디에 있나요?"

이젠 이치와 이야기를 해야겠군. 나는 침대 옆 탁자에서 손목 기기를 찾아보았지만 찾을 수가 없었다.

"그를 여기에 부르는 건 적절하지 못하다."

"무슨 말씀이시죠? 여기는 이치의 집인데요."

진정은 또렷하게 말했다.

"아니다. 내 말 이해 못 했나? 이치는 이 저택의 소유권을 포기했다. 예의상 이치와 가족이 옆 건물에서 살도록 허락해 주었으나, 이제 이곳은 화하 정부의 소유다. 내 것이란 말이다."

진정이 이 말을 하는 태도를 보자 등골이 서늘해졌다. 그가 문제를 일으킬 수 있다는 건 알고 있었다. 다만 시간 차가 큰 미래에서 깨어나 혼란스러울 테니, 큰일을 치지는 않으리라 생각했는데. 너무 다루기 어려워지면 죽이면 되니까. 그런데 단 사흘 만에 그는 권력을 거머쥐고 세상의 정상에 섰다. 이치가 그를 도와주었다니 믿을 수가 없었지만, 그게 올바른 선택이었음은 부정할 수가 없었다. 만약 그가 곧바로 진정의 호의를 얻지 못했더라면, 다른 권력자가 이치를 밀어내고서 황제의 옆자리를 꿰찼을 테니까.

하지만 그렇다면 나는 어떻게 되는 거지?

"그러면 왜 저는 여기 있나요? 폐하께서는 절 어쩌실 거죠?"

나는 이불을 비틀며 물었다. 진정은 허리에 손을 얹고서 나를 위아래로 훑어보았다.

"음, 나는 결혼에 전혀 관심이 없지만, 네가 스스로 화하의 황후라고 선언하지 않았나? 그렇다면 그걸 부인하는 게 모양새 보기 좋은 일이 아니므로, 난 너와 결혼해야 할 것 같군."

여기서 반응하지 말아야 한다는 걸 알지만, 난 그만 입을 벌리고 말았다. 내가 언제 '황후'라고 했나? 난 분명히 '황제'라고 했는데. 순간, 어째서 이치가 날 찾아오는 게 왜 모양새가 보기 안 좋은지 이해가 되었다.

진정은 망토를 옆으로 젖히고 침대에 앉았다. 난 이번엔 드러내 놓고 내 몸을 이불로 감쌌다.

"아, 본인을 너무 과대평가하지 말도록. 나는 네가 정신적으로 너무 어리고 신체적으로도 혐오스럽기 때문에 너에게 어떠한 욕정도 일지 않는다. 이 결합은 엄격히 정치적인 사이가 될 것이다."

이불을 쥔 손에서 힘이 빠졌다. 말한 대로 진정의 눈빛에는 욕망이 전혀 없었다. 그저 계산적인 냉정함만이 존재할 뿐. 물론 지금에야 그편이 좋기는 하지만, 길게 보자면 이러는 게 더욱 예측 불가능하기만 하다.

그는 한 손을 나에게 가까이 놓았다.

"들어라. 네가 황위를 차지하고 싶다는 건 잘 알겠다. 옆에서 보기에 재미있더군. 황룡을 타면서 무적 같은 기분이 들었을 것도 이해한다. 하지만 너는 어리석고 충동적인 행동을 저질렀다. 너는 아주 빨리 죽을 수도 있었어. 하지만 난 은혜를 원수로 갚는 사람이 아니다. 그리고 너는 내가 아홉 살 때와 비슷하게도 아직 정제되지 않은 조종 능력을 갖고 있다. 너를 그냥 죽게 내버려둔다면 아까운 일이지. 그래서 난 널 죽이라는 수많은 요구가 있지만 널 살려줄 것이다."

"수많은 요구라고요? 왜죠?"

나는 짐짓 놀란 척했다. 물론 진짜로 놀란 건 아니다. 다만 정확히 그들이 뭐라 말했는지 듣고 싶었다.

진정은 동정심과 웃음기가 뒤섞인 눈으로 나를 바라보았다.

"너를…… 좋아하는 이들이 없더군. 그들은 네가 저속하고 위험하며 피를 보려 하고, 자기중심적이고 교활하며 상식을 완전히 무시하는 존재라고 했다. 무측천, 너는 본인에 대해 어떤 평가를 하겠는가?"

나는 팔짱을 꼈다. 그가 내 머릿속을 들여다보았으니, 더는 뭘 부인할 필요가 없겠지.

"그래요. 그게 바로 저랍니다. 그래도 저와 결혼하고 싶으신가요, 폐하?"

나는 도전하듯 말했다. 그가 나를 구해준 게 단순히 감사의 차원은 아니라는 걸 안다. 그는 나를 두고 다른 계획이 있다. 아마도 나를 안정적인 부조종사로 두고 더 많은 혼돈을 대량 살상하려는 거겠지. 생각만 해도 속이 뒤집히지만, 다른 문제들은 일단 제쳐두고 내 목숨을 보장해야 한다. 만약 이 결혼 제안이 형식적인 것이라면, 예민하게 굴기보다는 받아들여서 얻을 게 더 많다.

진정은 작게 웃었다.

"솔직히 말하자면, 내가 널 통제할 수 없을 거란 식으로 말하다니 상당히 언짢군. 하지만 인정할 것은 해야겠지. 네가 쿠데타에 나를 가담시켰을 때는 네가 이토록 권력 기반이 없이 시작했을 줄 전혀 몰랐다. 반란할 때 지역 기반 조직도 없었나? 주요 도로와 항구, 인프라와 군수품 창고 중에서 어떤 걸 확보해야 하는지 알아보지도 않았나? 네 계획은 뭐였지?"

그만 낯이 화끈거렸다.

"안 죽는 게 목표였어요. 성현들은 나를 죽이려고 했거든요. 그래서 먼저 그들을 죽였죠."

"아. 혁명을 시작하려면 그전에 적어도 대중들의 지지는 어느 정도 얻어 놨어야지, 꼬마야. 중간을 건너뛸 수는 없다."

난 거기에 반박하지 않았다. 그 말이 틀렸다고 비난할 근거가 없었다.

진정은 턱을 쓰다듬으며 말을 이었다.

"상관없지. 내가 알아서 할 수 있다. 군사 쿠데타를 진짜 혁명으로 바꾸는 게 처음도 아니고. 그러니 안심해라. 나는 대중에게 이미 공표해 놓았다. 네가 나를 깨워서 성현들의 부패를 알린 공로는 혁혁히 인정해야 한다고 말이야. 그 부패한 놈들과 협력하느니 차라리 새로 정부를 만드는 게 더 쉽다는 결론을 내렸다고 했다. 주 지방 전투를 마무리 짓는 대로 나와 함께 그들을 진압하라는 게 나의 명령이었고 전해 놓았다."

"하지만 그건 사실이 아니죠."

나는 불쑥 말했다.

"사실이 아니라고? 그렇다면 너를 죽이라는 요구만 더 커질 이야기를 들려주길 바라나? 만약 내가 의식을 잃은 너를 거리에 그냥 버려두었다면, 어떤 일이 일어났을지 생각해 보고 싶나?"

나는 눈앞에 떠오르는 끔찍한 광경을 애써 떨쳐냈다.

"고상한 척 하지 마시죠. 나를 그저 전쟁 계획의 도구로 이용하려고 구해주었으면서."

내 말에 진정의 표정은 폭풍우가 몰아치는 것처럼 흐려졌다.

"내가 남을 이용한다는 뜻인가? 그런 식으로 말하지 마라!"

그는 내 위로 달려들어 나를 헤드보드에 밀어붙였다.

"알아볼 수도 없는 세상으로 날 깨운 건 바로 너잖느냐! 네가 처한 딜레마에서 벗어나려고 내 힘과 크리살리스를 찾아다닌 것도 바로 너다. 넌 나를 게임의 말처럼 사용하고서는 처분해 버릴 수 있을 거라 생각했나?"

그는 내 머리 옆에 걸린 사슬을 손가락으로 훑어내렸다.

"너에게 뭐라 하지는 않겠다. 너 같은 시도를 한 사람들이 참 많았으니. 하지만 그런 계획은 결코 그들이 원하는 대로 되지 않았지."

그의 탐색하는 듯한 시선에 목이 바짝 말랐다. 그의 얼굴이 너무나 가까이 있었다. 가면으로 가려진 쪽의 눈이 살짝 흐릿한 게 보였다. 그쪽 시력이 좋지 않은 모양이지. 기억하자.

"폐하, 너무 가까이 계십니다."

나는 억지로 입을 열었다.

진정은 천천히 몸을 뒤로 하더니, 이내 벽 쪽으로 시선을 돌렸다.

"깨어나서 가장 예민하게 느껴진 감정이 무엇인지 아는가? 바로 실망이었다. 이 미래 세계의 그 어떤 부분도 나의 상상과는 다르니까. 화하가 통일국가로 유지되어 왔다는 게 그나마 기적이라고 보였지. 내 생전에 반동 세력을 너무 많이 살려둔 게 실수였다는 걸 깨달았다. 내가 없어지자마자 놈들은 벌떡 나서서 나의 정부를 없애고 내가 추구했던 정책 중에서 혁명적인 것들을 뒤집어버렸다. 그들은 나의 호소를 따라 반란을 일으킨 노동자와 농민들에게 무자비한 보복을 가했지. 현재는 기술이 발전했다지만, 부자는 더 부유해지고 가난한 자는 더 가난해졌다. 전쟁은 지지부진 답이 없고, 조종사들은 연예인의 수준으로 지위가 추락됐다. 대중들은 겉보기엔 화려하나 의미 없는 오락에 탐닉하거나, 저들보다 더 약한 자들에게 고통을 쏟아내고 있다."

그는 이불 아래로 어렴풋이 솟아난 나의 전족을 혐오스러운 눈빛으로 바라보았다.

"너를 보라. 허영을 위해 신체를 쓸모없게 만들지 않았나."

살갗 아래로 염산을 뿌린 듯 따가운 소름이 돋았다.

"이건 내가 하고 싶어 내린 결정이 아니에요."

이렇게 말하는 스스로를 이해할 수가 없었다. 왜 난 변명을 하려는 걸까. 그럴 필요가 없는데.

"그래, 네 의지가 아니어야지. 나는 예쁜 얼굴과 출산 능력만 갖고도 만족하며 사는 여자를 참을 수가 없다. 네가 수술에서 회복되는 대로 네게 알맞은 노동을 해야 할 거다."

여자들은 대개 선택의 여지가 없다고 반박하려 했다. 그런데 방금 들은 말이 좀 이상했다.

"수술이라니요? 무슨 수술이죠?"

진정은 이불 위로 손가락을 빙빙 돌려 가리켰다.

"네 발을 고쳐놓으라 했다. 이 시대 최고의 정형외과 의사가 최선을 다해 수술했지. 뼈를 다시 짜맞추고, 살을 붙이고 필요한 부분엔 보형물을 넣었다."

나는 다리 부분 이불을 확 걷었다. 발의 느낌이 이상했던 건 누가 옷을 입혀주며 붕대를 엉망으로 감아서가 아니었구나. 알고 보니 눈에 띄게 길어진 내 발 위로 의료용 붕대가 감겨 있었다.

"나한테 수술을 했어요?!"

내가 버럭 소리치자, 진정은 나를 꾸짖었다.

"무례하다! 내 앞에서는 목소리를 낮춰라. 그러면 네 발을 썩은 채로 놔두길 바랐나?"

"나는……!"

솔직히 인정하자. 난 이런 수술을 받는 걸 상상해 본 적이 수도 없이 많았다. 하지만 회복 기간이 너무 오래 걸려서 목숨이 위험해질까 봐 반격 전에는 요구하지 않았을 뿐이었다. 하지만 지금 그게 중요한 게 아니지!

"먼저 나한테 물어보셨어야죠!"

"감정적인 대응을 할 필요는 없다. 너는 의식이 없었고, 시간도 없었다."

그는 손을 휘저으며 대답했다. 난 그에게 소리를 지르지 않으려고 정말이지, 있는 힘을 다했다. 그러다 내 다리가 아주 매끈해진 게 보였다. 얼굴을 만져보고 팔도 들여다보았다. 피부에 남은 체모가 거의 없었다.

"제모도 시킨 건가요?"

"더 좋은 방법을 썼다. 듣기로 요즘은 새로운 요법이 있다던데."

그는 손을 대충 휘저으며 말했다.

"집중적으로 빛을 쬐어 체모를 영구적으로 없애는 방법이었다. 그래서 너에게 시켜준 것이다. 넌 그게 절실하게 필요한 상황이었어."

"레이저 말인가요?"

장안 거리를 몇 번 다니며 레이저 제모 광고를 본 적이 있었다.

진정은 으르렁대며 말했다.

"네가 내 황후가 되려면 적어도 그럭저럭 볼만한 모습이어야 한다. 당연히 이 '연꽃 발'이라는 수치스러운 작태를 더는 지니고 있어서는 안 돼. 내가 살던 시대에는 특정 지역의 소위 상류층 집안에서만 딸들에게 이런 걸 시켰다. 노동을 하지 않아도 되는 존재라는 끔찍한 상징이었지. 그들은 타인의 노동에 의존해 사는 데 자부심을 너무나 느낀 나머지 하인 없으면 제대로 살지도 못하는 아내를 두고서 즐거워했다. 나는 이런 어리석은 관습을 금지했지만, 내가 사라진 후에 '개인의 자유'라는 명목으로 금지를 폐지했더군. 농민층까지 그런 관습이 퍼졌을 줄이야! 참으로 충격적이군."

그는 '개인의 자유'라는 말을 만들어낸 사람을 물어뜯고 싶다는 듯이 발음했다.

진정이 말하는 문장마다 새록새록 내게 감정의 채찍질을 내리치는 기분이 들었다. 그를 막돼먹은 돼지라고 부르고 싶은 충동이 들었지만, 그가 몇 년만 더 오래 살았어도 200년 전에 전족을 완전히 없앨 수 있었을 거란 생각에 충동이 싹 사라졌다. 정말 그랬다면 나를 비롯하여 수많은 소녀들의 운명이 바뀌었을 텐데.

"그렇다면 이게 바로 계속 언급해 온 혁명적 정책이란 건가요?"

나는 조심스러운 희망과 욱신욱신한 슬픔 사이에 사로잡혀 말했다. 그는 턱을 치켜들었다.

"그럼 너는 내가 화하를 통일한 이유가 그저 정복의 쾌감 때문이라고만 생각했나? 나는 비천한 출신 때문에 먼지보다도 못한 존재로 날 대하는 세상에 태어났다. 그런 가치판단이 잘못되었다는 걸 증명하기 위해 평생을 바쳤지. 능력보다 출신 성분을 중시하는 사회는 근본적으로 어긋나고 터무니없는 것이다. 난 그 사회를 변혁하기 위해 나섰다. 기회가 주어지지 않은 자들을 착취해 부를 쌓은 기생충 같은 놈들을 제거하기 위해 말이다. 이 체제를 파괴하는 것만이 우리 국민의 재능을 가장 효과적으로 제어하여 자유를 얻어낼 수 있다."

진정의 마지막 말에 온몸에 힘이 바짝 들어갔다. 얼핏 들으면 혼돈과의 전투에서 승리하고 자유를 얻어낸다는 말로 생각하기 쉽지만, 그는 이미 신들이 있는 한 그건 불가능한 일이라고 말하지 않았던가. 그렇다면······?

"나와 함께 하겠나?"

진정이 나직한 목소리로 물었다. 나를 응시하는 그의 눈빛은 내 속에서 휘몰아치는 혼란을 보는 것만 같았다.

"그래요. 세상을 바꾸려는 마음이 진심이시라면요. 하지만 정확히 어떻게 그들을 이길-."

내가 중얼중얼 말하던 도중, 그는 입술에 손가락을 대고 고개를 저었다. 그는 눈으로 위쪽을 흘끔 보았다.

그의 몸짓이 무슨 뜻인지는 이해했다. 신들이 얼마나 가까이에서 우리를 감시하고 있는지는 알 수 없으니. 신들을 상대로 모의를 꾸미려면 더 많은 예방 조치가 필요하다.

"나는 화하를 위한 계획이 있다. 네 역할이 생기면 알려주겠다. 그때까지는 이상한 생각을 하지 말도록."

진정이 말하는 태도는 마음에 들지 않았지만, 난 내 싸움을 해나가야 한다. 원하는 변화를 이끌어 내기 위해서라면 뭐든 할 거다.

"그 계획에 전족 철폐와 음양 조종석의 불평등한 현실 개선이 있다면 함께하겠어요."

"알겠다. 나도 비생산적인 관습은 전혀 좋아하지 않으니."

나는 당황해서 눈을 깜빡였다. 이렇게 끝이라고? 이토록 쉬웠던가? 몇 마디 말로 수천, 아니 수백만 명의 삶이 바뀔 수 있다고?

그렇구나. 이게 바로 권력을 가진다는 거구나.

물론 그 권력은 진정의 것이지 나의 것은 아니다. 그는 이 점을 나에게 계속해서 상기시킬 것 같다. 이 상황을 어떻게 바꿀 수 있지?

적어도 진정이 아닌 다른 이에게서 정보를 들어야 한다. 나는 더없이 겸손한 목소리로 물었다.

"그리고 제 손목 기기를 돌려주실 수 있으신지요? 이치와 이야기를 하고 싶습니다."

"안 돼. 정보를 대량으로 퍼트릴 수 있는 장치를 네게 줄 수 없다."

진정은 일어서서 건틀릿을 조정하며 떠날 준비를 했다.

"뭐라고요? 왜요?"

"왜인지는 네가 더 잘 알겠지."

그의 눈은 진실을 두고 우리가 벌인 논쟁을 기억하라는 듯 타올랐다. 나의 손바닥에 땀이 차올랐다.

"알겠습니다. 원하시지 않는 말은 절대로 하지 않겠습니다. 그냥 이치와 연락하게만 해주세요."

하지만 진정은 코웃음을 쳤다.

"네 말을 믿으라고? 게다가 그 첨단 기기들은 보안이 아주 취약할 가능성이 있다고 들었다. 원격으로 해킹을 당한다면 음성이나 영상 정보를 악한 세력에게 전송할 수 있다지. 왜 그런 걸 사람들은 몸에 지니고 다니는 건가? 필기도구를 가져오라 하겠다. 누구에게든 말하고 싶은 걸 종이에 써서 주면 내가 확인 후 전달하도록 하지."

그 선택지는 절대로 택할 수 없었다.

사방을 둘러봐도 지팡이를 찾을 수가 없어서, 나는 수액걸이를 쥐고 침대 아래로 다리를 내렸다. 저택을 죄다 기어다니는 한이 있더라도 이치를 찾아내고야 말겠어.

진정은 내 어깨를 잡아 눌러 앉혔다.

"지금 뭐 하려는 거냐?"

반사적으로 손을 떼라 버럭 소리를 지르고픈 마음을 삼켰다. 이토록 무력한 위치에서 그런 식으로 진정 같은 남자에게 다가가는 건 안 될 말이었다. 그는 욱하는 마음 때문에라도 거절할 테니까.

"손을 대지 말아 주세요."

나는 차분하게 말했다. 이건 명령이 아닌 요청이었다.

의외로 그는 손을 뗐다.

"넌 지금 걸을 수 없는 상태다. 돌아다니는 건 더더욱 위험하니 안 돼.”

"그러면 제 기 아머를 돌려주시겠어요, 폐하? 그러면 제가 스스로 몸을 지킬 수 있잖아요?”

"그 역시 지금은 사용할 수 없는 상태다. 네가 얼마나 과도하게 무리를 했는지 아느냐? 영구적인 뇌 손상을 입지 않은 게 천만다행이었다. 짧은 시간 안에 대량의 기를 억지로 흡수하는 건 경혈에 대단히 해롭다. 앞으로 몇 주 동안은 푹 쉬어야 회복할 수 있어. 이건 다 너를 위해서다.”

나는 어쩔 수 없이 분노 어린 소리를 내었다. 그러자 진정은 고개를 옆으로 숙이며 대꾸했다.

"계속 까다롭게 군다면, 다시 사슬로 묶어놓는 수밖에 없어.”

그를 상대하는 건 불가능했다. 몸을 일으켜 그의 옆을 지나가려고 붕대 감은 발을 바닥에 대었다. 생소한 통증이 뜨겁게 부어오른 발에서 확 느껴졌다.

진정은 내 어깨를 밀어 눕혔다. 나는 다시 침대에 쓰러져 숨을 가쁘게 내쉬었다. 팔꿈치를 세워 몸을 일으키려 하자 얼굴에 열이 확 올랐다. 움직이면서 팔에 꽂힌 정맥 주사가 빠지는 바람에 입에서 새된 소리가 절로 났다.

"별로 힘들이지 않고도 널 눕힐 수 있잖은가. 문 앞에 세워둔 병사들은 너를 안전하게 지키라는 명령을 받았다. 어디 한 번 그들을 뚫고 가봐. 어떤 꼴이 될지 보고 싶군. 정말로 재미있겠어.”

그는 손을 내리며 말했다. 난 그를 바닥에 쓰러뜨리고 목을 조르는 상상을 했다. 소리치고 싶었고, 싸우고 싶었지만 그러면 지겠지. 결국 그의 주장을 입증할 뿐이겠지.

나는 침대 시트에서 정맥 주사를 들어 흐르는 걸 막으며 말했다.

"그럼 독고가라를 만나고 싶어요. 백호의 음의 조종사 말이에요. 우리와 함께 온 다른 조종사들은 어떻게 하셨나요?"

"옛 성현궁의 폐허 발굴 작업을 도우라고 보냈다. 우리에게 배짱 좋게 도전한 무례한 아이들도 함께 일하고 있지. 요즘 애들이란. 사회봉사만큼 회개시키기 좋은 일도 없는 법이지."

진정은 침대 옆 탁자의 서랍을 열면서 고개를 절레절레 저었다. 그가 이토록 공격적으로 진두지휘를 맡은 후에는 크리살리스가 추가로 공격할 가능성이 낮아져서 다행이지만 그 대가란…… 진정이 너무나 공격적으로 나온다는 것이었다. 나는 감옥에서 나오려고 이 모든 일을 감행했건만, 다시 또 다른 감옥에 갇힌 거나 다름없어진 상황이라니. 정말이지 이런 건 원치 않았는데.

그는 서랍에서 납작한 패키지를 하나 꺼낸 다음 내 팔을 자기 쪽으로 끌어당겼다. 난 저항했지만, 그가 알코올 솜을 든 걸 보고 그만두었다. 그는 내 팔에 난 바늘 자국 주변 피부를 둥그렇게 닦았다. 그의 건틀릿을 이룬 자그마한 금속 조각들은 마치 얇은 뱀 가죽처럼 손에 딱 맞았다.

난 그의 행동을 보지 않으려 고개를 돌리고 물었다.

"저기, 독고가라는 여자니까 나를 방문해도 별문제 없겠지요?"

"그럴 거다. 불러주겠다."

그는 서랍에서 새 바늘이 들어 있는 패키지를 꺼냈다. 그가 다시 내 팔을 잡자, 건틀릿의 기 금속이 고리처럼 솟아나와 나의 팔꿈치를 지혈대처럼 죄었다. 그는 눈을 가늘게 뜨고 집중한 채로 나의 정맥에 바늘을 꽂았다. 나는 항의하려다가 말았다. 의사가 나에게 이 정맥 주사를 놓으라고 했다면 필요한 조처였겠지. 이치는 나를 이 방에 가두는 데 어쩔 수 없이 찬성했겠지만, 위험한 약물을 사용하라는 지시까지 나왔다면 가만있지는 않았을 거다.

진정은 바늘을 테이프로 고정한 다음 떨어진 정맥 주사관을 연결했다.

"이런 데 익숙하시군요."

나는 말했다. 차가운 수액이 들어가자 몸이 부르르 떨렸다.

"어머니가 이런 치료를 많이 받으셨거든. 200년이 지나도 이런 장비는 거의 변한 게 없군."

진정의 어머니도 매춘부였지. 이 생각이 무심코 떠오르자마자 곧바로 죄책감이 느껴졌다. 진정에게가 아니라, 그의 어머니에게 죄송했다. 그녀는 직업을 넘어선 존재로 기억되어야 마땅한 것을.

"자, 이제 얌전히 있어라. 나는 할 일이 많으니까."

진정은 날 다시 돌아보지도 않고 망토를 획 휘날리며 자리를 떴다.

문이 닫히는 걸 지켜보면서 피부에 들어간 바늘에 엄지를 대었다. 방 안은 죽은 듯이 고요했다. 들리는 소리라고는 나의 심장이 뛰는 소리와 숨소리뿐이다.

황후라. 방을 마음대로 드나들 수도 없는 여자애에게 어울리지 않는 드높은 칭호군. 나는 발을 바라보았다. 내가 알지도 못하는 새 수술이 이루어진 발이, 진정이 결정하는 대로 그의 변에 따라 이루어질 나의 앞날이 보였다. 이제껏 내가 겪은 일들이, 내 가족을 희생해가며 했던 일들이 결국 이런 상황으로 종결되기 위해서였나?

게다가 이 모든 일은 스스로 자초한 것이다. 진정을 해동시켰을 때는 너무나 절박했던 나머지 그가 지닌 위험은 생각하지도 못했다. '음짐지갈(飮鴆止渴).' 독이 든 술을 마셔 갈증을 푼다는 말이 떠오르자 그만 소리 내어 스스로를 비웃을 뻔했다.

손톱으로 가슴을 긁자 붉은 자국이 남았다. 내가 더는 여자로 존재하지 않으려면 어떻게 해야 하려나? 가슴을 자를까? 자궁을 적출할까?

주변을 둘러보았지만 누군가 잘 정리를 해놓았는지 날카로운 물건은 하나도 보이지 않았다. 있었다 해도 내가 그것으로 자해를 한다 하여 달라질 것이 있나?

나는 이 세상에, 이 세대에, 이 방에, 이 몸에 갇혀버린 죄수였다. 이 상황은 끝이 없고, 앞으로도 끝나지 않으리라.

제4장

남자만 달라졌을 뿐, 같은 짓거리

"너 진짜 얼굴 안 좋아 보인다."

독고가라가 성큼성큼 방으로 들어오며 말했다. 나는 이불에서 몸을 일으켰다.

"너도 마찬가지거든."

나는 투덜거리면서 헤드보드에 기대어 앉았다. 독고가라의 눈 밑에 서린 다크서클을 보니 반격 때문에 기를 소진했다는 걸 알 수 있었다. 그녀는 갑옷이 아니라 솔기를 하얀 띠로 박은 검은 조종사복 차림이었다.

독고가라가 문 근처에 있던 의자를 들고서 내 쪽으로 오자, 따라 들어온 병사가 문을 닫았다.

"거기. 너는 들어오지 마라."

나는 손을 내밀어 그를 저지했다. 하지만 병사는 내 말을 듣지 않은 것처럼 열중쉬어 자세를 취하고는 고개를 숙일 뿐이었다. 독고가라는 의자를 내 침대 옆에 두고 앉으며 말했다.

"폐하의 명령이야. 널 죽일 수 있는 사람은 누구든 너랑 둘이 둘 수가 없어. 나조차도 갑옷을 벗고 들어와야 했다고."

섬뜩한 공포감이 속에 확 퍼졌다. 진정에게 알리지 않고 말할 방법이 없다니. 우리가 사는 세상에 대한 진실을 말했다가는 내 목숨을 내놓아야 한 다음 거짓말쟁이로 몰리겠구나.

독고가라는 다리를 꼬며 물었다.

"그래서…… 이제 황후가 된다고?"

"그걸 것 같아."

나는 투덜투덜 대꾸했다.

"미안하지만 난 네가 정식으로 즉위할 때까지는 딱히 예의는 안 차릴래. 너한테 무례하게 굴 수 있는 동안 실컷 굴려고."

"맘대로 해. 그냥 밖에서 무슨 일이 벌어지고 있는지만 말해줘. 넌 나를 속이지 않고 사실을 말해줄 유일한 사람이니까."

나는 이렇게 말하며 우리를 감시하는 병사를 조심스럽게 쳐다보았다. 하지만 그가 여기 있다 하여 질문을 미룰 수는 없었다. 묻고 싶은 게 너무나 많았으니까.

독고가라는 우아한 조각이 새겨진 팔걸이에 팔꿈치를 올리고서 관자놀이를 긁으며 말했다.

"음, 처음에는 대혼란이 일어났지. 딱 봐도 안 그렇겠니. 아무도 이게 무슨 일인지 이해를 못 했어. 온라인에서는 온갖 소문이 퍼져갔어. 사람들은 황룡의 영상이 다 가짜라고 주장했지. 하지만 우리가 인터넷 생방송이라는 게 있다고 설명하니까, 폐하가 그걸로 몇 가지 발표를 하시면서 상황이 진정됐지. 폐하가 돌아오셨고, 이제 황위를 되찾는 중이시고, 뭐 그런 것들."

독고가라는 본인이 말하면서도 그 내용을 이해하지 못하겠다는 것처럼 몸을 움찔했다.

"사실은 아직도 믿을 수가 없어. 이건 정말 신들이 하사하신 기적 아니니."

아, 진정이 지금 이 말을 들었다면 자신이 돌아온 공로를 신들에게 돌렸다고 엄청나게 분노했을 텐데.

"요 며칠 동안 폐하는 무얼 하셨지?"

"주로 하시는 일은 새로운 성현들에게 지난 200년간의 격변의 정치사를 듣고 계시지. 우리는 옛날 제도로 돌아갔어. 조종사 통치자에게 성현들이 고문 역할을 해 주는 제도로. 이곳의 연회장을 이제 성현회장으로 쓰고 있어."

"새로운 성현이 있다고?"

"폐하께서는 중앙 정부의 남은 인원들을 소집해서 그 중 아홉 명을 새 성현회로 선출하도록 투표를 하라고 하셨지. 그리고 나머지는…… 알아서 승진해서 소집에 응하지 않은 자들의 자리를 채웠고. 안 온 사람들은 분명히 죽었을 테니까 안 왔을 거 아냐."

나는 머리를 헤드보드에 기대고서 천장의 목재 격자 사이로 흘러나오는 불빛을 가만히 바라보았다.

"혹시 성현궁 폐허에서 생존자가 있었어?"

독고가라는 깔깔 웃었다.

"너랑 폐하가 성현궁을 벙커까지 박살냈잖아. 우리가 파낸 건 짓이겨진 시체뿐이었어."

나는 눈을 질끈 감고 머릿속에 마구 떠오르는 이미지들을 견뎠다. 부패한 관리들, 고된 업무에 시달리는 정부 직원들, 무고한 하인들이 내 가족과 더불어 황룡의 발에 무너진 강철과 콘크리트, 나무와 유리 아래로 깔려가는 모습을. 뼈가 부러지고 두개골이 터지고 옷에 피가 흠뻑 젖은 모습을. 그리고 마수영과 주원장이 황룡의 발톱에 잡혀서 똑같이 죽어가는 모습을. 그리고 세민이…….

날카로운 숨결이 찌를 듯 내 안으로 흘러들어왔다가 부르르 빠져나갔다.

산 채로 깔려 죽다니. 참으로 끔찍한 죽음 아닌가.

몇 초 후, 나는 억지로 눈을 떴다. 내가 한 일을 외면하지 않겠다. 난 당시의 정보를 토대로 최선의 결정을 내린 것이다. 이제는 되돌릴 수 없다. 숨을 수도 없다.

"그들의 가족에게 보상해야겠지."

그걸로 참회가 될 수는 없겠지만, 그래도 무언가를 해야 한다.

"그리고 마수영과 주원장의 자녀들 말인데. 그 애들 잘 돌봐주고 있는지 확인해 줄래?"

이제 조금 차분하게 생각해 보니, 마수영이 나와 세민을 죽이라는 비밀 임무를 받았다는 걸 마냥 미워할 수만은 없었다. 성현들이 진짜 권력을 쥐고 있었기에, 우리를 어쩔 수 없는 상황으로 몰아넣은 것이다.

그러자 독고가라가 말했다.

"폐하께 안건을 제출할 수 있겠지. 이제는 모든 일을 그렇게 처리해야 해. 문서로 기록이 모두 남도록 말이야. 비밀 거래도, 뇌물도, 회계 부실도 없어. 관료들은 식당에서 쓴 식비조차도 질문을 받게 될 거야. 그게 나쁜 건 아니지. 관료들은 권력에 안주해서는 안 되니까."

그녀는 팔짱을 끼고서 골똘히 생각에 잠겼다가 말했다.

"솔직하게 말해서, 내가 널 따라 장안에 온 건 너무 깊게 엮여버렸기 때문이었거든. 사실 앞으로 어떻게 될지 걱정됐었어. 하지만 지금 폐하께서 권력을 잡으신 걸 본 다음에는 더는 걱정하지 않아."

"그래. 폐하는 타인에게 자신의 의지를 관철시키는 남다른 방식이 있으시지."

나는 병사를 다시금 쏘아보였다. 독고가라는 길게 한숨을 내쉬고는 의자에 몸을 기댔다.

"네가 한 행동이 과격하긴 했지만, 그래도 그편이 더 나은 선택이었을 거라고 생각해. 최고 권력을 쥐었던 부패한 늙은이들이 모두 제거되어서, 그 자리에 들어온 신진 관료들은 두려워하고 있거든. 폐하께서는 진짜로 변화를 가져올 수 있어. 조종사만이 감히 내릴 만한 결정을 내리신다고. 그분은 우리를 이끌고 전쟁에서 승리할 수 있어."

내 속에서 말 없는 비명이 올라왔다. 나는 턱과 목구멍에 힘을 주고 이불을 확 움켜잡았다.

"조종사 시스템이 이렇게 엉망인데도? 특히 여자애들한테 너무나 좋지 않은데 어떻게 전쟁을 계속 이어 나가?"

"그것도 폐하께서 벌써 개혁을 명령하셨어. 그분은 네가 없앤 늙은이들보다 훨씬 개방적인 분이라고. 역사가 언제나 좋은 쪽으로 진보하지는 않는다는 걸 이번에 알았네?"

독고가라는 턱을 문지르며 말을 이어갔다.

"너라면 폐하를 설득해서 여성들을 위한 좋은 법안을 통과시킬 수 있을 거야. 임신이나 이혼 시에 보호를 더 받을 수 있다면 정말 좋겠지."

"넌 왜 내가 폐하를 설득해서 뭘 해낼 수 있다고 생각해? 난 이 방에서 나가게 해 달라는 요청도 거절당했다고!"

"따져 보면, 넌 지금 아주 위험한 상황이야. 관료들이 하나같이 넌 황후가 될 자질이 없고 오히려 처형되어야 한다고 폐하에게 보고하고 있다고. 네가 폐하를 깨워 놓고서는 화하가 너무나 끔찍해졌다며 과장해서 말하고, 폐하를 속여 성현궁을 부수게 만들었다고 했어. 폐하의 '귀하신 손에 무의미한 피를 묻혔다'고 난리야."

나는 입에 쓴맛을 느끼며 말했다.

"나에게 동의하지 않으셨다면, 난 아무것도 할 수 없었을 거야. 정말이야."

"폐하 역시 바로 그렇게 공식적으로 말씀하셨어! 하지만 봐, 이건 진실인지 아닌지가 문제가 아니라고. 폐하께서 화하를 대단히 크게 변혁하려는 계획이 문제야. 그 계획 때문에 관료들이 아주 무서워서 부들부들 떨고 있어. 폐하가 재산권을 제한한다고 말씀하셨을 때는 분명히 그중 하나는 기절했을걸. 관료들은 폐하가 그토록 극단적인 변화를 만들기 바라지 않아. 그래서 이렇게 반발하는 거야. 전설의 진정 황제를 직접 비판할 수야 없지만, 완전히 다른 시대에 깨어나셨으니 잘못된 정보를 들었다며 의심할 수는 있지. 만약 폐하께서 물러서고 싶으시다면, 네가 폐하를 속였다는 이야기로 체면치레를 할 수 있다는 소리라고."

"폐하가…… 과연 그러실까?"

나는 같은 방에 있는 병사의 존재를 아주 또렷하게 의식하게 되었다. 우리 말을 얼마나 진정에게 전달하려나? 하지만 난 반드시 알아야 했다.

독고가라는 주저하지 않고 대답했다.

"아, 절대 그러실 리 없지. 오히려 폐하께서는 그럴수록 너를 더 황후로 삼아야겠다고 결심하시더라고. 너는 마치 폐하의 판단이 얼마나 미심쩍은지 알아볼 수 있는 상징적 존재가 되었다고. 만약 폐하가 관료들의 요구를 받아들여서 널 처형한다면, 관료들은 그걸 폐하의 약점으로 영원히 물고 늘어지게 될 거야. 폐하가 관료들이 싫어하는 결정을 내리실 때마다 그자들은 '폐하, 정말로 이 상황에 대해 신뢰할 만한 정보인지 확인해 보셨습니까? 그 악녀가 사유재산제를 철폐하도록 폐하를 속였던 때를 기억하지 못하십니까?' 하고 말하겠지."

"난 사유재산제가 무슨 뜻인지도 몰라!"

나의 말에 독고가라는 눈살을 찌푸리면서 확실하지는 않은 기색으로 대꾸했다.

"내가 생각하기에는 그걸 철폐하면 이제 아무도 자신의 소유를 갖지 못하게 되는 거야. 어쨌든 내 말의 요점은 이거야. 너는 잠시 납작 엎드려서 조용히 지내야 해. 관료들이 너를 교활한 여우라고 비난할 빌미를 주지 마."

나는 코웃음을 쳤다.

"그자들이 그런다고 내 비난을 멈출까."

"그래도 시도는 해 봐야지! 넌 까놓고 말해서 성난 야수의 등에 올라탄 거라고. 온몸의 뼈가 다 부서지기 전까지는 내려올 수가 없으니까, 어떻게든 버텨."

그녀는 조종사복 외투에서 휴대용 기기를 꺼냈다. 그리고 내가 기기를 건드리지 않는다는 걸 병사에게 확인시킨 다음, 나에게 사진을 보여주었다.

그걸 본 순간, 속이 확 가라앉았다. 사진은 정신을 잃은 내 몸뚱이를 품에 안고서 황룡에서 나오는 진정을 담고 있었다. 이건 내가 양광의 시체를 안고 구미호에서 나오던 모습과 놀라우리만큼 비슷했다. 이제껏 내가 싸워온 모든 것이, 내가 견뎌온 모든 고통이, 그 순간부터 잡았다고 생각했던 모든 권력이 이 단 한 장의 사진으로 모조리 무너져버린 것만 같았다.

"이런 게 너를 구해줄 거야."

독고가라의 목소리가 내 귓가에 공허하게 울렸다. 그녀는 기기를 흔들어 자신의 말을 한층 강조했다.

"너는 고분고분하게 행동해야 해. 그러니까, 폐하께서 널 길들였다는 걸 보여줘야 한다고."

"이건 놈들이 나랑 세민이한테 하려던 짓과 똑같잖아! 남자만 달라졌을 뿐, 같은 수법이잖아! 게다가 그때도 아무도 믿지 않았어!"

"그래. 하지만…… 이분은 보통 남자가 아니지. 물론 이 조종사가 보통 남자라는 건 아니지만…… 무슨 말인지 알잖아. 이번에는 네가 '길들여졌다'라는 식으로 행동한다면 사람들은 믿을 거야. 사람들이 너의 새로운 모습에 익숙해지면, 넌 폐하에게 영향력을 행사해서 여성들을 위한 일을 더 많이 할 수 있어."

"으윽."

나는 두 손에 얼굴을 묻었다. 그 짧고도 소중한 시간 동안 나는 나름대로 모든 걸 극복했다고 믿었다. 내가 변화를 만들어낼 수 있다고 믿었단 말이다. 그런데 이제는 원하는 게 있으면 모두 진정에게 가서 굽신거려야 하다니.

"텡그리가 그렇게 되어 마음이 아프다."

독고가라가 중얼거렸다.

"텡그리가 누구야?"

"이 조종사의 선비족 이름이 텡그리야. 다예 텡그리. 고구가 우리를 같은 호버크래프트에 몰아놓고 장안으로 가게 했을 때 이야기하다가 들었어."

가슴이 아프도록 미어졌다. 세민에게 선비족 이름이 있는 줄은 몰랐다. 함께 정신이 연결된 채 지낸 시간 동안에도 난 그에 대해서 모르는 게 너무나 많았다. 우리는 함께 보낸 시간이 너무나 적었다.

이건 너무하잖아.

독고가라는 세민이 살아있다는 사실을 모르지……. 그것도 아주 소름 끼치는 형태로 살아 있겠지. 그런데 그 사실을 말해줄 수가 없다.

독고가라는 아래로 눈을 내리깔고 말을 이었다.

"그리고…… 처음 만났을 때 너한테 그렇게 행동해서 미안해. 너한테 어떻게 반응해야 할지 몰라서 그랬던 것 같아. 전략가들이 내 성격을 안 좋아한다는 건 알고 있었어. 하지만 그래도 내가 가장 강한 여성 조종사기 때문에 어쩔 수 없이 날 참아줘야 한다고 생각했었지. 그런데 네가 나타난 거야. 순식간에 나는 최강자의 자리에서 밀려났다고."

그녀는 숨을 후 내쉬면서 고개를 절레절레 젓더니 이렇게 덧붙였다.

"하지만 알고 보니 그자들은 조종사를 다 죽여버리려 했다니. 그럼 순위 따위 무슨 의미가 있겠어."

"뭐, 그놈들은 죽고 우리는 살아남았잖아. 이제 최후의 웃는 자는 우리 아니야?"

우리는 서로를 바라보며 희미한 미소를 지었지만, 진짜로 웃지는 못했다. 내가 다시 웃을 날이 오기는 할까.

독고가라는 뒤를 슬쩍 돌아 병사를 쳐다본 다음 내게 몸을 기울여 속삭였다.

"텡그리라면 너에게 스스로를 보호할 수 있는 최선의 선택을 하라고 했을 거야. 그리고 솔직히 말하자면, 화하 역사상 가장 강력한 남자보다 좋은 선택지가 뭐가 있겠니."

"맞아."

수술을 거친 발에서 통증이 한층 심하게 두근대었다. 나는 목에서 확 올라오는 쓴 물을 삼키며 물었다.

"고이치는 어떻게 지내? 정말로 걔가 황제의 비서관이 됐어?"

나의 물음에 독고가라는 멈칫대며 눈을 깜빡였다.

아, 우리 사이를 모르는 사람에게는 갑자기 뜬금없는 질문처럼 들리겠구나. 나는 급히 설명했다.

"이치는 세민이와 나와 아주 각별한 사이였어. 그래서 걱정돼."

독고가라는 의자에 기대어 앉았다.

"그래. 너희 셋은 좀 이상한 관계였지."

"넌 모르는 이야기가 많아."

"뭐, 그래. 예쁘장하신 황제 비서관 아이는 아주 바쁘게 지내. 걔는 폐하께서 정부를 다시 운영하시도록 온갖 네트워크를 다 끌어대느라 참 일이 많았지. 고이치가 회사를 국유화하고 재산을 전부 국고에 헌납한 걸 두고 고 가문 사람들은 좋아하지 않았겠지만, 그래서 황제의 총애를 받게 되었으니 뭐라 못 하고 있어."

"이치가 가문의 돈을 모두 정부에 넘겼어?"

"응. 전부. 서류상으로 보자면 고 가문은 빈털터리야."

진정이 어째서 기꺼이 이치를 신뢰하는지 알겠군.

긴장이 살짝 풀렸다. 이치는 이 상황을 최대한 이용해 얻을 수 있는 권력을 모두 잡으려는 거구나. 그렇다면 나도 이치처럼 할 수 있을지도 몰라. 진정에게 정치적 상징이 된다면 내 생각보다 더 많은 영향력을 갖게 된다는 뜻이다. 그걸 이용해서 황제로부터 내가 원하는 걸 받아낼 수 있겠지. 이를테면 나의 기 아머 같은 것 말이다. 나는 진정이 마음대로 잘라붙이고 사용하는 인형이 아니라는 걸 보여주어야 한다.

'네가 스스로 화하의 황후라고 선언하지 않았나? 그렇다면 그걸 부인하는 게 모양새 보기 좋은 일이 아니므로, 난 너와 결혼해야 할 것 같군.' 진정은 이렇게 말했었다. 다시 생각해 보니, 그의 이 발언은 의도했던 것보다 약점을 많이 드러내고 있었다. 진정의 이야기로는 쿠데타는 자신의 생각이었으며 모든 게 자신의 의지대로 일어난 일이라고 했으니 다들 그렇게 알고 있겠지. 하지만 나의 선언이 진정의 지시나 승낙을 받지 않고 순간의 열기에 휩쓸려 내지른 것임을 관료와 국민이 알게 된다면, 진정의 이야기는 다 허사가 된다. 본인이 나를 통제하지 못했다는 걸 인정할 수밖에 없겠지. 쿠데타 당시의 진정의 정신이 얼마나 멀쩡했는지는 지금 보니 알 수가 없지만, 사람들의 의심을 받지 않으려면 날 황후로 삼는 것도 다 진정이 신중하게 생각하고 내린 결정이었다고 주장해야 한다. 그리고 우리가 성현궁에 도착하기 전에 내가 황제에게서 들은 것이라고 말해야 한다.

나는 독고가라에게 말했다.

"혹시 고 비서관에게 내 말을 전해줄 수 있어? 걔한테…… 내 걱정은 하지 말라고 해줘. 난 괜찮다고."

"재밌네. 비서관도 나한테 너에게 자기 걱정은 하지 말라고 전해달라고 했어."

제5장

파업

독고가라가 나가자 내가 의식이 없을 때부터 돌봐주던 시녀가 들어왔다. 그녀는 옻칠한 목재 침대 트레이 위로 죽과 채소찜을 놓았다. 이번에는 좀 더 그녀를 눈여겨 관찰했다. 아주 젊어보이네. 이거 재밌는데. 나를 돌보는 시녀를 고른다면 진정은 좀 더 나이 많고 경험 있는 사람을 택할 줄 알았다. 아니면 이치가 고른 사람일까? 무슨 특별한 이유라도 있을까?

"이름이 뭐지?"

나는 시녀에게 물었다. 그녀는 내가 누워서 식사할 수 있도록 트레이를 설치하다 말고 고개를 푹 숙였다. 어찌나 깊숙이 숙였던지 턱이 목덜미에 닿을 것 같았다.

"완아입니다, 마마. 상관완아(上官婉兒, 당나라의 여성 관료이자 시인. 대단히 명석한 사람으로 측천무후의 총애를 받아 벼슬을 했음.)라고 합니다.”

"몇 살이지?"

"스물넷입니다, 마마."

"와, 진짜?"

뭐, 그렇구나. 나는 사람 나이를 잘 맞추지 못한다. 하지만 스물넷이라 해도 저택에서 일하는 다른 아주머니들보다는 젊긴 했다.

완아의 동그란 뺨에 홍조가 일었다.

"괜찮습니다. 저는 나이보다 어려 보인다는 이야기를 많이 듣습니다, 마마."

"나를 돌보라고 시킨 게 누구지? 왜 돌보라고 하던가? 고 비서관이 시켰어? 아니면 진정이?"

완아의 눈이 휘둥그레졌다.

아, 맞다. 황제의 이름을 부르는 건 사실상 아주 큰 무례지.

"그러니까, 황제 폐하 말이야."

내가 다시 말했다. 이러면 좀 더 편안하게 대화할 수 있겠지.

예상대로 완아는 안도의 한숨을 내쉬며 말했다.

"폐하께서 지시하셨습니다, 마마. 폐하께서는 지난 달에 새로이 고용된 사람을 불러서 질문을 하셨습니다. 저는 솔직하게 말씀드렸고요. 그런 다음 제가 마마를 모시게 되었습니다."

그렇다면 진정은 고 가문에 충성심을 둘 겨를이 없었던 고용인을 일부러 골랐군. 이치와 나는 이 사람을 통해 메시지를 주고받을 수는 없겠네. 감시병이 없을 때 둘이서 대화를 할 수는 있겠지만, 이 사람 역시 진정의 첩자일 뿐이야.

"폐하께서 무슨 질문을 했지?"

나는 그녀에게 계속 질문을 던졌다. 그러자 완아는 묘하게 침묵을 하다가 잠시 후 대답했다.

"노동주의에 대해 많이 아는 사람이 있느냐고 물으셨습니다."

"노동주의? 그게 뭐지?"

순간, 완아의 얼굴에 놀라는 기색이 스쳤다.

"사람들은 자기가 일한 결과를 마땅히 받아 누려야 한다는 사상입니다. 타인이 노동한 이익을 착취해서는 안 된다는 뜻이지요."

"음, 그렇구나. 하지만 그건 다들 생각하는 사상 아니야?"

"전혀 그렇지 않습니다, 마마. 우리가 의심하지 않는 방식으로 벌어지는 착취가 아주 많습니다. 예를 들어, 마마의 가족은 토지를 소유하고 농사를 지으시나요?"

가족 이야기가 나오자 나는 얼굴을 찌푸렸지만, 완아가 말을 꺼낸 방식이 너무나 자연스러웠다. 그러면 내가 가족에게 저지른 짓을 모르는 것 같군. 정확히 어떤 영상이 바깥에서 돌아다니고 있는지 모르겠는데. 나는 그 문제는 언급하지 않기로 하고 대답했다.

"아니. 우리 마을 산의 반을 소유한 가문이 있었어. 우리는 매년 수확물의 일부를 그들에게 토지 임대료로 냈지."

"그러면 지주들이 농사를 같이 도와 기여하나요?"

나는 코웃음을 쳤다.

"그자들은 산 아래 마을에 살아. 난 한 번도 본 적 없어."

"그렇다면 마마의 가족이 노동은 모두 하지만, 지주들은 그 토지에 발도 들인 적이 없이 수확물의 상당량을 받는다는 말씀이시죠?"

완아의 목소리에서는 이제 긴장감이 사라졌다. 그녀는 등을 곧게 펴고서 나와 눈을 마주쳤다.

"마마, 그게 불공평하다는 생각은 하지 않으시나요?"

나는 눈을 깜빡이며 그녀를 바라보다가 이내 느릿하게 어깨를 으쓱였다.

"그 집안 땅이잖아. 우리 선조들은 주 지방에서 온 피난민이었어. 그러니 살 곳을 찾아 정착할 수밖에 없었지."

"하지만 마을 사람들이 그 가문에게 있다는 토지 소유권을 아예 인정하지 않았더라면, 거기서 나온 수확물을 줄 필요가 없었을 텐데요."

"우린, 우린 그러면 안 돼!"

"왜 안 될까요?"

이 사람, 진심으로 하는 말이야? 나는 그런 짓을 했다간 당연히 이어질 결과를 다 읊어보려 했지만, 말이 술술 나오지 않았다.

"그랬다간 그 집안이…… 우리 가족을 법정으로 끌고 가겠지. 그 땅은 그 집안 돈으로 산 것이니까."

그러자 완아는 또박또박 힘주어 말했다.

"마마, 이제는 마마와 폐하께서 조정을 통제하고 계십니다. 소유권을 부여하는 것은 국가고, 두 분께서는 국가를 장악하셨습니다. 그리고 마마의 지주들이 땅을 얼마 주고 샀든, 마을 사람들은 그 돈의 몇 배나 넘는 돈을 갖다주었을 것입니다. 하지만 마마의 마을 사람들은 결코 그 토지를 갖게 될 수 없습니다. 지주들이 너무나 많은 것을 빼앗기 때문에 저축해서 토지를 살 수 없을 테니까요. 마마, 이 체제를 해체하실 마음은 없으십니까?"

나는 정신이 멍해지고 말았다. 그러다 이내 마음을 다잡고 말했다.

"아니, 안 돼. 난 아무것도 바꿀 수가 없어. 난 통제권이 없어. 우리 가장 귀하신 황제께서 통치하시잖아."

"제가 보기엔 마마께서도 곧 폐하가 확고하게 노동자 중심주의적인 분임을 알게 되실 겁니다. 역사서들은 그런 모습을 지우려 했지만, 폐하의 본질이 그러하십니다. 다만, 폐하께서 농촌을 분석하신 것에는 언제나 결함이 있었습니다. 마마께서는 폐하에게 농민의 목소리가 되어주실 수 있으십니다. 화하를 진정으로 변혁하기 위해서는 마마께서 어떤 변화를 추진하실 수 있는지 생각해 보시면 좋을 것입니다."

지금 이 사람, 진정을 비판한 거야?

나는 반사적으로 주위를 둘러보았다. 벽을 통해 진정이 듣고 있을지도 모른다는 공포심이 들었으니까. 정말로 그럴지도 몰라. 어쩌면 고의로 나에게 이런 말을 하라고, 진정이 이 사람에게 시켰을지도 몰라. 그는 무슨 말을 듣고 싶은 거지? 내가 이 시녀를 꾸짖기를 바라나? 아니면 정치에 간섭할 야망이 전혀 없다는 말을 듣고 싶나?

모든 이들이 지주에게 반항할 수 있도록 한다라……. 대담한 사상이네. 내가 일으킨 혼란보다도 몇 곱절은 더 큰 혼란이 일지도 모른다. 일주일 전이라면, 이 사람이 나를 구슬려 체제 전복적인 말을 하게 유도하고 법적으로 나를 정당하게 처형하려는 것이라고 믿었을 거다. 하지만 진정은 부자들을 두고서 분개하며 '사회의 기생충을 제거'하고 싶다고 떠들어대지 않았던가. 그렇다면, 혹시 내가 그의 사상을 열렬히 지지해 주기를 바라는 걸까?

아니야. 황제가 뭘 원하는지는 생각하지 말자. 내가 원하는 걸 얻어낼 생각을 하자.

나는 음식 트레이를 밀었다.

"우리의 귀하신 황제 폐하께서 정말로 대중을 해방시키시려는 마음이시면서 나를 감금하시다니. 그건 위선이야. 폐하께 전해. 나의 기 아머를 돌려주시고 국정회의에 참석하게 해 달라고. 그전까진 한 숟갈도 먹지 않겠다."

물론 진정이 나를 국정회의에 참석하게 할 리 없다. 나에게 조종당했다는 의혹을 받으며 싸워가고 있으니까. 하지만 흥정의 첫째 원칙은, 바로 목표를 높게 설정하는 것이지.

완아의 얼굴이 창백해졌다.

"마마, 이러시면 안 됩니다!"

"내가 뭘 하든 말든 당신은 발언권이 없어."

나는 딱 잘라 대답했다. 난 이 사람과 거리를 두어야 한다. 그렇지 않으면 나에게 맞서는 존재로 이용될 테니.

"폐하에게 내 요구사항을 전해. 마음에 드시지 않는다면 직접 오셔서 해결하시라고."

의식이 돌아오고 나자 시간은 더 느릿하게 흘러갔다.

침묵이 흐르는 방에 있으니 양광을 죽이고 어두운 감옥에 갇혀 닥쳐올 운명을 기다리던 때가 떠올랐다. 그때도 지금처럼, 내 행동 때문에 바깥 세상이 완전히 변해버렸다는 걸 알면서도 그저 기다리고 있어야만 했었다. 그때와 지금의 차이는 단 하나, 지금의 감옥이 훨씬 더 화려하다는 것뿐이다.

나는 아무것도 먹지 않겠다는 결심을 이어갔지만, 완아가 붕대를 갈고 날 씻겨주는 것까지는 허락했다. 새로 생긴 발은 끔찍해 보였다. 이제는 뾰족한 발굽 같은 모양이 사라지고, 더 넓고 평평하며 부어오른 살덩이처럼 보였다. 그 변색된 살덩이를 한데 모아 검은 실로 꿰매고 그 끝에 발가락 비슷한 것이 꽂혀 있는 모습이랄까. 의사는 내 뼈를 또 다시 부러뜨린 다음 부목으로 정렬했다. 다행히도, 완아의 말에 따르면 붓기는 가라앉을 거라 했다. 좀 볼썽사납기는 했어도 방수포를 발에 감고 욕실에 있는 욕조를 쓸 수도 있었다. 다리를 욕조 끝에 올려주고 기가 다 빠진 몸을 욕조에 누인 다음 언제든 틀면 나오는 부드럽고 따스한 물에 푹 잠겨 있는 거다. 나는 장안에 처음 왔을 때가 종종 떠올랐다. 그때는 일주일의 회복 기간 중 절반을 이치와 함께 보냈다. 그와 함께한 밤마다 이치는 나를 데리고 욕실 바닥에 설치한 욕탕에 들어갔다. 문신이 뒤덮인 이치의 피부 위로 흘러내리던 물방울, 내 몸에 비누 거품을 문지르던 그의 부드러운 손길, 물속에 잠긴 채 그의 위에 올라앉아 더운 숨을 나누던 우리의 입술이 떠올랐다. 더욱 순수한 순간들도 있었다. 서로의 머리를 감겨주며 거품 이는 물을 서로에게 끼얹고 웃던 그때.

이제는 홀로 앉아 기억에 잠겨, 그 순간들을 머릿속에 반복해서 새겼다. 만약 내가 복수심으로 가득한 마음으로 만리장성에 순순히 끌려가지만 않았더라면, 그냥 이치의 제안대로 함께 장안에 왔더라면, 세민은 아직 살아있었을까? 나를 만나지 않는 편이 세민에게는 더 좋았을까? 이 일련의 사건들이 어떤 결과로 이어질지 알았더라면 난 도중에 그만두었을까? 아니면 어느 순간 다른 결정을, 더 좋은 결정을 내렸을까?

머릿속이 너무나 어지러워져서 난 억지로 생각을 그만두었다. 안타깝지만 지금 욕조에 빠져 죽을 수가 없었다. 아무리 물속에 머리를 디밀어도 살고 싶은 끈질긴 마음으로 벌떡 나와버리는 본능을 이길 수가 없었다.

완아는 몇 시간마다 음식을 가져왔다. 제발 식사를 하라는 그녀의 간청을 난 죄다 무시했다. 그녀는 내가 손도 안 댄 쟁반을 치우고 새로 가져온 음식 쟁반을 놓았다. 그리고 정맥 주사를 더 꽂으려 했지만 난 그 손길을 밀어냈다. 진정이 오면 협상할 수는 있어야 하기에, 너무 목이 마르지는 않도록 물을 조금 마실 따름이었다.

드디어 며칠 후, 아머가 격하게 덜컹거리는 소리가 들리더니 문이 확 열리며 진정이 보였다. 나는 몸을 일으켰다. 누가 뱃속을 마구 긁어대는 것만 같았고, 온몸이 크리살리스라도 되는 듯 무거웠다.

"왜 이리 까다롭게 구는 건가?"

그는 내 옆으로 성큼성큼 걸어왔다. 이제는 얼굴에 화두 흉터가 없었고, 그저 희미한 자국만이 있었다.

진정은 볼 때마다 더 강하고 안정된 모습인 것 같아서, 속이 뒤틀렸다. 하지만 나는 주된 요구사항을 까끌까끌한 목소리로 내뱉었다.

"제 기 아머를 돌려줘요."

"그래서 그걸 입고 경비병을 쓰러뜨린 다음 바깥을 돌아다닐 작정인가? 절대로 안 된다."

"그렇다면 고귀하신 폐하는 황후가 없게 되실 겁니다."

나는 머리를 베개에 떨구었다. 말할 때마다 목구멍에 모래가 쓸리는 것 같은 느낌이었지만 계속 말했다.

"그러면 관료들은 무척 좋아하겠지요. 폐하를 볼 때마다 속으로 웃을 수 있을 테니까요. 그토록 저를 황후로 맞이하고 싶어 했지만, 자기네들이 잘 막았다면서 말이죠."

"중앙 관료들과 네 멍청한 짓이 무슨 상관이란 말이냐."

"하지만 그들은 그리 생각하지 않을 겁니다. 그리고 일반 대중에겐 어떻게 보일지 생각해 보십시오. 폐하를 부활시킨 여자를 황후로 만들겠다고 해놓고, 왕좌에 안전하게 즉위하자마자 약속을 어기게 된 걸 두고 무어라 할까요."

"내가 언제 약속했다고……!"

"뭐, 사람들은 그랬다고 생각하지 않을까요? 아니면 실은 폐하가 정부를 없애버리는 대혼란 속에 멋도 모르고 끌려오셨는데, 이제 와서 체면치레하려고 거짓말을 하셨다는 의심을 받고 싶으십니까?"

진정은 거칠게 목울음을 냈다.

"나는 널 죽이려는 자들이 득시글거리는 세상에서 널 보호하고 있지 않느냐! 그 사실을 받아들이지 못할 정도로 절박하게 자존심을 지켜야겠나?"

"제 안전을 위해 뭘 하고 뭘 안 할지는 제가 직접 정합니다. 존엄하신 폐하께서 절 대신해서 그래 주실 필요 없으십니다."

"그래?"

진정은 침대 옆 탁자에 놓인 나의 식사 쟁반을 노려보았다. 그리고 죽 그릇 가장자리에 손가락을 하나 대고서 말했다.

"그렇다면 내가 몸소 널 묶어놓고 억지로 목구멍에 음식을 넣어주기를 바라나 보군."

세민의 기억이 갑자기 스쳤다. 술에 흠뻑 취해 있던 장면이 눈앞에 떠올랐다. 뱃속이 죄어들었다.

"그래 보시죠. 폐하께서 제게 어찌나 영향력이 없으신지 제가 밥도 안 먹고 있어도 어쩔 수가 없으시다면 소문이 어서 퍼졌으면 좋겠군요. 폐하의 새로운 통치가 참으로 시작이 좋군요? 조정에서는 폐하를 믿지 못할 이유를 찾고 있을 텐데, 이런 모습을 숨길 수 있다고 생각하시나요?"

진정의 눈빛이 어두워졌다. 혹시 이러다 나에게 억지로 음식을 먹이려고 하는 건 아닐까. 무서워지던 순간, 그가 입을 열었다.

"말해 봐라. 너랑 고이치는 정확히 무슨 사이지?"

나는 돌처럼 굳고 말았다. 그는 나의 기억을 충분히 봤구나. 그게 아니라면 이 문제를 들먹일 이유가 없다.

"폐하께서 생각하시는 사이 그대로입니다."

나는 무심한 척 말했다. 아니라고 필사적으로 부인해 봤자 오히려 이치를 추궁하고픈 마음만 자극할 테니.

"그러면 넌 알고 있는가? 너를 살려둘 이유는 있어도, 그를 살려둘 이유는 없다는 걸?"

나는 거칠게 웃었다. 웃으며 어깨를 떠는 것으로 사실은 온몸이 덜덜 떨리고 있다는 걸 숨겼다.

"폐하께서는 이미 보셨습니다. 정부에서 제 가족을 이용하여 절 저지하려 했을 때, 전 가족을 밟아 죽였지요. 그때 제 마음이 찢어지는 것 같았는데도 그랬던 걸 같이 느끼셨잖습니까. 그런데 이제 또 제가 약한 마음이 있을 거라 기대하고 도박을 하시렵니까?"

그는 눈살을 찌푸리며 입을 꾹 다물었다. 나는 이치의 생명을 위협하는 말을 또 들을세라 얼른 말했다.

"그리고 제가 폐하라면 고이치가 쓸모 있다는 점을 간과하지 않을 겁니다. 이 시대에 오신 폐하께서 황제 비서관만큼 신뢰할 사람이 또 누가 있습니까? 하지만 폐하께서 제 기억을 보셨다면, 깨어나시기 전에 이치가 누구였는지도 아시겠지요. 그가 어떤 의도로 움직이는지 아실 텐데요."

'이 화하에서 나와 당신만큼 신들을 간절히 죽이고 싶은 자가 있다면, 바로 단 하나, 이치일 겁니다.' 나는 이렇게 덧붙이고 싶었지만,

소리 내어 말하기엔 너무나 위험한 내용이었다. 진정이 이 점을 알아서 깨달아주기를 바랄 뿐.

하지만 그는 고개를 살짝 기울이며 말했다.

"그래? 고이치를 담은 네 기억이, 그가 네게 보여준 면이 그의 참모습이라고 말하고 있나 본데, 우습군. 나는 그 반대의 증거를 이미 볼 만큼 보았다."

이게 무슨 뜻이지? 나는 묻고 싶었지만 입안을 깨물어 참았다. 진정은 내 머릿속을 어지럽게 하려는 거야. 난 이치를 믿어야 해. 이치가 하는 일이 뭐든 다 필요하니까 하는 거야.

"무슨 일이 있어도 저는 폐하께서 그의 목숨을 제 앞에서 흔들어 미끼로 삼게 두지 않을 겁니다. 이치에게 폐하께서 손을 대시는 순간, 저는 그냥 이치를 잃어버린 사람으로 생각할 겁니다. 저를 통제하려는 수단으로 쓰이느니, 차라리 죽는 게 낫다고 생각할 겁니다. 이치 역시 저와 같은 입장일 것이고요. 폐하는……."

그때 난 깨달았다. 세민 역시 같은 식으로 처리해야 하는구나. 그러자 어마어마한 슬픔이 밀려왔다. 세민도 잃어버린 존재로 생각해야 하는구나. 그를 되찾을 희망을 품는 순간, 나는 전설 속 과보(夸父, 태양이 어디로 가는지 궁금해서 태양을 따라 천 리를 달리다가 쓰러져 죽은 중국 신화 속 거인.)처럼 땀 흘리다 몸이 말라 죽어버리고 말 테지.

다시 정신을 차리자, 진정은 말없이 나를 관찰하고 있었다. 나는 마음을 다잡았다. 그리고 한순간도 고통스럽지 않은 것처럼 이야기를 계속했다.

"폐하는 이치라는 패를 잃게 되시겠지만, 그렇대도 저는 명을 따르지 않을 겁니다. 그런 결정을 내리시기 전에 신중하게 생각해 보시지요."

그는 으르렁거림에 가까운 한숨을 내쉬었다.

"일단 마음을 가라앉히고 미친 생각을 거두어라. 그런 다음에는 마음대로 돌아다니도록 해. 이런 유치한 짓은 그만두고 식사를 해라."

그는 죽 그릇을 들어 올리며 덧붙였다.

"이걸 만들려고 얼마나 많은 노동력이 들어갔는지 아나? 그런데 이걸 그냥 버리겠다고?"

나는 침대에서 돌아누웠다.

"거지에게 주든 말든 알아서 하시죠."

그는 죽 그릇을 쟁반에 탕 내리쳤다.

"이런 헛짓거리를 할 시간은 전혀 없단 말이다."

그는 망토를 획 휘날리며 문으로 향했다. 나는 그의 뒤에 대고 쉰 목소리로 물었다.

"나를 통제하면 폐하가 더 강해지신다는 느낌이 들어서 이러시나요? 아니면 제가 조금이라도 자유로워지는 게 그토록 두려우신 건가요?"

그는 걸음을 우뚝 멈췄다. 그리고 뒤돌아 나를 노려보며 말했다.

"나는 221년 동안 잠들어 있었는데도 깨어나자마자 이 세상이 내 앞에 무릎을 꿇었다. 너를 통제하지 않더라도 나는 이미 충분히 강하다."

진정은 내가 허세를 부리고 있다고 생각할까. 결국은 굴복할 거라고 생각하는 걸까. 모르겠다. 하지만 난 계속해서 단식을 했다. 이제는 물도 마시지 않았다.

　극심한 배고픔의 단계가 넘어가자, 구운 고기나 튀긴 두부의 냄새를 참는 것도 조금씩 쉬워졌다. 완아가 제아무리 나를 어르고 달래도 나는 대답하지 않았다. 말할 힘조차 겨우 낼 수 있을 뿐이었다. 가끔 그녀는 내 코 아래 손가락을 대고 숨을 쉬는지 확인했다. 가끔은 벌려진 입술 사이로 물을 몇 순갈 슬쩍 넣어줄 때도 있어서 그때마다 그녀를 밀쳐내야 했다. 완아가 식사를 가져오는 소리가 온통 뒤섞여 들려왔다. 나는 공상과 악몽 사이를 오가면서 모래처럼 바짝 마른 목과 텅 빈 뱃속을 애써 떠올리지 않았다.

　그렇게 어둠 속을 헤메고 있었을 때였다. 눈꺼풀 위로 부드러운 빛이 스쳤다. 슬며시 눈을 뜨자 보이는 광경은…….

"세민아?"

　나는 숨을 헉 들이쉬었다. 그는 내 침대 옆에 무릎을 꿇고 있었다. 마치 안개에 휩싸인 것처럼 흐릿하고도 신비한 모습이었다. 우리가 처음 서로 눈이 마주쳤던 주작의 연결 교량에서 우리의 몸을 감쌌던 안개가 떠올랐다.

"미랑……."

　그의 목소리는 바람 소리처럼, 메아리처럼 들렸다. 손등으로 내 뺨을 살며시 쓸어올리는 손길이 마치 비단처럼 부드러웠다.

"강해져야 해. 난 널 믿어."

목이 메었다. 뜨거운 눈물이 흘렀다.

"넌 진짜가 아니잖아. 넌 진짜일 리 없잖아."

그는 슬픈 미소를 지으며 고개를 저었다.

"난 언제나 너와 함께 있을 거야."

그는 내 손 위에 자신의 손을 얹었다. 나는 숨도 쉴 수 없었다. 한 자락 바람이라도 불어 이 환상이 흩어질까 너무 두렵기만 했다.

그 순간, 다른 것이 환상을 방해하고 말았다. 방 밖으로 갑자기 큰 소리가 났다. 고함, 총성, 금속이 부딪치는 소리였다. 이어서 문틈 아래로 붉은 빛이 새어들었다.

"빨리 숨어!"

세민이 말했다. 나는 휘청이며 침대에서 일어났다가, 발에 실리는 몸무게에 고통스레 흐르는 비명을 애써 참았다. 새롭게 이루어진 발의 형태가 낯설어 균형을 잡을 수가 없었다. 다시 고개를 든 순간, 세민은 사라지고 없었다. 지금 본 건 대체 무엇이었을까.

나는 비틀비틀 화장실로 들어가서 세면대 앞에 쓰러졌다. 팔다리에 힘이 빠지고 머리가 어지러웠다. 화장실 문을 잠그자마자 방문이 부서지는 소리가 났다. 나무가 삐걱거리며 부서지는 소리가 몇 번 나더니, 이어서 묵직하게 쿵 소리가 들렸다.

아머의 금속성 소리가 철컹거리며 점점 가까이 다가왔다.

"매춘부! 어디 있느냐!"

놀라우리만큼 어린 소년의 목소리가 외치고 있었다.

저건 유체겠구나. 그런데 아직 장안에 있었나?

그래, 맞아. 진정이 청룡의 기를 모두 빼앗았잖아. 그러니 크리살리스가 한(漢) 지방으로 돌아가려면 시간이 더 있어야겠지.

방 안에서 불빛이 번쩍이다가 이윽고 화장실 문을 비추었다. 심장이 느릿하게 뛰는 가운데 나는 몸을 지킬 것이 뭐가 있는지 더듬어 보았다. 거울은 이미 오래전에 떼어내고 없어서 유리로 칼을 만들 수는 없었다. 대신 핸드워시 병을 비틀어 열고서 문 앞에 쏟았다. 그리고 벽에 걸린 큰 수건을 잡아당겨 집고서 몇 걸음 뒤에 물러서서 세면대에 몸을 기대 균형을 잡았다.

문손잡이가 덜컹거렸다. 화기의 붉은 기운이 문 가장자리를 빨갛게 빛냈다. 이윽고 잠금장치가 숯불처럼 달아오르더니 녹아내렸다.

"비참한 최후를 맞이하거라, 매춘부야!"

유체는 문을 차고 들어오며 검을 휘둘렀다.

세상에, 나는 저런 유치한 말은 죽어도 못 할 것 같은데!

나는 수건을 그에게 던졌다. 다행히 바라던 대로 수건은 그의 머리에 맞았다. 검날이 천을 뚫고 들어왔다가 우연히 걸렸다. 유체는 문틀에 부딪혔다가 미끄러운 비눗물 바닥에 미끄러졌다. 나는 슬쩍 몸을 피했다. 거대한 금속성 소리를 쿵 내며 유체의 등이 바닥을 쳤다. 그는 고통스럽게 비명을 질렀다. 나는 남은 힘을 있는 대로 짜내어 발에 느껴지는 고통을 참고 방에서 빠져나가 등불 켜 둔 복도로 달려나갔다.

유체는 내 뒤에서 욕설을 고래고래 뱉으면서 아머를 덜컹거리며 일어섰다. 등 뒤로 열기가 스쳤다. 나에게 기를 쏘고 있구나. 하지만 다행히도 목 속성 금속은 화 속성보다 기의 집중력이 좋지 않기 때문에 내 몸을 꿰뚫을 만큼 폭발적이지는 못했다.

하지만 복도 바닥에 쓰러진 나의 경비병들을 보자 유체를 더는 약하게 볼 수 없었다. 경비병들의 몸에는 베인 자국과 탄 자국이 깊이 나 있었다. 살이 타들어 가는 냄새가 공기 중에 가득해지면서 정말 역겹게도 배고픔이 느껴지기 시작했다.

"죽어라, 매춘부!"

유체가 뒤에서 나에게 달려들었다.

나는 복도에 넘어졌다. 팔꿈치가 바닥에 강하게 부딪쳤다. 반질반질한 나무 바닥을 계속 기어가며 일어서려 해보았지만, 이미 힘이 빠졌다. 유체가 내 다리 뒤쪽을 콱 밟자 비명이 나왔다. 그는 발로 내 몸을 뒤집었다. 이글거리는 붉은 눈이 보였다. 그가 높이 들어올린 검에서 화기가 용암처럼 타올랐다. 나는 이를 드러내었다. 죽는 순간 두려워하는 얼굴을 보여주지 않을 것이다.

"그만!"

진정의 목소리가 복도를 울렸다.

유체는 뒤로 얼른 물러서더니 무릎을 꿇었다.

"폐하!"

뒤를 돌아보자 진정이 경비병과 하인들을 데리고 복도를 걸어오고 있었다. 펄럭이는 진정의 검은 망토 뒤로 누군가가 확 튀어나왔다……

이치. 나는 이치의 이름을 부르지 않으려고 온몸에 힘을 주었다. 이건 마치 또 다른 환상 같구나. 하지만 이치가 자줏빛의 고위 관료 옷차림인 모습은 한 번도 상상한 적이 없었는데. 머리를 뒤로 올리고 검은 사모를 쓴 이치는 가슴에 커다란 공책을 쥐고 있었다.

우리의 눈길이 마주쳤다. 수천 마디 말이 쏟아져나와야 했을 이 순간은 그저 숨이 막혔다.

나를 본 이치의 눈에 공포가 확 퍼졌다. 흐트러진 머리카락에 굶어 죽을 듯 마르고 지친 모습이겠지. 투명한 가운은 몸을 제대로 가려 주지 못했다. 지금껏 피부로 가려져 본 적이 한 번도 없었던 뼈들이 각지어 앙상하게 드러났다. 이치의 표정을 보자 가슴이 아팠다. 나는 붕대로 감싼 발을 뒤로 빼면서 자세라도 바르게 잡아보려 했다. 서로를 대놓고 바라보았다가 의심을 살 수는 없었기에, 나는 이치를 똑바로 쳐다보지 않았다.

진정은 매끄러운 동작으로 단번에 망토를 벗어 내 위에 덮었다. 나는 두터운 검은 천에서 머리를 빼내려고 버둥거렸다.

"유체 대위. 이게 무슨 짓인가."

진정은 우리 앞에 서서 말했다.

유체는 이마를 바닥에 쿵 대고는 손바닥도 바닥에 붙인 채 외쳤다.

"폐, 폐하! 저는 화하와 폐하를 위해 더없는 충심으로 걱정이 들어 행동했음을 부디 알아주십시오. 이 사악한 매춘부가 폐하를 기만하고 계속 말썽을 부리고 있다 들었습니다!"

진정은 나를 지나쳐 유체에게 다가갔다. 진정이 내뿜는 기이한 냉기에 온몸이 떨려서 망토를 단단히 여몄다. 그는 휙 돌아서서 유체 옆에 서더니 한쪽 무릎을 굽혔다.

"누가 그런 말을 너에게 전해주었나?"

유체는 고개를 휙 들고서 물고기처럼 입을 뻐끔거렸다.

"모, 모두가 그랬습니다. 모두 그렇게 말했습니다."

"너는 내 판단보다 그런 자들이 지껄이는 소리를 믿었단 말인가?"

"폐하, 저는 그저 화하를 위한 최선의 결과를 보고 싶었을 뿐입니다!"

"너의 깊은 생각은 잘 알겠다, 유 대공. 정말이다. 하지만 내 판단 능력을 의심하는 자는 내게 필요 없다."

그는 위협적인 쇳소리를 냈다.

"부디 용서하십시오, 폐하!"

유체는 머리를 세 번 땅에 찧었다. 그의 머리에 덩굴처럼 돋아난 뿔 모양 녹색 조종사 왕관이 슬며시 기울어졌다.

진정은 주변에 널브러진 화상 입은 시체들을 가리켰다.

"이 병사들은 화하를 위해 목숨 바쳐 일한 좋은 이들이었다. 어린 자녀를 둔 아버지이자 병든 노인들의 아들이었단 말이다. 그런데 너는 아무런 생각 없이 이들을 가족과 영영 헤어지게 만들었다."

"저는 화하를 생각하고 그랬습니다, 폐하!"

유체는 흐느끼며 말했다. 손에는 사람의 피를 묻힌 소년이 할 법한 말이 아니었다.

그러다 이런 생각이 들었다. 내가 뭔데 남을 판단하겠는가?

순간, 유체가 나를 가리키며 소리쳤다.

"이 사악한 매춘부를 곁에 두지 마십시오! 이년은 거짓말과 조작을 일삼고 있습니다. 폐하께서는 두 번이나 남편을 갈아치운 매춘부보다 훨씬 나은 분이십니다. 이년은-."

진정은 유체의 손을 확 잡았다. 그 표정을 본 나는 심장까지 서늘한 공포를 느꼈다.

"어디 한 번 내 앞에서 그 말을 또 해보라."

그는 유체의 새끼손가락을 꽉 쥐었다.

아. 그의 어머니 때문이로군.

진정의 건틀릿을 구성하는 자그마한 사각형 금속 조각 아래로 검은 수기가 흘렀다. 유체는 비명을 지르며 손목을 움켜잡았다. 냉기가 나를 획 스쳐가며 얼음이 굳어가는 소리가 쩍쩍 났다. 이어서 심장이 떨릴 정도의 소리와 함께, 진정은 잡은 손가락을 딱 꺾어 잘랐다.

유체의 비명이 갈라져 나왔다. 그는 손가락이 사라진 곳의 빨간 절단면을 보며 경악했다. 얼어붙은 손에는 피도 흐르지 않았다.

"다음번에는 네 혓바닥을 자를 것이다."

진정은 잘라낸 손가락을 유체의 비뚤어진 왕관에 꽂으며 말했다.

바짝 마른 나의 뱃속에 조금 남았던 신물이 확 솟구쳐 올랐다. 복도가 기우뚱거리더니 눈앞이 캄캄해졌다.

그렇게 바닥에 부딪치기 직전, 차가운 팔이 나를 잡았다. 시야에서 어두운 점이 사라지면서 반가면을 쓴 진정의 얼굴이 눈앞에 바로 보였다. 나는 그에게서 벗어나려고 몸부림쳤지만, 그는 나를 망토에 싸서 안아 들었다.

"모두에게 알려라!"

진정은 나를 그의 수행원들 쪽으로, 바로 이치 쪽으로 돌리며 말했다.

"무측천이라는 이 여인은 화하 제국의 황후가 될 것이며, 4월 1일에 즉위식을 치를 것을 명한다! 무측천의 조종 능력은 전쟁에 반드시 필요하다. 이 여자의 생명을 위협하는 시도는 무엇이든 용납하지 않겠다!"

이치는 복도 등불 빛이 아닌 그림자 속에 서 있어서 얼굴을 또렷하게 볼 수 없었다. 다만 공책에 글을 쓰는 팔의 움직임만 보일 뿐이었다. 나는 눈을 감고 고개를 반대로 돌렸다. 나의 뺨이 진정의 차가운 어깨 보호대에 닿았.

유체가 용서해 달라며 마구 울고 소리치는 가운데, 진정은 나를 데리고 방으로 들어갔다.

"이제는 뭘 좀 먹어라. 너는 기력을 빼면 그럭저럭 풍만한 몸매가 유일한 장점이란 말이다."

그는 이렇게 투덜대었다. 나는 그 말을 티 나게 무시하고서는 망토 안에서 빠져나와 그의 목덜미까지 몸을 일으켰다. 그리고 바깥에서 들려오는 끔찍한 소리에 맞서 뚜렷하게 으르렁댔다.

"제게 기 아머가 있었더라면 이런 일은 절대로 일어나지 않았겠죠."

"좋다. 하지만 너도 이제 얼마나 위험한 상황에 처했는지 깨달았기를 바란다."

그 말에 대꾸할 힘은 이제 없었다. 그가 양보했다는 사실을 기쁘게 여기면서, 나는 자꾸만 아래로 끌어당기는 어둠에 반가이 빠져들었다.

제6장

스트레스 유발 변이

"너무 꽉 조이나?"

진정은 내 허리에 손을 대며 물었다. 그는 턱을 지그시 내렸지만 눈길은 번뜩이며 나를 바라보았다. 얼굴의 경혈을 따라 검은 기운이 퍼진 가운데 그는 수기를 써서 내게 입힌 황룡 아머를 조정했다.

"조금요."

나는 숨을 흘리며 말했다. 차가운 금속 조각들이 마치 고문 기구처럼 나를 죄어들었다. 나는 덜덜 떨면서 하마터면 뒤로 넘어질 뻔했다. 지금은 침대에 올라 진정 앞에 무릎을 굽히고 몸을 세운 자세였다. 정말이지 이런 자세를 하고 싶지 않았지만, 서 있을 수가 없었다. 아머 조각을 몸에 맞추기 위해서는 이런 자세가 가장 편하니 어쩌겠는가. 그가 아머로 내 다리를 감싸기 위해 난 무릎을 한 쪽씩 들어주어야 했다.

지금 내 척추에는 머리카락만큼 가느다란 침이 새로 박혀 있었다. 나는 그 침을 통해 수없이 많은 네모꼴로 이루어진 아머에 내 기를 불어넣어 움직여 보려 했다. 하지만 토기를 지닌 기 금속은 움직이지 않았다. 진정은 대체 어떻게 이 금속을 마치 녹인 것처럼 만들어 내 몸에 매끈하게 맞춘 걸까. 도무지 모르겠다. 하지만 단식 투쟁을 하느라 아직도 몸이 약해져서 그렇지 않을까. 아직도 회복하려면 며칠 더 있어야 했다. 그동안 천천히 음식을 섭취하고서야 겨우 이렇게 일어설 수 있게 되었으니까.

마침내 아머가 조금 더 편한 크기로 늘어났다. 이건 내가 아니라 진정이 정신 명령을 내린 결과였다. 그의 손가락이 내 허리에서 떨어지는 순간, 유연했던 아머가 굳어버렸으니까. 금속에서 냉기가 사라지면서 그동안 참고 있던 숨이 빠져나왔다. 나는 건틀릿과 어깨 보호대 사이로 드러난 부분을 문질렀다. 그 두 부분은 가느다란 끈으로 연결되어 있었다. 진정은 일부러 내 몸을 확 조인 게 분명하군. 그에게 아머를 달라고 요구한 게 벌써 후회스러웠지만, 그래도 아머가 주는 방어력과 힘은 너무나 중요하기에 포기할 수가 없었다.

난 왜 아머를 달라고 요구하면서 주작의 아머를 받을 수 있을 거라 생각했을까. 이치가 아버지 고구를 공격하기 위해 아머를 일부분 떼어냈기 때문에 지금 제대로 작동할지조차 의심스러운데. 그뿐만이 아니다. 나는 세민과 관련된 것이라면 무엇이든 착용할 수가 없었다. 이제는 진정과 짝을 이루어야 하기 때문이다.

양광. 세민. 그리고 진정까지. 이 남자에서 저 남자로 계속 바뀌며 이어지는 운명을 저주할 수도 있겠지. 하지만 그 셋을 선택한 각각의 순간마다 난 멀쩡한 정신이었다는 걸 부정할 수는 없다. 양광의 첩이 되기 위해 입대했고, 세민을 믿었으며, 진정을 깨웠을 때의 난 내 뜻대로 행동한 것이다. 문득 진정과 눈이 마주치자 어쩔 수 없이 드는 생각이 있었다. 사람들이 날 철의 미망인이라고 부르는 데는 이유가 있어. 세 번째 차례는 바로 너야.

하지만 다시 미망인이 되기 전에 그에게서 배우면 좋을 것들이 많다. 이 아머를 자유자재로 다루어야 이 방 밖에서 살아남을 수 있을 테니. 그리고 이 아머를 제대로 다루지 못한다면, 진정 없이 혼자 황룡을 조종할 생각은 말아야 한다. 그는 분명히 특별한 요령과 기술이 있을 것이다.

나는 조심스럽게 침대 옆에 앉았다.

"이건 어떻게 배우셨나요?"

나는 금빛 건틀릿을 자세히 바라보았다. 복잡한 문양이 새겨진 건틀릿은 뱀 가죽 장갑처럼 유연했다.

진정은 팔짱을 끼고 대답했다.

"내가 살던 시대에는 기와 기 금속 조작법이 어엿한 기술로 인정받았다. 우리는 몇 년만에 생명력을 다 써버리는 일이 없도록 기 수련을 열심히 연마했다. 요즘은 조종사들이 25세 전에 죽을 운명이라고들 알고 있다 들었다. 그건 말도 안 되는 소리야. 나는 그 나이를 넘어선 조종사들을 많이 알고 있다. 이제는 옛일이 되었지만. 요즘 시대의 너희 조종사들은 앞으로 성장할 모습에 비하면 그저 풋내기에 불과하다."

그는 목소리를 낮추어 말을 이었다.

"확실한 건, 조종사 개개인들이 너무 강력해지는 걸 원하지 않는 특정 세력이 존재한다는 거다."

나는 천장을 슬쩍 바라보았다. 그렇다면 신들이 조종사 훈련 시스템을 교란시켜 진정 같은 존재가 생겨나지 않도록 한다는 소린가? 신들에게 도전하지 못하도록?

"그럼……. 우리가 어떻게 고치죠?"

나는 속삭임에 가깝게 목소리를 낮추어 물었다.

"소위 '전략가'라는 자들의 생각을 듣지 말고 너 스스로 생각하라. 전장에 한 발짝도 내디뎌 본 적 없는 약해빠진 학자 나부랭이들이 크리살리스를 다루는 법을 어떻게 알겠나? 우리는 조종사들이 서로를 훈련시켰다. 선배들이 후배들을 지도했지."

"정말요? 그럼 폐하를 지도한 분은 누구죠?"

그의 얼굴이 더욱 침울해졌다.

"혹시 미선이라는 조종사에 대해 들어본 적 있나?"

"없는데요?"

그는 한참 동안 침묵하다가 입을 열었다.

"그녀는 삼족오의 사령관이었다. 왕급 크리살리스를 타는 장군이었다."

나는 그만 숨이 턱 멎고 말았다.

"그럼 폐하는 여성 조종사에게 훈련을 받으셨단 말인가요?"

"그렇다. 너는 정말로 미(羋) 씨 가문과 아무런 연관이 없는가? 그 글자는 반(半)자와 비슷하게 생겼지만, 맨 위 획이 다르다."

나는 어깨를 으쓱였다.

"정말로 모릅니다. 저희 가문은 주 지방이 멸망할 때 족보를 잃어버렸습니다. 옷만 걸치고 피난길에 올라야 했죠. 그런데 그건 왜 물으시죠?"

그는 내 얼굴을 빤히 바라보다 말했다.

"그저 희망사항일 뿐이겠지."

다시 탈환한 주 지방에서 무슨 일이 일어나는 건데? 난 물어봐야 할 것 같았지만, 뭔가 듣는다 한들 내가 그걸 가만히 파악할 엄두가 나지 않았다. 굳이 몰라도 될 지식을 캐물어 괜한 부담을 지어야 할 이유는 없잖아? 내가 전쟁 문제를 두고 위대하신 진정에게 이래라 저래라 할 수 있는 것도 아닌데.

그는 손가락으로 팔꿈치를 두드려댔다. 무언가 더 말하고 싶은 모양이었지만, 왜 그런지 망설이고 있었다. 그러다 마침내 입을 열었다.

"역사의 기록에 따르면, 내가 사라진 후 권력 쟁탈전을 벌이던 자들은 나의 실종을 미선의 탓으로 돌렸다. 그리고 처형했지. 허리를 잘라 거리에 두어 썩혔다고 한다. 주 지방이 멸망한 주요한 원인은 미선이 죽은 데다 나처럼 화두에 걸려서 수많은 조종사가 죽게 되었기 때문이었다. 하지만 주가 멸망한 후에도 반동 세력은 계속 누군가에게 책임을 물었다. 그래서 철의 미망인들을 다수 처형하고 그들이 군대에서 세운 업적을 공식 기록에서 삭제했다."

구역질과 충격이 동시에 가슴에 휘몰아쳤다.

"방금, '철의 미망인들'이라고 했어요? 여러 명이 있었어요?"

"그래. 본인의 크리살리스 부대를 지휘하는 강력한 여성 조종사들을 부르는 이름이었다. 그때는 음양의 조종석이 불균형하게 조작되어 있지 않았지. 그래서 철의 미망인이 상당히 많았다."

"잠깐만요, 그때는 조종석이 불균형하지 않았다고요? 하지만 황룡을 탔을 때는…… 우리가 자리를 바꿨을 때는……"

"그 조종석은 차이가 없었지."

"그러면 왜 조종석을 바꾸지 않으려 했던 건가요?"

"그야 차이가 없었으니까. 네가 어째서 조종석을 바꿔 달라고 하는 건지 전혀 알 수가 없었어! 난 이유 없이 움직일 마음은 없었다고!"

"믿을 수가 없네요."

나는 이마를 탁 짚었다. 하지만 숨이 너무 거칠게 나와버렸다. 내속에 화산이 있는 것만 같은 느낌이었다 그래, 내가 생각했던 대로, 철의 미망인들이 나 말고도 있었어. 그런데 역사에서 지워졌던 거야.

"어떻게 그럴 수가 있죠? 왜 크리살리스 기술자들은 조종석 기 입력을 불균형하게 만든 거죠? 이건 말도 안 돼요!"

"언제 우리 인류가 상식적으로 산 적이 있나? 겁쟁이 남자들이 직장에서 혼나고는 집에 돌아와 아내를 때리는 이유는 뭐지? 아내들은 남편에게 맞아놓고 아이들에게 소리를 지르는 이유는 뭐고? 불행을 극복하지 못하는 이들은 그 분노를 대신 편리하게 풀 수 있는 대상에게 쏟아놓는 법이다. 화하가 크게 패배한 후에 여성들이 더 엄격한 종속 관계로 내몰린 건 어찌 보면 당연한 일이다."

나는 진정의 눈을 가만히 바라보았다. 그의 머릿속을 들여다볼 수 있다면, 그와 조종사로 연결되어 철의 미망인들에 대한 기억을 찾아낼 수 있다면 얼마나 좋을까. 그들이 어떤 존재였는지, 어떤 능력이 있었는지 알고 싶었다. 그들의 존재가 남긴 유일한 흔적이 진정의 머릿속에만 있다고 생각하니 너무 싫었다.

"미선이 폐하에게 가르쳐준 것을 저에게도 전부 가르쳐주세요."
나는 애원했다. 부드러운 온기가 깃든 눈매를 파르르 떨었다.
나도 모르게 그에게 손을 뻗어버렸다. 그 안에 있는 미선의 혼백을 찾아서 나는 아머 위로 그의 가슴에 손을 대었다. 그는 마치 내 손길을 따라 불에 그을린 듯 깜짝 놀랐지만, 곧바로 평정심을 되찾았다. 그리고 이마를 문지르며 말했다.

"결국은 그렇게 될 거다. 내가 시간이 나면 가르칠 거고. 지금은 정무에 집중해야 한다. 조정의 줏대 없는 온건파들 중엔 마음에 드는 이가 거의 없다. 적합한 후임자들을 찾으려면 많은 노력이 들겠지. 만약 내가 조금이라도 한눈을 판다면, 조정은 분명히 날 두고 반역을 공모할 것이다."

"누가 감히 당신에게 반역을 하겠어요?"

그는 얼굴에서 손을 내리고는 나를 무시무시한 눈빛으로 쏘아보았다.

"그렇지. 누가 감히 나에게 그러겠나? 얼마나 바보 같고 무례하면 내 말을 고분고분하게 듣지 않으려 들겠냔 말이다!?"

나는 얼굴이 확 빨개졌다. 나는 최대한 설득력 있게 말했다.

"당신 말대로 얌전히 따르지 않는다 해서 반역을 꾸미는 건 아니잖아요! 우리는 같은 편이라고요. 아무리 못해도 폐하께서는, 그러니까 하루에 20분쯤은 절 도와주실 수 있지 않겠어요…… 폐하께서 직면하신 정치적 음모에 맞서 제가 좀 더 쓸모있어지도록 말입니다. 제발 부탁이에요. 그래주신다면 앞으로 '폐하'라고 꼬박꼬박 부르겠습니다."

"당연히 폐하라고 불렀어야지!"

"저를 가르쳐주신다면 열과 성을 다해서 부르겠습니다, 폐하."

나는 애교 있는 목소리로 말했다. 이러면 남자들이 껌뻑 죽는다지.

"아니면 진 사부님이라고 부를까요?"

그의 온몸이 부르르 떨렸다.

"그건 안 된다."

"뭐, 그렇다면야. 저를 가르쳐주신다면 그렇게는 안 부를게요."

나는 계속 애교 있는 목소리로 말했다. 그는 찌푸린 얼굴로 내게 몸을 숙여 대답했다.

"훈련을 이토록 가볍게 여기지 마라, 이 건방진 꼬마야. 내 시대의 훈련은 지금보다 훨씬 더 혹독했다. 우리는 혼돈과 싸울 뿐만 아니라 다른 인간이 탄 크리살리스와도 싸워야 했다. 너희처럼 화보를 찍거나 군중 앞에서 실력을 뽐내거나 상업용 광고를 찍을 시간 따위 없었단 말이다."

그의 말에는 극도의 혐오감이 배어 있었다.

"조종 실력이 떨어지면 패배하고 남의 지배를 받아야 했다. 인간에게 지배받는 건 혼돈에게 멸절당하는 것보다 훨씬 더 끔찍한 일일 수 있다. 혼돈과 싸우다 지면 빨리 죽기라도 하지. 인간과 싸우다 지면 살려는 두겠지만 차라리 태어나지 말았더라면 더 좋았을 거란 생각이 들게 된다."

"그건 저도 잘 알고 있어요. 그래서, 어떻게 당신은 기 금속을 그토록 능숙하게 다룰 수 있는 건가요? 대체…… 어떻게 지금의 실력을 갖게 되었죠?"

진정은 몸을 똑바로 세웠다. 할 말을 신중하게 고르는 것 같았다.

"나는 아홉 살 때 처음 기력 검사를 받았고, 측정된 기력 수치는 약 400정도였다."

나는 제대로 들은 게 맞나 싶어 다시 물었다.

"400이라고요? 혹시 지금과 수치 측정 방법이 달랐나요? 요즘은 크리살리스를 조종하려면 최소한 500은 되어야 해요."

"방법은 똑같다. 그들은 내 기력이 최저 수준이었지만 어쨌든 기준 이상이었기 때문에 날 선택했지. 그리고 스트레스 유발 변이를 연구하는 실험에 날 투입했다. 극한의 스트레스를 받았을 때 희귀한 확률로 기력이 극적으로 변하는 경우지. 크리살리스 조종이 가능한 징집 병력을 그런 실험에 썼다가 죽일 수는 없으니 말이다. 하지만 나 같은 아이들은 쓰기에 딱 좋았지. 놈들은 나까지 포함하여 열 명의 아이들을 지하 감옥에 넣었다. 다들 고아 아니면 부랑아들이었어. 그리고 벽에 달린 파이프로 감옥에 물을 채웠다."

진정은 허공에 원을 그리며 말했다.

"물줄기는 작았어. 아마 그걸로 지하 감옥을 채우려면 며칠은 걸렸을 거다. 하지만 연구원들은 우리 중에서 단 한 명만 살아남을 때까지 천장에 달린 문을 열어주지 않겠다고 했다."

그는 무언가를 떠올리려는 것처럼 고개를 갸웃거렸다.

"하지만 우리는 힘을 합쳤고, 적어도 이틀은 서로를 죽이지 않고 버텼지."

온몸의 피가 싸늘해졌다. 그의 정신 세계의 기억이 확 밀려들었다. 얼어붙은 바다와 아귀들이 이것이었구나.

진정은 계속 설명했다.

"우리는 옷으로 파이프를 막아보려 했다. 구부려 보려고도 했지. 천장까지 인간 기둥을 만들어 천장 문을 열어보려고도 했다. 하지만 소용없었어. 결국 서로를 목 조르거나, 벽에 머리를 찧어 부수거나, 물 아래 담가 죽이는 방법밖에 없었다. 그 결과, 나는 수천의 기력을 지닌 채로 최후의 생존자가 되었다. 하지만 이 실험은 전체적으로 성공률이 낮았기 때문에, 내가 군대를 장악한 후로는 실험을 중단시켰다."

나는 눈을 내리깔고 말없이 앉았다. 스트레스 유발 변이. 내 기력이 그토록 높아진 이유도 어쩌면 그 때문일지도.

"아직도 내게 훈련을 받고 싶나?"

진정은 미소를 지었다. 하지만 그 미소는 마치 깨진 유리에 비쳐보이는 것처럼 어딘가 어긋나 있었다.

그에게서 멀리, 저 멀리 도망치고 싶었다. 하지만 이어서 떠오르는 것은 그 지하 감옥에 갇힌 아이 중 하나가 된 내 모습뿐이었다. 피로 물든 물에 축 늘어져 둥둥 뜬 시체의 모습. 진정의 세계에는 약한 것이 설 자리가 없었다. 무슨 수를 써서라도 살아남는 것밖에는 탈출구가 없었다. 나는 정신을 차리고 말했다.

"폐하께서 그렇게 강해질 수 있었던 이유가 그뿐만은 아니었을 텐데요. 크리살리스를 조종할 능력을 갖춘 징집 병력을 죽일 수도 있는 상황에 빠트릴 수 없어서 넣지 않았다면서요. 그렇다면 그 이후로 받은 훈련은 그렇게 목숨 건 싸움까지는 아니었다는 소리네요."

"예리한 관찰력이 있군. 그 이후로 받은 훈련은 그보다는 목숨 걸 일이 덜하긴 했다. 하지만 결코 덜 힘들었다고는 할 수 없어. 가장 뜨거운 불길이 가장 강력한 무기를 만들어낸다는 말이 있지 않나."

"폐하가 해냈다면, 나도 할 수 있겠죠."

"두고 보지."

그는 방에서 나가려다가, 다시금 발걸음을 멈추고는 내 얼굴을 고민스러운 표정으로 오랫동안 바라보았다.

그러더니 내 아머의 깃을 만졌다. 그러자 얇게 퍼진 기 금속이 녹아서 목 뒤를 타고올랐다. 갑자기 느껴지는 한기에 움찔하는 동안,

금속은 귀를 지나 눈 주위를 감싸는 가면을 만들어냈다. 가면 아래쪽으로는 가느다란 실로 짠 베일처럼 변한 기 금속이 얼굴 하부를 가렸다.

"야, 이게 무슨 짓이야!"

나는 가면을 떼어내려 했다. 진정은 나를 꾸짖었다.

"말조심하라. 너는 내 황후가 될 것이다. 전통에 따라 다른 남자는 너를 만지거나 네 얼굴을 볼 수 없다."

"진심으로 하는 소리예요? 당장 이거 벗겨요! 언제부터 그런 전통에 신경 쓰고 살았다고?"

나는 가면 아랫부분을 떼어내려 했지만, 가면은 얼굴에 착 달라붙어 꿈쩍도 하지 않았다.

"나는 신경 쓰지 않지만, 일반 사람들은 신경을 쓴다. 이게 너의 새로운 이미지가 된다면 사람들은 안심할 것이다. 게다가 대역을 써서 너로 위장시키기도 더 쉽지. 너와 체형이 비슷한 여자들을 찾아내긴 했으나, 얼굴 이목구비가 그리 똑같지는 않았다."

"내가 당신의 통제를 받고 산다는 걸 사람들한테 보여주고 싶은 거잖아요!"

가면에 달린 베일이 내 입술 위로 빗줄기처럼 흘렀다. 이걸 없애버리지 않으면 정말 짜증 날 것 같았다.

"그게 너를 안전하게 지킬 수 있는 효과적인 전략 아닌가?"

"이야, 참으로 고상하신 생각이시군요!"

진정의 얼굴에 미소가 스쳤다. 그리고 무심한 척 그는 내 뒤로 손을 슬며시 뻗더니 내 머리채를 확 잡아 젖혔다. 그의 차가운 손길에 나는 숨을 헉 들이쉬었다. 척추가 활시위처럼 팽팽하게 힘이 들어갔다. 그는 우리의 얼굴이 맞닿도록 가까이 얼굴이 대고서 말했다.

"너의 장난질을 참아주는 데도 한계가 있다. 똑똑히 알아둬라. 네가 과거에 어떤…… 이상한 관계를 맺었든…… 난 전혀 신경쓰지 않는다만, 지금은 넌 내 것이다. 난 나의 명예에 대한 어떠한 모욕도 용납하지 않을 것이다. 우리는 유지해야 할 이미지가 있다. 넌 다른 남자들과 함께 있는 모습을 보여서는 안 된다. 그리고 대중이 보는 앞에서 나에게 무례하게 말해서도 안 된다."

그의 손 아래로 나의 맥박이 두근두근 울렸다. 지금은 조용히 고개를 끄덕여야 하겠지. 그걸 원하는 것일 테니. 하지만 그가 나를 겁 주어 굴복시킬 수 있다고, 폭력으로 위협하여 나를 제 것으로 만들 수 있다고 생각하게 둘 수는 없다.

"다른 남자들이 아내에게 손을 올리는 걸 두고 겁쟁이라고 부르면서, 지금 당신은 이런 짓을 하나요?"

꽉 틀어쥔 진정의 손 사이로 내가 대꾸했다. 그는 손에서 힘을 뺐지만, 잡은 목을 놓지 않았다.

"비교할 것을 비교해라. 그자들은 스트레스를 풀려고 그런 짓을 하는 것이잖나. 내가 이러는 건 네가 성가신 어린애처럼 굴기 때문인 거다. 넌 반드시 훈육을 받아야 해."

"요즘에는 결혼할 여자보고 어린애라고 부르는 걸 아주 이상하게 봅니다. 그 점을 아셨으면 좋겠군요."

"네가 어린애처럼 굴지 않으면 나도 널 어린애처럼 대하지 않을 거다!"

"그리고 날 당신의 재산처럼 대하지 말아 주시겠어요? 언제까지 이럴 거죠? 사적 소유 폐지를 그토록 주장하는 분이 이러는 건 좀 위선 아닌가요?"

"뭐? 그게 이것과 무슨 상관이지? 너는 사적 소유와 개인적 소유의 차이를 모르나?"

나는 팔짱을 끼고서, 그 질문에 어리둥절해진 티를 애써 내지 않았다. 진정은 지금 화가 아니라 짜증이 난 듯했다.

"그 둘은 다르다! 사적 소유는 땅이나 공장, 공공 시설과 인프라처럼 사회 전체에게 필요한 것인데도 사적 소유주의 뜻대로 결정되는 자원을 말하는 거다. 그 때문에 소유주에게 불균형하고 때로 정당하지 않은 권력이 생기게 되지. 하지만 너의 옷이나 가구, 보석 같은 건 개인적 소유다. 그건 소유주에게 경제적 권력을 부여하지 않는다. 난 그걸 박탈할 마음은 전혀 없어……."

그는 어딘지 알 수 없는 곳을 바라보며 덧붙였다.

"아니, 됐다. 교육 과정을 개편해야겠군."

나는 갑자기 이상한 데로 튀어버린 그의 말에 움츠러들었다.

"난 학교를 안 다녔어요."

그는 문으로 성큼성큼 다가가며 뒤돌아 소리쳤다.

"그건 잘 알겠다! 아머를 조정하고 싶다면 기 금속을 다루는 법부터 배워라!"

문이 쾅 닫히는 순간, 나는 몸을 부여잡고 목덜미에 서린 한기를 덥히려 했다. 하지만 내 손 역시 그만큼 차갑다는 걸 알아채고는 깜짝 놀랐다. 온몸을 감싸다시피 한 금빛 조각들을 내려다보자, 폐소공포증이 밀려드는 느낌이었다. 이 아머가 나에게 더없이 강력한 무기가 되어줄 줄 알았건만. 내가 이걸 다루지 못한다면, 아머는 진정만 열 수 있는 감옥밖에 되지 않겠지.

제7장

형이상학이 이보다 좀 더 알기 쉬운 용어를 사용했어야 하는 이유

목(木)은 속도를 강화한다. 화(火)는 힘을 강화한다. 토(土)는 견고함을 강화한다. 금(金)은 예리함을 강화한다. 수(水)는 유동성을 강화한다.

나는 침대에서 명상하듯 책상다리로 앉아서 다섯 가지 기가 기 금속에 부여하는 내부 강화 효과 목록을 머릿속으로 반복했다. 사마의의 조종 수업에서 배운 것을 떠올려 보면, 각각의 기 금속은 외부 발현 능력과 내부 강화 능력 중 더 적합한 쪽이 무엇인지 다 다르다고 했었다. 그러면서 그를 믿었던 과거도 떠오르자 후회감에 쓴맛이 감돌았다. 화형 주작은 외부 발현 능력이 집중적으로 나타났다. 화기를 강력하게 폭발시켜 내뿜거나, 목기를 번개처럼 번쩍이는 에너지로 치환시키거나, 금기를 레이저처럼 찌르는 에너지로 발산했으니까.

그런데 지금은 정반대의 능력에 집중해야 했다. 토형 기 금속은 외부로 기를 발현할 수가 없다. 진정의 냉각 능력조차 접촉을 해야 가능하다. 물론 전설에 따르면 진정이 한 번에 수백 마리의 혼돈을 얼릴 수 있었다고는 하지만 말이다. 그에게서 발산되는 냉기로는 얼음덩이 주변의 공기가 차가워지듯 주변 공기의 온도를 떨어뜨리는 정도밖에 하지 못한다. 하지만 진정이 주작의 아머를 입는다면, 지니고 있는 수기를 서늘하고 검은 파도로 내뿜어 대규모로 얼릴 수 있다. 아머를 '화'형이라고 부르는 것도 생각해 보면 참 아이러니한 일이다. 가끔은 이런 은유적인 이름들이 아주 아리송하게만 느껴질 때가 있다. 진정은 우리 조종사들이 직접 생각하지도 않고 형이상학을 연구하는 따분한 노인들이 대신 생각하도록 사고를 떠넘겼다고 비난하지만, 솔직히 말해서 그게 우리 탓이란 말인가? 이런 말을 보라고. '오행의 기는 다섯 종류의 기 금속과 스물다섯 가지의 독특한 상호 작용을 할 수 있으며, 여러 종류의 기가 어우러지면 그 작용의 가짓수는 기하급수적으로 많아진다. 아, 이게 무슨 소리냐고.

……하지만 이걸 머릿속에 욱여넣지 못해서 진정의 조종 기술을 따라잡지 못한다면, 나는 언제나 그의 수하에만 머물게 될 것이다.

윽.

눈을 감았다. 그리고 집중한 상태로 나의 주요한 기인 금기를 척추에서 밖으로 내보내려 해보았다.

금은 예리함을 강화한다.

이론상으로는 난 금기를 이용하여 아머를 세밀하게 만들 수 있다.

예를 들어, 팔과 다리, 몸통을 깨끗하게 분리해 내어 아머를 조각조각 벗을 수 있다는 거다. 하지만 아머를 움직일 수가 없어서 심각한 문제가 되었다. 화장실에 가는 데도 기발한 방법을 써야 했고, 어깨 보호대가 튀어나와 있어서 옆으로 잘 수도 없었다.

금기의 미미한 냉기가 온몸의 경혈을 타고 흘렀지만, 척추와 아머가 만나는 부분에서는 막힌 느낌이 났다. 아머 조각들은 마치 육감인 듯 수동적으로 느껴졌지만, 그 감각은 여전히 둔했고 내 뜻대로 움직일 수도 없었다. 유일하게 해낸 것이 있다면, 얼굴 아래를 가리는 줄을 가면 옆쪽 귀 부분에 고정시키는 법까지는 알아내어 식사를 마음 편히 할 수 있다는 것 정도였다.

화(火)는 힘을 강화한다. 화(火)는 힘을 강화한다. 화(火)는 힘을 강화한다.

경혈의 두 번째 길에 열기가 가득해졌다. 화기와 금기가 교차하자 열기와 냉기가 동시에 느껴졌다. 화기는 금기보다 전도성이 높으므로 아머로 흘러들 가능성도 더 높다. 그래서 훅 끼쳐오는 화기를 계속 유지하자, 마치 전투에 온 느낌이 들었다. 온몸이 떨리고 이마에 송골송골 땀이 맺힐 때까지 이를 악물었다. 그리고 내가 감당할 수 있는 가장 높은 기력으로 기를 애써 전달해 보았다. 비가 땅에 스며드는 것처럼 천천히 속도를 늦추면서, 동맥을 흐르는 피처럼 기를 두근두근 뛰게 해보았다. 그리고 세 번째 기로 수기나 목기를 불러내 보려고 했다.

하지만 없었다.

그런 건 없었다.

전혀 없었다.

나는 분노에 찬 고함을 지르면서 헤드보드에 몸을 털썩 기댔다.

철의 미망인들이 싹 없어지고 억압받지 않았더라면, 미선 장군처럼 유능한 여성 스승이 있었더라면…….

새 세대의 여성 조종사들이 본인만의 크리살리스를 조종하는 일은 가능할까? 현재 가장 강한 여성 조종사인 독고가라와 위자부는 모두 균형 잡힌 짝으로 매여 있다. 그들을 짝에게서 분리해 낸다면, 오히려 첩 조종사만 더 많아지겠지. 그런 상황을 내가 제안할 수는 없다. 하지만 새로운 조종사 후보를 찾아내려면, 군대가 기력이 높은 소녀들을 찾으려고 대대적인 검사를 진행해야 하겠지만 아마도 진지하게 생각하지는 않을 것이다. 여성들은 남성들처럼 강제 징집을 하지 않기 때문이다. 내가 열네 살 때 우리 마을에 출장 검사 팀이 왔었지만, 그들은 소녀들의 기력은 대충 추정하고 소년들에게는 완전한 검사를 시행했었다.

하지만 만약 소녀들을 제대로 검사한다면, 당연히 전쟁에 나가라는 강요를 하겠지. 현재로선 전혀 생각하고 싶지 않은 일이다.

진정의 시대에 살았더라면 나의 삶은 어떻게 달라졌을까. 한참 상상에 빠져 있자니 문 두드리는 소리가 들렸다. 식사를 참 많이 가져온 후라, 지금은 익숙해진 소리였다.

"들어와."

내가 소리치자 문 사이로 완아의 팔꿈치가 보였다. 그녀는 내가 부탁한 책을 잔뜩 가져왔다. 나는 바깥에 선 새로운 경비병을 슬쩍 보았다. 이 책에 쓸모 있는 내용이 나온다면, 필요시에는 저 경비병들을 제압할 힘을 가질 수도 있지 않을까.

완아는 책을 넣은 자루를 내 침대에 탁 올려놓고 숨을 가쁘게 쉬며 이마를 닦았다.

"마마, 여기 좋은 책들을 가져왔습니다. 기와 기 금속, 크리살리스에 대한 책이에요. 늦어서 죄송합니다. 궁으로 돌아오는 길에 고 비서관에게 붙잡혀 있었어요."

온몸의 근육이 일제히 긴장했다.

"고 비서관이?"

"네, 마마. 비서관이 책을 검사했습니다. 외부에서 반입하는 물품은 조심해야 한다고 마마께 알려드리랬어요. 하지만 이 고서부터 읽어보시라고 권하셨고요……."

완아는 자루를 뒤져 표지가 낡고 두꺼운 책을 꺼냈다.

나는 두근대는 가슴으로 책을 받아들었다. 이치가 이 책을 아무런 이유 없이 뒤적거리지는 않았을 테니까. 낡은 책장에서 곰팡이와 연기의 냄새가 풍겨났다. 나는 노랗게 변색한 책장을 넘기다가 드디어 무언가를 발견했다. 아주 작은 종잇조각에 단 한 줄의 손 글씨가 적혀 있었다.

내일 정오. 저택 사당.

나는 아무런 반응을 내비치지 않은 채 종잇조각을 얼른 챙겨 이불 아래에 숨겼다. 이치가 말한 곳은 분명히 가문의 조상을 모신 사당이겠지만, 이 저택 어디에 있는지는 난 모른다. 하지만 지금 당장 완아에게 묻는다면 너무 의심스러워 보이겠지. 나는 책을 덮고 표지에 인쇄된 하얀 네모칸 위 제목을 골똘히 바라보는 척했다. 제목의 글자 중 아는 건 절반밖에 안 됐다.

"마마, 제가 한 말씀 드려도 된다면, 저 역시 고 비서관의 의견에 동의합니다. 추자의 책은 필독서입니다."

"그래? 추자는 누구지?"

나는 멍하니 물었다.

"아, 통일 이전 시대의 철학자 추연입니다. 이 책은 그분이 지은 〈형이상학의 이론적 기초〉입니다. 현 시대와 맞지 않는 사상이 좀 있지만, 기초를 닦기에는 이만한 책이 없습니다."

나는 이치와 사당 생각에서 재빨리 벗어났다.

"이 책을 읽어봤어?"

그러자 그녀는 얼굴을 붉히며 고개를 숙였다.

"네, 마마. 10년 전에 장안 공공 도서관에서 이 책을 빌려 읽었습니다."

"이걸 열네 살 때 읽었다고?"

나는 책을 다시 넘겨보았다. 이치와 함께 했던 초보 수준의 독서에서는 볼 수 없었던 복잡한 글자들이 가득했다.

"어떻게 읽었어? 누가 글을 가르쳐주었지?"

"어머니가 가르쳐주셨습니다, 마마."

나는 그녀의 발을 보았다. 전족하지 않은 발은 자수 슬리퍼를 안정적으로 신고 바닥을 디딘 채였다. 이제껏 나는 상류 가문 여성들만 학문을 배울 기회가 있었고, 그런 여성들은 항상 전족을 했을 거라고 생각했는데. 그렇지 않으면 다른 상류 가문과의 결혼을 협상할 때 배척을 당할 테니까. 그렇다면 완아는 어쩌다가 전족을 하지 않은 하녀가 되었을까?

"당신 어머니는 어떻게 글을 배웠지?"

내가 계속 질문하자, 완아는 입술을 깨물며 말했다.

"제 조부께서는 한때 성현이셨습니다, 마마. 하지만…… 정쟁에 휘말리시고 말았습니다. 제가 어렸을 때 일어난 일입니다."

"성현이었다고?"

나는 자세를 고쳐 앉았다. 이제 알겠군. 명예가 없어진 가문이니 딸이 전족을 하는 게 의미가 없었겠지. 좋은 결혼 상대를 만날 수 없을 테니까.

"조부께서는 노동조합을 많이 지원하셨습니다. 그래서 대기업들은 다른 성현들에게 로비를 벌여 조부님에게 거짓 혐의를 씌우게 했습니다."

완아는 멍한 눈빛으로 말하다가, 퍼뜩 정신을 차리더니 손을 휘저으며 말했다.

"그렇다고 제가 사면을 요구하는 것은 아닙니다! 물론, 폐하께 청원을 올리기는 했습니다만, 마마에게 제 편을 들어주십사 설득하려는 것은 결코 아닙니다."

"원한다면 도와줄게. 폐하께서 들어줄 거란 약속은 못 하지만, 시도는 할 수 있겠지. 조부의 이름이 어떻게 되지?"

하지만 완아는 손을 모으고 대답했다.

"그러지 마십시오. 부탁입니다. 제가 마마의 시녀라는 이유로 연줄을 타서 일을 해결하고 싶지는 않습니다. 새로 출범한 정부에서는 연줄이 있는 사람들만 이득을 보는 상태에서 벗어나기를 원합니다. 제 조부께서도 진심으로 그러길 바라실 겁니다."

"정 그렇다면 알겠어. 하지만 너의 조부는 좋은 분이신 것 같네."

"저도 그렇다고 들었습니다."

완아의 눈길이 위를 향했다. 우리 인간 중 가장 현명한 이들은 죽으면 천궁으로 승천한다고 믿는 이들이 있다. 그게 사실이라면, 완아의 할아버지가 천궁에서 세민을 어떻게든 도와주었으면 좋겠군.

나는 골똘히 생각에 잠겨 책을 톡톡 두드리다가 그녀에게 불쑥 내밀었다.

"그럼 이 책의 첫 장을 소리 내어 읽어주겠어?"

"아, 물론입니다, 마마."

그녀는 책을 받아들더니 놀라우리만큼 우아하게 시험을 통과했다. 복잡한 구절을 문관처럼 유창하게 읽어내었다.

완아가 읽기를 마치자, 나는 목에 걸린 울컥함을 애써 내리고 대답했다.

"어머니가 잘 가르쳤나 보구나."

완아는 책을 돌려주고서 파란 주름치마 앞으로 손을 모았다.

"어머니는 제가 아주 어릴 때부터 책을 읽어주셨습니다. 저희 가족이…… 그런 상황에 놓였지만, 그래도 최대한 책을 사랑하도록 이끌어주셨어요. 연애소설부터 서사시와 철학서에 이르기까지 모든 책을요."

운이 좋네.

나는 선택지를 따져보았다. 완아와 가까워지면 위험도 덩달아 커지지만, 나의 부족한 읽기 실력으로는 이 책들을 읽을 수 없다. 진정과 권력 투쟁을 벌일 때 필요한 정치적 지식을 배울 기회를 버려서는 안 되지.

"그럼 나도 가르쳐 줄래?"

내 물음에 완아는 눈을 휘둥그레 떴다.

"그게 허락될까요, 마마?"

"허락이라니?"

나는 일부러 거친 말투로 쏘아붙였다. 완아의 안전을 위해서라도, 나는 그녀와 너무 친해질 수는 없을 것이다. 진정은 내 마음이 누그러진 걸 눈치채는 순간 완아를 이용해서 나와 맞설 테니까.

"나는 화하의 황후가 될 사람이야. 내 일은 내가 알아서 할 힘이 있어. 의자를 가져와서 앉아."

완아는 내게 사과하면서 서둘러 의자를 끌어와서 앉았다.

"우리는 함께 이 책을 모두 읽도록 하자."

나는 사이에 책을 두고 폈다.

그녀는 호흡을 차분하게 가라앉히고는 다시 처음부터 책을 읽기 시작했다. 그녀는 손가락으로 글자를 짚어가며 천천히 책을 읽었다.

나는 그녀가 발음하는 글자를 하나하나 눈으로 따라가면서 머릿속으로 발음을 정확하게 고쳐가며 외웠다. 그러다 중간중간 어떤 문장이 이해가 안 가 끙 소리를 내면, 그녀는 풀어서 설명해 주었다.

책의 서론 부분에서는 이 우주가 스스로 창조되어 원시적인 혼돈 상태가 되었다고 설명했다. 그리고 그 혼돈은 음과 양의 순환으로 조직되고, 그 변증법적 힘들은 세상에 의미를 부여했다. 위가 없으면 아래도 없고, 여름이 없으면 겨울도 없고, 낮이 없으면 밤도 없다는 것이다. 알고 보니 이 추연이라는 사람이 바로 '오행'이라는 개념을 대중화하여, 기니 기 금속이니 하는 뭐가 뭔지 모를 이름을 만들어낸 원흉이었다. 그는 자연의 다섯 가지 핵심 물질을 기반으로 음양의 상호작용에서 발생하는 다섯 가지의 힘을 정의하려고 했다. 번성하는 목의 힘, 파괴하는 화의 힘, 안정적인 토의 힘, 통제하는 금의 힘, 그리고 적응시키는 수의 힘이란 설명이었다.

완아의 강의가 이어질수록, 내 속에는 말없이 분노가 차올랐다. 그녀의 가족이 추방되지 않았더라면, 어머니만이 아닌 더 많은 스승을 두어 가르침을 받았더라면 얼마나 지식을 더 많이 배웠겠는가?

"만약 나라에서 너에게 과거 시험을 치를 수 있게 해주었다면, 너도 문관이 될 수 있었을 텐데."

읽기를 잠시 멈춘 도중 나는 중얼거렸다. 이토록 똑똑한 사람이 그저 시녀로 머물러야 한다니, 어이가 없잖아.

완아는 희미한 미소를 지었다.

"저는 마마를 모실 수 있는 것만으로도 영광이랍니다."

"정말? 만약 내가 여성들도 과거 시험을 볼 수 있게 나라 정책을 바꾼다면 해볼 마음이 없어?"

"정말 그러실 수 있나요?"

완아의 얼굴이 희망으로 확 환해지자 나는 움찔했다.

"그……, 그러니까, 시도는 해볼 수 있겠지."

완아의 표정이 시무룩해지자, 나는 좀 더 단호한 목소리로 말했다.

"난 여성들의 상황을 개선하기 위해 가능한 모든 것을 할 거야. 여기까지 온 게 그저 현상 유지만을 하기 위해서는 아니라고."

"저도 그렇게 되기를 바랍니다, 마마."

완아는 이번에는 격한 반응을 보이지 않았지만, 입꼬리를 애써 올리지 않으려고 힘주는 모습이 눈에 들어왔다.

그럭저럭 분위기가 무르익은 것 같네. 나는 이제껏 머릿속을 지지듯 괴롭히던 질문을 자연스럽게 던졌다.

"그런데 말이지, 이 저택에도 사당이 있지?"

"네. 북쪽 경계 근처에 있는 듯합니다. 그건 왜 물으시나요, 마마?"

"아, 앞으로 화하의 미래가 쉽지 않을 것 같아서. 신들에게 복을 빌러 가고 싶어."

물론, 진정에게는 신들에게 복을 빌러 가고 싶다는 핑계를 댈 수가 없었다.

다음 날 아침, 진정을 만난 나는 이렇게 말했다.

"결혼 전에 옛 짝에게 작별 인사를 하게 해주세요. 그 애가 자꾸만 어른거리면서 날 괴롭히거든요. 향을 피우러 가게 해주세요. 신들이 걔한테 한 짓이 계속 떠오르네요······."

이건 거짓말도 아니었다. 매일 밤 일그러진 살과 부러진 뼈가 나오는 꿈을 억지로 꾸고 있으니까.

놀랍게도 진정은 내가 밖으로 나가는 걸 막지 않았다. 그는 어딘가 정신없는 기색으로 말했다.

"좋다. 하지만 독고가라 장군과 반드시 같이 가야 한다. 그리고 사당에서 일을 마치는 즉시 되돌아와야 한다. 중간에 다른 곳에 가선 안 돼."

무언가 이상하네. 진정의 피부가 투명하리만큼 창백했다. 가면으로 가리지 않은 얼굴을 보니 눈 밑이 멍든 것처럼 어두웠다. 내가 아머를 벗기 힘들다고 불평해도 빈정거리는 말이 없었다. 난 좀 더 참고 싶긴 했지만, 발이 부츠에 싸여 있는데 붕대를 빨리 갈지 않으면 상처가 곪을 것 같았다. 내 자존심을 세우다가 패혈증에 걸리는 일은 없어야 한다.

나에게 빌어보라 요구할 줄 알았건만, 진정은 곧바로 내 아머에 손을 대고 기력으로 갈라서 자석처럼 탈부착이 가능하게 했다. 그런데 그의 상태가 너무나도 좋지 않아 보였다. 200년 넘도록 냉동되어 있어서 부작용이 있는 걸까. 궁금해졌다.

"얼굴은 어떻게 된 건가요?"

나는 이렇게 물으며 당시를 떠올렸다. 그가 해동되었을 때 얼굴에 문제가 있었지. 그래서 가면을 써야 하는 거고.

"아. 해동될 때 경미한 뇌졸중을 겪었다는 게 드러났다. 그래서 처음 몇 시간 동안 머리가 멍했던 거다."

"뇌졸중이요?"

나는 차분하게 있으려던 마음도 잊고서 깜짝 놀라 소리쳤다. 물론 언젠가는 그를 죽일 계획이었지만, 아직 준비가 되지 않은 상태로 진정이 죽으면 새로운 문제만이 또 잔뜩 쌓일 뿐이다. 진정이 건강하기를 바라야 할까. 아니면 약해지기를 바라야 할까.

그는 어깨를 으쓱였다.

"합병증은 대부분 사라졌다. 하지만 난 이 가면을 쓰는 게 편해서. 이 미래 시대의 카메라들은 너무 성능이 좋아. 모든 걸 다 포착하더군."

그는 무섭다는 기색을 드러내며 말했다. 그래. 조악한 흑백 사진으로 보았을 때는 상처를 분간할 수가 없으니까. 흐릿하고 화질이 다 깨진 형상으로 대중에게 알려졌다가 지금은 고화질 풀컬러로 방송을 해야 하니 얼마나 충격이 컸겠어.

나는 그를 살짝 놀려대었다.

"카메라 공포증이 있으신가요? 메이크업 담당자에게 파운데이션과 컨실러를 발라달라고 하세요. 그러면 좀 덜…… 창백해 보일 거예요."

그는 나를 노려보면서 내 가면을 만졌다. 내가 귀로 치워두었던 베일 같은 실이 앞으로 떨어졌다.

"바깥에 나갈 때는 제대로 내리고 다녀라."

나는 항의하지 않았다. 이치를 볼 수만 있다면야, 이 정도는 양보할 수 있었다.

"진심으로 묻는 건데요, 마지막으로 잔 게 언제인가요? 뇌졸중을 겪으셨다면, 더 쉬셔야 하는 거 아닌가요?"

"충분히 자고 있어."

그는 눈을 감고 이마에 손가락을 댄 채 숨을 내쉬었다. 그러더니 미적대지 않고 방을 나섰다.

진정이 이 방에 들어와서 나를 욕하거나 위협하는 일 없이 나간 건 처음이네.

흠. 너무 바쁘면 못되게 굴 여력도 없나 보군.

제8장

이방인들

정오가 되기 조금 전, 독고가라는 나를 휠체어에 태우고 고 저택의 수많은 건물과 정원 사이로 난 지붕 덮인 산책로를 나아갔다. 아니, 이제는 화하궁이라고 해야 하려나. 이곳은 내가 이치와 세민과 함께 머물던 얼마 전과는 분위기가 완전히 바뀌었다. 일단 무장한 군인이 사방에 깔렸다. 비단옷을 걸친 사람들이 술에 취해 하루 종일 웃고 소리치는 모습이 사라졌다. 어이없을 정도로 대가족인 이치 가문 사람들이 나에게 와서 주제넘은 질문을 던지는 일도 없었다. 완아의 말에 따르면, 예전에 직원들에게 이래라저래라 명령하던 이들이 이제는 어쩔 수 없이 직원이 되었다고 했다. 몸이 멀쩡한데 일하지 않는 성인에게는 주방에서 식사를 제공하지 않기 때문이란다.

정부가 이 저택을 업무실로 쓰기 시작하면서 할 일이 아주 많아졌다. 자주색과 붉은색, 녹색 옷차림의 문관들이 통로를 오가는 모습이 보였지만, 이들은 언제나 멀찍이 떨어져 있었고 이쪽과 눈이 마주치기가 무섭게 눈길을 돌렸다. 진정은 아마도 내 거처에서 사당으로 가는 길을 미리 통제하도록 명령해 놓았겠지. 커다란 연못 건너편에서 이치의 어린 여동생 하나가 나무 요요를 가지고 노는 모습도 보였다. 아이와 함께 있던 전족한 여인은 곧바로 아이를 돌리고는 급히 나의 시야에서 사라졌다. 마치 괴물로부터 도망치듯 말이다.

이치를 곧 만나게 된다고 생각하니 뱃속이 점점 떨려왔다. 이 만남은 치명적인 실수일 수도 있었다. 이치와 내가 제아무리 조심스레 행동한다 해도, 다음에 진정과 함께 크리살리스 조종을 하면서 나의 기억이 그에게 흘러갈 수도 있으니까. 하지만 그 위험성을 가장 잘 아는 사람도 바로 이치다. 그런데도 그가 나를 여기에 불러낸 건 무언가 중요한 이유가 있어서겠지.

정원의 연못을 흐르는 물소리 말고는 사방이 고요한 가운데, 휠체어가 굴러가는 소리와 독고가라의 아머가 부딪치는 소리가 기묘하리만큼 크게 들려왔다. 잿빛 하늘이 우리 위로 묵직하게 내려앉은 느낌에 공기로 숨을 쉬기가 힘들었다.

"유체는 어떻게 지내고 있어?"

나는 불안한 침묵을 깨뜨리려고 독고가라에게 물었다. 그녀는 내 휠체어를 밀어 이제 바위 정원 사이로 난 울퉁불퉁한 오솔길로 들어섰다.

"폐하께서 가택 구금을 명하셔서 거기 박혀 있지. 걔는 무서워서 벌벌 떨고 있어. 그래도 걱정하지 마. 네 대관식이 끝나면 청룡을 타고 도망칠 테니까. 그때쯤이면 기가 완전히 충전되거든. 그때까지는 내가 널 안전하게 지켜줄게."

"난 걱정 안 해. 그냥 걔가 한 짓을 믿을 수가 없어서 그래. 열네 살밖에 안 됐으면서 눈 하나 깜빡이지도 않고 사람을 죽이다니."

"그렇지? 다행히도 폐하께서 계셔서 이젠 걔를 훈계하셨잖아."

이윽고 오솔길 끝에 다다르자 짧은 계단이 나왔다. 나는 한숨을 쉬었다. 이 저택은 산에 지어졌는지라 이런 계단이 너무 많았다. 나는 조심스럽게 붕대 감은 발로 일어난 다음, 평범한 접이식 휠체어 뒤편에 걸어둔 철제 지팡이를 풀어냈다. 진정은 왜 나에게 전동휠체어를 주지 않은 걸까. 아무리 빨리 가도 멀리 도망칠 수도 없는데. 독고가라는 한 손으로 내 팔꿈치를 잡고, 다른 손으로 허리를 받쳐서 계단을 오르도록 도와주었다. 마치 다시 걸음마를 배우는 기분이었다. 유체와 싸우는 바람에 회복이 한참은 더뎌졌다. 아픈 발걸음을 내디딜 때마다 그 순간으로 돌아가는 것만 같았다. 증오 가득한 유체의 눈빛과 그가 내게 다가오려고 죽였던 경비병들의 살 타는 냄새가 생생했다.

하지만 나 역시 끔찍한 일을 저지르기는 마찬가지였다. 이 모든 게 한 남자에게 복수하기 위해 시작되었으니까. 그를 죽인 다음에는 주작의 조종석에서 병사들을 내던졌지. 안록산을 고문해 죽이고, 현무에 탄 마수영과 주원장을 짓밟았다. 개황 망루를 부쉈고, 내 가족이 있던 성현궁을 무너뜨렸다.

전설에 따르면 업보에 따라 마지막에 악인은 반드시 벌을 받고 선한 이는 보상을 받는다. 나의 언니는 내가 아는 사람 중에서 가장 상냥한 사람이었다. 언제나 남을 먼저 생각했고, 밥이 모자랄 때 나나 동생에게 더 나눠주었으며, 내가 동생과 싸워서 집 안을 어지럽히면 책임을 져주었다. 나는 아버지에게 맞아도 반성하지 않았지만, 언니가 지친 기색으로 꾸짖으면 며칠을 부끄러워했다. 이제껏 살아오는 동안 대부분 나는 스스로가 썩어버린 마음을 지닌 망가진 존재고, 규칙을 준수하는 능력이 없기 때문에 모든 걸 잃어버리고 말 거라 생각했다. 그런데 보라. 언니는 타락한 남자애의 변덕에 휩쓸려 죽고, 나는 이제 화하의 황후가 될 예정이라니.

우주는 본질적으로 무심하다는 진실을 직면하니 온몸이 굳어버릴 만큼의 충격이었다. 잘못을 바로잡는 자비로운 신이란 없다. 정의는 보장받지 못한다. 우리의 신들은 우리를 적극적으로 방해하고 있다. 규칙을 만들어 집행하는 자들은 더없이 잔인한 방식으로 그 규칙을 깬다. 권력의 최상층에서는 더욱 끔찍한 전투만이 있을 뿐이다.

"가라, 넌 사람을 죽여 본 적 있어?"

계단 꼭대기의 정자에 도착했을 무렵 나는 그녀에게 물었다. 내 목소리가 아스라이 들려왔다.

독고가라는 휠체어를 끌어올리며 코웃음을 쳤다.

"그랬다면 군대가 날 가만히 뒀을 것 같니."

"하지만 죽여도 아무 처벌이 없다면, 죽일 거야?"

그녀는 휠체어를 내 옆에 설치했다.

"이 세상에는 살고 싶어 하지 않는 사람들이 있긴 하지. 그런데 그건 왜 물어?"

나는 휠체어에 다시 앉으며 대답했다.

"그냥 궁금해서. 우리 조종사들 중에는 머리가 이상한 사람이 있는 게 아닌가 싶어. 강한 조종사가 되려면 머리가 이상해야 하는 걸까."

"야, 나까지 싸잡아 말하지 마. 난 안 이상해."

독고가라는 나를 정자에서 데리고 나와 연못 위쪽 돌다리로 휠체어를 밀어갔다.

"우리가 처음 만났을 때, 넌 나를 벽에 밀쳤잖아! 양견의 마음에서 날 봤다는 이유로!"

"아니, 아니야. 난 그것 때문에 너랑 말을 걸고 싶지 않았을 뿐이야. 그런데 네가 날 열받게 만들고 모욕했잖아. 그래서 널 밀쳤던 거야. 그 둘은 큰 차이가 있다고."

"그건……. 아니, 됐어."

나는 휠체어에 몸을 축 늘어뜨렸다. 독고가라의 폭력은 아무리 나쁘게 생각한다 해도 유체에 비하면 훨씬 가볍다. 진정과 비교해도, 마수영과 비교해도, 주원장이나 세민과 비교해도 마찬가지다. 나와 비교해도 가벼운 수준이고.

"혼돈을 죽이면 인간을 죽이기도 더 수월해질까?"

오랜 침묵 끝에 속삭이듯 질문이 나왔다.

"아니. 아닌데? 그 논리에 따르면, 가축 도축업자는 다 잠재적인

연쇄살인범이게?"

나는 뒤돌아서 그녀를 슬쩍 쳐다보며 말했다.

"넌 혼돈을 죽이는 게 동물 죽이는 거랑 같다고 생각해? 전장에서 싸울 때, 혼돈의 기분을 너도 같이 느끼지 않아? 그들의 감정이 참 복잡하다는 걸 알잖아? 그걸 느끼면 망설일 때가 없어?"

하지만 독고가라는 코웃음을 쳤다.

"그건 단순한 방어 기제일 뿐이야. 죽어가는 벌이 침을 쏘는 것과 같은 이치지. 이건 전쟁이잖아. 그런 속임수에 넘어가서 주저하다간 죽는다고. 하지만 혼돈이 우리 정신을 혼란스럽게 몰아가는 걸 막을 방법을 크리살리스 기술자들이 찾아준다면야 전투하기 훨씬 좋아지긴 하겠지."

"너는……"

다음 질문이 목구멍에 탁 걸렸다. 이건 위험한 주제다. 진정이 알면 날 죽일 수도 있다. 하지만 난 독고가라의 의견을 들어봐야 했다.

"혹시 넌 혼돈이 그토록 복잡한 감정을 느낄 수 있다는 게 무슨 의미일지 생각해 본 적 있어? 혹시 그들이 우리처럼 자아를 갖고 있는 건 아닐까 궁금한 적 없어?"

나는 목소리를 최대한 낮추고 물었다.

"말도 안 되는 소리. 만약 혼돈이 우리 수준의 지능을 가졌더라면, 우리가 크리살리스를 만들어낸 순간 그들의 침략은 완전히 실패했다는 걸 알았겠지. 우리는 혼돈의 시체를 짜맞춘 기계를 조종해서 맞서고 있잖아. 정말로 지능이 있는 종족이라면, 그걸 알고서도 여기서 안 떠나고 있을까? 원래 있던 곳으로 도망쳤겠지."

아니, 못 도망가! 나는 마구 소리치고 싶었지만 혀를 깨물어 참았다. 내가 너무 많은 말을 했다는 걸 알게 되면 진정은 눈을 어둡게 빛내겠지. 그리고 내 기 아머를 우그러뜨려 날 곤죽으로 만들어 죽이겠지. 그 모습이 눈에 선했다. 죽는 거야 두렵지 않지만, 내가 적당한 때가 오기까지 기다리지 않은 바람에 나와 함께 진실도 죽는 건 두려웠다.

그래도 나의 머릿속은 눈에 하인이 보일 때마다 소리치고 있었다. 누군가, 어떻게든 내 머릿속에 갇힌 진실에 귀를 기울여달라고.

물론 사람들은 이 가면과 베일 뒤에서 진실을 보지 못한다. 그저 돌처럼 차가운 예비 황후를 볼 뿐이다. 진실은 마치 염산처럼 내 속으로 가라앉아 조금씩, 아주 조금씩 내면을 녹여가고 있다.

빙빙 도는 머릿속에 어느새 향 내음이 들어와 나는 정신을 차렸다. 드디어 사당에 가까이 왔구나. 무성하게 자란 부드러운 이파리의 나무들과 정교하게 다듬은 관목들이 사원으로 구불구불 이어진 길 옆으로 빽빽이 나 있었다. 바람결에 수많은 목소리가 들려왔다. 장엄한 음악 위로 독경을 하는 소리였다. 나는 순간 긴장이 되었지만, 그게 실은 녹음된 소리라는 걸 금세 알 수 있었다.

사당은 완아가 말해준 대로 붉은 벽과 기둥으로 이루어진 단층 건물이었다. 앞쪽에 놓인 거대한 청동 향로에서 취할 것 같은 연기가 가닥가닥 피어올랐다. 사당 뒤로 저택의 북쪽 벽이 흰빛으로 불쑥 솟아 있었고, 그 위로는 둥글게 철조망을 쳐 놓았다. 뒤편 숲에서 까마귀 한 마리가 날아오르며 우는 소리가 굽이굽이 들어찬 산봉우리를 따라 메아리쳤다.

저 벽을 타고 올라가 숲으로 도망치고 싶은 충동이 온몸에 두근두근 퍼졌다. 몸을 숨기고 자유로워지는 옛 환상이었다.

그럴 수만 있다면 얼마나 좋을까.

사원의 병풍 문 위로 감업사(感業寺)라고 쓰인 현판이 걸려 있었다. 새겨진 서체를 보자 가슴이 덜컥 내려앉았다. 저 강인한 서체는 세민의 글씨와 너무나도 비슷했다.

독고가라는 내가 마음의 준비를 채 하기도 전에 문을 밀어젖혔다. 우리 위로 녹음된 독경 소리가 더욱 크게 울렸다. 희미한 햇살이 절 방석과 선조들의 신주를 세워놓은 감실로 비쳐들었다. 신선한 복숭아가 감실의 제단 앞에 놓였다. 나는 사당 안을 훑어보았지만 이치는 보이지 않았다. 아직까지는.

독경 소리가 아닌 소리가 들리는지 귀를 기울이며, 독고가라가 휠체어를 문지방 위로 들어올리기 편하도록 나는 휠체어에서 일어났다. 안타깝게도 저택의 모든 전통 가옥의 입구마다 문지방이 있었으니까. 내가 다시 휠체어에 앉자, 그녀는 청동 향로에서 끝부분이 주홍빛으로 타오르는 향을 하나 꺼내 내게 주었다.

"잠깐 혼자 있게 해줄게."

그녀의 말에 나는 고맙다고 고개를 끄덕였다. 이윽고 문이 닫혔지만, 독고가라의 윤곽은 문에 바른 종이 위에 그대로 비쳤다. 나는 향을 들지 않은 손으로 휠체어를 밀어 감실 쪽으로 갔다. 진정은 이곳까지 자신의 영역으로 굳이 바꾸지는 않았다. 천장에서 요란한 소리를 내뿜는 청동 스피커 아래로, 고 가문의 신주가 줄지어 서 있었다. 우습네. 내가 만약 이치의 청혼을 받아들였다면, 이 신주에 절을 해야 했겠지. 감실의 위편 구석에는 붉은 얼굴에 초록색 가운을 걸친 관우상이 있었다. 재물과 사업, 의리를 상징하는 신상이었다. 그러니 당연히 이 가문의 수호신이겠지. 나는 코웃음을 치고서 사당 양편의 신상을 훑어보았다. 무시무시한 형상을 한 전쟁의 신 치우, 고요한 미소를 띤 자비의 신 관음보살, 뱀의 형상을 한 창조의 신 여와가 보였다. 그리고 저 어두운 뒤쪽 벽에는 더 많은 신상이 서서 마치 재판관들처럼 나를 응시하고 있었다.

나는 신상들을 도전적인 눈빛으로 쭉 노려봐주었다. 너희들, 진짜 있기는 있어? 정말 저렇게 생겼니? 정말 그런 힘을 갖고 있어?

지금도 날 보고 있어?

나의 시선이 위로 피어오르는 향기를 따라 천장으로 향했다. 여기엔 세민의 영혼을 위해 기도하겠노라 말하고 왔지만, 세민을 생사의 기로에 매달아두고 있는 게 저 신들인데 대체 누구에게 기도를 해야 할까?

나는 고개를 숙이고는 향을 들어 올렸다. 하지만 특정한 신을 골라 기도를 하지 않고, 이렇게만 속삭였다.

"세민아, 자유로워지렴."

이 말이 나에게서 빠져나가면서 속에서 무언가가 뚝 끊어졌다. 나는 몸을 구부렸다. 가면에 달린 금속 베일이 출렁이면서 흐느낌이 흘러나왔다. 나는 얼른 입을 막았다. 향은 내 손에서 재가 되어 부스러졌다. 눈물이 아머에 싸인 다리 위로 뚝뚝 떨어졌다.

이건 너무하잖아.

돌아와. 제발 돌아줘.

어떻게 너만 빼고 나랑 이치를 주작에서 내보내 버릴 수가 있어?

나도 너랑 같이 죽었어야 했잖아.

보고 싶어.

난 이거 못 해. 난 아직 준비가 안 됐어.

나 너무 무서워.

나…….

내가 이걸 꼭 복수해 줄게.

눈을 번쩍 뜨고 콘크리트 바닥을 바라보았다. 녹음된 독경의 소리가 귓가에 울렸다. 손에 남은 재를 움켜쥐었다. 전에도 두 번, 나는 고통과 슬픔과 분노가 모두 모여 내 안에서 뜨거운 핵으로 응축되어 타오름을 느낀 적이 있었다.

단 하나의 목적을 위하여, 바로 복수를 위하여.

내 언니를, 세민이를 빼앗은 자들을, 내가 사랑하는 이들을 빼앗아 간 자들을 파괴하리라. 그게 아니라면 내 고통의 힘에 파괴되어 버리고 말리라.

나는 고개를 들지 않았다. 만약 신들이 지금 조각상을 통해 나의 얼굴을 본다면, 내가 그들의 뜻을 따를 수 있다는 걸 믿어주지 않을 테니까.

그때였다. 사당 뒤쪽에 난 문이 삐그덕 열렸다. 나는 휠체어에 앉은 채로 상체를 벌떡 일으켰다. 어둠 속에서 분홍색과 파란색의 형상이 보였다. 처음에는 사당을 관리하러 온 하녀인 줄 알았지만, 자세히 보니 드러난 형상은 남자였다.

"이치."

나는 나직하게 숨을 뱉었다. 종이 문에 비친 독고가라의 윤곽을 확인했다. 다행히도 녹음된 독경 소리가 커서 바깥에서는 안쪽 소리가 들리지 않을 듯했다.

"이치!"

나는 다시 속삭여 부르며 그를 향해 휠체어를 굴렸다. 이제껏 이치가 없었다는 사실에 온몸이 아팠다. 그의 익숙한 온기를 온몸으로 바라고 있었다.

하녀 차림의 이치는 뒤로 물러서더니 더없이 정중한 자세로 절을 했다. 그는 마치 방패를 두르듯 내게 손을 내밀어 앞을 가렸다.

"마마."

그는 독경 소리보다 큰 수준으로 나를 불렀다. 하지만 난 고개를 저었다.

"아니, 아니야. 날 그렇게 부르지 마. 나한테 이러지 마."

이치의 목울대가 움직였다. 그는 여전히 허리를 숙인 채로 나와 눈을 마주치지 않았다.

"마마가 잘 지내는 것 같으셔서 다행입니다."

나는 나직하게 소리쳤다.

"나 잘 지내지 못해! 나 안 괜찮아! 안 괜찮다는 거 너도 알잖아! 이치, 날 좀 봐!"

"죄송하지만 그건 부적절한 행동이 될 겁니다, 마마. 오늘의 만남은 폐하의 허락 하에 이루어진 것입니다. 저는 폐하의 신뢰를 저버릴 수가 없습니다."

목덜미에 오한이 스쳤다. 마치 이 자리에 있지도 않은 진정의 손에 잡힌 기분이었다.

"진정이 안다고?"

"폐하께서는 우리가 새로운 직위에 오르기 전에 결론을 짓도록 너그러이 허락하셨습니다. 다만, 제가 이런 차림을 한다는 조건이었습니다. 혹여 누가 우리를 보더라도 오해하지 않도록 말입니다."

나는 벌떡 일어나 이치를 잡고 흔들며 소리치고 싶었지만, 한 가닥 남은 이성으로 간신히 참았다. 진정이 이치와 나의 관계를 정말로 알고 있었더라면, 우리가 다시 만나려 할 거라고 예상했을 것이다. 차라리 솔직하게 말하는 게 진정을 안심시키고 분노를 피해 가는 방법이다.

그러니 나를 여기 보내는 데 주저함이 없었구나. 이치에게 무어라 했을지 상상이 되었다. 너를 그리워하는 측천의 마음을 없애줘라. 그녀가 헛된 그리움을 갖지 못하게 막아라.

"작별 인사를 하려고 나를 여기 부른 거야?"

목소리가 작게 갈라져 나왔다. 단 한 발짝만 더 다가가면 되는데도 그를 만질 수가 없다니 미칠 것만 같았다.

이치의 아랫입술이 떨렸다.

"작별 인사는 아닙니다. 우리는 계속 보게 될 테니까요."

"네가 나랑 눈도 마주치지 못한다면, 우리는 서로에게 죽은 거나 다름없잖아."

이치는 얼굴을 찌푸리며 천천히 깊은 숨을 쉬다가 이내 입을 열었다.

"마마를 보호할 수 있는 유일한 존재는 바로 폐하이십니다."

나는 휠체어 팔걸이를 내리치며 말했다.

"넌 진정이 나를 어떻게 대하는지 듣지도 못했어? 황제에게 나는 그저 게임판 위의 말일 뿐이야. 아니, 더 나쁘지. 인형일 뿐이라고. 그래, 물론 황제는 조정에 있는 자들의 생김새가 마음에 들지 않는다는 이유로 막 칼로 베어버리지 않는 그런 폭군은 아니겠지만."

이치는 여전히 두 손을 맞잡고 원형으로 뻗고 있었지만, 이내 팔을 떨기 시작했다.

"이 세상 사람들은 할 수만 있다면 그보다 더한 짓을 마마에게 저지를 것입니다."

나는 멍하니 입을 벌렸다. 이치는 계속 말했다.

"폐하께서는……. 나름의 요구가 있으시지만, 결국은 마마의 생명을 위협하는 손길을 모두 막아주실 겁니다. 폐하께서는 기분 내키는 대로 통치하는 분이 아닙니다. 영광과 부를 넘어서서 목적을 갖고 권력을 행사하시지요. 전설 속 이야기에서는 알 수 없었던 놀라운 신념을 품고 계신 분 아니십니까?"

"부자들을 아주 싫어한다는 점을 보자면, 그렇지. 하지만 다른 면으로는 내 예상에서 한 치도 빗나가지 않았어."

그 역시 여성들을 통제하고 싶어 하는 남자일 뿐이라고. 하지만 난 이 말을 입밖으로 내지 않았다. 한 남자에게 공포를 느끼며 살기 아니면 온 세상에게 공포를 느끼며 살기. 난 지금 이 둘 중에서 하나를 골라야 하나?

"무엇보다도, 폐하께서는 옳은 분입니다. 화하는 부패와 타락이 너무나 심한 상황입니다. 길을 잃은 우리를 더 나은 방향으로 이끌 수 있는 분은 황제 폐하뿐입니다. 폐하께서는 불가능을 타파하시는 분이시죠. 그분은 벌써 세상을 거듭나게 하신 적이 있습니다. 그러니 다시 하실 수도 있지요. 그걸 위해서라면 저는 사사로운 감정을 기꺼이 떨쳐낼 겁니다. 화하의 미래와 비교한다면 그런 마음이 무엇이 중요하겠습니까?"

그의 말이 구구절절 내 마음을 커다랗게 후벼 팠지만, 이치에게 진심이 무엇이냐고 말해달라 요구할 수는 없었다. 살아남으려면 그는 진정을 찬미하는 수밖에 없었으니까.

"마마. 저는 폐하가 합리적인 분이라는 걸 깨달았습니다. 폐하는 우리가 바랐던 것보다 훨씬 더 합리적인 분이십니다. 마마께서 폐하에게 빌미를 주지 않으시는 한, 폐하는 마마에게 심한 해를 입히지 않으실 겁니다."

더는 참고 들을 수가 없었다. 이건 이치답지 않았다. 이것은 연기였다. 다만 진정이 권력을 쥐고 우리를 지배하는 한 결코 그만둘 수 없는 연기일 뿐. 가슴이 터지도록 아려오는 슬픔이 있을지라도, 그대로 참아야 했다. 난 이걸 이방인과 나눌 수는 없으니.

여기 오지 말았어야 했어. 여기 있어봤자 우리 둘 다 괴로울 뿐이야.

"알겠다. 그럼 가도록 하겠다."

나는 휠체어를 돌려 문으로 향했다.

"잠시만 기다려 줘. 말할 게 있어."

이치의 말에 나는 다시 그를 바라보았다. 이치는 마침내 팔을 내렸지만, 시선은 여전히 나를 외면한 채로 말을 이어갔다.

"난 너에게 차마 말할 수 없었던 짓을 많이 저질렀어. 하지만 이제는 우리 아버지가…… 세상을 떠났기 때문에 말할 수 있어."

"무슨 짓을 했는데?"

내 입술이 무감각해지기 시작했다. 진정이 나를 조롱하듯 했던 말이 머릿속을 울렸다. '고이치를 담은 네 기억이, 그가 네게 보여준 면이 그의 참모습이라고 말하고 있나 본데, 우습군. 나는 그 반대의 증거를 이미 볼 만큼 보았다.'

이치는 몸을 살짝 곧게 폈지만, 여전히 고개를 숙이고 허리께에 손을 모은 채로 말했다.

"내 문신은…… 형제회 안에서 내 위치를 나타내는 거야. 우리 형제회는 장안의 지하 세계를 지배하는 조직이야. 카지노와 성매매업소, 마약 밀매처 등등 어두운 모든 곳을 통제하고 있어. 우리 가족은 대부분 그 조직에 속해 있고, 아버지는 그 조직의 수장이었어. 그래서 부를 쌓을 수 있었던 거야."

어깨를 따라 소름이 돋았다. 독경 소리가 뼛속까지 울리면서 한층 더 소름이 끼쳤다. 하지만 그리 놀랍지는 않았다. 고구가 불법적 사업을 했다는 건 비밀이 아니었으니까. 나는 고구의 바로 그 능력에 의지하여 성현들로부터 나와 세민을 구했다. 물론 나중에는 그게 더는 통하지 않았지만.

그러나 이지가 얼마나 관여하고 있었는지는 몰랐다.

"난 어렸을 때 이게 뭔지도 모른 채로 형제회에 충성 맹세를 했어."

이치는 묘한 미소를 지었다. 입은 웃었으나 눈은 웃지 않는 미소였다. 그는 걸치고 있는 하녀의 파란 주름치마를 움켜잡았다.

"나, 남자애치고는 꽤 예쁘장하지 않아? 다들 그렇게 말했어. 아버지도 그렇게 생각했고. 그래서 날 권력자들의 모임에 자주 데리고 갔어. 가기 전에 미리 저에게 열심히 눈과 귀로 그들의 정보를 수집하라고 하고선…… 날 남겨두고 자리를 떴어."

나는 그만 숨쉬기를 잊고 말았다.

이치는 치마 천을 더욱 세게 움켜쥐었다. 덜덜 떨리는 손이 창백했다.

"오랫동안 난 국경 지방으로 도망치기를 꿈꿔왔어. 그러다 최대한 멀리 도망쳐 보았던 곳이, 바로 너를 처음 만난 산이었어."

나는 숲에서 우연히 이치를 만났던 순간을 떠올렸다. 그땐 이치의 옷이 너무 깨끗하다는 게 어찌나 수상하고 불안해 보이던지, 그가 정말로 사람인지 확인하려고 나뭇가지로 공격했었다. 이치는 내 공격을 받아 나무로 내몰리기 전에 날 막아설 수도 있었으련만, 그러지 않았다. 대신 내가 왜 숲에 왔는지, 어디서 먹을 것을 구하는지, 내 옷은 어디서 났는지 등등 몇 시간이고 계속 질문을 해댔다.

나는 날카롭게 숨을 삼켰다.

"그래서 나에게 국경 지방의 삶에 대해서 그토록 많이 물어본 거였어?"

"그래. 그래서 국경 지방에도 나름의 문제가 있다는 걸 알게 됐지. 내가 너무 순진해서 생각해 본 적도 없는 문제들이 있더라. 내가 권력을 갖지 못하면, 화하 어딜 가도 진정으로 자유로울 수는 없다는 것도 깨달았어. 그래서 장안으로 돌아간 거야. 그 후로는 형제회에서 높은 자리에 올라야겠다고 마음먹고, 아버지를 위해서 더욱 적극적으로 정보를 수집했어. 그리고 그 정보를 스스로 활용하는 법도 알아냈지. 언젠가 지위가 충분히 높아져서 아무도 날 건드릴 수 없는 위치가 되면, 그때 너를 데려오려고 했어. 그땐 아무도 감히 나에게 무어라 하지 않을 테니까. 더는 못할 것 같을 때마다, 네가 마을에서 겪는 고통을 생각하면서 나도 계속……."

이치는 나와 눈을 마주치려 하다가 화들짝 놀랐다. 그리고 깊숙이 절하며 떨리는 목소리로 말했다.

"이제껏 말씀드리지 못해서 죄송합니다, 마마. 아버지는 제가 한 일을 모두 알고 계셨습니다. 모두 다. 아버지는……. 외부인에게 형제회 이야기를 발설하면 저를 죽이겠다고 하셨습니다. 그리고 마마도 죽였을 겁니다."

"사과하지 마."

나는 서둘러 대답하며 이치를 향해 손을 뻗었다. 하지만 그와 손을 잡기 직전, 이러지 말아야 한다는 걸 떠올렸다. 아머로 감싼 손가락이 금속 소리를 내면서 달칵 닫혔다.

"그 때문에 미안해하지 마. 네가 그자를 먼저 죽여서 난 다행이라고 생각해."

고구는 너무 빨리 죽었다. 그가 아직 살아있었다면 좋았을 텐데. 그자가 마땅히 받아야 할 고통을 오래오래 주며 괴롭히고 죽였을 텐데.

"그러면 이제 네가 형제회의 수장인 거야?"

나는 그 조직을 이해해 보려고 애를 썼다. 하지만 이치는 고개를 저었다.

"정확히 말하자면 아닙니다. 누구의 방해도 받지 않고 아버지의 재산을 마음대로 처분할 수 있었던 건 마마와 폐하께서 저를 뒷받침해 주셨기 때문입니다. 하지만 형제회의 진짜 후계자는 저의 큰형님인 장공(高長恭. 고장공은 중국 남북조시대의 북제의 황족이며 무장.)입니다. 장공을 향한 조직의 충성심은 훨씬 더 큽니다. 제가 아버지를 죽인 걸 두고 형제회의 일원을 무고하게 해치지 않겠다는 조직의 서약을 어겼다고 생각하는 사람이 많습니다. 그들은 나를 배신자라고 보지요."

"네 아버지가 널 어마어마하게 자극했잖아! 평생을!"

"형제회에서는 그렇게 보지 않습니다. 하지만 현재 새로운 체제가 들어서면서 제가 곧바로 우리 쪽에 권력을 더 끌어왔기 때문에, 형제회는 차분한 상태입니다. 하지만 제가 그 안에서 충성심 있는 부하들을 더 포섭할 수 있을지는 두고 봐야 합니다."

아머 아래로 땀이 흘렀다. 내가 앉은 휠체어가 고층 건물 지붕에 아슬아슬하게 매달린 것처럼, 그 옆에 이치가 서서 높다란 곳 위에 함께 서 있는 것처럼 느껴졌다. 한 발짝만 잘못 디뎌도 추락하겠지. 진정 때문만이 아니라, 이 형제회 때문이라도. 아버지를 죽이고 권력을 승계한 이치를 증오하고 있으니.

나는 사당 뒤편을 바라보며 저 바깥의 산속을 떠올렸다. 그리고 이치에게 말했다.

"도망쳐. 여기서 벗어나. 진정은 너를 쫓아오지 않을 거고, 형제회가 아무리 너를 싫어한다지만 복수하려고 화하 전역을 뒤져서 찾지는 않을 거야. 언젠가 더 안전한 날이 오면, 내가 널 다시 찾아갈게."

"죄송하지만 그럴 수는 없습니다, 마마. 저는 아무 데도 안 갈 겁니다."

"이치!"

나는 그에게 애원했다.

"너무 많은 걸 포기했는데도 아직 바라는 걸 얻지도 못했어!"

이치의 눈이 나와 마주쳤다. 진정이 우리를 갈라놓은 후로 마주 본 것이 처음이었다.

우리의 침묵 가운데 독경 소리가 울려 퍼졌다. 무어라 말하기에 나는 너무나 놀라고 말았다. 이치는 다시 눈길을 돌렸다. 이어서 더욱 나직한 목소리가 들려왔다.

"제가 바라는 건, 여기까지 오려고 했던 그 모든 일들이 무의미해지지 않는 것입니다. 폐하께서 말씀하시듯, 권력은 진정으로 변화를 바라는 이들에게 있어야지, 공허한 쾌락에 탐닉하는 자들에게 있어서는 안 됩니다. 저는 옛 체제의 권력자 모두의 비밀을 오랫동안 수집해 왔습니다. 그들은 참으로 썩어빠진 자들입니다. 저는 화하의 핵심부에서 가장 부패한 이들이 누구인지 정확하게 지목할 수 있기에, 폐하께서 그들을 없애시는 데 도움을 드릴 수 있습니다."

이치는 이를 드러내며 으르렁댔다.

나는 마른 목으로 숨을 삼켰다.

"그래, 알겠어."

나는 이치를 과소평가했구나. 그는 단순히 우리 둘만을 보호하기 위해 관여한 게 아니었구나. 본인의 신념이 있구나. 그 신념은 어쩌면 진정의 것과도 맞먹겠구나.

"그리고, 제 형제자매 중에도 제가 정말로 좋아하는 이들이 있습니다. 그들을 저버릴 수는 없습니다. 마마도요. 그리고……."

이치는 이렇게 말하며 위쪽을 조심스레 슬쩍 보았다. 하지만 미처 말하지 못한 이가 누구인지 나는 금방 알아차렸다.

언젠가 우리가 서로의 손을 잡고 끌어안아 둘만이 공유하는 슬픔 가운데 위안을 얻을 순간이 있으리라. 하지만 아직 우리의 사이는 건널 수 없게 되었다.

이치는 작게 미소 지으며 말했다.

"제 걱정은 하지 마십시오, 마마. 마마가 알아주시기를 바라는 마음으로 이런 말씀을 드린 것입니다. 이제 우리는 *저의* 세상에 있습니다. 그리고 이 세상을 어떻게 헤쳐 나가야 하는지 저는 압니다."

제9장

누구도 원치 않았던 재회

나는 이치를 믿기로 했다. 이제는 그를 걱정하면서 쓸데없이 괴로워하지 않으리라. 나는 대관식 전 며칠 동안 완아와 함께 수업에 집중했고, 방을 못 나가는 걸 두고서 소란을 피우지 않았다. 그동안은 대관식 예행 연습을 위해 몇 시간만 밖에 나갔을 뿐이었다. 공식적으로 즉위하여 화하의 황후가 되면, 나의 위치는 훨씬 더 강해질 테고, 진정은 더는 제멋대로 날 폐위시킬 수 없을 테니까.

그러나 대관식 전날 밤, 진정은 독고가라에게 이유를 알려주지도 않고서 나를 그의 방으로 데려오라 시켰다. 독고가라는 다시금 저택 사이를 굽이굽이 지나며 나를 데려갔다.

위로 솟아오른 처마 아래로 달린 등불은 마치 반딧불이처럼 돌길을 비춰주었다. 어두운 연못 위로 비친 처마는 마치 빛으로 만든 낫

같아 보였다. 풀 내음과 꽃향기가 이슬과 함께 공기 중에 어른거렸다. 수없이 이어진 산책로의 지붕 서까래에 새로 달린 화하의 깃발이 나부끼고 있었다. 검은 바탕에 붉은 삼각형, 그리고 그 안에 그려진 금색 용 머리 문양의 용두기(龍頭旗)는 화하 제국의 원래 깃발이었다. 며칠 전 완아와 함께 한 역사 수업에서 그녀는 깃발의 의미를 설명해 주었다. 붉은 삼각형은 일어나는 노동자의 피를 상징하며, 검은색은 진정의 출신인 잔혹한 진 왕국의 색이라 했다. 진정이 사라지고 왕조가 멸망해 나라가 혼란해지자, 깃발은 내가 익히 보아 온 연노랑 바탕에 하얀 연꽃 모양으로 바뀌었다. 말하자면 '덜 공격적인' 문양으로 말이다. 하지만 이제 진정이 돌아온 지금, 용두기도 함께 부활했다.

그는 저택 본채에 있는 연회장에 왕좌를 두고 공식 알현실로 삼았다. 고구가 나와 세민을 위해 환영 연회를 열었을 때 나타났던 바로 그 건물이었다. 독고가라는 나를 후면 출입구에 내려주면서 진정이 자신더러 바깥에서 기다리라 했다고 말했다. 대관식 예행연습을 위해 알현실에 이미 와 본 적이 있었기 때문에, 나는 개조된 건물 내부를 문제없이 이동할 수 있었다. 엘리베이터를 타고 최상층으로 올라가면서, 이곳 어딘가에 있는 개인실에서 끔찍한 저녁 식사를 들었던 기억이 떠올랐다. 고구와 거래했던 그때. 그 후에 세민을 찾으러 갔었지. 지금 나는 그때와 똑같은 길로 휠체어를 굴렸다. 연회장으로 이어지던 복도는 이제 주렴을 쳐두었고, 그 너머는 새로 지어진 단상으로 시야가 차단되었다.

나는 주름을 헤치고 높다란 단상을 휠체어로 돌았다. 사전 준비팀이 없는 널찍한 알현실은 그저 무덤처럼 어두컴컴했다. 유일하게 밝은 곳은 단상 위였다. 서늘하게 흘러나오는 빛 한가운데 놓인 화려한 의자에 진정이 앉아 있었다. 그런데…… 책상에 머리를 대고 자는 건가?

나는 조심스럽게 휠체어에서 일어난 다음 지팡이를 짚고서 단상 위로 올라갔다. 자세히 보기 전에는 믿을 수가 없었으니까. 정말로 진정은 정신을 잃고서 기다란 책상 위에 문서와 그래프, 손 글씨가 적힌 쪽지와 펼친 책을 어지러이 놔둔 채 자고 있었다. 왕관 한쪽 뿔이 책상 위에 닿은 채였다. 제길. 혹시 정말 죽은 거 아니야?

아니, 아니야. 숨 쉬고 있어.

와, 지금 진정이 죽은 줄 알고 나 겁에 질린 건가? 우습지도 않네. 난 진정이 필요 없어야 하는 거 아닌가. 난 그가 필요한 일이 없기를 바라는데.

전기 등불 빛 아래 그의 속눈썹은 유령처럼 창백한 뺨 위에 그림자를 드리웠다. 가면을 벗은 진정의 얼굴은 너무나도 가녀리고 무방비해 보였다. 그에게 무언가를…… 저지르고 싶은 충동이 날카롭게 치밀었다.

그 순간, 그의 머리 옆으로 화하의 지도가 눈길을 끌었다. 국경선에 자그마한 표시와 날짜가 적혀 있었다. 지난 2주간 혼돈이 공격한 지점이겠지. 한(漢) 지방의 남부 해안선에 집중적으로 적힌 표시를 보자 오소소 소름이 돋았다. 이곳은 한족의 근원으로 알려진 곳이었다. 그 아래에 적어놓은 메모는 대부분 무슨 말인지 알 수 없었으나, '사망'을 뜻하는 글자는 얼마든지 알아볼 수 있었다. 1명 사망. 3명 사망. 숫자는 계속 이어졌다.

목구멍으로 쓴물이 확 솟아올랐다. 그래, 당연하지. 내가 전쟁 생각을 안 한다 한들 혼돈이 크리살리스를 파괴하고 만리장성을 무너뜨리며 우리를 죄다 죽이려는 노력을 그만두었을 리 없잖은가. 그들은 한 지방 국경에 병력이 부족하다는 걸 알아차렸을 터였다. 이 사상자 수에는 첩 조종사가 포함되지 않는다. 군대는 그들의 사망을 집계하는 법이 없다.

주 지방에서 한 지방을 향해 그려놓은 화살표를 보니 진정이 크리살리스 몇 대를 도로 옮겼음이 드러났다. 하지만 주 지방 국경에는 만리장성이 없기에, 쉽사리 내린 결정은 아니었을 것이다. 서황 사막을 넘어오는 혼돈의 공격 역시 증가 추세다. 재건기간 동안 가능한 한 많은 크리살리스를 두어야 한다.

진정과 나는 대관식을 마치는 대로 이 위기를 해소하기 위하여 출동해야겠지. 생각만 해도 머리가 어지러워진다. 마치 단상에서 아슬아슬하게 떨어지기 직전 같은 기분이었다. 나는 진정에게 손을 뻗었다.

갑자기 그의 목에서 소리가 났다. 격한 움직임이 흐릿하게 일어난 가운데, 왕좌가 뒤로 확 끌리면서 진정이 내 뒤에 서서는 나를 확 끌어안고 목에 얼음장 같은 칼날을 대었다. 두근대는 심장을 중심으로 온몸의 세포가 확 얼어붙었다. 그의 뜨겁고도 밭은 숨결이 귓가에 어른거렸다. 서로 닿은 아머 사이로 진정의 몸이 느껴지면서 등 뒤로 빠르게 오르내리는 가슴의 움직임을 알 수 있었다. 잠시 후, 그 움직임이 잦아들면서 진정은 거친 신음을 흘리며 나를 놓았다. 나는 지팡이를 짚고 몸을 가눈 채로 그를 향해 돌아섰다. 나 역시 가쁜 숨을 쉬게 되었다.

"날 놀라게 하지 마라! 내가 얼마나 많은 암살 시도를 당했는지 알고는 있는가?"

그는 나를 꾸짖었다. 그의 기 금속은 넝쿨처럼 풀어져서 다시 건틀릿으로 돌아갔다.

"폐하께서 절 여기 불렀잖아요! 그런데 그 후로 잠을 자긴 한 거예요……?"

나는 목을 문지르다가도 진정이 눈도 제대로 뜨지 못한 모습을 보고서 분노가 누그러졌다.

그는 얼굴을 문지르며 말했다.

"내가 통일 전쟁을 치를 때보다는 많이 자고 있다. 주나라와 전쟁했을 때는 아주 힘들었지. 지금 생각해 보면 그건 진짜 개지랄 같은 싸움이었다."

그는 건방 떠는 정복자로 다시 태어나기 전, 어릴 때 썼을 법한 거친 방언을 무심코 흘렸다

"그렇다고 해서 지금도 계속 그래야 한다는 법이 어디 있나요. 폐하께서도 우리와 똑같은 인간이잖아요."

"그래, 그래. 알았으니까. 가자."

그는 돌아서며 손짓했다.

"어딜요?"

"곧 알게 될 거다."

그는 단상에서 내려가기 시작했다.

"아, 폐하의 뿔이……"

나는 여전히 휘어져 있는 그의 뿔을 가리켰다. 그는 어리둥절한 기색으로 날 돌아보았다가, 뭐가 문제인지 알고서는 짜증스레 한숨을 쉬었다. 그리고 집중하는 기색으로 눈을 가늘게 떴다. 뿔은 이제 바깥쪽으로 움직였지만, 여전히 다른 쪽과 균형이 맞지 않았다.

"어휴."

나는 지팡이를 짚고 그의 옆으로 다가가서는 직접 뿔을 잡았다. 내가 계속 비뚤어진 뿔을 보고 있으면 신경이 쓰일 것 같아서였다.

진정은 내 손이 닿자 움찔 놀랐지만, 뿔을 유연하게 만들어 내가 다듬을 수 있게 해주었다. 가까이에서 그를 올려다보자 무언가 점점 기분이 이상해졌다. 그의 얼굴이 너무 빨갰다. 초점이 흐릿해진 눈에는 평소 좌중을 지배하던 강렬함이 없었다. 그가 잠시 방심한 틈을 타서, 나는 손등을 그의 이마에 대었다. 건틀릿 너머로 느껴지는 체온이 놀랍게도 너무 높았다.

"열이 있군요!"

"아니다. 화기를 뿜어서 그런 거다."

그는 날 조롱하는 듯 말했지만, 그의 동공은 정말로 새빨갛게 타오르고 있었다. 화기로 강화된 그는 한 팔로 나의 허리를 감아 들었다.

"뭐 하는 거예요!"

나는 버럭 소리를 쳤지만, 내 목소리는 민망한 비명에 지나지 않았다.

그는 나를 단상 아래로 들고 내려가 마치 쌀 포대를 던지듯 날 휠체어에 턱 앉혔다.

"고맙다는 말은 안 해도 돼."

그는 나를 밀고 앞으로 가기 시작했다.

"이러지 좀 말아 줄래요?"

나는 가까스로 무릎 위에 지팡이를 얹었다. 그는 독고가라보다 훨씬 빠르고 거칠게 휠체어를 밀었다. 내가 믿지 않는 사람의 손길에 의지하여 휠체어를 타고 가려니 정말 불편했다. 그가 나의 장기를 장악한다면 기분이 이럴까.

진정은 단상 주위로 휠체어를 빙 돌려 밀고는 주렴을 헤치고 내가 왔던 복도로 다시 나갔다. 그리고 세 번째 문 앞에서 갑자기 멈추는 바람에 나는 휠체어에서 떨어질 뻔했다. 다시금 항의하려던 순간, 문에 달린 청동 명패를 보자마자 난 입을 다물었다. 특히, 방 이름 앞에 새겨진 국화 문양 때문이었다.

이곳은 나와 세민이 고구를 만났던 바로 그 방이었다.

진정은 문을 열고서 나를 밀었다. 안 좋은 기억이 마구 몰려들어 눈이 질끈 감겼다.

"무 마마."

방에 있던 누군가가 말했다.

그 목소리가 누구의 것인지 알아차린 순간, 나는 눈을 번쩍 떴다. 온몸에 살인적인 분노가 용솟음쳤다.

"사마의!"

나는 휠체어에서 벌떡 일어섰다.

진정은 내 어깨를 잡아 눌러 앉히고서 발로 문을 차서 닫았다. 아머 조각들이 내 몸을 감싸 꽉 조여오면서 온몸이 움직이지 않게 되자 너무 무서웠다. 심지어 가슴받이가 단단하게 죄어와 가슴을 부풀려 크게 숨을 쉴 수조차 없었다. 진정에게 이럴 능력이 있다는 건 알았지만, 실제로 그 힘을 느끼자 그가 내 목에 칼을 들이대었을 때보다 더욱 공포스러웠다.

사마의는 식탁에서 일어섰다. 그가 입은 금사 수 놓은 보랏빛 옷과 두 뿔이 달린 검은 관모는 성현의 복식이었다.

"내일 대관식에서 네가 날 보기 전에 먼저 만나야겠다고 생각-."

"세민이를 네가 죽였지!"

나는 꽉 막힌 폐로나마 있는 힘껏 소리쳤다. 이제는 날 가둔 우리가 되어버린 아머 안에서 있는 힘껏 힘을 주었다.

"진정, 날 풀어줘요!"

진정에게 소리치는 동안, 사마의도 내게 맞서 소리쳤다.

"그건 내가 내린 결정이 아니었다! 난 반대했다고! 정말이다! 하지만 명령이 내려온 걸 어떡하겠느냐."

"겁쟁이!"

사마의는 깊이 숨을 들이쉬었다. 방을 비추는 호박색 조명 아래로 빛을 받지 못한 그의 얼굴은 어둡게만 보였다.

"예전 성현들이 그런 결정을 내린 걸 날 보고 어떡하라는 것이냐? 네가 한 짓을 생각해 봐라! 네가 살았으니 그들이 죽었잖느냐!"

"그쪽에서 먼저 날 죽이려 들었으니 그렇지!"

"그것만 있는 줄 알아? 안록산 전략가는 어땠지? 너와 이 조종사가 그에게 한 짓을 우리가 모를 거라고 생각했느냐?"

기억이 머릿속에 마구 밀려들었다. 조종사 시스템이 여자에게 불리하게 조작되어 남자들이 전투 연결시에 더 높은 생존하도록 설정했다는 자백을 안록산에게서 받은 후, 그 개새끼를 죽여버렸던 장면이 생각났다. 원래 계획은 그자를 찍은 영상을 증거로 공개하는 것이었지만, 이제는 진정이 친히 명령을 내려 조종사 시스템을 초기화하고 입력 조건을 똑같이 만들라고 시켰기 때문에 그 영상은 필요 없어졌다. 그걸 증거로 내어봤자 내가 사람을 죽도록 위협하는 존재라는 혐의만 더해질 뿐이었다.

하지만 후회는 조금도 없다. 다시 돌아간다 하더라도 난 똑같이 행동할 것이다.

"당신은 안록산을 좋아하지도 않았잖아!"

나는 버럭 소리쳤다. 우리가 주 지방에 반격을 나섰을 때 안록산의 시체를 발견한 모양이었다.

"이건 사사로운 감정의 문제가 아니라 기본적인 인간성의 문제다. 넌 그런 게 하나도 없겠지만!"

그때, 진정이 그에게 경고했다.

"시마 의장. 앞으로 나의 황후가 될 이에게 말을 삼가길 바라오. 나는 황후를 더는 막을 수 없을지도 모르니."

나의 아머가 살짝 느슨해졌다. 아니, 잠깐, 방금 사마의를 뭐라고 부른 거지…….

"사마의를 성현 의장으로 세웠어요?"

진정은 낮은 한숨을 내쉬었다.

"사마의는 신들의 전령이니 조정에서 가장 높은 지위를 차지해 마땅하지."

그러자 사마의는 짙은 자줏빛 옷자락을 바로잡으며 대답했다.

"그렇습니다. 마마께서 무분별하게 개황 망루를 파괴하셨을 때, 저는 간신히 살아남아 숨어 지냈었지요. 그때 위대하신 신들께서 저를 부르신 겁니다. 신들의 뜻을 황제께 전하라는 임무를 내려주셨지요. 제가 알기로, 소통에 '어려움'이 있었기 때문이었습니다."

"무슨 소리죠? 당신을 불렀다니? 어떻게요?"

내가 묻자, 사마의는 의복에서 휴대용 기기를 꺼내더니 마치 성물처럼 들어올렸다.

"제 태블릿에 지금까지와는 다른 메시지가 떴습니다. 처음에는 믿지 않았지요. 마마와 그 부자 꼬맹이가 절 꾀어내려는 속임수라고 생각했으니까요. 하지만 이어서 화하의 영상이 전송되었습니다. 카메라나 항공기보다 훨씬 높은 곳에서 찍은 영상 말입니다."

사마의의 얼굴에는 경이로움이 서렸다.

"저는 모든 지방의 빛나는 무늬를 보았습니다. 우리 해안선의 모양은 물론이고, 심지어 우리 행성의 곡선까지도 보았죠. 이건 위조된 것이 아닙니다. 천궁에서 찍을 수밖에 없는 것이란 말입니다."

사마의의 말이 내 머릿속을 맴돌면서 다양한 의미를 드러내었다. 신들이 했던 일은 죄다 조금씩 그들에 대한 정보를 주고 있었다. 그들은 전에 내게 보여준 것과는 다른 영상을 사마의에게 보여주었다. 나에게 보여준, 액체로 가득 찬 수조에 세민이 둥둥 떠 있는 영상이 아니라, 다른 것으로 그들이 사기꾼이 아님을 증명했다. 하지만 그 전에 독고가라의 이야기를 듣지 못했더라면, 갑자기 호버크래프트가 와서 주작의 머리의 잔해물을 가져갔다는 걸 몰랐더라면 사마의는 그 영상을 보았어도 신들을 믿지 않았을 것이다. 그런 맥락이 없었다면, 그 영상은 어느 곳에서든 촬영할 수 있는 것 아닌가. 천궁에서 본 우리 세상의 모습은 그럼 무엇이냐고? 그거야 부정할 수는 없다. 하지만 그 영상은 또한 천궁이 정말로 무엇인지 단서를 줄 수도 있을 것이다.

"그 영상을 저장했어요?"

나는 목소리에 다급함을 그대로 드러내며 물었다. 그러자 사마의는 연인을 그리워하는 표정으로 태블릿을 바라보며 대답했다.

"그건, 안타깝게도 전송 직후 제 기기에서 사라졌지요. 하지만 그건 신들의 시선으로 본 풍경이 틀림없었습니다. 이제껏 본 것 중에서 단연 가장 아름다운 장면이었죠."

나는 속으로 욕을 했다.

그렇지만, 신들이 나와 진정에게 연락하기 위해 제3자에게 본인들을 드러내야 했다는 건 무언가 의미심장했다.

"과거에는 신들과 어떻게 소통했죠?"

나는 진정을 향해 고갯짓을 하며 조용히 말했다. 그러자 진정은 중얼거렸다.

"암호화된 전보를 받았다. 난 그게 정말로 천궁에서 온 것이 맞는지 확인할 수 없었지만, 그들의 위협은 결코 빗나가는 법이 없었다."

그렇다면 신들은 항상 무언가 구체적인 장치를 통해 우리와 연락했구나. 전설에 나오는 것처럼 유령이나 신비로운 형태 같은 게 아니란 말이다. 하지만 이제 전보는 사용되지 않고, 진정은 나에게는 물론이고 본인 역시 디지털 기기를 전혀 가까이 두지 않았다.

신들이 우리에게 기술을 통해서만 전언을 보낼 수 있다면, 이런 진정의 특징 때문에 신들은 어쩔 수 없이 누군가를 찾다가 우연히 사마의까지 포함하게 된 건 아닐까? 위협을 받을 수 없는 사람에게 위협을 가할 수는 없는 법이니까. 이건 신들의 정체가 무엇이든 그들의 영향력은 초자연적이지 않다는 뜻이다. 분명히 제한적이라는 거다.

"우리가 그냥 저자를 죽이면 어떻게 될까요?"

나는 사마의를 바라보며 일부러 큰소리로 말했다. 진정은 투덜거렸다.

"그러면 그냥 다른 전령을 선택할 거다. 그리고 우리는 혹독하게 벌을 받겠지."

사마의는 양팔을 들어 올리면서 크게 웃었다.

"그렇습니다. 저는 여러분이 무슨 짓을 하든 전혀 두렵지 않습니다. 제 영혼은 신들의 계시는 천궁으로 올라갈 테니까요. 그때까지는 제 의무를 계속해 나갈 겁니다."

그는 태블릿을 켰다. 기기의 불빛이 그의 얼굴에 어른거리는 가운데, 몇 번의 조작 후 태블릿에서 희미한 음성이 흘러나왔다.

"전장에서 싸울 때, 혼돈의 기분을 너도 같이 느끼지 않아? 그들의 감정이 참 복잡하다는 걸 알잖아? 그걸 느끼면 망설일 때가 없어?"

태블릿 스피커에서 들려오는 목소리는 나의 것이었다. 목 아래로 온몸이 싸늘해졌다.

"그건 단순한 방어 기제일 뿐이야. 죽어가는 벌이 침을 쏘는 것과 같은 이치지."

독고가라의 목소리는 훨씬 또렷하게 들렸다. 그렇다면 그녀가 지닌 기기로 녹음한 것이겠구나.

진정의 손이 내 어깨를 꽉 잡았다. 내가 입은 아머 역시 온몸을 조여왔다. 나는 숨을 헐떡였다. 눈앞에 까만 점들이 번지기 시작했다.

태블릿에서는 독고가라와 내가 나눈 대화가 계속 흘러나오는 가운데, 사마의는 나에게 느릿하게 다가왔다.

"신들의 전령으로써, 이것은 제가 마마에게 드리는 첫 번째 전언입니다."

그는 호박색 불빛을 배경으로 내 앞에 우뚝 섰다.

"이런 이야기를 하고 다니지 말기를 바랍니다, 무 마마."

지금 가장 무서운 게 무엇일까. 신들이 여기까지 엿들을 수 있다는 것일까. 아니면 사마의가 나의 일거수일투족을 자유로이 지켜볼 수 있다는 것일까. 그도 아니면 진정의 분노를 마주해야 한다는 것일까. 알 수 없었다.

제10장

황제 폐하 만세

내일이 나의 대관식이 아니었더라면, 내가 없으면 모든 계획이 망쳐지지 않았더라면, 진정은 다시 칼을 뽑아 나의 목을 베었을지도 모른다.

그가 버럭 소리치는 것보다 아무 말 없는 지금이 더욱 위협적이었다. 그는 나를 몸소 내 방으로 밀고 갔다. 사마의가 혼돈의 진실을 모두 알고 있는지는 확실하지 않았고, 공개된 장소에서 혼돈 이야기를 하는 건 조심해야 할 일이었기에, 우리가 방에 들어갈 때까지 나는 입을 다물었다.

방에 들어와 내가 변명하려던 순간, 진정은 나를 휠체어에서 끌어내 침대 위로 던졌다. 아머를 입은 채로 매트리스에 쿵 떨어지자마자 겨울 호수에 빠진 것처럼 온몸에 공포가 확 퍼졌다.

"나, 나는 가라에게 정말로 진실을 밝히려던 건 아니었어요!"

나는 몸을 일으키며 말했지만, 진정은 침대에 손을 얹고서 내 위로 몸을 숙여 나를 눕혔다.

"나에게 제대로 예를 갖춰라."

그의 목소리에도, 눈빛에도 온기란 전혀 없었다. 원래부터 온기는 없었어도, 지금의 그는 예전과도 확연히 달랐다. 예전에는 나를 게임 판의 말처럼 여겼다면, 지금은 온 세상을 삼킬 만한 분노를 퍼부을 대상으로 보고 있었다.

"폐하."

나는 가면의 베일 너머로 입술을 움직여 말했다. 온몸이 이상한 각도를 이룬 채 덜덜 떨렸다. 여기서 몸을 일으킬 수도 없고, 그렇다고 확 주저앉을 수도 없었다.

진정은 사냥감을 덮친 호랑이처럼 내 위에 몸을 띄운 채, 핏발 선 눈으로 나를 바라보았다. 혹시 지금 날……?

아니야. 진정은 내게 끌리지 않는다고 했어.

하지만 때로는 매력 때문이 아니라, 권력을 휘두르고 싶기 때문에 이런 일이 일어나기도 하지.

그가 금속 실로 이루어진 베일 너머로 나의 아랫입술을 만지자 몸이 파르르 떨었다. 그의 얼굴이 수기로 검게 물들자 손가락도 얼음장처럼 차가웠지만, 손끝은 맥박에 맞추어 커졌다 줄어들기를 반복했다. 마치 그는 필사적으로 힘을 억누르고 있는 듯했다.

"봐주는 건 이번이 마지막이다."

그의 말에 나는 고개를 끄덕였다.

"대답해!"

날카로운 숨결이 나를 갈랐다.

"알겠습니다. 다시는 이러지 않을게요! 알았다고요, 폐하!"

나는 덜덜 떨리는 잇새로 더듬더듬 말했다. 전혀 나답지 않은 목소리였다. 정말 싫다. 그가 나에게 이런 짓을 하는 게 정말 싫다.

진정은 다른 손으로 주먹을 쥐었다 펴기를 반복했다. 그걸 보자 역설적으로 나는 마음이 차분해지면서 다가올 최악의 사태를 덤덤하게 받아들이게 되었다.

"폐하께서는 절 때리고 싶으신가요? 그럼 하시죠. 폐하께서 멸시하시는 남자들과 본인이 똑같은 수준이라는 걸 어디 보여주세요."

그는 눈을 감더니 의도적으로 숨을 골랐다. 잠시간 숨을 쭉 들이쉬고는 또 그만큼 멈추었다가 다시 천천히 내쉬기를 반복했다. 이윽고 그는 주먹을 풀었다. 숨 막히는 시간을 몇 초 더 흘려보낸 진정은 휙 돌아서서 내 휠체어를 잡았다.

"그녀에게 말을 걸지 마라."

그는 바깥의 경비병에게 명령한 다음 문을 쾅 닫았다. 그 기세에 벽이 흔들릴 정도였다.

나는 침대 가장자리에 다리를 내렸다. 그리고 베일 아래로 얼어붙은 입을 부여잡고 벌벌 떨기 시작했다. 그러다 아머가 눈에 들어오자 퍼뜩 놀랐다. 이 안에 갇혀 있다는 느낌이 다시금 떠올랐으니까. 본능은 이걸 벗어던지라고, 최대한 멀리 던져버리라고 비명을 질렀지만, 그러면 이 아머가 주는 힘과 보호 역시 포기해야 했다.

누구에게든 보호할 수 있는 아머였다. 하지만 진정에게선 보호해주지 못하는 아머였다.

눈시울이 뜨겁게 타올랐다. 내일, 나는 이 남자와 결혼해야 한다.

나는 맹세했다 그의 모든 힘을 어떻게든 배우리라. 그런 다음 원래 그가 묻혀 있던 땅으로 되돌려보내리라.

나의 황실 결혼식은 세민과 했던 대관식보다 훨씬 더 음울한 희극이었다.

전자 기기는 죄다 신들에게 해킹당할 위험이 있었지만, 진정과 나는 국화실의 스크린을 통해 상징적인 신부 혼례 행렬을 편하게 바라보는 쪽을 택했다. 이곳에서 참 많은 일이 일어났었지. 진정이 나를 유독 이 방으로 끌고 오는 이유는 혹시 내가 고구와 했던 계약을 기억 속에서 봤기 때문은 아닐까. 그래서 내 마음을 불편하게 하려는 것일까. 진정이라면 그러고도 남았다.

나의 대역은 전자 마차에 탄 채로 조각상처럼 미동 없이 앉아 있었다. 그 옆을 따라가는 카메라는 방탄유리 너머로 그녀를 비추었다. 그녀는 금칠을 해서 만든 황룡 아머 복제품을 입고 금가루를 뿌린 붉은 신부 베일을 쓰고 그와 어울리는 붉은 망토를 둘렀다. 투명한 비단 아래 가면을 쓴 얼굴은 거의 보이지 않았다. 지금 나의 무릎에도 그와 같은 베일이 놓여 있어서, 후에 나도 착용해야 했다. 그녀의 뒤를 따라 이동하는 다른 마차에는 유체의 짝인 위자부와 우리가 장안으로 데려온 다른 크리살리스의 여성 조종사들이 타고 있었다. 이것은 명문가의 딸이 혼례를 올릴 때 어린 시절 함께 지냈던 시녀들을 데려가는 모습과 비슷하나, 나는 저 여성 조종사들을 대부분 만나본 적이 없었다.

전반적으로 이건 결혼식이라기보다는 의식이라 봐야 했다. 거리의 악사들은 혼례 때 연주하는 청동 수오나(suǒnà, 우리나라의 태평소에 해당하는 악기.)를 경쾌하게 연주하지 않았다. 오히려 위협적인 리듬으로 북과 심벌즈를 연주했다. 폭죽도 없고, 행렬의 양쪽 거리에서 울려야 할 환호나 함성도 없었다. 세민과의 짝 대관식과는 정말로 다른 모습이었다. 그때 우리는 고씨 가문 저택에서 금련화 호텔로 지금과는 반대 방향으로 갔었다. 우리 뒤를 따라다녔던 마차에는 광고가 덕지덕지 붙어 있었다. 독고가라와 양견의 마차에는 고 기업 계열사의 화장품 기업인 미러 플라워의 광고가 여봐란 듯이 붙었다. 독고가라가 메이크업 라인에서 나온 아이라이너를 들고 있는 모습이었다. 지금은 기억을 떠올리면 몸이 움찔거리는 마수영과 주원장의 마차에는 현무의 프라모델 로봇이 역동적인 자세를 취한 광고가 붙었었다.

지금 와서 생각하면 정말 바보 같았지.

나의 대역이 참여하고 있는 혼례 행렬에는 그런 광고가 전혀 없었다. 아니, 광고 자체가 이제는 사라졌다. 장안에 높이 솟은 고층 빌딩은 이제껏 최신 상품이나 방송 프로그램의 디지털 광고로 뒤덮여 있었지만, 지금은 그 거대한 화면에 군대의 포스터와 다시 쓰기 시작한 용두기 깃발이 송출되었다. 그 옆에는 수많은 구호가 함께 했다.

끝까지 부패 척결!

황룡이 재림하였다!

폐하께서 우리를 승리로 이끄신다!

진정의 초상화는 수많은 포스터에 나왔다. 저 멀리 어딘가를 가리키는 모습이거나, 장안을 굽어보며 실망한 기색의 아버지 같은 모습이었다. 어떤 대형 스크린에는 그의 최근 사진과 함께 군 홍보 영상이나 완아가 가져온 역사책에서 본 흐릿한 과거의 사진이 교차하여 나왔다. 이런 소소한 것들을 보면 진정이 이 시대에 있다는 게 참 이상한 일이라는 게, 그는 논리도 신의 뜻도 시간도 죄다 거스르는 존재라는 게 다시금 떠올랐다. 계속 울리는 북과 심벌즈의 소리가 뼛속까지 느껴졌다. 시야 끝으로 슬그머니 그를 바라보니, 대관식 담당 직원들은 수면 부족이 드러난 얼굴까지 다 가려주지는 못한 게 드러났다. 오히려 화장한 모습이 더욱 불안해 보인달까. 마치 죽음의 화신이 인간 세상에 내려와 빛 사이를 걷는 듯했다. 어젯밤 이후로 진정은 내게 단 한 마디도 걸지 않았다. 그나마 이게 내가 바라던 최선의 상황이긴 했다.

혼례 행렬은 이제 저택으로 이어지는 구불구불한 산길에 다다랐다. 이제는 우리 차례가 된 것이다. 진정은 의자가 바닥에 긁히는 소리를 내며 자리에서 일어섰다. 우리의 아머 어깨 보호대에는 전통적인 혼례복 대신 금실로 수놓은 붉은 망토가 걸쳐져 있었다. 내 망토에는 봉황을, 진정의 망토에는 용을 수놓았다. 휠체어를 앞세우고 문쪽으로 걸어가는 그의 망토 자락이 바닥을 사락사락 스쳤다.

그때였다. 벽에 걸린 스크린이 검게 변했다.

"무측천."

스피커에서 기계음이 울렸다.

우리는 뒤를 홱 돌았다.

"충실한 아내가 되어라, 무측천. 충실한 어머니가 되어라. 반역자 남편을 통제하고 네가 파괴했던 균형을 되돌려놓아라."

"누구냐! 모습을 드러내라!"

진정이 스크린으로 돌진했다.

스크린이 다시금 깜빡이더니 액체 가득한 수조에 담긴 세민의 모습을 보여주었다. 그의 부서진 몸에 두툼한 관과 선이 달려 있었다.

그 모습이 내게 번개처럼 내리쳤다. 심장이 멎고, 숨이 막히고, 정신이 멍해졌다. 핏속으로 구역질이 번졌다. 하지만 화면에서 눈을 뗄 수가 없었다. 세민의 심장과 폐에서 두근대는 생명의 징후를 보며 희망을 놓을 수가 없었다.

이 희망을 죽여야 하는데. 우리를 모두 자유롭게 놓아줘야 하는데. 그래야 해, 그래야 한다고. 그래야 하는데.

나는 진정과 똑같이 분노하며 소리쳤다.

"나랑 장난질은 그만둬! 시체를 달아놓고 장난치는 거 다 알아! 세민이는 죽은 거나 다름없다는 거 안다고!"

음성은 아무런 대답을 주지 않았다. 하지만 수조 속 빛이 새파란 색에서 불길한 붉은색으로 변했다.

이어서 묵직하고 검은 산소마스크 위로 세민이 파르르 눈을 뜨자, 내 온몸에 공포가 일었다. 그의 두 눈은 처음엔 느릿하게 주위를 둘러보다가, 이내 상황을 깨닫자 공포가 번져갔다.

"안 돼……."

나는 입을 막고 말했다.

사지가 없는 그의 몸이 제자리에서 버둥대자 거품이 확 일었다. 몸뚱이에 붙어 있던 관과 선이 이리저리 움직였다.

그만해! 나는 소리치려 했지만, 목구멍에서는 불규칙한 흐느낌이 애원처럼 터져 나올 뿐이었다. 눈앞이 아찔했다. 나는 휠체어에 앉은 채로 허리를 굽혔다. 숨을 쉴 수가 없었다. 공기가 모자랐다.

진정의 목소리가 먹먹하게 들려왔다. 마치 물에 빠져 죽어가는 것만 같았다. 그는 내게 소리치고 어깨를 잡고 흔들며 얼굴을 들고서 가면에서 흘러나오는 눈물을 닦아주었다. 그리고 무어라 경고 조로 말했다. 무슨 말인지 알아들을 수가 없었다. 급기야 그는 내 얼굴에서 손을 떼더니 뺨을 후려치려 했다.

하지만 그의 손바닥이 내게 닿기 전, 나는 그의 손목을 잡았다.

"어디 내게 손 대기만 해 봐."

나는 숨을 헐떡이며 말했다.

바깥에서 북소리가 들려왔다. 나의 심장 박동처럼 거칠고 쉴 새 없이 몰아치는 소리였다. 이젠 나가야 했다. 카메라들이 우리가 나오기를 기다리고 있었다. 화하가 우리를 기다리고 있었다.

하지만 세민은 여전히 화면에 송출되며 나의 모든 감각을 뒤틀어 댔다. 내가 보일까? 내가 얼마나 무력한지 보고 있을까?

문 옆에 놓인 커다란 꽃병이 시야에 아른거렸다. 나는 고통스러운 비명을 지르며 두 손으로 꽃병을 들어 스크린에 던졌다. 꽃병이 세민의 이미지에 부딪히면서 반짝이는 유리 조각과 도자기 조각이 우수수 쏟아졌다.

나의 건틀릿에서 탁한 분홍색 불빛이 잦아들었다. 하얀 금기와 붉은 화기가 뒤섞인 색이었다.

진정과 나는 모두 심하게 놀라 멍하니 내 손을 바라보았다. 그는 내가 처음으로 이 아머를 통해 기를 전달해 낸 것에 놀랐겠지만, 순식간에 그런 내색을 숨겼다.

"정신 차려라."

그는 내게 명령하고는 휠체어를 끌고 방에서 나갔다.

복도에 나오자 귀가 먹먹할 정도로 북소리가 크게 들렸다. 스크린을 놔두고 떠나자 후회가 밀려들었다. 신들에게 답을 더 달라고 요구해야 했건만. 영상 속에서 천궁에 대한 단서를 더 많이 찾아야 했건만. 그러나 지금은 그저 토하고 싶었다.

그때, 진정이 살짝 비틀거렸다. 그 역시 이토록 심하게 충격을 받았을 줄은 몰랐다.

이런 식으로 화하를 우리 앞에 조아리게 만들어야 한다니 믿을 수가 없었다. 나는 무릎에 놓인 신부의 베일을 머리에 썼다. 투명한 붉은 비단이 내 시야를 물들였다.

두 명의 시녀가 우리를 보고서 알현실 입구의 주렴을 거뒀다. 둘 중 하나가 안쪽에 있던 사람에게 급히 손짓해 알렸다. 우리가 들어갈 때쯤 북소리가 뚝 멎었다. 앞에 놓인 왕좌와 단상 때문에 일반인은 우리를 볼 수 없게 시야가 차단되었다.

"성현회 사마의 의장님이 오십니다!"

이치의 목소리가 대연회장의 방송 시스템으로 울려 퍼졌다.

나는 단상 너머를 볼 수 없었지만, 비단 자락이 스치는 소리가 들렸다. 자줏빛 성현 의복을 입은 사마의가 단상 앞으로 성큼성큼 걸어가는 모습이 눈에 선했다. 이윽고 그는 연설을 시작했다. 하지만 그의 말이 머릿속에 제대로 들어오지는 않았다. 화하는 지도하는 이 없이 너무 오랫동안 방치되었다고, 우리는 현재 부패와 타락에 빠졌다고, 그런데 진정이 기적처럼 우리를 이끌어주기 위해 다시 돌아왔다고. 그런 내용이었다.

"이제 성현 회의를 대표하여, 저는 폐하의 통치가 복원되었음을 선포합니다!"

다시 시작된 북소리가 폭풍처럼 밀려와 내 가슴에 울렸다.

"숨 쉬어."

진정은 후들거리는 나의 다리를 일으켜 세우며 속삭였다.

그는 휠체어 뒤에서 의식용 낫을 꺼내 나에게 주었다. 이것은 황룡으로 만든 것으로, 휘어진 무딘 칼날은 내 머리보다 훨씬 더 높게 솟아올랐다. 이것은 내가 지방 농민 계급을 상징하도록 의도적으로 만든 것이었지만, 사실 나는 살면서 낫을 쥐어본 적이 얼마 되지 않았다. 우리 가족은 나를 날카로운 날붙이 근처에 가지 못하게 했기 때문이다. 수확기에는 난 주로 탈곡과 제분 작업을 맡았다. 진정은 본인을 위해 도시 노동자를 상징하는 망치를 만들었다. 그는 어릴 적에 공장에서 일하다 조종사가 되었고, 권력에 선 다음에는 아동 노동을 금지했다. 농민 황후와 노동자 황제라. 그게 우리가 되어야 하는 모습이었다.

낫을 지팡이처럼 잡은 나는 아직 덜 아문 발로 조심스럽게 걸음을 옮겼다. 휠체어에 앉은 채로 대관식을 치를 수는 없었다. 무릎을 꿇어야 하는데, 휠체어에 앉으면 그럴 수가 없었으니까.

진정은 내 허리 뒤편에 손을 얹어 단상 주위를 돌아 날 앞으로 데려갔다. 이윽고 시야가 탁 트였다. 화하 최고의 학자로 구성된 조정 관료들이 기다란 양탄자 양편으로 두 줄을 이루어 무릎을 꿇고 손바닥과 이마를 바닥에 대어 절했다. 우리 옆 기둥 근처에서 이치와 사마의도 똑같이 절했다.

"황제 폐하 만세! 만세! 만만세!"

사람들은 모두 한목소리로 외쳤다. 그 말은 겹겹이 공간을 떠돌아 마치 온 화하가 이 방에 모인 것만 같이 소리를 울려대었다. 아마 실제로도 온 화하에 같은 말이 퍼지고 있기도 하겠지. 이 장면은 제국의 모든 화면과 라디오로 송출되고 있으니.

카메라와 마이크, 조명을 담당하는 제작진 역시 업무가 방해되지 않는 선에서 자세를 최대한 낮추었다. 나만이 낫으로 몸을 지탱한 채로 진정과 함께 서 있었다. 나는 아직 무릎 꿇을 차례가 아니었다. 곧 꿇어야 하겠지만.

"일어서라!"

진정은 망치의 긴 손잡이를 바닥에 쿵 내리치며 말했다. 그는 지금 단상에서 문까지 이어지는 기다란 양탄자 위에 서서 카메라를 마주 보았다. 베일 너머로 카메라 아래 모니터가 담은 우리의 흐릿한 모습이 보였다. 진정이 리허설 때 지시한 대로 의식용 도구를 양편에 잡은 모습이었다. 직원들은 황제의 날카로운 시선에 언제든 기절할 것만 같아 보였다. 아니, 저들은 기절해서는 안 된다. 내가 못 하면 저들도 할 수 없다.

비단 옷자락이 알현실을 따라 물결치듯 움직이면서 두 무리로 갈라서 대열을 이룬 조정 대신들이 일제히 일어났다. 이어서 침묵을 뚫고 금속성의 발소리가 났다. 독고가라와 양견이 매끈한 백호 아머 차림으로 나를 향해 성큼성큼 다가왔다. 유체와 위자부는 앙상한 청룡 아머를 입고서 진정에게 다가갔다. 이들은 모두 가장 센 기의 색과 같은 망토를 걸쳤다.

유체는 유독 고개를 푹 숙이고 있었지만, 내게 가까이 다가오는 그를 보자 어쩔 수 없이 소름이 끼치고 말았다. 내 머릿속은 시민을 비추던 스크린처럼 산산이 조각났고, 생각은 깨진 파편처럼 흩어졌다. 나는 억지로 마음을 다잡고 내가 아직 공식적으로 만나보지 못한 철의 대공비 위자부를 제대로 살펴보았다. 진정은 이들이 나와 같이 예행연습에 참가하도록 허락하지 않았다. 위자부는 뺨에 아직도 젖

살이 부드럽게 잡힌 얼굴이 열셋도 안 되어 보였다. 그리고 전족을 했지만, 나처럼 심하게 발을 묶지는 않고 다만 발볼이 비정상적으로 좁은 수준이었다. 그래서 아머의 발볼을 넓게 잡아 지팡이 없이도 걸을 수 있었다. 위자부와 대화해 볼 수 있다면 좋았을 텐데. 유체가 나를 미워하는 만큼 위자부도 나를 미워하는지, 그렇다면 내가 그 마음을 어떻게 바꿔볼 수 있을지 알고 싶었다. 하지만 마수영이 날 배신한 후, 균형 잡힌 짝을 보면 둘은 크게 다르지 않으리라는 점을 잘 알게 되었다.

나와 진정의 양편에 각각 둘씩 선 그들은 귓가에 왼쪽 주먹을 들어올려 경례했다. '노동자 경례'라는 것이었다. 진정과 나도 그들에게 경례로 인사했다. 이어서 넷은 손을 등 뒤로 깍지 끼어 열중쉬어 자세를 취했다. 그리하여 진정이 의도한 장면이 완성되었다. 화하에서 가장 강력한 여섯 명의 조종사가 왕좌 앞에 모여 서서, 조종사들이 다시 권력을 잡았음을 시각적으로 선언한 것이다.

진정은 한 발짝 앞으로 나가 입을 열었다.

"나는 황룡에서 깨어나 221년 동안 잠들어 있었다는 걸 알았을 때, 내가 두고 온 화하보다 훨씬 더 위대해진 제국을 보리라 기대했었소."

그의 목소리는 평소보다 거칠었지만, 발음만큼은 섬세하게 조율해서 현대 라디오 표준 한어에 가깝게 들렸다.

"나는 전쟁의 결과로 곤륜 산맥을 넘어 전설의 서해까지 우리의 영토가 뻗어나갔으리라 기대했었소. 인류가 스스로를 해방하여 우리가 한때 달성했던 위대한 고도까지 우리의 영역으로 확장했으리라 기대했었단 말이오. 바로 신들과 맞먹는 높이까지 도달했으리라 생각했었소. 그러나 나는 현실을 마주하고 더없이 실망하고 말았소."

온도가 삽시간에 확 떨어졌다. 이걸 나만 느끼는 것인지, 아니면 진정의 수기가 정말로 온도를 떨어뜨린 것인지는 알 수 없었다. 수많은 관료는 꾸중 듣는 아이처럼 고개를 푹 숙였다. 진정은 연설을 이어갔다.

"자유를 누리며 번영하는 사회를 볼 줄 알았건만, 내가 본 것은 대체 무엇이었는 줄 아시오? 수백 배나 심해진 부의 불평등과, 더욱 소수에게 집중된 수많은 자원이었소. 여러분은 내가 살던 시대에서는 상상도 못 했던 규모로 식량을 생산하고 주택을 건설하는 기술을 개발했으나, 굶주린 이에게 먹을 것을 주기보다는 오히려 먹을 수 있는 식량을 없애고, 거리에서 집 없이 노숙하는 이들을 보호하기보다는 오히려 집을 비워두는 편을 선택했소! 이게 무슨 의미란 말이오?"

우리 머리 위로 길게 뻗은 붐 마이크가 진정의 말을 산의 메아리처럼 전달했다.

"가장 심각한 것은 무엇이었는 줄 아시오? 그대들은 우리가 생존을 건 전쟁 중이라는 사실을 잊었다는 점이오. 전장은 오락이 아니오! 그대들은 나의 이름을 숭배하면서도 내가 이 전쟁의 목표로 삼았던 이상은 모두 배신했소!"

이제는 나도 얻어맞은 것처럼 얼굴이 빨갛게 상기되었다. 솔직히 말해, 국경 지대에서 자란 나는 주변 모든 이들을 미워하는 데 급급한 나머지 부유한 독재자들이나 부패한 관료들에 대해 아무런 생각이 없었다. 그들은 너무나 먼 도시에 살았고, 너무나 막연한 존재였으니까. 돈이나 권력을 조금이라도 얻은 자들은 죄다 국경 지방에서 종적을 감추었다. 내가 살던 곳에 있던 이들은 다른 선택지가 생기면 떠나버렸으니까. 혼돈에게 가장 먼저 밟혀 죽기를 원하는 이가 어디 있겠는가. 우리는 대부분 필요한 것을 직접 만들고 먹거리를 재배했으며 물건을 이웃과 함께 나누고 필요하다면 숲에서 사냥하거나 채집을 했다. 우리가 먹던 음식은 지금 내가 먹는 음식에 비하면 종잇장을 씹는 것처럼 아무런 맛이 없었지만, 그래도 다같이 못 살았기에 옆집에서 잔치를 벌이는 냄새를 맡으며 부러워하는 일도 없었다. 하지만 도시에서 가난하게 자란 이들은 매일 부자들이 과시하는 부를 보며 살아가니 우리와 마음가짐이 다르겠지.

진정은 선언했다.

"지금부터 화하에 새로운 질서를 수립하겠소! 혁명이 일어날 것이오! 나의 시민들이여, 그대들은 가장 부유한 자들이 '열심히 일한 대가'로 부를 축적했다는 말을 들어 왔지만, 그것은 속임수요. 진실이란 바로, 부를 쌓기 위해 누구보다 열심히 일하는 자들을 착취하지 않으면 절대로 이룰 수 없는 수준의 부가 존재한다는 것이오! 나는 번영에 반대하는 것이 아니오. 하지만 남을 절망에 빠뜨리면서 이루는 번영은 잘못된 것이오! 이 원칙에 따라, 모든 시민에게는 기본적인 생계와 주거를 보장하겠소. 다수의 주거용 부동산을 소유한 자는 한 채만을 본인의 쓸 용도로 선택하고 나머지는 공공 주택으로 반납해야 할 것이오. 초과 부동산을 소유한 자들은 부동산을 소유한 자금의 출처를 조사받은 후, 그 결과에 따라 보상금을 받게 될 것이오. 황제 비서관 고이치처럼 부당하게 취득한 재산을 나라에 헌납하지 않는다면, 정의의 심판을 받게 될 것이오!"

그는 이치를 망치로 가리켰고, 이치는 깊이 절했다.

진정이 계속해서 은행과 천연자원, 의료 서비스를 국유화하겠다고 발표할수록 관료들 사이에서 일어난 웅성거림이 점점 커졌다. 이건 예상보다 훨씬 구체적이잖아. 예행연습 때는 이런 내용은 없었다. 진정은 그저 부자들을 죽이고 싶어 하는 사람인 줄 알았는데. 모든 의료비와 교육비 부채를 탕감한다는 건 무슨 소리지?

진정은 목소리가 갈라지다시피 외쳤다.

"자원을 얻을 수가 없어서 재능을 썩히는 일은 더 이상 없어야 하오! 이건 여성들에게도 해당하는 말이오! 그들은 비생산적인 삶을 살도록 방치되어서는 아니 되오! 여성들도 일할 수 있는 신체와 생각할 수 있는 머리를 갖고 있소. 그들 역시 화하를 위해 쓰여야 하오. 그러므로 여성들도 공공 교육을 받고 직업을 갖게 하며, 그들에게 전족이라는 퇴폐적인 관습을 즉시 금지하도록 하겠소!"

순간, 내 영혼이 몸에서 빠져나가는 기분이었다. 진정은 겨우 몇 마디 명령으로 이 끔찍한 공포를 멈추고 세상의 구조를 바꿀 수 있단 말인가?

그는 이전에도 시도를 했었다. 하지만 그때는 달랐다. 그때는 화하가 실패한 적도 없었으므로 수치심을 느끼고 부담스러워하지 않았으니까. 하지만 지금은, 어쩌면, 가족들이 말을 들어줄지도 모른다.

"화하의 노동자들이여. 그대들은 자신의 힘을 잊고 살았소! 그저 무의미한 소비로 자신을 무기력하게 만들면서 마땅히 품어야 할 분노를 무디게 두었소. 다시 존엄성을 찾으시오!"

진정은 망치를 가리키며 카메라로 다가왔다.

"이윤을 추구하는 것들은 그대들에게 일자리를 제공하였고, 그래서 그대들은 그들이 관대하다고 생각했지만 진실은 그렇지 않소. 그대들의 노동 덕분에 세상이 움직이고 그들은 사치하게 살 수 있는 것이오. 여러분 없이는 그들은 아무것도 아니오. 함께 단결하여 일어나시오! 여러분의 적은 절박한 상황 때문에 여러분보다 적은 임금을 기꺼이 받고 일하는 오랑캐가 아니오. 여러분보다 가치 없는 일이라고 보이는 일에 더 높은 임금을 요구하는 동료들도 아니오. 진짜로 부를 독점하는 자들은 금칠한 창고 속에서 앉아 여러분끼리 싸우는 걸 비웃고 있소. 그러니 얼마 안 되는 것을 얻으려고 서로 싸우는 것은 의미 없는 짓이오!"

그는 잠시 침묵하며 가쁜 숨을 내쉬다가, 부들부들 떠는 관료들에게 경멸 어린 눈빛을 던졌다. 맨 앞 몇 줄은 화하의 최고위 관료 계급을 상징하는 자줏빛 옷을 입었고, 나머지는 붉은색 옷을 입었다. 최고위 관료 계급에 도달하려면 상당한 인맥과 돈이 들었다. 이윽고 다시 연설을 시작한 진정의 낮은 목소리에는 어두운 도전의 기색이 서렸다.

"기생충 같은 인간들은 이제껏 누려온 부유함을 자발적으로 포기하지 않을 것이오. 그들은 옛 질서에서 이익을 누려왔으니, 변화를 거부할 것이오. 그러므로 그들에게 알려주시오. 자비는 그들이 여러분에게 베푸는 것이 아니라, 여러분이 그들에게 베푸는 것임을! 그대들은 나의 축복과 보호를 받고 있소. 직장에서 회의를 열고 고용주에게 요구 사항을 목록으로 적어 제출하시오. 그리고 그 요구가 충족될 때까지 파업하시오! 그렇소. 나는 지금 총파업을 선포하는 것이오! 또한 정부가 오랫동안 방치해 온 악행이 무엇인지 보고하시오! 이윤 착취자에게 맞서시오. 부패한 이들에게 맞서시오. 아무 것도 소유하지 않은 자들의 이름으로 모든 것을 소유한 이들에게 맞서시오. 일어서시오! 분연히 일어서라! 맞서 일어서라! 일어서라!"

진정이 망치를 뒤로 당겨 옆으로 내리치자, 망치가 잠시 검으로 변했다. 나의 두피로 전율이 파도처럼 일었다. 그의 연설이 허리 아픈 노동자들과 손에 경련이 이는 공장 노동자들과 감정 노동으로 미소를 짓느라 얼굴이 아픈 고용인들과 종업원들을 비롯하여 화하에서 근근이 살아가는 수많은 이들에게 퍼지는 모습을 떠올렸다. 다들 화면에 나타난 진정을 생전 처음 본 태양처럼 바라보고 있겠지.

많은 관료들은 얼굴이 창백해졌지만, 제작진의 신호에 따라 무릎을 꿇는 수밖에 없었다.

"황제 폐하 만세, 만세, 만만세!"

진정은 내게 손을 내밀었다. 그의 시선은 전쟁을 벌이고 또 승리하리라는 결의로 타오르고 있었다. 전선은 수없이 많았다. 혼돈과의 전쟁, 우리 중에 있는 더없이 탐욕스러운 이들과의 전쟁, 그리고 은밀히 진행되는 신들과의 전쟁이었다.

나의 가슴이 세차게 또 빠르게 뛰었다. 피에 짜릿한 전기가 흐르며 휘황찬란하게 빛나는 것만 같았다.

나는 이제껏 진정을 며칠에 한 번씩 내 방에 와서 날 욕하고 나가버리는 사람으로만 여겼다. 하지만 그는 평범한 인간 그 이상의 존재였다. 운명을 휘어잡고 흔드는 힘이자, 제국을 무너뜨릴 수도 있고 세울 수도 있는 능력자였다. 그리고 200년 넘도록 전설로 존재해 왔기에 대중의 마음에 더욱 더 강한 영향력을 끼쳤다. 어째서 이치가 나를 포기하고 진정에게 충성을 맹세했는지 이해가 갔다. 나 역시 혼돈을 두고 그와 의견에 갈등을 겪은 것만 빼면, 나머지 생각에는 다 동의하니까. 사람들이 다음 끼니는 어디서 구할지, 오늘 밤에는 어디서 잘지 걱정하지 않는 세상이 온다면 좋겠다. 지금부터 소녀들이 내가 겪었던 고통을 피할 수 있다면 좋겠다. 할 수만 있다면 내가 그런 세상을 직접 이루고 싶지만, 내가 시도하기에는…….

진실을 마주하자 내 속의 무언가가 부서졌다. 대중은 나를 지도자로 받아들이느니 차라리 진정의 시체를 숭배하는 편을 택할 것이다. 방금 진정이 했던 말을 내가 똑같이 한다면, 나는 히스테리컬하고 망상에 빠진 위험한 인물로 낙인찍혀 순식간에 짓밟히겠지. 안 봐도 뻔하다.

그들은 진정을 사랑하는 모든 이유를 들어 나를 미워한다. 그들과 맞서기 위해서는 수없이 많은 시간과 노력을 들여야 할 테지만, 그래도 성공하지 못할 수도 있었다. 나는 화하에 변화를 주려고 성현들을 죽었다고 스스로 말했지만, 솔직히 말하자면 성현들이 나를 죽이기 전에 내가 먼저 죽여야 한다는 필요성 말고는 다른 생각을 하지 않았고, 이후에 어떻게 할지 구체적인 계획도 없었다. 결국, 나는 개인적인 이유로 그런 일을 저지른 것이다. 진정을 무너뜨리고 싶은 이유도 다르지 않았다. 하지만 그가 대중들을 위해서 실제로 세웠던 계획이 있는데, 그가 죽는다면 대중을 위한 발전이 얼마나 더뎌질까? 진정의 계획이 과연 성공할지는 알 수 없었다. 하지만 나보다 그가 국가를 운영한 경험이 많다는 건 분명한 사실이었다.

나는 진정에게 다가간 다음 그의 손을 잡고서 고개를 숙였다. 그의 아머 윤곽이 나의 감각에 인식되자 몸이 떨렸다. 여타의 신랑이 하던 식으로 베일을 벗기는 것이 아니라, 진정은 내 목 뒤에서 기 금속을 실처럼 풀어내어 베일을 벗겼다. 비단이 나의 뒤로 흘러내려 바닥에 떨어졌다. 이제야 알현실을 가득 채운 총천연색이 눈에 제대로 들어왔다.

"이 여인이 바로 나를 잠에서 깨운 자다!"

진정은 맞잡은 손을 높이 들어올리고는 내 손을 꽉 쥐었다. 나는 얼굴이 찌푸려지려 했지만 참아야 했다.

"도시 노동자의 아들과 지방 농민의 딸이 이렇게 결합한 결과, 우리는 주 지방을 해방시켰다. 이제 이 여성은 내 곁에서 황후가 되어 계속 싸울 것이다!"

그는 내게 돌아섰다. 우리는 서로를 마주 보았다.

'무릎을 꿇어라.'

그는 관료들을 바라보았던 것과 다르지 않은 경멸을 보이며 입모양으로 말했다.

온갖 감정이 갈등하며 뒤섞인 채로 나를 휩쓸었다. 가장 강렬한 느낌은 메스꺼움이었다.

"충실한 아내가 되어라, 무측천. 충실한 어머니가 되어라."

신들의 말을 머릿속에서 떨쳐내었다. 진정이 나를 그런 존재로 만들게 내버려두지 않을 것이다. 이건 그저 형식일 뿐, 대중을 위한 볼거리일 뿐이다. 나는 능력 면에서 진정에게 계속 뒤처질 마음은 없다. 그가 아는 모든 것을, 그가 할 수 있는 모든 것을 배우고 말 것이다. 몇 년이 걸리더라도.

내가 차근차근 능력을 갈고 닦는 동안, 진정은 좋은 방어막이 되어줄 것이다. 이치의 말은 옳았다. 진정이 내 앞에서 무적의 방패처럼 가려주지 않았더라면, 내가 걱정해야 할 것은 훨씬 더 많이 늘어났겠지. 준비도 안 된 채로 분노에 휩싸인 저 관료들과 맞서야 한다니 상상도 못 할 일이었다.

나는 무릎을 꿇었다. 아머의 정강이받이가 가운데 양탄자에 턱 닿는 소리가 났다. 혼례용 망토가 내 뒤로 흘러내려 바닥에 쌓였다. 나는 낫을 바닥에 내려놓았다. 진정은 쓰고 있던 망치 모양 왕관을 변형시켜 높다랗게 뿔이 달린 왕관으로 만들었다. 다른 조종사들의 왕관과는 달리, 그의 왕관은 아머와 함께 연결되어 있었다.

나의 머리카락은 왕관의 둥근 부분이 들어가도록 높다랗게 묶어 한데 매듭을 지어놓았다. 진정이 내 머리 위로 왕관을 들어올리자, 문득 세민도 똑같은 동작을 했던 기억이 스치고 지나갔다. 심장이 멎을 것만 같지만, 이 고통 역시 세민을 위해서라면 견뎌내야 할지도 모른다. 진정은 신들을 상대할 계획이 있을 것이다. 난 알고 있었다.

"무측천, 우리의 심장이……."

진정은 문득 말을 멈추었다. 그런데 침묵이 너무 오래 이어졌다.

고개를 들었다. 그는 눈을 질끈 감고 입술을 깨물고 있었다. 마치 숨을 참으려는 듯한 기색이었다.

그런데 내가 무어라 반응하기도 전에, 그의 입에서 기침이 나왔다. 얼른 입을 가리려 했지만, 이미 내 얼굴에, 또 내가 써야 할 왕관에 피가 튀었다. 우리가 당황스러운 눈길을 아주 잠깐 마주친 순간, 이어서 또 다른 기침이 시작되었다. 다시, 또 다시 터진 기침과 함께 그때마다 더 많은 피가 뿜어져 나왔다. 진정은 무릎을 꿇고 나에게 쓰러졌다. 나는 간신히 그의 무게를 지탱했다. 그가 잡고 있던 왕관이 떨어지면서 앞뒤에 달린 구슬 장식이 양탄자 위에 흩어졌다. 진정은 계속 기침하면서 가슴을 부여잡았다. 폐를 붙들려는 듯 손가락이 가슴을 마구 파고들었다.

"송출을 중단하라! 중단하라고!"

이치가 소리치며 메인 카메라 팀에게 달려갔다.

모두 한 발짝 늦게 반응했다.

"폐하!"

관료들이 소리쳤다. 대열에서 벗어나 황제를 도와주러 오는 이들이 몇 있었지만, 대부분은 움직이지 않았다.

진정은 내 품에 안겨 계속 기침하고 몸을 떨었다. 머릿속으로 뼈 소리가 관통하면서 단 하나의 생각만이 떠올랐다. 지금 나랑 장난하는 거야?

화하를 변화시키려는 희망은 사라지고 있었다.

안 돼······.

아니, 아직은 아니야! 예행연습 동안 이치는 라이브 방송에는 10초의 시간 차가 있다고 했었다.

나는 진정을 내 몸에서 밀치고는 나의 낫과 피로 물든 왕관을 집어들었다.

"장군들! 폐하를 왕좌로 모셔라!"

나는 독고가라와 양견에게 소리치며 낫을 짚고 일어섰다.

"사마 의장! 이리 와서 폐회 연설을 하시오! 카메라 팀! 사마 의장을 클로즈업하라! 황제 폐하를 배경에 보이도록 하되, 초점을 흐릿하게 잡아라! 관료들은 대열을 유지하라! 그대들은 아무런 도움이 안 된다!"

마치 회오리바람이 뚝 멈추고는 반대 방향으로 돌기 직전처럼 모두들 내 말에 따라 급히 움직였다. 나는 왕관을 옆구리에 끼고서 진정을 단상 위 왕좌로 데려가는 독고가라와 양견을 따라 급히 올랐다.

"사마의가 이 방송을 마무리 지을 때까지 멀쩡하게 있을 수 있어요?"

나는 진정에게 속삭여 물으며 망토 자락으로 그의 입가에서 피를 닦아내었다. 천이 붉은 색이니 티가 나지 않겠지.

그는 여전히 긴장한 기색으로 눈을 질끈 감고 있었지만, 고개를 끄덕이고는 왕좌에서 엄숙한 자세를 취했다. 제발 그가 쓰러지기 전에 영상이 끊겼어야 할 텐데. 나의 계획대로 된다면, 대관식 도중 영상이 단순히 송출 방해를 받은 것처럼 보일 것이다.

계획보다는 훨씬 볼품이 없는 모습으로, 텅 빈 면류관 기둥 안쪽을 올림머리 뭉치 위에 어색하게 꽂아가며 나는 직접 왕관을 썼다. 진정이 내게 베일을 씌울 때 썼던 아머 깃의 가느다란 기 금속을 왕관에 연결하자 머리를 묵직하게 누르던 무게가 사라졌다. 그래도 이제, 나는 화하의 황후로 공식 즉위했다. 나는 얼굴과 아머에 묻은 진정의 피를 닦아내고 그의 왕좌 옆에 똑바로 서서 낫을 들어올렸다.

부디 나의 모습이 강력해 보이기를. 둘 중 하나는 강력해야 하니까.

제2부

HEAVENLY EMPRESS
천후(天后)

그릇된 통치자인 우 황후는 성정이 포악하고 출생이 천하여……
성정이 뱀이나 도마뱀과 같고 본성은 늑대 같나이다.
황후는 사특한 자들을 편애하며 의롭고 선한 자들을 살해하니……
인간과 신들이 모두 미워하며 천지는 그 존재를 용납할 수 없나이다!

— 낙빈왕 〈이경업을 옹호하며 무후를 토벌하는 격문〉 중

제11장

시간이 다 되다

유리 벽 너머, 진정은 눈이 부시도록 환한 무균실에 누워 있었다. 머리는 풀어 헤친 채, 아머 대신 병원 환자복을 입었다. 우리는 그를 장안대학병원으로 데려왔다. 장안대학교도 산 위에 있기 때문에 고가문 저택에서 전기 마차를 이용하여 금방 갈 수 있어서였다. 오늘은 대관식이라 대학 수업이 없어서, 시트를 덮은 이동식 병상에 실려 급히 복도를 이동하는 환자를 의심스러운 눈빛으로 보는 이도 없었다.

사마의와 이치, 나는 무균실 맞은편에 있는 어두운 관찰실에 앉았다. 진정에게 무슨 문제가 생겼는지는 혈액 검사 결과가 나와야 알 수 있었으니까. 가장 유력한 가설은 독살이었고, 당연히 유력한 용의자는 나였다. 진정과 마지막으로 함께 단둘이 있었던 사람이었으니까. 카메라가 꺼지자마자 관료들은 나에게 비난을 퍼부었다. 진정이 그나마 의식이 있어서 독살을 부인했으니 망정이지, 아니었다면 관료들은 나를 고문해서 자백을 강요하고도 남았을 터였다.

개새끼들. 오히려 저 관료 중 하나가 자신의 더러운 부를 보호하려고 이런 일을 꾸몄을 가능성이 더 높지 않을까.

이치와 사마의는 태블릿 화면을 넘겨 가며 화하 전역에 업로드된 영상이 어떤지 애써 확인했다. 그들이 켜놓은 소리가 드문드문 들렸다. 주요 도시의 이곳저곳에서 자발적으로 노동자들의 집회가 일어났고, 지역의 사악한 거물들 집 앞에서 사람들이 모여 구호를 외치며, 벽마다 부자와 부패한 자들을 규탄하는 구호를 스프레이 페인트로 적어놓은 영상이었다. 군대는 약탈과 공격, 과도한 사유재산 파괴를 막으라는 명령을 받았으나, 고급 차들이 뒤집혀 불타는 영상이 여러 번 보였다.

화하는 이제껏 잿더미인 줄 알았건만, 진정이 불을 붙이고 보니 실은 화약 더미였다.

그러나 오랫동안 억눌려왔던 불만을 터뜨린 일반 국민들은 자신들을 보호해 주겠다 맹세한 구원자가 며칠 동안 숨겨온 고열에 쓰러져 주사를 맞고 있는 신세라는 걸 모르고 있었다. 지금 이 장면은 나의 상상이 아니란 말이다. 맙소사, 난 정말이지…….

다행히도 라이브 방송이 10초 늦게 송출되는 바람에 알현실에 있던 사람들을 제외하고는 진정이 쓰러지는 모습을 본 사람은 없었다. 내가 바랐던 대로 그저 사마의의 마무리 연설이 이어서 나갔다. 공식적으로는 화하 전역에서 동시에 방송을 본 탓에 네트워크 장애가 일어났다고 발표했다. 물론 이 설명을 의심하는 사람은 분명히 나오겠지만, 현재는 거리에서 일어난 폭동이 더 큰 문제이므로 시선이 분산되겠지.

하지만 대관식에 참석했던 관료들의 기억을 지울 수는 없었다. 관료들이 대부분 움직이지 않고서 진정을 돕지 않으려던 모습이 떠올랐다. 황제가 살아남지 못한다면 그들은 오히려 안심하겠지. 그러고는 반란을 일으킨 대중에게 무자비한 보복을 가할 것이다. 내가 이런 말을 할 줄은 나도 몰랐지만, 지금은 진정이 어떻게든 살아남았기를 바랐다.

그때였다. 우리 뒤편 문에서 다급한 노크 소리가 들렸다.

"들어오시오!"

사마의가 뒤를 돌아보며 소리쳤다.

문에 선 경비병이 장안대학교 의대 교수이자 고씨 가문의 지인인 화타 의사를 들여보냈다. 이치의 말에 따르면 그는 진정의 화두 치료를 담당한 의사였다.

"폐하."

의사는 숨을 헐떡이며 절했다. 그의 상투와 기다란 수염은 걸친 의사 가운처럼 하얀색이었다. 그는 우리 옆을 지나 유리 벽에 달린 인터콤으로 다가갔다. 의료용 장갑을 낀 손에 들린 종이가 덜덜 떨렸다.

"이건 독이 아닙니다, 폐하. 감염되셨습니다. 화두와는 상관없는 병원균 두 종입니다."

"두 종류의 감염이라고요? 선생님, 정말입니까?"

이치가 벌떡 일어서며 물었다.

화타 의사는 검사 결과를 이치에게 건네주었다.

"예, 그리고 안타깝게도 둘 다 기회감염증입니다. 면역 체계가 약해져 있을 경우에 발생하는 증상입니다."

"하지만 폐하의 면역 체계 수치는 정상이 아닙니까?!"

이치는 결과지를 확인하며 물었다.

"그게 무슨 뜻인가?"

진정의 쉰 목소리가 유리 너머로 간신히 들려왔다. 그는 침대에서 몸을 일으켰다. 가면을 벗은 얼굴 위로 흉터가 보였다.

화타는 다시 절을 하면서 마른침을 삼키며 설명했다.

"그 말은……. 아마도, 저희와 폐하는 시간 차가 두 세기나 나기 때문에, 현대에 있는 수많은 병원체에 면역이 없으시다는 뜻입니다."

"좋다. 그러면 나를 치료해라."

화타의 관자놀이에 땀이 송골송골 맺혔다.

"현재의 감염을 치료할 수는 있습니다만, 정말 안타깝게도…… 폐하께서 다른 이들과 어울려 지내신다면 언제든 더 치명적인 병균에 감염되실 수 있습니다. 안전을 위해서 폐하께서는 무균 격리 상태로 지내셔야 합니다."

"얼마나 그렇게 있어야 하는가?"

화타는 여전히 허리를 굽힌 채, 몇 초간 숨을 참은 것 같더니 이내 입을 열었다.

"평생 그렇게 지내셔야 합니다."

나직하게 흘러나온 말이었건만, 이건 청천벽력이었다. 사마의는 의자에서 벌떡 일어나서는 진정과 화타를 번갈아 바라보았다. 화타는 나이가 많은 몸뚱이로 허리를 숙이고 있느라 온몸을 힘겹게 떨고 있었다. 이치는 검사 결과지를 두 손으로 움켜쥐고 구겨가며 다시 읽었다.

진정은 멍한 눈동자로 무표정하게 앉아 있었지만, 굳어버린 어깨에서는 금방이라도 폭발할 것 같은 심경을 꾹 참고 있다는 기색이 드러났다.

"지금, 분명 그 말은 농담이겠지."

그는 고개를 들지도 않고 말했다.

이치는 검사 결과를 반복해서 읽은 다음 천천히 검사지를 내려놓고 말했다.

"폐하…… 과학적으로는 일리 있는 결과입니다."

"그렇다면 내가 이 방에서 평생을 살아야 한다는 말인가."

화타는 무릎을 꿇었다. 뼈가 바닥에 부딪히는 소리가 났다.

"정말로 죄송합니다, 폐하. 하지만 무균실을 벗어나시게 되면 저희가 치료할 수 없는 질병에 감염 되실 위험이 있습니다! 저희는 이론적으로 안전한 백신은 모두 폐하에게 투여해 놓았습니다. 그래서 이런 상태에 대한 치료법이 없다는 건 확실합니다. 폐하의 존재 자체가 이 세기에는 존재해서는 안 되는 것이기 때문입니다. 자연의 질서를 거스르면 대가가 따라옵니다. 이 역시 그 대가입니다."

"나가라."

"폐하……."

"나가! 나가라!"

진정은 기침으로 거칠어진 목소리로 소리쳤다.

우리 넷은 서로를 쳐다보다가 이윽고 하나씩 자리를 떴다. 사마의를 시작으로 화타 의사와 이치가 뒷문으로 나갔다. 이치는 나를 위해 문을 열어두었지만, 나는 고개를 저었다. 이치는 걱정스러운 표정을 지으면서도 어쨌든 문을 닫았다.

"너도 나가라는 뜻이었다."

진정은 잠금장치가 달칵 닫히는 소리를 듣자 쏘아붙였다. 그는 손바닥 끝으로 이마를 눌렀다.

"아뇨."

나는 휠체어를 굴려 유리 벽 인터콤으로 다가갔다. 진정의 방 쪽에서 비치는 창백한 불빛 아래 나의 아머가 반짝였다.

"혼자서 뭘 하시려고요? 가만히 앉아서 시무룩하게 있으려고요? 시간이 없어요. 당신은 그 짧은 연설로 화하에 불을 질렀어요. 정말로 많은 도시에 불이 났다고요. 지금 사람들은 당신을 믿고서 사장과 정부 관료들을 잡으러 쫓아다니고 있어요. 그들을 선동해 두고 이제 와서 발을 뺄 수는 없어요!"

진정은 까끌까끌한 목소리로 웃음을 터뜨렸다. 금방이라도 미쳐버릴 것 같은 웃음이었다.

"언제부터 네가 국민을 생각했다고?"

나는 건틀릿으로 유리창을 쾅 두드리며 말했다.

"나를 설득한 건 당신이잖아! 지금 거리에서 싸우는 사람들도, 나도 당신 때문에 화하가 부패하고 불공정한 상황에서 조금은 나아질 수 있다고 믿게 됐다고. 당신은 진정이니까! 불가능을 가능하게 하는 존재니까! 난 당신의 끔찍한 성격도 평생 참으며 살 준비가 됐었어. 당신이 바라는 가치가 뭔지 봤으니까!"

그는 깜짝 놀란 기색으로 침묵하며 나를 바라보더니, 고개를 저으며 두 손을 들었다. 그 바람에 팔에 연결된 정맥 주사관이 같이 휙 딸려 올라갔다.

"이 방에 갇혀 있는데 나더러 뭘 어쩌란 거지?"

"그래도 연설을 할 수 있겠죠. 카메라 앞에 설 수 있을 테고요. 관료들을 불러오거나, 네트워크를 통해서 대화할 수도 있죠. 평생 방 몇 군데만 돌아다니며 갇히다시피 사는 여자들도 많아요. 당신 역시 나한테 그렇게 살도록 했고. 그러니 당신도 똑같은 상황을 견딜 수도 있겠죠."

그의 눈빛에 살기가 어렸다. 하지만 나는 조금도 당황하지 않았다. 뭘 어쩌겠어? 여기 나와서 날 목 졸라 죽이려다 또 감염이 될 수도 있는데?

"정신 차려요, 진정. 화하는 당신이 약속을 지켜주기를 바라죠. 난 어릴 적부터 당신 이야기를 정말 많이 들었거든. 하지만 당신이 압박을 받으면 한심해진다는 이야기는 전혀 없었다고요."

그는 팔짱을 낀 채로 눈을 질끈 감았다. 침대 옆에 설치된 의료 장비들이 삑삑거리며 깜빡였다.

내가 그에게 더 모욕적인 말을 하려던 순간, 그는 이불을 확 젖히고는 맨발로 하얀 바닥 타일에 섰다. 그리고 정맥주사 스탠드를 잡고 일어서더니 나에게 다가왔다. 그는 오는 길에 철제 의자를 집어 들었다. 풀어헤친 머리카락을 흔들며 다가오는 그의 환자복 아래로 길고 하얀 다리가 드러난 걸 때마다 휘청였다. 아머를 벗은 상태라 아주 취약해 보여야 맞건만, 부자연스럽게 움직이는 모습이 오히려 이쪽을 불안하게 만들었다. 마치 어디로 튈지 예측할 수 없는 악몽 속 괴물을 만난 기분이 이럴까. 나는 뒤로 물러나고픈 마음을 꾹 참았다.

그는 유리 벽 앞에 의자를 두고 앉은 다음, 마치 정맥주사 스탠드가 의식용 망치라도 되는 듯이 움켜잡았다. 형광등 불빛에 싸인 무균실 안의 진정. 그리고 어두운 관찰실 안의 나. 마치 음양의 영역을 현실로 옮겨 놓은 듯했다. 그의 얼굴 흉터가 그 어느 때보다도 선명하게 보였다. 이마를 가로지르는 흉터는 오른쪽 눈을 흐릿하게 덮었다.

"화 의사에게 가서 나의 감염증을 치료할 약을 가져오라고 해."

그의 목소리에는 침착한 기색이 조금 돌아왔다. 나는 무릎을 손가락으로 두드리며 대답했다.

"알았어요. 그러면…… 옛 조종사 훈련 방법을 적어줄 수 있나요? 만약 당신이 치료를 제대로 못 받으면 방법도 같이 사라지는 거잖아요. 그러면 안 돼요."

그는 대놓고 요구하는 나의 말에 깜짝 놀랐다가 이내 메마른 웃음을 지었다.

"옛 훈련 방법은 말로만으로 전달할 수 있는 게 아니다. 오늘 밤 나와 함께 있도록 해. 그러면 보여주겠다."

그는 어깨 뒤로 손을 뻗었다. 하얀 금기가 그의 동공과 경혈에서 솟아올랐다. 금기의 정밀도를 이용하며 그는 등 뒤에 착용한 보호대에서 금빛으로 반짝이는 기 금속을 한 줄기 실로 가느다랗게 뽑아냈다. 그리고 실 끝을 유리창에 대었다. 그의 피부를 따라 두 번째 경혈이 밝은 녹색으로 빛났다. 바로 속도를 강화시키는 목기였다. 실은 드릴처럼 유리창 위를 회전하며 돌았다. 구멍 주위로 자그마한 파편들이 서리처럼 흩어져나갔다.

이게 무슨 목적인지 알 수 없었지만, 나는 아머로 감싼 손가락으로 그 실을 잡았다. 그러자 진정의 척추 보호대 형태가 나의 의식에 떠오르면서 실을 따라 마치 육감처럼 둥둥 떠다녔다.

"가장 효과적인 조종사 훈련은 정신 연결로 이루어진다. 그래서 조종사를 정말로 지도할 수 있는 존재는 조종사밖에 없는 것이다."

"정신 연결이라고요? 그렇다면 나와 함께 황룡을 타고 나가는 위험을 감수하겠다는 건가요?"

그러자 나는 깨달았다. 진정은 반드시 필요할 때만 황룡을 조종할 수 있게 되었다. 그런데 지금 전국 어디든 위협할 수 있는 황룡이야말로 이 혁명의 가장 강력한 방어막이 되어야 했다. 그러니 대중은 진정의 현재 상황을 알아서는 안 된다.

반대로 생각해 보면, 이것은 진정이 나에게 황룡 조종법을 가르쳐야 한다는 좋은 핑계가 되어주었다. 그가 무균실을 벗어나 크리살리스를 타면 죽을 수도 있으니, 내가 크리살리스를 훔친다고 비난할 수 없을 테니까. 하지만 그가 나를 어찌나 경멸적인 시선으로 내려다보던지, 마음 같아서는 배움이고 뭐고 이 실로 그를 확 잡아당겨 유리에 얼굴을 처박게 만들고 싶었다.

"이것이 첫 번째 수업이 될 것이다. 크리살리스와 기 금속에 대한 너의 선입견을 모두 버려야 한다. 그 특성에 대한 일반적인 지식은 지나치게 단순화되었다. 그리고 정부에 반대하는 크리살리스 제작을 막기 위해서 의도적으로 비밀에 부쳐져 있었다. 하지만 진실은 이거다. 정신 연결은 기 금속만 있으면 된다. 이렇게 서로 연결한 채로 자면 된다는 거다."

그는 손끝으로 실을 훑었다.

"그게 끝인가요?"

"그래. 크리살리스에 들어가는 인간의 기술은 생각보다 적다."

"흠."

나는 실을 엄지로 훑으면서 기 금속이라는 재료에 다시금 경외감을 느꼈다. 신들이 이 물질을 안정적으로 확보하기 위해 우리를 끝없는 전쟁에 내몬 이유를 알 것 같았다. 그렇다면 이 물질로 이루어진 혼돈이란 과연 무엇일까. 한층 더 궁금해졌지만 나는 재빨리 그 생각을 없앴다. 진정과 다시 정신 연결을 한다면, 이런 생각을 한다는 걸 들켜서는 안 되니까.

그에게 다시 내 정신을 연다고 생각하니 정말 싫었지만, 그의 말대로 이 훈련이 효과적이라면 거절할 수는 없었다. 세민이 나왔던 스크린에 꽃병을 던졌을 때를 제외한다면, 나는 이 아머에 기를 흘려보내는 방법을 아직 모른다. 지금 상황을 *재앙*에서 *기회*로 바꾸려면 나를 뒷받침해 줄 기술이 있어야 한다.

"좋아요. 오늘 밤부터 시작해요."

제12장

넌 무엇이냐

온 세상에 재와 연기 내음으로 매캐했다. 나는 불길에 휩쓸린 산을 휘청이며 지나 그을려 쓰러진 나무들 사이를 걸었다. 잉걸불이 마치 잿빛 눈처럼 흐릿한 공기 중에 나부끼면서 나의 피부에 따스하게 내려앉았다. 폐가 불타는 것만 같았다. 온몸의 근육이 찢어질 것 같이 팽팽했다. 하지만 난 멈출 수가 없었다. 멈추면 그들이 날 잡을 테니까.

그들이 뒤에서 기어 오는 소리가 들렸다. 부서진 뼈로 재 덮인 땅을 긁고 나아오는 소리. 말벌 떼처럼 내 머리를 빙빙 두른 목소리.

"······어떻게 네가 이런······."

"······우리는 널 키웠는데······."

"······무정한 년, 썩어빠진 년······."

"······이제 네가 뿌린 대로 거두어라······."

어딘가에 걸려 넘어진 나는 재 속을 굴렀다. 계속 앞으로 나가려고 발버둥 쳤지만, 빛나는 황금색 끈이 날 옭아매어 조이고선 팔다리를 묶었다. 망가진 시체들이 내게 다가오는데도 나는 그 자리에 서서 몸부림만 칠 뿐이었다.

"네가 이랬어."

우리 가족이 뼈만 남은 손가락으로 내 살을 후벼 파면서 돌림노래처럼 말했다.

"네가 이랬어. 네가 이랬어. 넌 너만 생각하는 이기적인 애니까."

"아무도 날 생각해 주지 않았으니까 그렇지! 날 먼저 생각해 준 적 없었잖아!"

내가 소리쳤다.

"하지만 난 널 먼저 생각했어, 미랑."

세민의 목소리가 여름날의 열기처럼 귓가를 스쳤다. 그는 반쪽밖에 남지 않은 몸으로 내 옆에서 내장처럼 튜브와 선을 질질 끌어댔다.

"나를 온전하게 해줘. 넌 날 온전하게 만들어줘야 해."

난 더욱 크게 비명을 질렀다.

"알겠다. 죄책감이 문제였군?"

누군가 내 위에서 말했다. 금속성 발소리가 들려오다가 우뚝 멈추었다.

순간, 나는 현실로 확 돌아왔다. 아니, 이게 현실이 아니라는 걸 깨달았다는 게 맞겠지.

고개를 들자 진정이 보였다. 아머로 완전무장 한 형태의 영혼이었다. 그렇다면 자면서도 꿈 연결이 실제로 된다는 건데…….

나를 두른 황금 끈이 그의 손목과 연결되어 있었다. 그는 끈을 손에 몇 번 감아 돌려서 나를 확 잡아 끌어올리더니, 묶인 팔을 내 머리 위로 들어 올려 매달았다.

분노의 비명이 입에서 흘러나왔다. 나는 끈에 묶여 꿈틀대었다.

"이거 놔!"

"이곳은 우리 둘의 정신으로 창조된 꿈의 영역이다. 네가 정말로 원한다면 스스로 풀 수 있다는 소리다."

그는 빈손으로 내 턱을 들어올리며 덧붙였다.

"아니면 내 앞에서 묶인 상태를 즐기는 건가? 그렇다면 이보다 더 아름답게 묶어줄 수 있다."

만약 할 수만 있었다면 그의 얼굴에 침을 뱉었을 텐데.

진정은 웃음기 어린 목소리로 말했다.

"분명히 말하는데, 내가 널 이렇게 묶은 게 아니다. 네가 스스로에게 부과한 것이지. 네가 한 짓 때문에 고통받아 마땅하다고 생각하나 보지?"

나는 그의 말을 무시하고서 날 둘둘 묶은 끈에 집중했다. 그리고 억지로 느슨하게 만들었다. 그러자 끈이 밝게 빛나면서 정말로 느슨해졌다. 드디어 다리를 빼내게 된 순간, 나는 똑바로 일어서서 진정에게서 얼른 물러났다.

"자, 됐지?"

그는 내 몸에서 끈을 풀었다. 우리의 손목 사이로 풀린 끈이 짧아져 직선을 이루었다.

나는 그 끈을 완전히 없애려고 확 잡아당기다가 그만 아래로 내려다보고 굳어버렸다. 망가진 시체들과 눈이 마주쳐서였다. 그것들은 사라지지 않았고, 다만 움직이지 않고 있을 뿐이다.

진정도 시체들을 내려다보며 말했다.

"너는 올바른 결정을 내렸다. 우리처럼 씹다 버려질 운명인 자들에겐 도덕이란 감당할 수 없는 사치일 뿐이다."

격한 바람이 재를 휘저었다. 진정을 내 정신에서 몰아내고 이 장면을 그의 기억에서 도려낼 수 있다면 얼마나 좋을까. 그에게 나를 알려주고 싶지 않았다. 내 가장 깊은 곳까지 꿰뚫어 보듯 나를 보게 두고 싶지 않았다. 어쩌면 지금 진정은 바로 그렇게 날 보고 있을지도 모르지. 이 꿈의 연결이 전투 중의 정신 연결과 같은 것이라면, 그는 지금도 내 기억을 마구 뒤지고 있을지도 모른다. 내 머릿속의 그 어떤 것도 그에게서 안전하지 않았다. 그런데도 나는 그를 파헤쳐 들어갈 수도 없다.

"당신의 정신 영역은 당신을 잡으러 오는 아귀들로 가득한 바다잖아요. 그렇다면 당신도 본인이 저지른 일 때문에 괴로워하는 건가요?"

그는 잠시 숨을 헉 몰아쉬는 듯 보였지만, 이내 어깨를 으쓱이며 평정을 되찾았다.

"나는 아귀들이 날 가로막게 두지 않는다. 피 흘린 전투로 얻어내지 않은 권력이라는 건 진정 효과는 있을지 모르겠으나 한낱 환상에 불과하다. 그래서 나는 너를 내 황후로 삼는데 전적으로 저항하지 않았던 거다. 적어도 너는 충분한 결의를 보여주었으니까."

그는 우리를 둘러싼 시체들을 가리켰다. 산등성이를 따라 너무나 많은 시체가 넘쳐났다. 그중에는 인간만 있는 게 아니었다. 재로 덮인 경사면에 혼돈의 껍데기도 널려 있었다. 세민과 내가 주작을 타고 마지막으로 불타는 골짜기를 지나갔던 때의 왜곡된 기억이었다.

나는 그 광경을 외면했다.

"만약 내가 겁을 먹고 성현궁을 파괴하지 않았다면 당신은 어떻게 했을 건가요?"

"아, 너에 대한 불만 상소문이 세 번째로 올라왔을 때 나도 너를 처형하는 데 동의했을 거다. 네가 골칫거리로 판명 난다면 지금도 얼마든지 처형할 생각이다."

그는 이를 드러내며 위협하듯 말했다. 내가 혼돈에 대해 독고가라에게 말하려 했다는 걸 알아낸 후로 그는 나를 볼 때마다 증오심에 불타는 눈빛을 보여주었다.

나는 무균실 유리창에 작게 균열을 내고 젖은 기침만 해도 널 죽일 수 있거든. 나는 이렇게 말하고 싶었지만, 아직은 이루지도 못한 위협을 하는 건 좋지 않다는 생각이 들었다. 진정이 죽으면 관료들은 곧바로 내게 달려들 것이다. 200년 전에 미선 장군에게 그랬던 것처럼. 이번에는 단단히 대비를 해야 한다.

먼저는 진정의 능력을 흡수해야 했다. 진정이 살아있든 죽든 상관없이 내가 황룡을 소환할 수 있을 때도 놈들이 감히 내게 달려드는지 두고 봐야지.

"골칫거리라고요? 면역 체계가 이 시대의 작디작은 세균 하나도 견뎌내지 못하는 위대하신 황제께서 골칫거리를 운운하시는군요."

나는 그의 취약점을 넌지시 거론했다.

진정은 훨씬 더 독기 어린 눈빛을 짓더니, 그보다 키가 두 배는 더 크고 너비가 다섯 발자국쯤 되는 나무 밑동 쪽으로 걸어가며 말했다.

"200년 동안 참 많은 게 바뀌었군. 내가 잠든 동안 이 나무들이 씨앗에서 싹을 틔우고 이 크기가 되어서 죽었다니 재미있구나. 내 시대에는 곤륜 산맥 이쪽 구역은 전쟁터와 너무 가까워서 이토록 큰 식물이 자랄 수가 없었다."

그가 손을 쫙 펴자, 꿈의 영역이 변하면서 나무의 잔해들이 재가 되어 날아갔다. 그러자 근처에 가려져 있던 크리살리스에 의해 기가 완전히 소진된 산자락이 드러났다. 계곡 아래에는 벽돌 건물과 천막이 불쑥 솟았다. 꿈속의 직감으로, 나는 진정이 그 시대에 있던 군사 기지를 보여주고 있음을 알게 되었다. 그곳 구조물들은 현대의 매끈한 콘크리트 병영과는 달리, 내가 살던 동네의 건물처럼 낡고 조악해 보였다. 건물 사이를 유령처럼 흐릿하게 움직이는 사람들이 보였다. 그들의 낡은 옷은 색이 남아 있지 않았다.

"아직도 그저 먼 곳에서 깨어난 기분이 든다. 제대로만 찾아간다면 집으로 돌아갈 수 있는 기분이 들지. 그럴 수만 있다면……."

진정은 그 장면을 바라보며 말했다. 그 순간, 그에게서 분노가 확 일어 물리적인 열기가 나를 덮쳤다. 쓰라린 후회가 아프도록 배어 있는 열기였다. 내 마음속 깊은 의식층에서 장면들이 번뜩였다. 화두에 감염된 환자들이 가득 누운 기다란 천막에서 괴로운 신음이 흘러나왔다. 진정은 줄지어 선 병상 사이를 뛰어다니며 천을 옮겼다. 크리살리스는 거대한 무덤을 파고 시체를 무더기로 쓸어모았다. 옷과 소지품이 산더미로 쌓여 불타올랐다. 그러다 자신의 팔에 난 농포를 발견하는 진정이 보였다.

기억의 힘이 확 밀려와 나를 뒤로 한 걸음 밀었다. 그가 의도적으로 이 기억을 나와 공유한 것 같지 않았다. 나의 반응이 어떤지 기다리는 기색이 아니었으니까. 게다가 제국의 통치자가 되어 전염병 격리 구역에 들어가다니, 너무나 어리석은 짓을 저지른 광경을 내게 보여줄 리 없었다.

그의 정신에서 기억이 흘러넘치게 하려면 필요한 게 이것이구나. 마음이 약해져야 하는구나.

나는 내키지 않는 마음을 누르고 그에게 가까이 다가갔다. 그리고 부드럽게 그의 어깨를 만졌다.

"신들에게 맞설 우리의 계획은 뭔가요? 신들이 우리를 슬그머니 지배하게 놔두지는 않을 거죠?"

나는 목소리를 낮추고 속눈썹을 내리깔았다. 그리고 스크린에서 포로로 잡혀 있던 세민의 모습을 생각하며 그의 분노에 함께 마음을 맞추었다. 이 꿈의 영역에는 훈련하러 들어왔지만, 또한 이곳은 탁 터놓고 비밀을 논의하기에 좋은 장소라는 것도 알고 있었다. 나를 공격하는 것보다 신중하게 분노를 풀어내야 할 대상이 많다는 걸 그에게 다시금 일깨워 주는 게 좋겠지.

진정은 내 손을 슬쩍 보았지만 밀어내지는 않았다. 그가 팔을 휘두르자 산속 풍경이 어두워지면서 무수한 별빛이 가득한 밤하늘이 나타났다. 우리의 영혼은 마치 하늘로 둥실 솟아오른 것처럼 공중에 떴다.

"저기다."

그는 밤하늘을 가로질러 움직이는 밝은 점을 가리켰다. 장면이 확대되면서 별들이 우리 옆을 휙휙 스쳤다. 점점 커지는 점은 이내 거대한 구조물이 되었다. 기다란 중앙 축의 옆으로 반지 모양의 금속 고리가 연결된 모양이었다. 중앙 축의 다른 쪽 끝에는 수많은 패널과 부품이 다닥다닥 붙어 튀어나와 있었다. 나는 넋을 잃고 그 구조물을 바라보았다.

"저게 천궁인가요? 실제는 저렇게 생겼어요?"

"그렇다. 저것은 호기심을 이기지 못한 어느 학자가 촬영한 영상이다. 신들은 우주 연구를 금지했지만, 그는 계속해서 정교한 렌즈를 만들어 우주를 관찰하려 했지. 나는 그를 사형에 처할 수밖에 없었다. 하지만 처형 전에 그의 연구 결과를 압수했다."

진정이 손을 펼친 근처로 수기로 작성된 공책들이 펄럭이며 나타났다. 글자와 계산식이 빛나는 글자의 형태로 종이에서 둥실 떠올라 빛나는 밤하늘에 정렬했다.

"이것이 내가 기억하는 것이다."

"이걸 전부 다 외웠어요?"

숫자들을 보자 난 혼미해졌다. 이치와 공부했던 수학은 내가 다시는 쳐다보고 싶지도 않은 과목이었다.

진정은 우쭐한 기색으로 나를 바라보았다.

"난 마음만 먹으면 무엇이든 외울 수 있다."

"그러시겠죠."

나는 투덜대었다.

"어쨌든 외우지 않으면 선택의 여지는 없었다. 그 기록을 보관할 수는 없었으니까."

종이들이 불꽃에 휩싸여 타올랐다. 하지만 거기 적힌 내용은 빛나는 글자로 우리 앞에 머물렀다. 천궁은 다시 2차원 스케치로 변하여 쌍둥이 고리 주변의 화살표 모양이 되었다. 고리들이 반대 방향으로 움직이고 있다는 걸 알려주는 화살표였다. 진정은 손가락으로 모양을 따라 그려가며 설명했다.

"그 학자는 천궁이 거대한 인공 구조물이며, 회전하는 고리를 통해 인공 중력을 만들어내고, 그 중력은 고리 주변에서 작용한다는 가설을 세웠다. 그렇다면 신들 역시 우리와 같은 물리 법칙을 따르는 존재며, 전설 속 신비로운 형체로 존재하지는 않는다는 의미다. 단순히 우리에게서 공물로 받아 가는 공녀들을 위해 기술을 써서 대규모 구조물을 만들고 저런 중력을 공급하지는 않았을 테니까."

그 말이 옳았다. 신들이 갑자기 지상에 나타나 끌고 간 사람은 세민이 처음이 아니었으니까. 매년 새해마다 우리는 기 금속이라는 일반적인 공물과 함께 소녀 아홉 명을 신들에게 바쳐야 했다. 왜 바쳐야 하는지, 소녀들에게는 무슨 일이 일어나는지 모르지만, 그들이 재미 삼아 소녀들을 죽이지 않는다면야, 소녀들 역시 천궁에서 신들과 함께 살고 있을 것이다.

나는 고리 쪽으로 가까이 다가가며 물었다.

"그렇다면 신들 역시…… 한낱 인간이라는 건가요?"

"그걸 이제 직접 확인해야 한다."

천궁의 스케치가 급격하게 커지면서 현실적인 세부 사항이 들어가기 시작했다. 끝없이 커지는 그림이 내 옆으로 획획 지나갈 때마다 나는 눈을 크게 뜨고 최대한 모든 장면을 바라보려고 뒤를 돌아보며 공포에 휩싸였다. 옆에서 보면 고리들은 지상의 도시만큼이나 넓었다. 정면에서 보면 직경이 수천 미터는 될 터였다.

"천궁은 대단히 빠르게 움직인다. 그래서 우리가 사는 세상을 180분마다 한 바퀴씩 돌고 있지. 그러나 정확히 계산하고 시점을 잘 잡는다면 이론상으로는 천궁을 가로막는 것도 가능하다."

그의 말에 영혼에서 전율이 일었다.

"그러면 200년 전에 천궁을 가로막을 계획이었어요?"

"그 생각도 없지는 않았지만, 정말로 고려해 본 건 아니었다. 자살이나 다름없는 과제라 봐야 했지. 하지만 이제 나는 잃을 게 없다. 신들이 우리를 지배하는 한, 내가 화하를 위해 무엇을 하더라도 영원히 이어지지는 않으리라는 게 엄연한 진실이니까."

그의 분노가 파도처럼 다시금 나를 덮치면서 물리적인 열기가 느껴졌다. 하지만 이번에는 그가 걱정되기에, 우리가 걱정되기에 두려웠다.

"정말로 우리가 천궁까지, 그러니까 황룡을 타고 갈 수 있다고 생각해요?"

"그러려면 전례 없는 노력을 해야겠지. 우리에겐 단 한 번의 기회밖에 없을 거다. 그리고 출발하기 전까지는 그런 계획을 세웠다는 걸 절대로 드러내서도 안 되고."

우리 앞에서 서로 다른 방향으로 회전하는 천궁의 쌍둥이 고리가 믿을 수 없으리만큼 거대하게 펼쳐졌다. 그에 비하면 나는 그저 한 톨의 먼지처럼, 거대한 조각상을 올려다보는 벼룩처럼 느껴졌다. 인간의 몸으로 현무 크리살리스를 올려다보던 때와 같은 무력감에 온몸이 굳었다.

그러나 이 괴물 같은 금속 구조물 어딘가에 세민이 있다. 매년 공물로 바쳐지는 소녀들과 함께 죽었는지 살았는지 알 수 없는 상태로, 덫에 빠진 존재로 말이다. 그들이 잘 살고 있다는 생각이 들지 않았다. 신들을 용서한다는 선택지는 내게 없다.

"나도 같이 해요. 언제 시작할까요?"

나는 주먹을 쥐고서 말했다. 진정은 턱을 쓰다듬었.

"일단 계산을 정밀하게 다듬어야겠지. 수학 도구와 물리학 지식은 분명히 내 시대보다 현대가 더 발전했을 거다. 문제는 신들의 의심을 사지 않고 필요한 걸 구하는 일인데. 지금 내가 무균실에 갇혀 있으니까……."

그의 턱이 굳었다.

"이곳은 대학 안에 있으니까, 필요한 건 모두 대학 건물 안에 있겠죠. 이치라면 누구에게 찾아가야 할지 알 거예요. 그들과 만나기 위한 구실도 어떻게든 알아낼 거고요."

"고 비서관에게 이 이야기를 전할 때는 최대한 비밀리에 만나야 한다. 그렇지 않으면 안 돼."

진정이 경고했다.

"꿈을 연결해서 들어가면 되지 않아요?"

"안 돼. 너희의 기력 차이가 너무 크다. 그러면 지하 깊숙이 들어가도록 해. 내가 살던 시대에서는 신들의 감시를 피하기 위해 지하로 가면 괜찮았다. 내가 알기로 궁전 아래에 터널 망이 존재한다."

"혹시 신들의 감시 수단이 더욱 발전했다면 어떡해요?"

"땅속 깊은 곳에 가서도 비밀이 누설된다면 신들로부터 이 계획을 숨길 수 있다는 희망은 애초에 없는 거겠지."

나는 한숨을 쉬었다.

"그러니까 이건 도박이로군요."

"그것도 우리 인생에서 가장 큰 도박이지. 음…… 우리가 행동에 나서게 된다면 이 조종사의 기척을 네가 기억할 수 있기를 바라야겠지. 기척을 알면 천궁의 정확한 위치를 추적할 수단이 된다."

진정에게 가슴을 맞은 듯이 아팠다.

"절대로 잊지 않을 거예요."

그의 시선이 누그러지더니 눈빛이 촉촉해졌다.

"세상에 존재했다는 흔적이 전혀 남아 있지 않는 사람에 대한 기억이 얼마나 빨리 사라지는지 아는가. 정말 깜짝 놀랄 거다."

"하지만……."

순간, 머릿속에 번개처럼 번뜩이는 생각이 있었다. 너무 말도 안 되는 아이디어라서 처음 떠올랐을 때는 그저 웃어넘기려 했지만, 어쩌면 그게 변화를 이끌어낼 수도 있을 것 같았다.

"하지만 화하에는 세민의 흔적이 있기는 있어요."

이치의 목소리가 귓가에 울렸다. '간의 절반과 신장을 적출당했어. 건강한 사형수들은 다 그렇게 장기 적출을 당해. 이식이 필요한 사람들에게 주려고.'

"신장은요, 각각 사람의 원초적 기를 반씩 담고 있잖아요? 세민이는 강제로 신장 하나를 다른 사람에게 이식해야 했어요. 만약 그 장기가 다른 사람 몸에 있어도 그 애의 기척이 여전히 나올까요?"

진정의 얼굴은 당황한 기색으로 굳었다. 그는 나한테 웃기는 소리 하지 말라고 핀잔을 주려 입을 열었지만, 막상 핀잔은 나오지 않았다. 그는 공허한 표정으로 얼굴을 찌푸렸다가 말했다.

"그 생각은……. 알아봐도 좋을 것 같군. 이 조종사의 신장을 이식받은 사람을 찾아내라. 그리고 그가 자주 가던 장소도 알아보고. 그러면 이 조종사와 네가 맺은 영혼의 유대감을 강화시킬 수 있다."

나는 그의 말을 모두 적으면서 행동으로 옮길 계획을 짜기 시작했다.

"그럴게요. 그리고 제 훈련은 어떻게 되죠? 신들을 공격하려면 기금속을 다루는 기술을 최대한으로 갈고 닦아야 해요. 당신이 모든 걸 혼자 할 생각은 설마 아니겠죠. 나도 돕게 해줘요."

"알겠다."

진정이 손을 휘젓자 별들이 깜빡이며 사라졌다. 어둠 속에서 다시 나타난 형성은 곤륜 산맥의 다른 부분이었다. 200년 전의 만리장성이 우리 발 아래에서 솟아올랐다. 콘크리트가 아닌 조악한 벽돌로 쌓은 성은 주 지방의 국경을 표시해 두었다. 우리는 저 멀리 서황 사막을 바라보았다. 저 사막 너머로는 서쪽에 사는 다른 인간들의 요새가 있었다.

진정은 아머를 덜거덕거리며 만리장성의 가장자리로 뛰어올랐다.

"아까도 말했듯, 먼저 기 금속과 크리살리스, 그리고 이 세상 자체에 대한 너의 제한적인 선입견에서 너의 정신을 해방해야 한다."

마치 잉크가 뭉쳐 형태를 이루듯, 수기의 검은 크리살리스가 만리장성 바깥에서 나타났다. 장벽과 거의 같은 높이까지 펼쳐진 크리살리스는 다리가 셋 달린 까마귀의 형태를 갖추었다. 날카로운 눈동자는 화기의 붉은 색으로 빛났다.

"이건 등급이 뭔가요? 대공 등급? 아니면 왕 등급인가요?"

나는 진정과 함께 장성의 가장자리로 올라갔다. 까마득히 내려다보이는 높이는 현재의 만리장성보다는 그리 가팔라 보이지 않았지만, 그래도 높이가 어느 정도인지는 정확히 가늠되지 않았기에 크리살리스의 등급을 추정할 수가 없었다.

진정은 날카로운 눈빛으로 날 쏘아보았다.

"여왕급이다. 이것은 나의 스승의 크리살리스인 삼족오다. 주 조종사가 여성인 경우 크리살리스 등급에도 여성 명사를 붙여서 사용했지."

아. 진정이 선입견에 얽매이지 말라고 했던 게 이런 뜻이었구나.

"그렇다면 그분은 균형 잡힌 짝에 속하지 않았겠군요. 그럼 보조 조종사는 누구였죠?"

이 크리살리스는 아무도 조종하는 이가 없기에 주 지방이 멸망했을 때 파괴되었겠지. 그 생각에 깊은 슬픔이 밀려들었다.

"대부분 사형수였다. 범죄자들을 썼지."

그러자 밝은색 점프슈트 차림에 쇠고랑을 찼던 세민이 떠올라 마음이 아렸다. 그러나 군대가 달리 어떤 정책을 쓸 수 있었을까. 소녀들을 첩 조종사로 징집하고서 고귀한 희생이라고 부르는 것처럼, 일반 소년들을 조종사로 강제 징집하는 게 정말 더 좋을까?

글쎄. 아마도 군대에서는 소년들을 전쟁에 징집할 때도 고귀한 희생 운운하고 있긴 하지. 여성 조종사를 위해서 자랑스럽게 죽게 하려면 그것만으로는 부족하니까.

"크리살리스는 무엇이라 생각하나? 왜 그들은 그런 형태를 갖고 있는 건지 생각해 본 적 있나?"

진정은 내가 더 생각할 틈을 주지 않고서 물었다.

"음……."

그 질문을 곰곰이 생각하자 세민의 기억이 정신 위로 마구 흘러나왔다. 세민과 그의 옛 짝인 문덕이 왕급 혼돈 껍데기에서 주작을 소환하는 장면이었다. 마치 나 역시 그곳에 있는 것처럼, 두 사람이 서로 정신 연결을 하면서 상호적으로 느끼는 흥분과 불확실한 마음이 느껴졌다. 그리고 자유롭고 싶다는 공통된 열망이 몇 시간에 걸쳐 붉은 화기 금속에서 거대한 날개를 펼쳐내는 모습도 보였다.

"크리살리스의 형태는 조종사의 정신을 반영하죠."

"하지만 어째서 전설 속 동물이나 형상을 항상 택하게 될까?"

진정은 삼족오를 가리켰다. 이것 역시 당연히 우리 신화의 동물을 형상화한 것이었다. 삼족오는 태양에 살면서 매일 태양을 등에 지고 하늘을 가로지르는 동물이다.

"그건 뭐……. 그냥 그런 거 아니에요?"

솔직히 말하자면 난 그 점을 이토록 깊이 생각해 본 적이 없었다.

"사실, 그건 단순히 옛날 누군가가 그러자고 결정했기 때문이다. 동물의 형태가 크리살리스를 개념화하는 데 효율적인 틀이 된다고 생각했기 때문이지. 네 발로 서 있는 표준형은 균형 잡기가 쉽고, 점차 더 발전되고 통제되면서 인간형으로 변하는 것이다. 그러나 진실을 말하자면, 크리살리스는 어떤 형태든 될 수 있다."

진정은 우리의 손목 사이에서 빛나는 끈을 들어올렸다.

"내가 이 실을 기 아머에서 뽑아낸 것처럼, 조종사는 혼돈의 껍데기를 어떤 형태로든 구현할 수 있다. 원한다면 기존의 크리살리스를 완전히 새로 형성할 수도 있고. 문제는 조종사들의 정신이 부서지는 일 없이 그 형태에서 머물 수 있느냐다."

그가 팔을 획 휘두르자 삼족오 옆에서 황룡이 불쑥 튀어나왔다. 바람이 뺨을 획 스치며 황룡은 만리장성보다 더욱 높다랗고 거대한 똬리를 틀었다.

"크리살리스를 구현하는 것은 새로운 정체성을 구현하는 것이다. 그 정체성이 약하면 조종사의 통제력도 약해지지."

진정이 설명했다. 이윽고 황룡은 황제급 혼돈과 비슷한 황금색 덩어리로 녹아내렸다.

"나는 황룡을 형체 없는 덩어리로 변형시킬 수 있다. 하지만 그걸 잘 조종할 수는 없겠지. 무의식 수준에서 나의 정신은 그런 모호한 형태의 존재를 잘 이해하지 못할 테니까. 이 꿈 영역의 세부적인 부분이 그렇듯, 크리살리스의 구현 역시 무의식에 크게 의존하고 있다. 예를 들어, 너는 언젠가 무두전사라는 크리살리스와 싸운 적이 있지 않나."

진정은 이제 삼족오보다 살짝 작은 크리살리스를 만들어냈다. 그가 나의 기억에 이토록 깊숙이 들어올 수 있다는 걸 깨달은 나는 깜짝 놀라고 말았다.

"조종사는 처음에 이 크리살리스를 구현했을 때 머리를 만들어내지 못했을 거라 생각한다. 하지만 이 모습을 본 조종사가 전설 속 무두전사의 이미지를 떠올린 거다. 조종사의 무의식이 그걸 강력한 정체성으로 받아들였기 때문에, 가슴의 유두를 눈처럼 쓰고 배꼽을 입처럼 사용하는 생물의 모습으로 크리살리스가 발달했지. 이처럼 기존의 고정관념은 크리살리스의 구현과 진화에 편리한 지침이 되어 준다. 다만, 이런 틀 때문에 상상력이 제한되어서는 안 된다."

황룡이었던 덩어리에서 작은 보조 몸체가 솟아났다. 진정이 기 아머를 입은 모습과 비슷하지만, 머리는 용이었고 등에는 박쥐의 날개가 달렸다. 날개를 몇 번 퍼덕인 몸체는 삼족오에게 날아가 그 머리에 한쪽 무릎을 꿇고 앉았다.

"너는 황룡의 두 번째 모습에 놀랐었지. 그건 네가 진화된 형태는 언제나 더 크고 길어야 한다는 생각에 얽매여 있었기 때문이다. 때에 따라서는 더 작은 형태가 될 수 있다는 생각이 전혀 들지 않았던 거다."

나는 보조 몸체를 구석구석 살펴보았다.

"맞아요. 그러면 여기서도 전투 시뮬레이션을 할 수 있나요? 이제 당신은 황룡에 다짜고짜 뛰어들 수는 없으니까, 내가 어떻게 조종하는지 알아야 하잖아요?"

그의 얼굴에 불안감이 스쳤다.

"황룡은 '다짜고짜' 탈 수 있는 병기가 아니다. 회복 기간이 반 달의 두 배인 한 달이기 때문에 가장 중요한 전투를 위해 남겨두어야 한다. 나는 평상시 탈 용도로 내가 탔던 첫 번째 크리살리스인 흑오(黑烏)를 사용했다."

삼족오 옆에 또 다른 수형 크리살리스가 새의 모습으로 나타났다. 둘은 거의 똑같이 생겼지만, 새로 나온 크리살리스에는 다리가 두 개뿐이었다. 검은 깃털이 폭풍처럼 날리는 가운데 진정의 기 아머가 황룡의 색에서 딱 달라붙은 검은 색 아머로 변했다. 얼굴을 감싼 왕관 부분과 건틀릿에는 날카로운 발톱이 달렸다. 눈꺼풀에는 스모키 색상의 가루를 뿌린 것 같았다. 어쩐지 나는 그가 이 차림으로 엉덩이를 흔들며 걸어가는 모습이 너무 쉽게 상상이 되었다.

"뭐지?"

그는 눈을 가늘게 뜨고 물었다. 내가 웃음을 참는 모습을 봤나 보네.

"이런 옷을 입고서도 사람들을 설득해서 당신 앞에 절을 하게 만들었단 말인가요?"

그는 얼굴 근처에 솟아난 검은 발톱을 구부리면서 대답했다.

"그래. 가능하더군."

"음, 흑오는 주 지방과 함께 파괴되었겠죠? 그렇다면 우리에게 남은 건 황룡뿐이잖아요. 사람들이 우리에게 왜 황룡을 타고 국경 지대로 가지 않는지 곧 물어볼 텐데요. 어서……."

나는 '혼돈을 파괴하러 가야죠'라는 말을 하고 싶었지만, 입에서 말이 나오지 않았다. 우리의 전선에서 끊임없이 이어지는 공격을 표시해 둔 지도가 머릿속에서 번뜩였다. '곧 조치를 취하지 않는다면, 첩 조종사들이 더 많이 죽어갈 거라고.' 속으로는 이렇게 말했지만, 이걸 입 밖으로 내는 건 쉽지 않았다.

진정은 내게 황룡을 기꺼이 넘겨주고 싶어 하지 않는 기색으로 소유욕을 제법 드러내면서 쏘아붙였다.

"황룡은 혼돈과 싸우는 용도로는 효과적이지 않다. 혼돈은 아주 멀리서부터 황룡의 존재를 감지하고 도망쳐 피하니까. 주 지방에서의 전투가 우리에게 유리했던 건 지하에서 매복하다 기습했기 때문이다. 황룡은 크리살리스간의 전투를 위해 제작된 것이다."

"그렇다 해도 전선의 사정이 나빠지면 사람들은 우리에게 황룡을 타고 가라는 요구를 할 텐데요! 그건 변함없잖아요!"

철의 미망인 부대를 다시 세우자는 생각이 또 머릿속에 들어왔다. 황룡 조종법을 진정에게서 빼내는 계획까지도 잠시 접어두는 한이 있더라도 해야 할 일이었다. 만약 국경 지방 중 하나라도 무너진다면 혁명도 함께 무너지겠지. 우리가 국민을 보호하지 못한다면 이 새로운 질서를 정당화할 수가 없을 테니.

철의 미망인 부대를 재건하는 것이야말로 나의 권력 기반을 다지는 가장 효율적인 방법이었다. 진정보다 나에게 더 충성스럽고 강력한 동맹군이 철의 미망인이 아니면 또 누구겠는가? 그녀들을 내 편으로 끌어들일 수만 있다면.

전쟁 자체는 참으로 비통하고 혼란스러운 것이었지만, 나는 그 생각을 애써 삼키고 물었다.

"기력이 높은 소녀들을 찾아서 각각 크리살리스를 주고 조종하게 하는 건 어떤가요? 조종사 수를 두 배로 증원하면, 어째서 당신이 직접 황룡을 타지 않는지 의문을 제기하는 이들도 덜 나오겠죠."

그는 내 생각을 읽으려는 듯 나의 눈을 빤히 응시했다. 꿈 연결을 통해서도 생각을 읽을 수 있을까? 아니기를 바라. 나는 국경 지대의 안전만을 집중해서 생각했다. 다른 것은 생각하지 않았다. 특히 진정과는 상관없는 독립된 권력 기반을 다지는 일은 전혀 생각하지 않았다.

"지금 너의 시대에는 여성이 주 조종사가 되지 않은 지가 200년이

나 되었다. 조종사 좌석의 입력을 동일 수준으로 복원시키는 것만으로도 조정에서 굉장히 반발했다."

그가 조심스럽게 말했다.

"미선 장군 같은 철의 미망인 이야기는 안 했나요?"

"했다. 하지만 조정 관료들은 주 지방이 멸망한 게 여성 지휘관 때문이라고 보고 있다."

"정말 웃기네요! 그러면, 그러면 내가 가서 그게 전혀 아니라는 걸어서 보여주는 편이 더 낫죠! 여자가 크리살리스를 조종한다고 해서 세상이 끝나는 게 아니라는걸!"

나는 머리를 쥐어뜯었다.

엄밀히 말하자면 나는 양광에게서 구미호 조종권을 빼앗았을 때 이미 그걸 보여주었다. 하지만 그때 벌어진 극적인 장면과 양광의 죽음이 야기한 슬픔을 따져보면 그 사건을 '좋은 예'라고 들기에는 어려웠다.

순간, 진정이 갑자기 다가오더니 날 뒤로 밀었다.

"넌 너무 앞서가고 있어. 아직 배워야 할 게 많다. 내 말에 대답해봐. 넌 무엇이냐?"

"뭐라고요?"

나는 잠시 휘청였지만, 그 자리에 꿋꿋이 서기로 했다.

그는 더 가까이 다가왔다.

"물음에 대답해라. 넌 무엇이냐?"

나는 그의 어깨를 밀어내어 팔 길이만큼 간격을 벌렸다.

"난 사람이고 여자죠! 무슨 질문이 이래요?"

"무엇이 너를 너로 만들지?"

"그게 대체 무슨 소리-."

진정의 발톱 갈린 손끝이 내 가슴을 확 쳤다. 나의 꿈 속 형상이 그의 손과 닿은 지점에서 긁혀 벗겨지기 시작했다. 살과 조직이 겹겹이 벗겨져 날아갔다. 나는 비명을 질렀지만 그의 손이 내 목을 치자 소리 역시 뚝 끊어졌다. 나의 목소리는 조각조각 흩어졌다. 뼈가 으스러져 가루가 되더니 이내 바람결에 날아가 버렸다.

진정은 다시 물었다.

"넌 무엇이냐? 나는 네 피부와 살과 뼈를 다 없애버렸다. 그렇다면 너는 무엇이냐? 무엇이 너를 너로 만들지?"

눈과 귀까지 사라지자 나는 어둠 속에 처박혔다. 더는 보지도, 듣지도, 느끼지도 못했다.

이건 현실이 아니야! 나는 속으로 되뇌었지만, 그렇다고 감각이 돌아오지는 않았다. 진정의 통제력에 저항할 수가 없었다.

너는 신경 자극의 집합체일 뿐이다. 다만 그것들이 스스로 무측천이라는 이름의 단일한 존재라고 믿고 있을 뿐이지. 진정의 말은 소리로 들릴 만한 실체를 지니지 못한 채로, 그저 생각처럼 다가왔다.

의식 속 어딘가에서 뇌로부터 시작해 가지처럼 뻗어나가는 신경의 이미지가 떠올랐다. 신경 안을 따라 전기 자극이 폭풍처럼 요동쳤다. 이치의 생물학 책에 나왔던 도면과도 같은 모습이었다. 이윽고 뇌와 신경의 윤곽이 서서히 사라지면서 눈부신 신경 자극만이 남았다.

너의 존재란, 우리 모두의 존재란 실은 환상이다. 자신의 존재란 허상임을 받아들여라. 그렇다면 환상을 연장할 수 있다. 너는 언제나 몸체를 조종하는 조종사였다. 다만 스스로의 몸을 구성하는 세포를 자기 자신이라고 생각하는 데 익숙해졌을 뿐이다. 하지만 그 세포를 대부분 잃어버린다 해도 너는 여전히 존재할 수 있다. 기 금속도 크게 다르지 않다는 점을 깨닫는다면, 그 참된 잠재력을 발휘할 수 있다.

폭풍처럼 몰아치는 신경 자극이 황룡의 도면을 따라 뻗어갔다. 그 기다란 황룡의 형체를 따라 자극이 번개처럼 번뜩였다.

인간의 신체에서 의지는 미리 정해진 대로만 전달된다. 예를 들자면, 의식적으로 숨을 참을 수는 있지만 의식적으로 심장을 멈출 수는 없다. 이것은 너를 구성하는 온갖 원소의 혼란 상태를 한데 결합하기 위해서 반드시 필요한 명령 체계다. 하지만 기 금속에는 본질적인 제한이 없다. 이런 현상에 압도당하지 않게 하려고 너는 무의식적으로 자신을 제한하기 마련이나, 네가 명령 체계와 혼란 상태 사이에서 균형을 찾으면 기 금속을 상상보다 훨씬 더 자유자재로 통제할 수 있게 된다.

신경 자극은 번개같이 번뜩이는 경로를 따라 퍼지며 황룡의 몸체를 채웠다. 이윽고 전체 도면이 활기차게 빛나기 시작했다.

반응하고 싶었다. 질문을 던지고 싶었다. 하지만 말할 방법을 찾을 수가 없었다. 의식하지 못하는 상태에서 애써 벗어나 싸우려 했지만, 같이 싸울 것이 없었다. 이윽고 황룡이 서서히 사라지면서 진정의 생각도 더는 들려오지 않았다.

 나는 허공에 홀로 남았다. 어떻게 보자면 진정이 말한 '질서 없는 혼란'이 뭔지 알게 되었다. 현재 나는 어디든 존재하고 있으나 반응할 수 없는 상태다. 마치 형태를 이룰 수 없는 안개 같달까. 자유로우나 아무것도 아닌 존재. 이것이 죽음일까? 물리적 세계와 상호 작용을 할 수 있는 몸체라는 속박에서 벗어난 상태가?

 이것은 시험일 것이다. 광대하고 너른 모든 것에서부터 나 자신을 모아 재구성해 보라는 진정의 시험이었다. 하지만 그렇다면 나는 인간인 내가 되어야 하나? 아니면 황룡이 되어야 하나?

 황룡이 되기로 목표를 정한 순간, 커다란 소리에 꿈에서 화들짝 깨어났다.

 현실이 온갖 감각으로 나를 덮쳤다. 방은 어두웠지만 다시금 적응하기까지는 족히 30초가 걸렸다. 인간의 감각은 생각보다 훨씬 더 강렬했다. 나는 온몸을 더듬어보면서 다시 몸이 있다는 것에 무척 놀라워했다.

 침대에 앉아 있자 병사가 내가 쓸 휠체어를 밀고 들어왔다. 밭은 숨을 가쁘게 쉬었다. 발에서는 평소처럼 둔한 통증이 느껴졌다.

 유리창 너머로 진정도 깨어나기 시작했다. 그의 침대는 나의 침대와 평행선을 이루며 놓여 있었다. 어둠 속에서 의료 기기들이 낮은 소리를 내는 가운데, 희미한 불빛을 받아 어둠 속에서 그의 윤곽이 드러났다. 나는 우리를 연결하는 기 금속 끈을 홱 잡아당겨 뱀을 던지듯 내팽개쳤다. 그러고 나서야 깨달았다. 지금 이 행동으로 나의 불안한 마음이 너무 적나라하게 드러났겠구나. 진정은 나를 의미심장한 눈빛으로 바라보았다. 방금 이 일은 그저 조종 기술 수업일 뿐만 아니라 내가 진정을 대체하려는 생각을 하지 말라는 경고였다는 걸 어쩔 수 없이 다시 느끼고 말았다.

문을 두드리는 소리가 다시 들렸다. 관찰실 너머로 경비병이 소리쳤다.

"폐하. 사마 의장과 고 비서관이 긴급한 사항을 아뢰고자 합니다."

"들라 해라!"

진정은 꿈 속에서보다 훨씬 쉬어버린 목소리로 외쳤다.

이윽고 문이 열리면서 햇빛이 비쳐드는 가운데 이치와 사마의가 들어왔다. 우리는 생각보다 오래 잔 듯했지만, 그 둘은 전혀 자지 못한 것 같았다. 의복은 주름졌고 모자는 비뚤어져 있었으니까. 이치는 방의 불을 켰다.

"무슨 일인가?"

진정은 눈부신 형광등 빛에 얼굴을 찌푸리며 물었다. 정맥 주사로 항생제를 밤새 받았더니 상태가 미미하게나마 좋아진 듯했다.

사마의는 태블릿을 손에 들고 허둥지둥 다가왔다.

"폐하, 이 영상을 보셔야 합니다. 방금 수석전략가, 아니 죄송합니다. 그러니까 반란군 지도자 제갈량이 이 영상을 공개했습니다."

제13장

반응

"화하 시민 여러분, 부디 무법 상태로 빠져들지 마시기 바랍니다. 여러분은 우리나라를 훔친 도둑에게 속으신 겁니다!"

사마의가 나와 진정에게 내민 태블릿 화면으로 지친 모습의 수석 전략가 제갈량이 선언하고 있었다. 나와 세민의 대관식을 주관해 놓고서는 뒤에서 몰래 우리를 죽이라는 명령을 내린 바로 그 장본인 말이다. 그의 배경으로는 이제 폐기된 흰 연꽃 깃발, 즉 백련기가 걸려 있었다.

"저는 2주 전에 벌어진 비극적인 사건의 생존자를 대표하여 나왔습니다. 황제 폐하께서 두 세기 만에 동면에서 깨어나신 것은 참으로 감사한 일이나, 우리는 또한 너무나 무시무시하게도 사마의와 무측천이라는 도둑에게 폐하께서 속아 넘아가고 계시다는 것 또한 깨달았습니다! 폐하의 심정은 백성과 함께하고 계시나, 만약 현대의 화하를 진정으로 이해하신다면 이토록 극단적인 개혁을 단번에 시행할 수 없다는 것 또한 아실 게 아닙니까! 그렇습니다. 우리 사회에는 개선해야 하는 부분이 많습니다. 그러나 신중하게 단계적으로 개혁하지 않는다면, 우리의 경제가 붕괴하여 대혼란에 빠지게 될 겁니다! 폭력은 결코 해결책이 아닙니다!"

나는 뒤를 슬쩍 돌아 진정을 바라보았다. 유리 벽 너머로 그는 긴장감에 부들부들 떨고 있었다. 퀭한 눈은 마치 공허한 구멍 같았다.

화면 속 제갈량은 계속 말을 이었다.

"이건 황제 폐하의 잘못이라 생각하지 않습니다. 이것은 분명 요부 무측천이 사마의라는 도둑을 유혹하여 함께 화하를 무모하게 지배하고자 음모를 꾸민 것입니다!"

나는 구역질을 하면서 유리 벽에 등을 기댄 채로 사마의에게서 최대한 멀리 떨어졌다. 사마의는 얼굴을 어찌나 찌푸렸는지 턱이 두 개로 보였다. 이건 이제껏 내가 들은 비난 중에서도 단연 역겨웠다.

제갈량은 팔을 들고서 소리쳤다.

"이 도둑들은 천자를 볼모로 잡고 백성을 지배하려 하고 있습니다! 사마의는 성현의 의장이 되었지만, 단 한 번도 회의에 참석하지 않은 걸 보십시오! 무측천이 화하의 황후가 되었다 해도, 그 여자가 국모의 덕이 없다는 건 지나가는 누굴 잡고 물어봐도 다 압니다! 그 여자는 영웅들을 살해하고 살인자들과 잠자리를 했습니다!"

영상이 바뀌면서 내가 양광의 시체를 밟고 광적으로 웃는 장면이 나왔다. 그다음에는 세민과 찍은 도발적인 장면이 몇 개 이어지다가, 진정이 나를 즉위시키는 장면에서 수상하게 화면이 잘려나간 게 나왔다. 나는 침대 가장자리를 손톱으로 꽉 잡으면서 사마의에게 태블릿을 뺏어 바닥에 던져버리고픈 마음을 참았다.

"폐하, 이 영상을 보고 계신다면 이 도둑들의 말을 다시 한 번 찬찬히 생각해 보시기 바랍니다. 그들은 갑자기 깨어나신 폐하의 상태를 이용하여 그릇된 길로 폐하를 이끌어가고 있습니다! 그들은 거짓말을 퍼뜨리고 분열을 조장하려는 음모를 꾸며서 목적을 달성하려는 것입니다! 더는 속지 마십시오! 이렇게 말해서 제가 죽을 수도 있다는 걸 잘 압니다. 하지만 저는 오로지 백성의 안녕을 지키지 못할 것이 두려울 뿐입니다. 사회의 안정이 흔들리면 백성들이 가장 고통받기 때문입니다. 저는 화하를 위해 목숨을 바치기로 맹세했으며, 그 임무를 완수하기까지 이 몸을 갈아내도록 굽히지 않고 마지막 숨을 거둘 때까지 멈추지 않을 것입니다! 그러므로 저는 평화를 되돌리고자 목소리를 높입니다. 폐하께 간청드립니다. 이 도둑들을 탄핵하시고, 조정에 진정으로 덕망 있는 관료들을 알아주시며, 이 비현실적인 개혁안을 철회하십시오!"

제갈량은 공수례를 취하며 정중하게 허리를 굽혀 절했다.

"황제 폐하 만세, 만세, 만만세!"

영상이 끝났다.

나는 입을 손으로 막았다. 이러다 나도 모르게 소리칠 것 같아서였다.

진정은 이를 악물고서 말했다. 거리에서 쓰던 거친 욕설이 섞여 나왔다.

"경제, 경제, 이 쌍놈의 반동분자들은 언제나 경제 이야기로 지랄하는군! 말은 쉽지. 저들은 굶어 죽지 않을 테니까! 이 자식의 영상이 얼마나 퍼졌는가?"

"알 수 없는 위치에서 계속 네트워크에 올라오고 있습니다, 폐하. 기술팀이 복사본이 생길 때마다 계속 삭제하고 있으며, 추가 업로드를 막는 알고리즘을 개발 중입니다. 하지만 제갈량 측에는 아주 뛰어난 기술자들이 있는 게 분명합니다. 이건 라디오에서도 몇 번 방송되었습니다."

진정은 콧등을 문지르며 말했다.

"반동 세력이 전단지를 온통 뿌려대는 것도 정말 짜증 났는데, 이건 또 뭐지."

"제갈량은 제가 저들을 배신했다고 생각하고 있는 겁니다. 뭐, 그렇겠지요. 내가 신의 명령을 받았다고는 말할 수가 없으니까요."

사마의는 고개를 푹 숙이며 혼자 중얼거렸다. 나는 애써 침착함을 유지하며 물었다.

"제갈량은 어디 있죠? 당신과 다른 전략가들은 그때……. 무슨 말인지 알죠? 그때…… 어디로 도망갔어요?"

내가 죽이려 했던 이들이 어떻게 탈출했는지 당사자에게 묻는 기분이라니, 정말 이상하네.

하지만 사마의는 내 질문에 연연하지 않고 정직하게 대답했다.

"마마께서 우리를 추격한다는 걸 알고 나서, 우리는 셔틀을 타고 한 지방으로 빠르게 도망쳤지요. 그 후엔 인맥을 동원해 숨을 곳을 찾았고요."

그는 진정을 바라보며 말했다.

"폐하께서 군대를 보내어 우리의 은신처를 수색하실 수 있겠지만, 제갈량과 수당 군사 지휘부는 이미 다른 곳으로 자리를 옮겼을 겁니다."

"그들은 어디 갔죠? 혹시 알 만한 데 있어요?"

사마의는 고개를 저었다.

"한 지방 어딘가에 있겠지요. 그곳이 제갈량의 고향이니까요. 어딜 가든 그곳 사람들은 제갈량을 받아줄 겁니다. 죽음을 무릅쓰고라도 말이지요."

"전국에 수배령을 내려 찾아라. 그자의 목을 장대에 꽂아 가져와."

진정이 말했다. 그때, 나의 머릿속에 문득 떠오른 생각이 있었다. 처음에는 급히 삼켰지만, 다시 생각해 보니 깨달은 점이 있었다. 우리 넷 모두 신들이 우리에게 전언을 보낼 수 있다는 걸 알고 있잖아? 그래, 이거다. 화하의 가장 내밀한 권력 모임이 바로 우리였다.

신이시여, 우리를 도우소서. 말 그대로다.

"제갈량이 어디 있는지 신들에게 물어보면 어때요?"

내 말에 이치와 사마의는 잠깐 회로가 끊어진 기계처럼 미동도 하지 못했다. 그러다 사마의가 급히 태블릿을 만지며 말했다.

"난……. 신들의 전언은 항상 사라집니다. 어떻게 답장을 할 수 있을지도 모르고……."

나는 태블릿에 대고 소리쳤다.

"아아, 하늘에 계신 신들이시여! 제갈량과 반란군 전략가들을 어디서 찾아야 하는지 알려주시옵소서!"

사마의는 태블릿을 가슴에 확 껴안으면서 나를 꾸짖으려는 눈빛으로 바라보았다. 하지만 그 순간, 태블릿이 띠링 울렸다.

말도 안 돼.

사마의는 휘둥그레진 눈으로 알람을 확인했다. 하지만 이내 어깨를 축 늘어뜨렸다.

"정말 죄송합니다. 그냥 아내가 보낸 문자입니다. 오늘 저녁 먹으러 집에 올 거냐고 묻는 말이었습니다."

그는 펜으로 태블릿에 급히 무언가를 적으며 덧붙였다.

"제가 정말 중차대한 위기를 처리하고 있다고 말했는데도 이럽니다!"

"당신 같은 사람과 결혼하는 여자도 있군요?"

내가 빈정대며 말하자, 그는 내 호칭을 욕처럼 들리게끔 대꾸했다.

"저는 자식도 넷 있습니다, 마마!"

"아내도 불쌍하고 자식들도 불쌍하네요."

그는 무어라 반박하려다가 애써 참는 게 보였다. 나는 미소를 지었지만, 하마터면 그의 아내에게서 남편을 빼앗고 네 자녀에게서 아버지를 빼앗을 뻔했다는 생각에 웃음이 사라지고 말았다. 그래도 그들은 운이 좋았다. 내가 소동을 벌이는 동안 정말로 수많은 가족이 파괴되었다는 건 분명했으니.

꿈의 영역에서 산더미처럼 쌓였던 시체들 기억을 애써 지웠다. 그런 생각을 계속할 수는 없었다. 내가 맞서 싸우는 적들은 자신이 저지른 짓에 짓눌려 무너지는 이들이 아니다. 그런데 내가 무너진다면, 그들을 어떻게 이기겠는가.

우리는 신들이 응답하기를 조금 더 기다렸지만, 아무런 반응이 없었다. 물론 그렇겠지. 신들이 우리 삶을 어렵게 몰아갔으면 몰아갔지, 쉽게 만들어줄 리 있을까?

"폐하. 영상에 대해 빨리 명확한 입장을 내시는 게 좋습니다. 여기에 녹색 배경을 설치하고 폐하가 알현실에 계신 것처럼 편집할 수 있습니다. 일반인들은 그 차이를 알아차리지 못할 겁니다."

이치의 말에 진정은 엄숙하게 고개를 끄덕였다.

"잘 알겠다."

아마도 그는 이치가 한 말이 무슨 뜻인지 이해하지 못했을 것이다. 나 역시 이해 못 했으니까. 하지만 이치는 뭘 해야 할지 알고 있는 사람이었다.

"관료들은 어떻게 할 건가요? 두 눈으로 사건을 똑똑해 본 사람들 말이에요. 그들에겐 뭐라고 하죠?"

내가 묻자, 사마의가 대답했다.

"독살을 당했다고 말하면 됩니다. 어차피 다들 암살 시도였다고 생각하고 있으니까요. 폐하, 저는 폐하가 살아 계시다는 걸 확실하게 알려주는 별도의 영상을 촬영해서 공개할 것을 제안드립니다. 그리고 '민심을 동요하는' 일이 없도록 사건에 대해 더는 논의하지 말라는 금지령을 내리십시오. 그리고 저희가 폐하를 속이지 않았다는 점을 강조해 주시기를 바랍니다."

이치는 진정을 격리한 유리 벽을 살펴보며 말했다.

"폐하께서 허락하신다면 알현실에 격리실을 설치하고 그곳에서 폐하가 계속 정무를 보실 것을 제안드립니다. 저는 이미 기술자들과 상담을 했습니다. 설치가 가능합니다. 관료들에게는 추가 암살 시도를 막기 위한 방탄유리라고 설명하면 의심하지 않을 겁니다."

"정말로 의심하지 않을까요? 그들 중에는 개혁을 분명히 싫어하는 이들이 그토록 많은데-."

내가 물었던 순간, 진정이 내 말을 끊었다.

"*개혁*이 아니라 *혁명*이다. 나를 개혁 같은 무능한 개념과 연관 짓지 마라!"

나는 사마의가 나를 마마라고 부를 때 욕처럼 들리는 듯한 어조를 썼던 것처럼 진정의 호칭을 불렀다.

"알았어요. 하지만 문제는 역시 달라지지 않는다고요, 폐하. 폐하의 고위급 관료들은 폐하의 정책을 너무 싫어하는데, 이제는 반란 세력들 뒤를 따를 수도 있게 되었죠. 그들이 본 장면을 유출해서 폐하를 비방하지 않게 할 수 있는 방법이 뭐가 있을까요?"

"모두 다 처형하면 된다."

진정의 말에 사마의가 퍼뜩 놀랐다.

"폐하! 그런 식의 반응을 보이시는 데 저는 강력하게 반대하는 바입니다. 특히 지금 폐하께서는…… 그리 낙관적이지는 않은 위치에 계십니다. 귀족들은 이미 동료들이 잔해에 깔려 죽는 광경을 보았습니다. 그런데 또 대규모 숙청이, 그것도 아무런 이유가 없어 보이는데 일어난다면 문관들을 소외시키고 반란을 더욱 부추기게 될 겁니다. 폐하는 심정적으로 노동자 계급 편이시겠으나, 정부를 운영하는 능력이 있는 건 교육받은 이들뿐입니다."

"지식인도 노동자 계급이다. 그들도 사적 소유가 아니라 임금으로 생계를 유지하지 않느냐. 육체 노동이든 지식 노동이든 다 같은 노동이다. 그들을 서로 대립시키면 대중이 분열하고 그들이 공동으로 투쟁할 진실을 잊게 할 뿐이다, 사마 의장."

진정이 건조하게 말하자 사마의는 얼굴이 빨개졌다.

"폐하께서도 제 말이 무슨 뜻인지는 아시잖습니까."

나는 한숨을 쉬며 머리를 감쌌다.

"모두를 죽일 수는 없다 해도, 적어도 조금은 무섭게 해주어야겠죠."

그러자 진정은 턱을 문지르며 대답했다.

"좋은 생각이다, 황후. 이 미래 시대에 전국에 동시 방송을 할 수 있는 기술이 있으니, 시각적 충격을 전달하기엔 훨씬 쉽겠지."

"잠깐만요, 시각적 충격이라뇨?"

내 물음에 진정은 미소를 슬쩍 지었다. 온몸의 털이 쭈뼛 설 만큼 무시무시한 미소였다.

제14장

폭풍의 눈

우리 마을 남자들은 태블릿으로 크리살리스 전투를 보지 않으면 보통 축국(蹴鞠, 고대 중국에서 유래한 구기 스포츠로, 축구와 유사함.) 경기를 보았다. 헐렁하고 짧은 옷차림으로 땀을 흘리면서 거대한 경기장에서 공을 차는 선수들을 보며 마을 남자들은 한목소리로 소리를 질러댔었다. 나도 여러 화면을 통해 장안 봉황소(凤凰巢) 경기장을 얼핏 본 적이 있었다. 밝은 불빛으로 가득한 경기장에 오만 명의 관중이 환호성을 지르는 모습이었다.

하지만 오늘 밤, 그 경기장 좌석이 가득 찼지만 환호하는 이는 아무도 없었다. 각 구역마다 모여 앉은 사람들의 목소리는 그저 속삭임 수준이었다. 저소득층 장안 가구를 대상으로 무작위 추첨을 한 후, 당첨된 자에게 초대장을 보내어 불러 모은 관중이었다. 이들은 곧 앞으로 벌어질 일을 목격하게 될 것이었다.

나는 지상층에 어두운 통로에서 관중을 가만히 바라보았다. 만약 상황이 악화된다면, 난 언제든 휠체어를 돌려 탈출할 수 있었다. 이치 역시 필요하다면 도망칠 수 있었다.

"몸조심해, 알았지?"

나는 통로를 사이에 두고 이치에게 말했다.

"예."

그는 나에게서 가능한 한 멀리 떨어진 채로 말했다. 그러다 잠시 후, 덧붙였다.

"마마."

그런 말, 덧붙이지 말아 주지.

이치는 손목 기기를 확인한 다음, 이어폰을 조정하고 신호를 보냈다. 이윽고 경기장의 강렬한 조명이 켜지면서 커다란 소리와 함께 관중석 위의 부스를 새하얗게 비추었다.

이치는 마이크를 잡고서 선언했다.

"화하의 황제와 황후께서 오십니다!"

이치의 목소리가 경기장의 스피커를 통해 울려 퍼졌다. 이치는 아직 나와서는 안 되었다.

모두는 숨을 죽이고서 의자에서 일어나 부스 쪽으로 최대한 무릎을 꿇었다. 나와 진정의 대역들은 복제된 기 아머를 입고서 빛 속으로 걸어갔다. 그들은 가면으로 얼굴을 가리고 있었다.

"나의 시민들이여!"

진정의 목소리가 경기장을 가득 메웠다. 그를 클로즈업한 영상이 여러 군데 설치된 대형 스크린에 떴다. 이것은 무균 격리실에서 사전 녹화한 영상으로, 부스를 비추는 화면처럼 편집되어 나왔다. 진정의 대역이 화면에 맞추어 손짓하며 제갈량의 영상을 비난하자, 심지어 나조차도 이게 실은 편집 영상이라는 걸 떠올리기가 쉽지 않았다.

"반동 세력들은 우리가 너무 단기간 내에 너무 많은 변화를 시도해서 경제가 붕괴할 거라고 두려워하고 있소. 하지만 생각해 보시오. 몇 년마다 위기로 치닫는 게 경제 아니었던가? 내가 사라진 후 주기적으로 발생해 왔던 경기 침체 보고서를 내가 안 읽었을 거라 생각하시오? 여러분 중 3년 전 주택 시장이 붕괴했을 때 저축한 돈과 생계 수단을 잃은 사람이 얼마나 많소?"

경기장 곳곳에서 분노의 함성이 터져 나왔다. 사람들이 덩달아 소리를 칠수록 함성이 더욱 커지고 짙어졌다.

3년 전이라⋯⋯ 이치와 내가 처음으로 만났을 때구나. 이치가 이 이야기를 했던 게 희미하게 떠올랐다. 도시 사람들이 파산 위기를 맞아 허둥대는 동안, 자기 아버지는 '공매도'로 6천만 위안을 벌었다고 했었다. 난 그때 그게 무슨 말인지 몰랐다. 솔직히 말해서 투자란 도박과 별다를 게 없어 보였다.

"은행들의 무책임한 처사 때문에 붕괴가 일어나는 동안, 구체제는 무엇을 했소?"

진정의 녹음된 말은 잠시 멈췄다가 이어졌다. 관중의 반응을 정확히 예상한 것 같았다.

"세금으로 은행을 구제했소. 바로 여러분의 돈으로! 여러분은 괴물 같은 부자들이 내린 결정을 대신 치렀던 것이오! 부자들은 그저 결과 따위 상관없이 행동해도 된다는 것만을 알고서 이런 짓을 저질렀고! 반동 세력들이 지키고 싶어 하는 체계란 바로 이런 것이 아니오?"

관중들은 더욱 격하게 반응했다. 수많은 이들이 주먹을 휘두르며 소리쳤다.

소란스러운 장내로 진정의 목소리가 계속 퍼졌다.

"폭력은 해결책이 아니라고 그들은 말하오! 하지만 그들이 폭력이라고 하는 것은 대체 무엇이오? 말해 보시오! 지주들이 갖고 있던 재산으로 주택을 모두 사들이고 임차인을 추방하여 더 큰 부자가 되는 것도 폭력이라 하던가? 치료비를 내지 못한 환자를 병원에서 쫓아내는 것은 폭력이 아니란 말이오? 공장에서 몸이 망가지도록 일했는데도 노동으로 번 이익에서 극히 일부만을 받는 것은 폭력이 아니란 말이오? 이러한 일상적인 폭력을 두고 반동 분자들은 어떤 걱정을 했소? 이걸 공포스럽게 보았소? 안정과 안전이라는 명분으로 그들은 현상 유지를 위협하는 폭력만을 비난할 뿐, 현상을 유지하려 저지르는 폭력은 결코 비난하지 않소. 그러나 거리 출신인 우리는 안정과 안전이란 오로지 엘리트 계층만을 위해 존재했다는 걸 잘 알고 있소! 타인만을 사치스럽게 살게 하려고 착취를 견디며 살아도 되는가? 이 질문에 대해서는 분명히 폭력으로 대답해야 하오!"

열기를 부글부글 끓이는 관중들은 자리에서 일어나 동의의 함성을 질렀다.

"특권 계층이 아닌 이들의 희생으로 쌓아 올린 안락함을 소수 특권 계층이 집착하고 있는 현실을 내버려두지 마시오! 더는 이런 핑계로 아무 것도 하지 않으려는 상황을 끝장내야 하오! 두 세기 전에 혁명적인 변혁을 일으켰을 때도 똑같이 두려워하는 논리를 나는 들었소. 하지만 저들이 그토록 사랑하는 점진적 진보로 대체 화하는 무엇이 바뀌었소? 점진적으로 부패한 미래를 맞이했을 뿐! 딱 봐도, 엘리트 계급의 편안한 영역에서 머무르는 변변찮은 이들에게는 앞길이 없소. 그들에게 말하겠소. 이 세상은 더는 너희의 예민한 감수성을 배려해주지 않을 것이다. 내가 다시 태어난 것처럼, 화하도 다시 태어나리라!"

진정의 대역은 화면 속 영상과 완벽하게 일치하며 팔을 벌렸다. 5만 명은 한목소리로 "만세! 만세! 만만세!"를 외쳤다.

인정하지 않을 수가 없었다. 이 현장에 없었어도 관중을 사로잡는 진정의 능력은 경이로웠다. 이것은 가장 거대한 크리살리스를 가진 것보다, 기 금속을 가장 뛰어나게 다루는 것보다 더 대단한 힘이다. 이것이 바로 지도자를 만드는 힘이라는 걸까.

세민을 떠올려 보면 알 수 있듯, 가장 강력한 조종사라고 해서 대중의 존경과 사랑을 당연히 받는 것은 아니다. 만약 내가 화하를 원하는 대로 변화시키려 한다면, 여성들과 소녀들이 원치 않는 운명에서 해방될 수 있는 변화를 이끌어내려면, 나의 권력 기반을 다져야 한다. 그러려면 진정의 이런 능력 역시 내가 연마해야 한다.

정말이지 배워야 할 게 끝이 없구나. 하지만 반드시 따라잡아야 한다. 반드시.

진정이 날 위협한다 해도 나의 야망을 억누를 수는 없어.

부스를 비추던 조명이 꺼졌다. 우리의 대역은 이제 검은 윤곽으로 보였다. 다른 조명이 켜지면서 경기장의 흙바닥을 비추었다. 축국 경기의 라인을 그려놓은 바닥이었다.

이치는 품에 마이크를 대고 있었다. 이것이 신호였다. 그는 나를 쳐다보는 듯하다가, 고개가 완전히 이쪽으로 돌아가기 전에 멈추었다. 그리고 나에게 가볍게 고개를 끄덕이기만 하더니, 공개된 지점으로 걸어 나갔다. 몸을 감싸듯 그를 비추는 조명에 자줏빛 옷이 훨씬 더 연하게 보였다. 내 앞으로 매끄럽게 기름칠해 둔 레일을 따라 철문이 쾅 소리를 내며 닫혔다. 이것은 혹시 무슨 일이 생길 경우 나를 보호하기 위한 장치지만, 오히려 난 이제 이치를 보호하기 위해 달려나갈 수 없게 되었다는 생각에 불안이 스쳤다.

"시민 동지 여러분."

경기장 한가운데 다다른 이치는 마이크에 대고 말했다. 왼쪽 주먹을 들어올린 이치의 모습과 연설이 화하 전역에 방송되고 있었다.

"제 이름은 고이치입니다. 그러나 저는 이 이름을 자랑스럽게 여길 수가 없습니다. 저희 가문의 재산은 사기와 강압, 착취로 이룬 것이기 때문입니다."

이치는 왼손을 들어 관모를 고정한 기다란 핀을 뽑았다. 그리고 모자를 바닥에 내려놓고 상투를 풀었다. 머리카락이 등 뒤로 흘러내렸다.

나는 점점 더 불안해졌다. 이치가 이제 하려는 일은 상당한 논란을 일으킬 테니까.

"저는 아버지와 동료들이 법을 어기고 일반 시민을 무자비하게 착취해서 재산을 불리는 모습을 너무 오랫동안 지켜보았습니다. 저희 집안 핏줄이 저지른 범죄는 너무 많아서 이번 생이 다한대도 속죄할 수가 없습니다. 하지만 저는 어떻게든 노력할 것입니다!"

이치는 마이크를 허리띠에 꽂더니 반대편에서 단도를 뽑아들었다. 경기장 불빛에 반짝이는 단도를 잡은 이치는 머리카락을 한데 모아 잡고서 자르기 시작했다.

경기장에는 일제히 숨을 몰아쉬는 소리가 퍼졌다. 이치가 머리카락을 완전히 자르기까지는 칼질을 몇 번 해야 했다. 잘리고 남은 머리카락은 그의 목둘레로 비뚤배뚤 흘러내렸다. 이제 그는 단검을 꽂고 마이크를 잡더니, 잘라낸 머리카락을 나와 진정의 대역이 있는 부스 쪽으로 마치 희생제물처럼 들어 올렸다.

"이제부터 나는 어머니의 성을 따를 겁니다. 어머니는 천한 출신의 첩이셨습니다. 그리고 아버지의 변덕 때문에 돌아가셨습니다. 이제 나는 장이치라는 이름으로, 그릇된 친족이 아니라 황제 폐하에게 충성을 맹세합니다. 황제 폐하께서는 화하를 부패에서 해방시키실 분입니다!"

이치는 획 돌아서서 잘라낸 머리를 관중들에게 보여주며 외쳤다.

"범죄자들의 아들들이여! 너무 늦기 전에 나에게 합류하라!"

그는 손을 확 폈다. 머리카락이 마구 흩어졌다. 조금 더 돌아선 이치는 내 쪽과 반대편 경기장의 통로를 가리키며 외쳤다.

"피고인을 데려오라!"

통로 문이 열리면서 군인들이 벌벌 떠는 남자 셋을 데려왔다. 걸친 의복은 더없이 화려하게 자수를 놓았지만, 손목 발목에는 쇠고랑을 차고 있었다. 오늘 아침, 이치는 진정에게 장안에서 가장 부패하기로 악명 높은 이들로 이 셋을 지목했다. 그들의 얼굴이 대형 스크린에 나타나자 관중은 비난의 함성을 질렀다. 이치의 말은 과장이 아니었던 것이다.

다른 통로에서 세 사람이 또 나타났다. 그들은 훨씬 더 조악한 재질의 상의와 바지를 입고 있었다. 바로 부패한 이들의 범죄를 목격한 증인이었다. 우리는 이 자리에 나온 증인들과 가족의 안전을 보장했으나, 그들은 포로로 잡힌 귀족만큼 긴장이 역력했다.

군인들은 피고인 셋을 경기장 바닥에 각각 떼어서 세운 다음, 이치에게 주먹을 들어 경례를 하고서 피고인들을 억지로 무릎 꿇렸다. 이치는 그중에서 복잡하게 자수를 놓은 초록 비단옷을 걸치고 머리가 하얗게 센 호리호리한 남자에게 다가갔다. 대형 스크린에 비친 이치의 눈빛에는 명백한 독기가 서려 있었다. 아마도 그는 고구가 어린 이치를 넘겨준 사람이겠군.

이치는 무감하게 말하기 시작했다.

"화시 건설의 소유주인 채경. 당신은 정부 건설 계약에서 수백만 위안을 횡령하고, 저품질 재료와 위험한 작업 환경을 유지하는 방식으로 비용을 절감했으며 구체제의 관료들에게 뇌물을 주어 혐의를 빠져나갔다는 사실을 인정하는가?"

이치는 마이크를 채경에게 대었다.

"나는 그런 적이 없-!"

채경은 벌떡 일어섰지만, 병사는 그를 다시 눌러 앉혔다.

이제 이치는 증인 하나를 소환했다.

"구 씨. 당신의 남편은 채경의 사업장에서 일했으며, 그곳에서 유독성 분진을 흡입해 심각한 폐 질환을 앓았습니다. 맞습니까?"

구 씨라는 여성은 이치에게 주섬주섬 다가갔다. 전족하지 않은 발을 보니 분명히 부잣집 남자와의 결혼은 전혀 생각하지 않는 집안 출신이었다. 그녀는 머뭇거리며 주먹을 들어 이치에게 인사한 다음, 품에서 구겨진 노란 종이를 꺼냈다.

"저, 저는 의사의 진단서를 갖고 있습니다……."

"하지만 채경의 회사는 책임지기를 거부했겠지요? 그리고 법원에서는 회사 편을 들었겠지요?"

구 씨는 눈을 꾹 감고서 고개를 끄덕였다.

이치는 병사의 허리에서 곤봉을 꺼내어 구 씨에게 건넸다.

"시민 여러분. 구 체제가 여러분을 배신한 점 진심으로 사과드립니다. 하지만 새로운 화하에서는 여러분이 더는 불의를 참을 필요가 없습니다. 자, 이제는 당신이 직접 먼저 채경의 범죄를 처벌할 수 있습니다."

경기장은 쥐 죽은 듯 조용해졌다. 어찌나 조용하던지 의자 사이로 휘파람을 불 듯 지나는 바람의 소리가 들려왔다. 나는 휠체어를 움직여 통로 입구로 다가갔다. 대체 구 씨가 어떻게 할까 기대하는 마음으로 얼굴을 철제 격자 창에 디밀고는 바깥을 내다보았다.

그녀는 오랫동안 움직이지 않았다. 다만 곤봉을 바라보다가 이치를, 채경을, 그리고 병사들과 저 위 부스를 번갈아 바라볼 뿐이었다. 그래, 이해할 수 있다. 나 같았어도 이건 함정일 거라고 의심했을 테니.

채경의 얼굴이 긴장감으로 시뻘게지더니, 이내 그는 버럭 소리 쳤다.

"고이치! 이거 풀어라! 증명할 수도 없는 일을-."

그 순간 구 씨는 곤봉을 휘둘러 채경의 턱을 쳤다. 관중석은 충격에 휩싸였고, 수많은 사람들이 놀라서 손으로 입을 막았다. 구 씨의 얼굴에 서렸던 분노가 일순간 사라졌다. 이내 그녀는 뒤로 휘청이며 흙바닥에 곤봉을 떨어뜨렸다.

내 마음 한구석으로는 병사들이 그녀에게 달려들 거라는 예상이 들었다. 약자가 강자에게 맞설 때면 으레 그렇지 않던가. 하지만 병사들은 움직이지 않았다. 채경이 턱을 움켜쥐고 비명을 지르며 욕설을 퍼붓는데도 꼼짝도 하지 않았다. 채경의 입에서 피가 흘러나와 깨끗한 옷이 더러워졌다.

숨을 꿀꺽 들이쉰 구 씨는 주변을 다시금 둘러보았다. 자신이 복수를 감행했는데도 아무런 제재가 없다는 걸 확인하자, 그녀의 얼굴에 다시금 분노가 서렸다. 구 씨는 곤봉을 주워 채경의 얼굴을 또 쳐서 쓰러뜨렸다. 이번에는 관중들이 깜짝 놀란 소리를 내다 말고 기쁨의 함성을 질렀다. 환호와 박수가 터졌다. 사람들은 그녀에게 외쳤다.

"더 해라! 더 해라!"

그래서 그녀는 더 했다. 그녀가 곤봉으로 채경의 살과 뼈를 내리칠 때마다 오만 명의 환호성이 살육의 소리를 덮었다. 몇 번의 타격을 마친 구 씨는 비틀거리며 힘겨운 숨을 내쉬었지만, 눈빛만큼은 야성적으로 빛나는 모습이 마치 오랫동안 반죽음 상태로 움직이다가 다시금 살아난 사람 같았다. 나 역시 그 느낌을 알고 있다. 구미호에서 양광의 시체를 던지고 그 위를 밟았을 때의 기분이 그랬으니까.

하늘과 땅이 자리를 바꾸었다는 듯, 변화의 조짐이 공기 중에 퍼졌다. 화하 전역에서 이 장면을 지켜보는 모든 이들도 이 변화를 느끼고 있겠지.

"고렴!"

이치는 다음 피고인인 고렴에게 다가갔다. 붉은 문관복을 입고 무릎을 꿇은 고렴은 장안의 총독으로 이치의 친척이었다. 또한 진정의 대관식 때 그가 쓰러지는 걸 직접 본 인물이기도 했다. 그의 처형은 이치의 결심이 얼마나 굳센지 증명하는 동시에 다른 관료들에게 경고를 보내줄 것이다. 사마의도 성현들과 함께 이 장면을 보면서 그들의 반응을 관찰하고 있을 것이다.

고렴은 무릎을 꿇은 채로 이치에게 무어라 소리쳤지만, 관중의 야유 때문에 들리지 않았다. 그가 병사들의 손에 잡혀 몸부림치는 동안, 그의 죄목을 열거하는 이치의 목소리가 스피커에 울려퍼졌다. 고렴은 관직을 매매하고 어마어마한 뇌물을 수수했으며 재개발 사업을 위해 그곳에 살던 가정들을 강제 추방했다. 두 번째로 나온 일반인 증인은 포식자의 눈빛으로 고렴을 노려보았다. 그리고 이치가 그의 죄목을 열거하기도 전에 곤봉을 빼앗아 들어 고렴에게 분노를 풀었다. 이치는 증인의 가족이 깡패들에게 맞아 재산을 넘기도록 강요당했으며, 증인의 연로한 아버지가 그때의 부상으로 사망했다는 사실을 알려주었다.

관중들의 환호성이 별빛 가득한 하늘로 울려 퍼지는 동안, 아래에서는 뼈가 부러지고 피부가 찢기며 고급 비단이 피에 물들었다.

세 번째 피고인은 폭풍에 휩쓸린 것처럼 부들부들 떨었다. 하지만 이치의 설명으로 그가 독성 화학물질을 식품에 넣어 맛과 영양 성분을 조작한 회사의 책임자라는 게 드러나자, 나는 안쓰러운 마음을 거뒀다. 독립 언론사에서 증거를 발견했는데도 회사는 실질적으로 처벌을 받지 않았고, 오히려 독립 언론인들이 대중을 '선동'했다는 혐의로 투옥되었다. 세 번째 증인은 그 회사에서 나온 화학물질 분유 때문에 신장 결석이 생긴 아기를 결국 떠나보낸 젊은 어머니였다. 그녀의 분노는 남편을 잃은 아내와 아버지를 잃은 아들의 분노만큼이나 피를 보려 했다.

머릿속이 어지러웠다. 이곳 공기에 가득한 날것의 에너지는 너무나 전염성이 강했다.

몇 주 전이었다면 나는 그 누구보다도 환호성을 질렀을 것이다. 하지만 내가 황후가 된 지금, 이 분위기가 어떤 결과를 낳게 되든 모두 나의 책임이 될 것이었다. 우리가 통제할 수 없는 무언가를 풀어놓았다는 기분이 가시지 않았다.

 이치의 짧은 머리가 바람에 휘날렸다. 속내를 읽을 수 없는 표정으로, 그는 폭풍의 눈처럼 중심에 서 있었다.

제15장

비밀에 부쳐질 운명

그날 밤 나는 진정의 무균 격리실로 돌아가지 않았다. 이제는 이치의 도움을 받아 천궁에 갈 계획을 세워야 했으니까.

적어도 이게 이치를 몰래 만날 수 있는 가장 좋은 핑계였다.

"터널. 자정. 전자기기 가져오지 마."

나는 경기장의 소음을 빌어 그에게 몰래 속삭였다. 내가 이야기하고 싶은 내용이 뭔지는 더 말하지 않았다. 다만 진정이 우리의 만남을 승인했다는 것만 전했다.

완전 무장한 마차를 타고 궁으로 돌아오자마자, 나는 고구의 옛 저택으로 갔다. 화려한 단층짜리 건물은 원래 나와 진정의 황실 생활 공간으로 사용될 예정이었다. 등불을 밝혀 둔 돌계단에서 경비병 둘이 커다란 문을 열었다. 그 안은 눈이 아프도록 온통 붉은색인 접견

실로 이어졌다. 붉은 촛불, 붉은 테이블보, 붉은 쿠션 의자, 붉은 줄에 걸린 옥 장식과 여기저기 걸려 있는 붉은 커튼까지. 갑자기 중단된 황실 대관식의 핏빛 장식들이었다.

호화로운 침실은 예전에 우리 가족이 살던 집 전체보다 넓었다. 정교한 금색과 진홍색 무늬의 양탄자가 쭉 이어진 끝에는 높다란 단상 위에 어이없을 정도로 커다란 둥근 침대가 있었다. 천장에 있는 원형 청동 프레임에서 투명한 붉은 비단이 아래로 흘러내렸고, 그 끝은 침대를 올린 연단 끝에 고정시켰다. 나는 얼굴을 찌푸렸다. 진정과 나는 서로를 혐오하고 있는데도, 진정은 나와 동침함으로써 결혼을 완성하라고 요구하려던 걸까? 그가 지금 감옥에 갇혀 있는 거나 다름없어서 다행이었다. 그래서 우리가 모두 아주 불리해졌지만 말이다.

고구는 이 침실에서 어떤 역겨운 짓을 저질렀을까. 애써 생각을 그만두었다. 이 집으로 거처를 옮긴 이유는 단 하나, 바로 저택 아래 있는 터널에 쉽게 갈 수 있다는 점뿐이었다.

자정이 되기를 기다리는 동안, 나는 완아에게 글쓰기 수업을 해 달라고 했다. 우리는 모든 학습 자료를 침실의 책상으로 옮겨왔다. 완아의 가르침 아래 나의 읽기 실력은 빠르게 좋아지고 있지만, 글쓰기는 여전히 어려웠다. 마치 기억만으로 얼굴을 그려내는 것 같달까. 정말 짜증이 났다. 내가 글을 수월하게 쓸 수 있다면 이치에게 메모를 써줄 수 있었을 텐데. 소리 내어 말하는 것보다 그편이 위험이 적으니까.

완아의 지도에 따라 나는 화하 정부 부처 여섯 곳과 그 부처를 담당하는 관료들의 계급 명칭을 썼다. 우리 정부가 실제로 어떻게 운영되는지 내가 아는 게 거의 없어서 부끄러웠다. 진심으로 권력을 잡을 마음이라면 지금 상태로는 안 된다.

내가 살던 국경 지대에는 '산은 높고 황제는 멀다'라는 속담이 있다. 정치인들이 벌이는 정쟁은 너무 먼 곳에서 일어나는 일이라, 세금을 걷거나 기력 검사를 하러 공무원들이 찾아올 때 말고는 정치에 신경 쓰지 않는다는 뜻이다. 그런데 이제는 정부 조직을 보니 머릿속이 빙빙 돌았다. 학자들은 관료가 되기 위해 과거 시험을 통과해야 하고, 시 정부에서 도 정부, 중앙 정부 순으로 승진을 하며, 운이 좋다면 성현회까지 올라갈 수 있다. 이론상으로는 능력에 따라 승진이 이루어지나, 구체제는 인맥에 너무 의존하는지라 문관들은 대개 지방 정부를 넘어서서 승진하지 못했다. 이제 혁명으로 이걸 바꾸겠다고는 하지만, 과연 잘 될지는 누가 알겠는가?

세민이 한때 이 권력의 고리를 부수고 싶다는 꿈을 가졌던 기억이 났다. 세민과 정치 이야기를 했더라면 좋았을 텐데. 지금의 불안정한 상황을 세민과 함께 처리했다면 훨씬 쉬웠을 텐데.

그래도 완아는 좋은 교사였다. 진정에게 배우는 것보다, 심지어 숲에서 이치와 함께 공부했던 것보다 지금이 훨씬 좋았다. 내가 너무 조심성 있는지는 몰라도, 아니면 편집증적인지는 몰라도, 이치가 만리장성에서 나를 도와주려고 나타나기 전까지는 난 이치를 완전히 신뢰하지는 않았다. 우리가 만날 때마다 난 이치에게 뭔가 꿍꿍이가 있을 거라고 항상 의심했었다. 특히 나의 상황이 얼마나 위험한지 이치가 알고 있었으니까. 나는 이치가 가져다주는 지식을 절실하게 원했기에 위험을 감수하고 그를 만났다. 사실, 이치의 입장에서는 우리가 들켰을 경우 그는 우리 가족에게 돈을 주고 날 사면 된다고 생각했을 것이다.

"으음."

나는 '재무부'라는 글자를 쓰고서 얼굴을 찌푸렸다. 글자는 뭔가 무서워서 부들부들 떨고 있는 듯 흔들렸다. 아마도 진정이 정책 변화를 명령한 후로, 재무부도 떨고 있기는 하겠지.

완아는 내 글씨를 보며 예의 바른 미소를 지었다. 그녀의 동그란 뺨에 보조개가 떠올랐다.

"너무 힘주어 쓰지 마세요, 마마. 손목에서 힘을 빼고 풀어주세요. 이렇게요."

그녀는 자신의 펜을 들어 내가 쓴 글자 옆에 훨씬 우아한 글자를 썼다. 펜으로 이렇게 예쁜 글자를 쓸 수 있다는 게 믿어지지 않았다. 완아와 세민은 좋은 친구가 되었을 텐데.

마음 같아서는 완아와 함께 밤새 글쓰기 연습을 하고 싶지만, 곧 자정이었다.

완아도 나와 함께 저택으로 이사했기에, 그녀는 이 건물의 반대편

끝에 있는 본인의 방으로 물러갔다. 그녀가 떠나고 몇 분 후, 나는 이치가 가르쳐 준 대로 터널 입구가 있다는 고구의 옷장을 찾아보았다. 스위치를 켜자, 선반과 장롱 곳곳에서 금빛이 환하게 빛났다. 옷장 역시 웬만한 방 크기지만 대개 비어 있었다. 여분으로 준비한 조종사복이 나와 진정의 것으로 한 벌씩 있었고, 가볍게 입을 가운이 몇 벌 들어 있을 뿐이었다.

어둑한 나무 바닥 판을 샅샅이 살펴보니 작은 틈이 보였다. 이치가 알려준 부분이었다. 휠체어에서 내려 그 틈으로 바닥 판을 뚜껑처럼 들어 올렸다. 우묵한 콘크리트 공간 속에 잠금장치와 사슬이 있었고 열쇠는 이미 꽂혀 있었다. 열쇠로 잠금장치를 풀고서 사슬을 이용해 바닥을 통째로 들었다. 이윽고 차갑고 탁한 공기가 드레스룸에 확 끼쳤다. 지하 깊숙이 뻗은 콘크리트 계단은 걸어가면 자동으로 위쪽 조명이 켜지도록 설계되었다. 그 바닥 옆으로는 녹슨 철제 프레임에 철망, 버튼이 단 두 개뿐인 패널로 이루어진 간소한 엘리베이터가 있었다. 나는 휠체어에서 일어나 지팡이를 꺼내고서 통증을 참아가며 계단을 내려가 엘리베이터로 향했다. 내가 오르자 흔들리는 엘리베이터에 잠시 주저했지만, 정말 위험했다면 이치가 먼저 알려주었을 것이다. 어쨌든 난 저 아래까지 절대로 계단을 내려갈 수는 없었다.

나는 아래로 향하는 버튼을 눌렀다.

엘리베이터가 어두운 아래로 휙 내려가면서 곰팡이 내음이 마구 몰려들었다. 나는 바닥에 털썩 앉아 목숨을 부지하려고 버텼다. 엘리베이터 안에 설치된 단 하나의 전구가 스쳐가는 돌벽을 비추었다. 아머를 입었는데도 바람이 점점 더 차갑게 느껴져서 몸이 떨렸다. 내려가는 시간이 너무 길어진 나머지 결국 죽는 게 아닐까 싶었다. 온갖 일을 다 겪었는데도 결국 이런 꼴로 죽는다니 분노가 치밀었다. 하지만 결국, 엘리베이터가 서서히 멈추었다.

나는 비틀거리면서 터널로 들어갔다. 엘리베이터와 함께 떨던 몸이 여전히 부들거렸다. 앞으로는 저 멀리 어둠이 펼쳐져 있었지만, 끝부분에는 빛이 움직이고 있었다. 그의 익숙한 기감으로 이치라는 걸 확인했다. 그는 창백한 빛깔의 망토를 입고서 흔들리는 전기등을 들고서 이리로 다가왔다. 이치의 이름을 부르고 싶은 충동이 목구멍까지 올라왔다가 이내 경계심으로 턱 막혔다.

이치가 빠르게 걸어오자 거친 콘크리트 벽에 달린 전구들이 자동으로 깜빡이며 켜졌다. 나도 이치에게 달려가고 싶었지만, 아직 낫지 않은 발 때문에 가만히 서 있어야 했다. 우리 사이를 가른 어둠이 점점 줄어들어갔다.

"아니, 머리가!"

그가 가까이 다가오자 내 입에서 처음 나온 말이었다. 그는 다시 시녀로 변장을 해서, 이번에도 머리 양편에 둥그렇게 말아 올린 머리 뭉치를 달고 있었다. 하지만 아까 경기장에서 머리카락을 잘라 놓고서, 어떻게 이럴 수가 있지?

"이건 가짜 머리입니다, 마마."

이치는 나와 눈을 마주치지 않은 채로 옆에서 머리 뭉치를 떼어내었다. 그러자 안쪽에 고무줄로 단단히 묶어 놓은 진짜 머리카락 다발이 보였다.

나는 어쩔 수 없이 웃고 말았다. 이런 것도 있을 줄이야.

"음. 그래도 멋있어 보이네."

"고맙습니다, 마마."

이치는 살짝 절했다.

나는 우리 옆으로 반쯤 열린 철제 문을 바라보았다. 두꺼운 문에는 녹이 슬어 있었다.

"이 터널은…… 당신 아버지가 지은 것인가?"

이치는 고개를 저었다.

"아닙니다. 이건 전국 시대의 유적입니다. 다른 국가의 비행 가능 크리살리스의 공격을 피하기 위해서 지하로 숨어들어가야 했던 시대였지 않습니까. 예를 들면 황룡 같은 것의 공격을 피하기 위해서입니다."

호기심이 생긴 나는 문을 밀었다. 예상보다 훨씬 큰 소리를 내면서 문이 뒤로 열렸다.

나는 깜짝 놀라서 기감을 활성화 시켰지만, 이토록 깊은 지하에서는 이치의 기 외에는 기의 흔적이 전혀 없었다. 이 터널에서 소리가 나는 걸 들어보면, 누군가 몰래 숨어들어오는 건 불가능할 것 같았다.

나는 문으로 슬며시 들어갔다. 자동 조명이 켜지지도 않았다. 이치도 나를 따라 들어왔다. 그가 든 등이 어둠 속에서 숯불처럼 빛나면서 거미줄이 덮인 장비와 녹슨 의자, 텅 빈 선반을 비추었다. 추위가 뼛속까지 스며들어와 마치 우리가 무덤에 침입한 것 같았다.

"당신 아버지가 여기 숨었더라면 내가 찾을 수 없었을 텐데. 그러면 죽지 않았을지도."

나는 속삭여 말했다. 더 큰 소리로 말했다가는 복수심에 불타는 유령이 깨어날 것 같아서였다. 이치도 똑같이 숨죽인 목소리로 말했다.

"아버지는 두려워서 숨는 사람이 절대로 아니었습니다. 이 터널 벙커를 제대로 관리하지도 않았고요. 아버지는 도박을 한 겁니다. 그런데 실패했지요. 권력 게임에서는 그런 일이 일어나곤 합니다."

거기에 대해 하고픈 말이 너무나도 많았지만, 감히 입을 열 수가 없었다.

그러다 나도 모르게 진정처럼 이치를 세밀하게 관찰하며 그의 동기가 무엇인지, 얼마나 충성스러운지 판단하게 되었다. 이제부터 이치의 짧아진 머리카락은 진정을 위해서라면 그 누구도 죽일 준비가 되었음을 시각적으로 선언하는 상징이 되겠지. 진정이 살아 있는 한 아무도 이치를 건드릴 수는 없을 테지만, 동시에 그 누구도 이치를 다시는 신뢰하지 않게 되겠지.

궁금한 건 이것이었다. 대체 어디까지가 연기고 어디까지가 진심이었을까?

오늘 그가 처형한 세 명의 남자를 바라보던 이치의 눈빛을 나는 놓치지 않고 보았다. 극도로 개인적 원한이 담겨 있던 눈빛이었다.

이제 그들은 감옥에 갇혀 괴로워하면서 적절한 재판을 받기를 기다리는 중이었다. 물론 그 셋은 확실히 부패한 자들이었지만, 이치가 그들을 선택한 건 단순히 정의 때문은 아니었다. 그는 복수할 기회를 보았고, 그 기회를 잡았다.

"죄송합니다, 마마."

이치가 불쑥 뱉은 말에 나는 깜짝 놀랐다.

"무엇이?"

"그런 눈빛으로 저를 보고 계시니까요. 무슨 이유든 제 탓이지요."

내 속에서 무언가가 무너지고 말았다. 나는 숨을 후 내쉬면서 바닥에 앉고서는 지팡이를 옆에 놓았다.

"난 그냥…… 걱정이라서."

내가 팔을 문지르자 이치는 내 옆에 앉아서 사이에 등을 놓고 물었다.

"추우신가요, 마마?"

"그게……."

나는 손깍지를 꼈다. 기 아머가 보호막과 지지대가 되어주기는 했지만, 따뜻하게 해주지는 못했다.

이치는 망토를 벗으려 했다.

"하지 마!"

내가 불쑥 뱉은 말에 그는 어리둥절한 표정을 지었다. 나는 심호흡을 하고서 좀 더 차분한 기색으로 말했다.

"나를 위해서 더는 그런 걸 하지 마시오……. 장 비서관."

나는 그의 새 이름을 기억해 말했다.

그는 망토의 버클에서 손을 뗐다. 진정에 대한 증오심이 새로이 나를 휩쓸었다.

다시금 우리는 산 속에서 있었던 것처럼 마주 보고 앉았다. 가깝지만 결코 넘을 수 없는 간격을 사이에 둔 채로, 각자의 감정을 단단히 억눌러야 하는 채로. 하지만 지금은 그 간격을 넘어 본 적이 있은 후라 그러기가 훨씬 더 어려웠다. 우리는 서로를 안고서 세민을 위해 슬퍼해야 하건만, 진정과 내가 연결될 때마다 그가 내 기억에 접근할 수 있기에 숨을 곳이 없었다. 내 마음 자체도 안전하지 않은 것이다. 이치와 내가 선을 넘는 흔적이 아주 작게라도 보인다면, 진정은 가차 없이 이치를 죽일 것이다.

우리의 관계는 어째서 언제나 비밀에 부쳐져야 할 운명인 거지?

얼마나 오랫동안 우리의 침묵이 이어졌을까. 이제는 터널의 조명도 꺼졌다. 이제 우리를 비추는 것은 어둠 속 한 줄기 등 뿐이었다.

"오늘 제가 한 일로 절 원망하시나요, 마마?"

이치의 나직한 질문에 나도 나직하게 대답했다.

"물론 아니오. 나는 당신이 너무 걱정될 뿐이야. 본인의 등 뒤에 커다란 표적을 붙인 셈이니까."

"제가 가족의 재산을 바치고 황제의 은총을 받아낸 순간부터 표적은 붙어 있는 거나 마찬가지였습니다. 이제는 그걸 최대한 활용하는 수밖에요."

"오늘 그 남자들…… 당신에게 끔찍한 짓을 저지른 것들 아니오?"

이치는 잠시 침묵하다가 대답했다.

"그들이 끔찍한 짓을 저지른 사람은 많습니다. 마마께서도 환호하는 소리를 들으셨잖습니까. 화하를 정화할 때가 된 것이지요."

나는 더 캐묻지 않았다. 애초에 왜 물어보려 했는지도 모르겠다. 내가 믿어야 하는 건 이치가 진정의 대의를 위해 아낌없이 충성을 바친다는 것뿐이었다. 그래야만 진정 역시 그 충심을 믿어줄 테니까.

적어도 우리 셋에게는 언제나 공통의 적이 있을 테니까. 바로 신들 말이다.

의심을 사지 않으면서도 이치에게 계획을 도와달라고 부탁할 수 있는 방법엔 뭐가 있을까? 우리는 신들의 감시에서 최대한 멀리 떨어져 있긴 하지만, 그래도 진정과 내가 목표로 삼고 있는 걸 드러내어 말하는 건 위험했다.

"부패 이야기가 나왔으니 말인데, 혹시 수학 계산에 아주 뛰어난 인재를 알고 있는지? 부패를 척결하려면 할 일이 많으니까."

나는 머리를 긁는 척하며 위쪽을 슬쩍 가리켰다.

등불 아래로 이치의 눈이 휘둥그레졌다. 부디 내가 진짜 노리는 적이 누구인지 깨달아주었기를 바랄 뿐이었다.

"음, 제 둘째 누나 태평이 도움이 될지도 모르겠습니다, 마마. 누나는 수학 천재입니다."

"결혼을 거부한다던 누나 말인가?"

이치가 그 누나 이야기를 몇 번 했던 기억이 났다.

"그렇습니다, 마마. 누나는 아버지의 기업에서 제일가는 물류 관리자였습니다. 일을 너무 잘해서 아버지는 누나의 혼인을 계속 미루는 데 동의하셨죠. 그리고 지금은……."

나는 미소를 지었다.

"이제는 원하는 대로 할 수 있겠군."

"그렇습니다. 마마께서 여기 머무르셨을 적 누나는 마마를 만나 뵙고 싶어 했지만 아버지가 허락하지 않았습니다."

"그렇겠지."

나는 코웃음을 쳤다. 마치 전염병 같은 취급을 당하며 고립되는 게 어디 한두 번이었던가.

우리 마을의 부모들은 '무씨네 둘째 딸과는 가까이 하지 마라'며 자녀들에게 경고를 했었다. 아무도 자기네 딸과 나를 놀지 못하게 했다. 특히 내가 일고여덟 살쯤에 숲 가장자리에서 놀다가 몇 집 건너 사는 서혜(당나라 태종의 후궁 현비 서씨(賢妃 徐氏)의 이름)와 입 맞춘 걸 들키자 날 더욱 꺼렸다. 그때 우리는 너무 어렸기에 키스가 뭔지 정말로 알지도 못했지만, 그 사건은 이미 '문제아'로 낙인찍힌 나의 악명에 더욱 공포스러운 파문을 일으켰다.

"그녀야말로 이 일에 완벽한 인재 같네. 어서 만나보고 싶은데."

이치는 희미한 미소를 지었다.

"저도 그렇게 생각합니다, 마마. 그건 확실하지요."

"그리고 또 하나 더 있는데……."

나는 이 요청을 어떻게 섬세하게 말해야 할지 알 수 없었다. 그냥 대놓고 말하는 것밖에 방법이 없는데. 그래서 긴 한숨을 내쉬며 말했다.

"세민이 신장을 뺏긴 다음에 누가 그걸 이식받았는지 찾을 수 있을까?"

이치의 미소가 희미해졌다. 그는 이마에 한 줄기 주름이 졌지만, 무척 조심스럽게도 혼란스러운 속내를 드러내지 않았다.

나는 계속 말했다. 딱히 거짓말도 아니었다.

"세민이 계속 내 앞에서 어른거려. 잠을 잘 수가 없어. 이 행성에 남은 세민이의 마지막 흔적이 어떻게 되었는지 알아내면…… 좀 도움이 될까 해서."

이치는 그렁그렁한 눈망울로 고개를 끄덕였다. 그가 내 의도의 숨은 뜻을 전부 이해했는지는 모르겠다. 세민의 기척을 표적으로 삼아 천궁을 추적하려는 계획이라니, 너무나 극단적이지 않나. 하지만 그는 말했다.

"우리는 현재 정부 데이터베이스를 장악했습니다, 마마. 그러니 분명히 알아낼 수 있습니다."

제16장

국모

다음 날 아침, 나는 진정을 대신하여 처음으로 조정 회의에 참석했다. 그의 빈 왕좌 뒤에 그보다 작은 보좌를 놓고서, 높다란 천장에서 앞을 가리는 주렴을 매달아 관료들이 나를 보지 못하게 했다. 가면과 베일로 얼굴을 이미 가리고 있는데도 이러는 건 과한 조치였으나, 통치자의 아내나 어머니가 대신 조정 회의에 참석할 때는 전통적으로 이렇게 자리를 꾸몄다고 한다. 진정은 그토록 전통을 깨는 데 진심인 자인데, 이걸 굳이 전통이랍시고 지키는 건 다른 남자들이 나에게 접근하지 못하도록 하려는 편리한 핑계일 뿐이었다. 그는 확실히…… 문제가 있다.

지금은 민감한 시기였기에, 나는 거기에 순순히 따랐다. 조정을 통제하는 데 도움이 된다면야 뭐든지 할 마음이었다. 완아는 내 옆에서 의식용 낫을 들고 섰다. 조정의 사람들이 보기에 그녀는 일개 장식 같겠지만, 내가 필요할 때 적절한 정치적 조언을 해 줄 사람이었다. 완아는 이 저택에 고용된 지 얼마 되지도 않은 직원인데도 벌써 궁정 고용인들을 조직화해 노조를 결성했다. 이제 그들은 '하인'이 아니라 '직원'이라고 불러달라 요구하고 있었다.

"다시 한 번 강조하겠다. 내가 내리는 모든 결정은 내 의지에서 비롯된 것이다."

진정은 격리실에서 생중계를 통해 말했다. 그의 모습이 나오는 스크린은 두 개였다. 하나는 그의 빈 왕좌 뒤에 고정된 작은 화면으로 내가 보는 용도였으며, 다른 하나는 단상 앞에 달린 커다란 화면으로 관료들이 올려다보는 것이었다.

"우리는 조종사 결합이 되어 있으므로 나의 황후는 나를 속일 수 없다. 그녀는 내가 다시 회복하여 궁으로 돌아갈 때까지 나의 눈과 귀가 되어줄 것이다."

내가 주먹을 꽉 쥐자 건틀릿에서 금속성 소리가 났다. 주렴 너머로 보이는 관료들은 진정의 선언을 듣자 대부분 눈에 띄게 긴장을 풀었다.

그런데 맨 앞줄에서 자줏빛 옷차림의 관료 하나가 입을 열었다. 유독 나이가 많은 노인이었다.

"폐하, 제가 한 말씀 드리겠습니다. 무 황후를 폐위하셔서 제갈량 수석전략가가 폐하를 섬기도록 하시는 편이 훨씬 현명한 처사인 줄 아룁니다. 무 황후는……"

"저 총독. 그 문제는 이미 이야기가 끝났다."

진정의 지친 목소리가 왕좌의 스피커로 흘러나오며 말을 가로막았다.

그런데 놀랍게도, 저 총독은 더욱 격하게 반발했다.

"우 황후가 폐하를 속일 수 없을지는 모르겠으나, 그저 농민 출신의 여인일 뿐이라, 그 정신에는 유치한 신념이 가득할 뿐입니다. 정치와 경제가 진실로 얼마나 복잡한지 전혀 알지 못하지 않습니까. 폐하께서 황후로부터 들으신 것은 왜곡된 진실일 뿐이옵니다!"

"저 자식은 뭐야? 누군지 알아?"

나는 완아에게 속삭여 물었다. 완아도 내게 나직하게 대답했다.

"당 지방의 새로운 총독인 저수량(褚遂良, 중국 당나라의 서예가.)입니다. 원래는 부총독이었지만, 저…… 그, 그 사건 이후 승진했습니다."

아하. 그렇다면 자신이 승진했던 말건 내가 그보다 더 밉다는 거군.

그때, 저수량 근처에 서 있던 사마의가 목소리를 높였다.

"저 총독! 그대는 어찌 감히 폐하의 판단을 의심한단 말이오?!"

"사마의 전략가가 대체 이 문제에 말할 자격이 있소? 그대는 제갈량 수석전략가가 돌아오면 가장 크게 손해를 보는 자 아니오? 그대가 그를 질투한다는 것은 공공연한 비밀이잖소!"

저 총독이 쏘아붙였다. 그와 사마의 사이에 서 있는 관료들은 온몸을 굳힌 채로 눈을 휘둥그레 뜨고 바닥만을 바라보았다.

"어찌 그런 중상모략을! 나는 그를 대단히 존경했었소!"

"그렇다면 어째서 제갈량 수석전략가가 숨을 수밖에 없는 상황에서 우리의 새 의장 행세를 하는 것이오?"

"그것은 내가 폐하를 더욱 존경하기 때문이오! 제갈량은 그렇지 않았으니까! 그는 자신이 너무나도 의롭다고 생각한 나머지 황제 폐하의 개인적인 문제까지 간섭하려는 것이오! 오히려 그자가 폐하를 볼모로 잡았다고 봐야 하지 않소? 그 교만한 세 치 혀로!"

급기야 저 총독은 머리에서 관모를 고정하는 긴 핀을 확 뽑아내고는 관모를 땅에 패대기쳤다.

"국모 선택이 어찌 개인적인 문제란 말이옵니까! 폐하, 저는 40년 넘도록 화하를 섬겨오며 의무를 저버리지 않았나이다. 그러므로 폐하께 간청하나이다. 제갈량 수석전략가의 경고를 들어주시옵소서!"

"장군들. 저 총독을 조정에서 끌어내라."

진정은 관자놀이를 주무르며 생방송으로 명령했다.

단상 양쪽에 서 있던 독고가라와 양견이 주 주지사를 향해 다가갔다. 그러자 그는 나를 가리키며 소리쳤다.

"제갈량 수석전략가는 우리 중에서 가장 존경받는 학자였나이다. 그리고 저 매춘부 무 씨에 대해서도 맞는 말을 하였나이다! 저 여자는 미친 데다 몸도 더럽혀졌나이다. 저 여자가 계속 황후로 존재한다면 화하의 모든 질서가 무너질 것이나이다!"

독고가라와 양견이 가까이 가자, 저수량은 무릎을 꿇고서 머리를 바닥에 찧어가며 격렬한 동작으로 절했다. 피가 이마에 맺혔고, 독고가라와 양견이 그의 팔을 잡자 마구 저항했다.

"저자를 당장 끌어내라!"

난 결국 소리치고 말았다.

"저 여자가 얼마나 함부로 말하는지 보소서! 여우처럼 요사스러운 매력을 부려도 속지 마소서! 악독하고 위험한 여인은 폐하의 황후로 어울리지 않나이다!"

독고가라와 양견의 손에 이끌려 관료들 사이에서 억지로 끌려 나가는 저수량은 마구 저항하며 소리쳤다.

그가 계속 비난을 퍼붓는 동안, 단상 근처에 있던 이치가 움직였다. 그가 지금 걸친 새로운 자줏빛 예복은 관료라기보다는 경비원의 옷차림에 가까웠다. 좁다란 소매에 팔꿈치 부분은 가죽을 덧대었고, 저고리 아래로는 은장식이 박힌 허리띠를 맸다. 주름진 바지는 검은 부츠 위까지 내려왔다. 자른 머리카락을 금색 끈으로 묶은 머리에는 일부러 모자를 쓰지 않았다. 모두는 긴장한 눈빛으로 이치를 주시했다. 그는 허리띠에 찬 홀스터에서 주사기를 꺼내더니 저 총독의 어깨에 푹 꽂았다.

저 총독이 퍼붓던 욕설이 점점 잦아들었다. 그는 이내 독고가라와 양견 사이에서 눈을 뒤집고 축 늘어졌다.

이치는 나머지 관료들을 마주 보며 외쳤다.

"왕좌 앞에서는 예를 갖춰라!"

"잘했소, 장 비서관."

진정은 이렇게 말했어도 깊은 생각에 잠긴 듯했다. 마치 날 살려두는 장점과 단점을 진심으로 저울질하는 것만 같았다. 이러다 단점이 이길 수도 있다는 듯한 표정이었다.

주먹을 들어 예를 표한 이치는 원래의 자리로 돌아갔고, 독고가라와 양견은 저 총독을 끌고 나갔다. 나는 두 손에 얼굴을 파묻고 싶은 충동을 애써 참았다. 지금은 약한 모습을 보일 수 없었다. 그랬다간 진정이 '날 없애야 할 구실을 찾는 쪽'에 마음이 기울어질 수도 있으니까. 그가 관료들의 고발을 받아들여서 내가 자신을 독살했다고 주장할 수도 있었다. 진정이 내 앞에서 쓰러졌던 순간의 영상을 공개한다면, 목숨을 구해준 여자를 무자비하게 배신했다고 생각하는 사람은 아무도 없을 터였다.

그때, 사마의가 앞으로 나서며 말했다.

"제가 한 말씀 드리자면, 저 총독 같은 이들은 황후께는 아주 중요한 역할이 하나 있다는 점을 고려하지 않고 있습니다. 바로 폐하의 후계자를 생산하는 일입니다. 생각해 보십시오. 전설에서 부활한 조종사의 혈통 말입니다! 이 기회를 어떻게 우리가 버릴 수 있단 말입니까?"

나는 왕좌에서 몸이 싹 굳었다. 그러자 진정이 말했다.

"옳도다. 나의 시대에서는 후궁들이 계속 유산을 했기 때문에 살아남은 후사가 없었다. 하지만 세월이 흐르면서 생식의학이 발전한 결과를 어서 보고 싶구나."

사마의는 좌우에 자리 잡은 관료들을 바라보았다.

"황제와 비등한 기력의 어머니라면 강하고 건강한 아들을 출산할 가능성이 훨씬 더 클 겁니다."

펄펄 끓는 물처럼 분노가 온몸을 흘렀다. 이들이 이 대화를 어찌나 매끄럽게 주고받는지 놀라웠다. 진정은 사마의는 분명히 이렇게, 나의 몸을 사용하면 된다고 조정 회의 전에 내가 없는 자리에서 논의를 했던 거다. 심지어 나와 진정 사이에 신체적 접촉이 없어도 실행 가능한 방법이 있다는 것까지 염두에 두었겠지. 방법이 있으니까.

세상에. 진정이 나를 혐오하면서도 살려두는 진짜 이유가 이거였단 말이야? 나를 번식 도구로 삼으려고?

게다가 가장 끔찍한 게 뭔지 아는가. 이 말을 들은 관료들이 정말로 마음을 가라앉히고 있다는 거였다. 수많은 이들이 무심코 서로에게 고개를 끄덕이며 편안한 자세가 되었다. 이들의 전임자에게 했듯, 이자들을 모두 크리살리스로 짓밟으면 어떨까. 하지만 그랬다간 또 새로운 문제만이 펼쳐지리라는 것을 나는 이미 고통스럽게 배워 알고 있었다.

"제가 한 말씀 드리고 싶습니다."

이치가 끼어들자 나는 또 심장이 멎는 것만 같았다.

"이 문제는 적어도 한 달 후에 처리하는 것이 현명하리라 생각합니다. 그래야 아이의 아버지가 누구냐는 의문이 생기지 않을 것입니다. 중상모략의 여지를 남기지 않는 편이 좋지 않겠습니까."

쓰라린 열기가 내 온몸에 훅 끼쳐왔다. 지금 이치는 날 도와주려고 한 말이라는 걸 알지만, 저 말을 다른 사람도 아닌 이치가 했다는 게 내게 비수처럼 꽂혔다. 이치만은 나에게 결코 상처 될 말을 하지 않으리라 믿었건만. 그런데 지금은 내 몸에서 자궁만이 중요하고, 이 더러운 남자들이 내 자궁을 두고 이러쿵저러쿵 판단을 내려야 한다고 말하는 것만 같았다.

아니야, 이치는 지금 역할에 충실할 뿐이잖아. 자기 역할을 해내고 있는 거야.

나는 속으로 마음을 다독였다.

진짜 이치라면, 내가 아이를 가졌다 하더라도 아버지가 누군지에 대해서는 감히 언급하지 않았을 것이다. 관료들은 분명히 내가 세민과 함께 마지막으로 밤을 보냈으리라고 상상하고 있겠지만, 진정은 아무도 모르는 다른 가능성 역시 알고 있었다. 내가 우연히 이치의 아이를 임신했을 수도 있을 거란 가능성 말이다. 그렇다면 정말 끔찍한 일이 되겠지. 우리는 피임을 했고 마지막 생리 시점을 고려하면 임신 가능성은 없다고 생각하지만, 누가 알겠는가? 운명이 누군가에게 장난을 치려 한다면, 그건 분명히 날 텐데.

진정은 이치의 제안에 반대하지 않았으나, 관료들이 서로 속삭이는 가운데 생방송으로 나오는 그의 얼굴은 그리 기분 좋아 보이지 않았다. 이치가 위험을 감수하고 이런 말을 했는데, 내가 헛되이 날려버릴 수는 없었다. 난……. 지금 난…….

전선으로 돌아가야 했다.

그걸 깨닫자 온몸이 싸늘해졌지만, 완아와 함께 궁에서 온종일 책만 읽으며 지낼 수는 없었다. 남자들이 특히 싫어하는 것이 무엇인지 아는가. 저들 보기에 여자들이 가만히 앉아서 '빈둥빈둥' 지내며 남편에게 얹혀 사는 것이다. 만약 내가 조종사 임무로 바쁘게 살지 않는다면, 진정과 조정은 나더러 '어머니'의 임무를 하라는 강요를 절대로 포기하지 않겠지.

게다가 전시 체제에서 주도권을 잡지 못하면 어떻게 철의 미망인들을 나의 개인적 권력 기반으로 세울 수 있겠는가? 이 혁명에서 나만이 아니라 더 많은 여자들이 권력을 잡지 못한다면, 우리는 모두 남자들의 장난감 신세가 되어 그들이 변덕을 부릴 때마다 두려워하고 전족한 발로 제대로 걷지도 못하면서 아이를 계속 낳는 운명을 피할 수 없게 되겠지.

"새로 임명된 국방부 장관이 누구지?"

나는 완아에게 나직하게 물었다. 그녀는 나에게 몸을 숙이고서 대답했다.

"서경업(徐敬業, 당 초기의 무장으로, 측천무후의 통치에 반대해 반란을 일으켰음.)일 겁니다. 맨 앞줄 왼쪽 네 번째 사람입니다. 서경업은 군 중앙사령부에서 사마의와 제갈량과 같은 고위급 전략가였습니다."

부끄러움이 확 느껴졌다. 내가 느끼지 말아야 할 이런 감정으로 억누르며 나는 입을 열었다.

"장 비서관의 말에 동의하오!"

나의 목소리가 알현실에 울려퍼지자 내부가 조용해졌다. 나는 이곳 사람들이 하는 대로 허세 가득한 말투를 최선을 다해 따라했다.

"그러나 한 달 동안 가만히 앉아 있을 생각은 없소. 서경업 장관, 어제 유 대위와 위 대위가 청룡을 타고 한 지방으로 간 것이 사실이오?"

나는 완아가 가리킨 남자에게 말했다. 얼굴이 넓적하고 턱이 네모

꼴인 사람이었다.

서 장관은 고개를 숙이고서 말했다.

"마마께서 하문하신 데 대답을 드리자면, 그렇습니다. 대위들은 폐하의 안위를 확인하기 위해 더 머물고 싶어 했으나 현재 한 지방 전선이 워낙 심각한 상황인지라 전투에 복귀하지 않을 수 없다고 말했습니다."

"그 심각한 상황이란, 그들이 전략가들이 세운 일정을 어기고 나와 폐하를 공격하기 위해 여기 온 탓도 있지 않소?"

서 장관은 목을 가다듬고 말했다.

"그게, 예, 말씀하신 대로입니다. 대위들은 규정 위반으로 엄한 처벌을 받았습니다. 그중에는 6개월치 봉급을 벌금으로 내는 것도 있었습니다. 그러나 소신의 생각으로는, 그들이 오해로 그런 행동을 저지른 것이 확실합니다, 마마. 그날 밤은 무척 혼란했던지라 수많은 소문과 거짓말이 나돌았습니다."

"정말 그랬었지. 그리고 그 소문은 대부분 나에 대한 것이었소. 그러니 내가 직접 한 지방 국경으로 가서 남은 오해를 해소하고 그곳의 상황을 안정적으로 돌려놓아야겠소."

"마마! 폐하께서 아직 건강을 회복하지 않으셔서 전투를 지휘하실 수 없다는 것을 잊으셨습니까?"

사마의는 눈을 부라리며 나를 쳐다보았다. 마치 자신의 생각을 내 머릿속에 쏘아넣고 싶다는 듯했다. 하지만 나는 맞받아쳤다.

"사마 의장, 말해보시오. 균형 잡힌 짝 중 하나가 전투에 나갈 수 없을 때, 남성 조종자는 어떻게 하지요? 예를 들어 짝이 임신 후기인 경우에는?"

"남성 조종사는 첩 조종사를 데려갑니다만, 이 경우는 다릅니다! 다른 남자가 마마나 황룡에 접촉하다니, 그건 황제 폐하께 더없는 모욕입니다!"

"내가 황룡에 안 탄다면 어떻소? 내가 구미호에 타는 건 어떻게 생각하오? 그건 아직 수-당 국경에 방치되어 있지 않소?"

여기저기서 나지막한 숨소리가 들려왔다. 생방송 화면 속 진정은 의자에 몸을 곧게 펴고 앉아서 알현실에 설치된 카메라로 이곳을 빤히 바라보고 있었다. 우리 사이에 있었던 대화를, 바로 기력이 높은 여성들 검사를 진행하자고 했던 말을 떠올리고 있으면 좋겠는데. 그가 건강 보험 체계인가 뭔가를 개편하느라 너무 바쁜 동안 내가 단독으로 크리살리스를 타고 전장에 나간다면, 그래서 나를 보고 일반 대중이 깜짝 놀란다면, 여성 대상 기력 검사를 꼭 해야 하느냐는 의구심도 덜해질 거란 점을 깨달아 주기를 바랐다. 우리는 구실을 만들 것이다. 화하를 안전하게 지키기 위해서라면 관습도 깰 수도 있다는 것은 강력한 선언이 되리라. 지금 국경은 위기 상황이다. 그러니 진정이 자신의 상태를 얼마나 부인하든, 나를 얼마나 제거하고 싶어하든 상관없이 내가 구미호를 타는 게 전략적으로 괜찮은 결정이라는 걸 그는 분명 알아보았을 거다.

사마의는 입을 몇 번 달싹였지만 말을 차마 내지 못하다가 겨우 이렇게 말했다.

"그 역시도 매우 부적절합니다!"

"언제부터 전쟁에 적절하니 아니니 여부를 따졌소, 사마 의장? 나와 이 조종사는 더없이 악명이 높았는데도, 우리더러 주 지방 수복 계획에 앞장서서 전투에 나가라고 했던 게 누구였소? 가장 심하게 몰아붙였던 사람이 바로 의장이었다는 걸 여기서 굳이 언급해야겠소?"

나는 사마의에게 쏘아붙인 다음 서 장관을 노려보았다. 그 역시 그 회의에 분명히 있었을 것이었다. 지금 그는 석상처럼 굳어 있었다.

사마의는 애처롭게 간청했다.

"마마, 지금과 그때의 상황은 비교할 수 없습니다! 한 국경 병력을 강화해야 한다면, 양 대공과 독고 대공비가 기력을 회복했으니 백호에 탑승해서 가는 게 옳습니다!"

그는 독고가라와 양견을 가리켰다. 그들은 주 주지사를 어디론가 처리한 다음 돌아와 있었다.

"그러면 백호를 어떻게 한 지방으로 운반할 생각이시오? 황룡 등에 태우지도 못할 텐데? 그냥 걸어서 가라고 둔단 말이오? 가는 길을 죄다 파괴하게 될 텐데? 과연 우리나라의 도로와 다리가 대공급 크리살리스의 무게를 견뎌줄지 의문이오."

"도로를 정리하고 비행 가능한 크리살리스들이 공수 작전에 투입된다면……."

그때였다. 생방송 화면에서 진정이 엄한 목소리로 말했다.

"그만하라! 황후의 말이 타당하다. 구미호가 방치되어 있다는 건 심각한 낭비다. 모든 재능을 활용해야 하는 상황에서 여성이 큰 역할을 맡지 못하게 반대하다니, 조정의 의견을 듣는 게 지겹구나. 나의 황후에게는 보조 조종사와 함께 타게 될 것이다. 그러나 조종사는 반드시 거세해야 한다."

조정의 관료들은 모두 얼굴이 창백해졌다. 진정이 화하 전역의 노동자들에게 혁명을 일으키라고 명령했을 때와 비슷한 반응이었다.

"폐하, 그, 그게 무슨 말씀이십니까?"

사마의의 목소리가 몇 음이나 높아졌다. 진정은 손으로 잘라내는 동작을 하며 말했다.

"들은 대로다. 기력이 비교적 높은 젊은 사내를 찾아 거세를 시켜라. 그러면 황후가 그와 함께 구미호를 탈 것이다."

제17장

나머지 소리 없는 자들

나는 조정 회의 후 사마의와 소리를 질러가며 말다툼을 벌였고, 이치도 거기에 여파를 맞고 말았다. 하지만 더는 시간을 낭비하지 않고 소위…… 거세된 조종사를 찾으러 가기로 했다. 누가 또 날 폐위하자거나 씨받이로 만들자는 의견을 내기 전에 여기서 빠져나가야 했으니.

그 운명과 고통을 겪어야 할 남자를 선택하려면, 가장 공정한 방법은 바로 화하에서 가장 보안이 엄격하다는 천뢰 교도소에서 죄수를 하나 뽑는 것이었다. 그곳은 사형수만 수감되는 곳이니까. 하지만 세민이 그곳에 수감 중 조종사로 징집되었다는 사실을 깨닫자 또 망설여졌다. 그러니 천뢰의 죄수 기록만 보고 결정해서는 안 된다는 생각이 들었다. 직접 가서 죄수를 보고 판단해야겠어.

나는 과도한 시선을 끌지 않으려고 고 가문 저택의 산중에 거대한 주차장에 보관 중인 탈것 중에서 가장 수수한 전기차를 골랐다. 하지만 고 가문의 소유 중 가장 '소박한' 것이라 해도 까만 차체는 반질반질 윤기가 났고 차체 위로는 바람에 흩날리는 매화꽃 사이를 날아가는 학이 자개로 장식되어 있었다.

경호원으로 따라온 독고가라는 나를 차에 태우면서 물었다.

"마마께서는 천뢰가 관광지가 아니라는 건 알고 계시죠?"

"당연히 알지."

나는 투덜대면서 전기차 안에 앉았다. 차 안 좌석은 하얀 가죽을 씌워 놓았고, 서로 마주 보게 배치되어 있었다. 나는 황룡 왕관에 달린 뿔이 다른 이들의 얼굴이 부딪히지 않도록 벗어서 무릎에 올려놓았다.

완아도 전반적인 도움을 주는 수행원 자격으로 우리를 따라왔다. 그녀가 차 문을 닫으려 할 때, 근처에 있던 엘리베이터 하나에서 땡 소리가 나며 문이 열렸다.

"잠깐만요!"

누군가가 소리쳤다.

지팡이가 주차장 바닥에 부딪히는 소리가 들렸다. 이어서 섬세한 주황색 비단 재질의 남성복을 입은 사람이 나타났다. 옷깃은 파란색이었고 허리에는 가죽띠를 맨 차림을 보자, 순간 이치가 아닐까 생각했다. 하지만 그는 전족한 발을 단 여자였다.

경비병 몇이 여자의 앞을 가로막았다. 그 여자는 이치와 소름 끼칠 정도로 닮은 얼굴로 극적인 신음을 뱉었다.

"이것들아! 나라고! 이 집 둘째 아가씨라고!"

고구의 둘째딸이라고?

아, 이치가 말했던 수학 천재 누나로구나.

나는 차에서 몸을 내밀었다.

"여봐라, 당신이 고태평인가?"

"그렇습니다! 마마, 저도 따라갈 수 있을까요?"

그녀가 손을 흔들었다. 나는 경비병들에게 말했다.

"오도록 해라."

경비병들이 앞을 터주자 태평은 뚱한 얼굴로 말했다.

"몇 주 전까지만 해도 나는 주인집 아가씨였는데, 지금은 월급을 받아 사는 신세가 되니 너희들은 나를 모르는 척까지 하네."

태평이 차에 오르자 독고가라가 손을 내밀며 말했다.

"전족한 발로 남자 행세를 할 수 있을 거라 생각했는가?"

"아, 저는 누구를 속이려던 게 아니에요. 사람들이 뭐라 생각하든 상관없거든요."

태평은 완아 옆에 앉아서 지팡이를 차 안에 기대어 놓았다. 그녀는 머리카락을 묶어 올린 다음 남자들이 주로 쓰는 검은 사모를 썼다. 사모의 둥근 윗부분은 차체 천장에 닿을 것처럼 높았고, 끝부분의 둥근 뿔 두 개는 어깨너비를 넘어서서 쭉 이어졌다.

"그렇다면야."

독고가라는 문을 닫았다.

태평은 눈을 가늘게 뜨고 나를 위아래로 훑어보았다.

"마마께서는 정말 바쁘시더라고요. 이치가 그러는데 오늘 외출하신다고 해서 저더러 만날 수 없다고 하지 뭐예요? 하지만 제가 보니까 잘만 하면 같이 갈 수 있겠다 싶었죠."

그런데 태평은 완아를 다시 쳐다보더니 불쑥 말했다.

"어라, 혹시 우리 어디서 보지 않았어요?"

완아는 긴장한 채 대답했다.

"저는 저택의 고용인입니다, 고 선생님. 그러니 어디선가 보셨겠지요."

"아니, 아니, 어딘가에서 봤는데."

태평의 눈길이 완아의 가슴께로 옮겨갔다.

"몇 주 전에…… 클럽에서 보지 않았어요? 내가 젤리 샷을 당신 가슴에다가 엎었-."

"저는 그런 곳에는 가지 않아요! 사람 잘못 보셨습니다!"

완아의 얼굴이 새빨개졌다.

"아! 미안해요. 그래요. 잘못 봤나 보네."

태평은 이렇게 말하며 나와 독고가라를 쳐다보았다.

"가든 말든 나와 무슨 상관이겠어."

독고가라가 중얼거렸다. 나는 대화를 종잡을 수가 없어서 눈을 깜빡이며 물었다.

"젤리 샷이 뭔데?"

"알코올을 아주 재미있게 먹는 방법이죠, 마마."

태평이 윙크하며 대답했다.

"아하."

나는 알코올을 "재미"와 연관 지어 생각해 본 적이 전혀 없지만, 사람마다 취향이 있게 마련이니까. 이건 도시 사람들의 헛소리처럼 들렸고, 내 알 바 아니었다.

독고가라와 태평은 각자의 좌석 옆에 있는 좁은 수납공간에 손을 뻗었다.

"제가 운전하겠습니다."

태평은 본인의 칸에서 화면을 꺼내어 철제 틀에 연결했다. 그러자 독고가라가 얼굴을 찌푸렸다.

"나도 자율주행차 운전법을 안다."

"당연히 아시겠지요, 독고가라 대공비님. 하지만 저는 얘를 많이 운전해 봤거든요. 그리고 전 이 도시 사람이니까 길도 잘 알고요."

"알았다. 그러든가."

독고가라는 자신의 화면을 도로 집어넣었다.

화면을 조작하는 태평의 얼굴 위로 네온색이 어른거렸다. 이윽고 전기차의 엔진 소리가 주차장에 울리면서 차가 움직였다. 놀랍게도 전기차는 고 가문의 주차된 차 사이를 혼자 알아서 지나갔다. 온통 금과 은으로 장식한 차량들은 평범한 노동자가 평생 버는 돈을 주고도 살 수 없을 만큼 비쌌다. 초고소득층이 이용가능한 기술을 보면 가끔 나는 얼이 빠지곤 한다.

강철 레일 위로 굉음을 내면서 출입구가 열렸다. 우리가 탄 전기차는 터널을 따라 산에서 나와 속력을 높였다. 태평은 화면을 가끔 밀면서 완아에게 일상적인 질문을 해댔다. 이름은 무엇이며, 어떻게 이 저택에 오게 되었는지 같은 질문이었다. 클럽 이야기가 나오지 않자, 완아는 어깨에서 긴장을 풀었다. 나는 이 틈을 타서 태평에게 나와 완아를 가르쳐 달라고 부탁했다. 경제학을 이해하고 '수학을 더 잘하고 싶어서'라는 이유를 댔다. 그러자 태평은 열정적으로 승낙해 주었다. 사실 수학이 필요한 건 황룡을 타고 천궁을 공격하기 위해서라는 걸 어떻게 넌지시 알려주어야 할지, 그리고 태평이 그 사실을 깨달으면 어떻게 반응할지는 모르겠다. 하지만 우리끼리만 있게 될 때까지 기다려 봐야겠지.

　나선형 산길을 따라 내려가자 장안 시내가 나왔다. 차창은 바깥에서 보면 까맣게 보이지만, 안에서는 또렷하게 바깥이 보였다. 나는 차창 밖 풍경을 바라보며 너무나 놀라고 말았다.

　담장으로 둘러싸인 수많은 저택의 정문이 부서져 있었다. 갈라진 틈새로 안에서 가구를 대어 틈을 막은 모습이 보였다. 정교하게 조각한 창틀에는 죄다 깨진 유리만이 남아서 마치 부서진 치아처럼 보였다. 연기로 얼룩덜룩해진 석조 발코니에는 유리 조각들이 반짝였다. 어깨에 소총을 멘 병사들이 순찰을 돌고 있었지만, 대개는 별 의욕 없이 디지털 기기를 스크롤 해대기만 했다.

　"이야."

　독고가라는 나직하게 탄식했다.

　"이 근처에서 어젯밤에 약탈과 살인이 많이 벌어졌다고 들었어요."

태평은 창문에 얼굴을 딱 붙이고서 말했다. 그녀 옆에 앉은 완아는 얼굴을 찌푸리며 대꾸했다.

"죽은 사람은 아무도 없어요."

"아, 아무도 안 죽었다고?"

태평은 고개를 휙 돌렸다.

"고 선생님, 시위를 아주 악랄하게 묘사하려는 사람들이 많이 있답니다. 시위를 폄훼하기 위해서 언제나 그런 수작을 부리지요. 정보의 출처가 어딘지 잘 알아보세요. 물론 상황은 혼란스러운 게 맞겠지만, 결국 장안 서쪽에서 하인들을 전부 고용할 만한 저택을 소유한 사람이라면 분명히 사람을 착취하는 사업을 하고 있었을 겁니다."

태평은 불안한 얼굴이 되었다.

"사람을 착취한다니, 그거 너무 심한 비난 아니에요? 여기 있는 대부분의 저택은 가문 대대로 내려오는 건데. 북문 쪽에서 사람들이 굶어 죽는 게 이들 잘못은 아니잖아요?"

그러자 이제 완아의 목소리에서 다정함도 수줍음도 싹 사라졌다.

"그들의 잘못이 아니라고 해도, 물려받은 부로 사치에 빠져 있는 건 문제가 없는 건가요? 당신의 선조들이 공장에서 16시간씩 일하는 노동자들에게 임금을 쥐꼬리만큼 줘 놓고, 경쟁사를 범죄급으로 방해 공작을 해서 부를 축적하지 않았다면, 어떻게 그토록 많은 재산을 모을 수 있었겠어요?"

차 안의 분위기는 얼어붙은 것처럼 가라앉았다. 우리 모두 완아가 '그들'이 아니라 '당신'이라고 말했다는 걸 알아들었다. 태평은 더듬더듬 대답했다.

"왜 우리 집안을 끌어들여요? 폐하께서는 이미 우리 가문의 재산을 전부 몰수하시고 회사를 국유화하셨다고요. 저는 이렇게 운전해서 나갔다 돌아가면 다시 일반 직원으로 일해야 해요. 총파업 기간에도 나는 그렇게 많이 쉬지 못했어요. 폐하께서 새로운 회사의 근로 조건을 그 뭐냐, 두 시간 후에 승인하셨거든요. 휴가를 더 달라고 요구했어야 하는 건데."

태평은 고개를 절레절레 저었다. 완아는 가구들로 바리케이트를 쳐 놓은 저택을 바라보며 말했다.

"파업을 노는 거라고 생각하시다니, 더 들어보지 않아도 알겠군요."

독고가라와 나는 시야 끝으로 서로를 멍하니 바라보았다. 지금 이게 무슨 상황이야? 이 두 사람은 몇 분 전까지만 해도 아주 친근하게 대화를 했으면서?

내가 입을 열어 상황을 가라앉히기도 전에, 태평이 소리쳤다.

"알았어요! 내가 자비로운 신이 아니라서 미안하네요! 그런데 사람들은 대부분 자비롭지 않다고! 당신은 진짜…… 이거 봐요, 사람이 남보다 더 부자가 못 된다면 대체 사회가 어떻게 발전할 건데? 더 좋은 걸 만들고, 더 좋은 제품을 만들려는 동기는, 기술 발전은 어떻게 할 건데?"

그녀는 앞에 놓인 자율 주행 제어 화면을 가리켰다. 그러자 완아가 반론을 퍼부어댔다.

"아, 그런 말씀은 마시죠. 고 기업 제품의 부품은 대부분 원래 군사 및 감시 목적으로 정부 보조금을 받아 개발된 겁니다. 말하자면 이익에 눈이 멀지는 않은 연구자들이 개발한 것이죠. 제가 그걸 모를까 봐요? 게다가 이제 기술 시장을 독점했으니, 보증 기간이 끝나면 성능이 급격히 떨어지는 제품으로 만들어 사람들이 몇 년마다 어쩔 수 없이 새로운 기기를 사도록 몰아가고 있잖아요? 정말로 오래오래 가는 제품을 만드는 기업은 살아남을 수 없답니다. 그게 어떻게 '더 좋은 제품'을 만드는 거예요?"

그러자 태평은 손목을 털며 말했다.

"그건 그냥 사업 감각이 좋은 거죠. 대기업을 그렇게 싫어하면서 우리 쪽에 지원은 왜 했어요?"

나는 앉은 자리에서 몸을 움츠리며 이런 질문을 받은 완아가 당황할 거라고 예상했다. 하지만 완아는 바로 이런 질문을 기다리고 있었다는 듯, 호흡을 고르면서 침착한 자세를 유지했다.

"저는 살아남기 위해서 일해야 하거든요. 제가 이런 걸 모두 비판하는 이유는 이 체제에 어쩔 수 없이 들어가 있어야 하기 때문이에요. 우리가 모두 낮에 마음대로 차를 타고 나가거나 아빠 회사에서 해고당하는 일이 없이 살거나 마음껏 원하는 옷을 입을 특권을 가진 건 아니거든요."

태평은 자신의 남성용 의복을 바라보더니, 파란 비단 옷깃을 잡아

당기며 말했다.

"이걸 입고 싶어서 그래요? 이런 옷이 문제인 거예요? 그럼 내가 줄 수 있는데. 지금 바로 바꿔 입어요."

그녀는 허리띠를 풀기 시작했다. 이제는 완아가 당황해서 그녀의 팔을 탁 쳤다.

"당신 옷을 입고 싶은 게 아니에요! 제 말 뜻은 그런 게 전혀 아니라고요!"

분위기가 이상한 방향으로 흘러가고 있네. 나는 손을 내저으며 끼어들었다.

"이봐. 그러니까 좀…… 진정하자."

그러자 완아는 내가 여기 있다는 걸 이제야 기억했다는 듯 깜짝 놀랐다.

"정말 사죄드립니다, 마마. 제가 흥분했습니다."

그녀는 고개를 푹 숙였다. 그 모습을 보자니 문득 마음이 불편해졌다. 내가 마치 야생적이고도 장엄한 무언가를 방해한 것 같은 느낌이랄까.

"우리의 친애하는 황제께서 너에게 참 이런저런 불평을 늘어놓으셨나 보구나?"

나는 분위기를 가볍게 띄우려고 슬쩍 농담하듯 말했다. 그러자 완아는 고개를 들더니 웃음기 없는 눈빛으로 나를 보았다.

"존경하는 마마, 이런 사상은 폐하께서 만들어내신 게 아닙니다. 노동주의는 황제께서 잠들어 계시기 시작했던 것보다 몇백 년 전부터 이어져 왔던 사상입니다."

그때, 태평이 사모의 가장자리 아래쪽 이마를 긁으며 끼어들었다.

"노동주의? 무슨 테러리스트들이 주장하는 거 아니에요?"

순간, 완아가 태평을 보는 분노의 얼굴은 이제껏 내가 본 어떤 이의 표정보다도 더욱 격렬했다. 하지만 태평은 두 손을 들어 보이며 물었다.

"왜 또 그래요? 그 노동주의를 주창하는 이들이 건물에 불을 지르고 사람들의 차 아래에 폭탄 설치하는 사람들 아니에요?"

"그런 사람들은 아주 소수의 파벌이고……"

완아는 무어라 말하려다가 시녀복 속에서 작은 태블릿을 꺼내 태평에게 코드를 보여주었다.

"저를 센트럴 챗에서 친구 추가하세요. 마마 앞에서 계속 소리지르고 싶지 않아요."

"어, 알았어요."

태평은 자신의 태블릿으로 완아의 코드를 스캔했다. 그 둘은 이제 채팅으로 계속 논쟁했다. 그들의 태블릿 위로 펜슬이 마구 노닐었다. 가끔 두 사람은 서로에게 이상한 표정을 지어댔다.

독고가라는 나를 보고 눈썹을 치켜떴다. '이게 무슨 일이야?' 그녀가 무어라 말하고 싶어 한다는 기색이 느껴졌다.

하지만 나는 어깨를 으쓱였다. 난 이치를 오랫동안 알아왔기에 부자들의 사고방식이 이젠 별로 놀랍지 않았다. 그리고 솔직히 말해서, 도덕적 논쟁을 한다면 내가 설 자리가 없기도 했다.

다만, 완아와 태평에게 나를 함께 가르치기를 원하는지 묻지 않기로 했다.

호화로운 대저택을 지나 도시의 심장부로 들어갈수록 거리는 더러워졌고 쓰레기도 늘어났다. 건물은 점점 높아지지만 화려한 장식은 사라지고, 아까 봤던 정교한 목조 건축물 대신 비에 얼룩진 콘크리트와 철창살이 박힌 방범창이 보였다.

이치가 가졌던 국경 지대에 대한 환상, 바로 자연과 조화를 이루며 사는 때 묻지 않은 천국이라는 환상을 내가 깨뜨려주었다면, 이치 역시 장안의 화려함 아래 숨겨진 현실의 사진을 보여주며 도시에 대한 나의 환상을 깨주었다. 좁은 방을 감옥처럼 나누어 자는 사람들의 사진, 그들이 가진 소유물이 철제 격자에 걸려 있는 사진, 번뜩이는 고층 빌딩의 그늘 아래 쓰레기로 가득한 슬럼가의 사진, 숱이 적어진 머리를 상투 튼 남자들이 눅눅한 골목에 쪼그리고 앉아 피곤한 기색으로 국수를 먹는 동안 그 옆에서는 명품백 광고가 찬란하게 빛나는 사진까지. 이치는 나에게 장안으로 같이 가자고 설득하기 시작하면서 그런 사진들을 보여주지 않았지만, 그 모습들은 나의 기억에서 지워지지 않았다.

그러나 오늘 본 장안의 기운은 그때의 사진과는 완전히 딴판이었다. 우리가 달리는 거리에는 새해 축제처럼 활기찬 모습의 인파가 북적였다. 사람들은 북과 징을 치고 폭죽을 터뜨렸다. 손에 장대를 든 용춤꾼들은 거대한 황룡의 모형을 흔들어대며 춤을 추었다. 태평은 버튼을 누르고 의자를 돌려서 이제는 수동으로 운전하며 길을 나아갔다.

　상인들은 용두기를 쌓아놓고 팔았다. 사람들이 흔들며 다니거나 창문에 게양하는 용도였다. 하룻밤 사이에 수많은 사람들이 이치처럼 머리카락을 자르고 머리나 허리에 노란 띠를 매는 게 유행이 되었다. 한족 전통인 긴 머리카락을 기르지 않은 오랑캐 여자들은 머리카락 미용 기술을 광고하는 간판을 걸어놓고 간이 미용실 천막을 차렸다. 그 앞으로 손님들이 끝도 없이 줄지어 섰다. 가위가 한 번씩 서걱거릴 때마다 나의 심장도 덜컥 멈추는 것 같았다.

　공공장소에 있는 여자들의 수가 어찌나 많던지, 그 자체로 놀라울 따름이었다. 이제야 이치가 말한 도시가 얼마나 농촌과 다른지 믿을 수 있었다. 그들은 모두 전족하지 않은 발로 춤을 추며, 남자들과 함께 서서 불타버린 고급 차량의 잔해 근처에서 환호성을 질렀다. 하지만 당연하게도, 부유한 남자들의 아내나 첩으로 살아야 했던 나 같은 전족한 여자들은 이런 상황에서 바깥에 나올 수가 없었다. 태평이나 우리 언니, 그리고 나는 원래 그럴 운명이었다. 각자 사회의 최상층과 최하층으로 계급은 달랐지만, 같은 고통을 겪으며 물건처럼 매매되기 위해 포장된 존재라는 건 똑같다니 참으로 우스웠다.

　그렇게 지나가던 거리에서는 가끔 사람들이 작은 마대 자루를 들고서 손에 개인용 전자기기를 켜둔 채로 줄을 서 있었다. 군인 하나가 기기를 스캔해 주면, 그들은 거대한 통에서 쌀을 한 대접씩 받아갔다.

　"음식이 정말로 무료인가?"

나는 주로 여자들이 서 있는 기다란 줄을 보며 눈살을 찌푸렸다.

"필수품만 그렇습니다. 모든 사람은 쌀과 밀가루, 채소가 들어간 기본 배급을 보장받습니다."

완아가 대답했다. 그러자 독고가라가 태블릿을 들어올렸다.

"아, 맞아요. 복지부에서 시민 중앙이라는 시스템을 개발했어요. 전국민이 그걸 다운로드하고 주민번호로 로그인을 해야 했죠. 매일 정부에서 받을 수 있는 배급 목록이 올라와요. 하지만 매번 이렇게 줄을 서야 한다니……. 으."

"중요한 건 줄 서는 게 아니죠. 먹거리가 필요한 사람들이라면 언제든 줄을 설 수 있다는 게 중요한 거죠."

완아는 이 차에 탄 이들이 가진 특권에 지친 듯한 목소리를 냈다.

흠. 진정은 혁명을 공표하기 전에 준비를 많이 해두었구나.

그래도 사람들이 더욱 대담하게 굴수록, 내 속의 불안은 커져 갔다. 사람들은 진정을 무적의 수호자로 여기고 있었다. 자신들이 틀렸다는 것도 모르고. 마치 옆에 둔 물통에 물이 얼마 안 남은 줄도 모르고 불장난하는 것 같지 않은가.

공포로 맥이 두근두근 뛰는 가운데, 나는 건틀릿 낀 주먹을 쥐어보며 혹시 기적이 일어나서 내가 진정처럼 기를 다루는 능력을 갑자기 얻은 건 아닌지 확인해 보았다. 하지만 역시나 아니었다. 불만에 가득 찬 기업들이 민병대를 조직해서 갑자기 거리로 내보낸다면, 그래서 시민들을 다시 복종시키려 한다면, 나는 이들을 보호해 줄 수 없을 것이다.

나의 기술은 크리살리스 안에 있을 때만 큰 힘을 발휘한다. 조종사들이 전투 동안 기술을 가장 잘 익힌다고 전략가들이 생각하는 데는 다 이유가 있다.

어째서 내 삶의 모든 문제는 나를 전투에 나가라고 등을 떠미는 거지?

"나는…… 물자 부족과 인플레이션이 걱정인데요. 물건을 사려고 돈이 있는 사람은 늘어나는데, 일하려는 사람이 없어지면 공급이 수요를 따라가지 못할걸요. 그러면…… 상황이 복잡해진다고요."

태평은 거리의 상인과 음식 노점상 주변의 군중들을 피해서 핸들을 돌려대며 중얼거렸다.

"그러면 일반 사람들이 계속 굶어 죽기 직전에 놓여야 당신은 기분이 좋아요?"

"그런 말이 아니잖아요! 현실적인 걱정을 하고 있는 거라고요! 지금에야 다들 열광하고 흥분하는 중이지만, 매대에 물건이 없어지고 물가가 급등하면 신나는 상태가 얼마나 오래 갈 것 같아요? 이 상황이 어떻게 끝날 것 같냐고요. 이게 잘될-."

그 순간, 갑자기 거리에 있던 사람의 반수가 걸음을 멈추고는 어딘가를 바라보았다. 몇 초 후, 윙윙대는 소리가 점점 가까워졌다.

헬멧과 고글을 쓴 젊은 남자가 호버바이크를 타고 공중을 날고 있었다. 이치가 탔던 것과 같은 바이크였다. 그는 비단옷 차림이었는데, 호버바이크 양편으로 뻗어나온 회전 로터에 빨려들어가지 않도록 옷자락을 사지에 단단히 고정해 놓았다.

그때, 줄에서 밀려나온 여자 하나가 소리쳤다.

"왕충(王忠, 후한 말에서 조조의 위나라 때의 무관으로, 굶주림을 이기지 못하여 인육을 먹은 적이 있다고 알려짐.)! 내 딸의 신세를 망친 놈!"

잠시 혼란이 일더니, 군중의 분노가 확 일었다. 욕설과 고함을 지르며, 사람들은 젊은이에게 돌이며 과일 껍질, 구겨진 종이까지 온갖 것을 다 던졌다. 그러다 그가 탄 호버바이크 로터 안으로 무언가가 들어와 날을 막았다. 바이크가 공중에서 기울어지면서 젊은이는 어설프게 균형을 잡으며 뒤를 돌아보았다. 쓰고 있던 고글 너머로 사람들을 노려보는 젊은이의 얼굴이 분노로 시뻘게졌다.

"나는 왕충이 아니야!"

그가 이렇게 소리친 것 같았지만, 주변이 너무 소란스러워서 제대로 들리지 않았다.

사람들은 물러서지 않았다. 오히려 목표를 향해 더욱 정확히 공격을 해댔을 뿐이다. 이윽고 젊은이의 얼굴에 서렸던 분노가 두려움으로 변했다. 그가 급히 고도를 높여 도망치려던 순간, 기다란 폭죽 끈이 아주 높이 날아오르더니 호버바이크의 로터에 떨어지면서 날을 감았다.

호버바이크는 털털 소리를 내면서 공중에서 기울어져 추락했다.

군중들은 착륙 공간을 확보하며 원형으로 뒤로 물러섰다. 그런 다음 바이크가 착륙하자마자 일제히 달려들었다.

고함소리가 너무 커서 젊은이가 무어라 소리치는지 들리지 않았다. 사람들이 그에게 무슨 짓을 하는지도 알 수 없었다. 모든 게 너무나 빨리 벌어지는 바람에 근처에서 배급을 관리하던 군인들도 상황을 파악하지 못했다. 그들은 손에 총을 들었지만, 여자들이 마구 소리치며 손가락질을 하자 즉시 손을 뗐다. 어떤 이들은 쌀통에 달려들어서 몇 대접씩 쌀을 퍼댔다. 그러자 이리저리 움직이는 사람들 사이에서 말다툼이 벌어졌다. 사람들은 벌떼처럼 밀고 밀쳐댔지만 대부분 호버바이크에도 쌀통에도 가까이 가지 못했다. 그러다 어떤 이들이 돌아서더니 가리키는 곳이 있었다…….

바로 우리였다.

제길. 우리는 고급 차를 타고 있었지!

폭도들 무리가 우리 쪽으로 달려들었다. 태평은 핸들을 움켜쥐었지만 이미 때는 늦었다. 사람들이 우리 뒤로 더욱 밀려들었다. 이젠 포위된 것이다. 우리가 서로를 바라볼 틈도 없이 사람들이 창문을 때리고 차를 흔들어댔다. "나와라!" 외치는 소리에 차창이 흐려졌다. 독고가라가 내 팔을 꽉 잡았다. 나는 무릎에 놓은 왕관을 꼭 그러안았다.

"비단옷을 벗어요!"

완아가 태평의 옷깃을 잡아당겼다. 태평은 의자를 돌려 우리를 마주보더니, 떨리는 손으로 옷을 벗으며 소리쳤다.

"아무도 안 죽었다면서요!"

"이제는 어떻게 될지 몰라요!"

완아는 새빨개진 얼굴로 대답했다. 그녀는 태평이 옷을 벗는 걸 도와주었고, 태평은 이제 하얀 속옷 차림이 되었다. 완아는 고급 옷을 좌석 아래 수납공간에 밀어 넣더니, 나를 향해 애원하는 눈빛으로 소리쳤다.

"마마!"

차는 더욱 격하게 흔들려서, 우리는 내부에서 이리저리 부딪칠 지경이었다. 나는 창문을 두드리며 소리쳤다.

"이걸 어떻게 열지?"

방금까지 나는 이 사람들을 걱정하고 있었건만!

태평은 완아를 붙잡고 몸을 지탱하더니, 제어 패널을 이리저리 눌렀다. 드디어 차창이 내려가면서, 군중의 날카로운 비명이 우리에게 쏟아지며 매캐한 연기가 함께 풍겼다. 제발 군인에게서 총을 빼앗은 사람이 없어야 할 텐데. 나는 속으로 빌면서 고개를 내밀었다. 몇 사람의 팔이 내 얼굴을 때리려 했다.

"멈추어라!"

나의 명령에 사람들이 나를 알아보면서 침묵이 퍼져갔다. 나의 황금 가면과 입가에 드리워진 실 베일을 보았을 테니.

차체를 잡았던 사람들이 손을 거두었다. 다들 주춤주춤 뒤로 물러섰다. 이윽고 호버바이크와 쌀통 주변의 사람들까지도 움직임을 그만두었다. 젊은이는 바닥에 주저앉았다. 쓰고 있던 고글은 깨지고 옷이 찢어져 한쪽 어깨가 드러나고 멍이 보였다. 그의 모습은 바이커 복장을 했던 이치와 살짝 닮아 보여서 가슴이 아팠지만, 지금 그의 편을 들면 군중을 자극할 게 뻔했다.

"황후 마마 천천세……."

누군가 나에게 해야 할 인사말을 중얼거렸지. 하지만 아무도 확신한 목소리가 아니었다.

거리는 쥐 죽은 듯 조용하고 아무런 움직임도 없었다. 이 상황에서 내가 뭘 해주어야 할지 아무도 모르는 듯했다. 그렇겠지. 나는 지난 몇 달 동안 그저 소문의 대상이었을 뿐이니. 나는 그들의 관심을 이용하려고 의도적으로 논란의 여지를 남기는 이미지를 꾸며왔다. 그들이 내 머리채를 잡아대지 않는 이유는 단 하나, 바로 내가 진정의 황후이기 때문이었다.

나는 손으로 차창의 프레임을 꽉 쥐었다. 이들이 나를 그저 그런 존재로 여기게 둘 수는 없었다. 어떤 이들은 벌써 개인 기기로 촬영 중이었다. 그 영상은 화하 전역의 수천 명, 수만 명이 보고 있겠지. 이 상황에서 어떻게 처신하느냐로 나의 새로운 이미지가 결정될 것이다.

나는 진정의 모습을 떠올렸다. 그 경기장 안에서 했던 연설로 관중들을 열광시켰던 그 모습을. 사람들이 희망을, 본인이 인정받는다고 느끼던 그 연설을.

"노동 계급에게 권력을!"

나는 왼손 주먹을 허공에 치켜들며 소리쳤다.

그러자 곧바로 군중이 술렁이기 시작했다.

"*노동 계급에게 권력을!*"

군중 중에서 상당수가 따라 외쳤다.

"구체제를 타도하라!"

나는 또 다른 구호를 외쳤다.

"구체제를 타도하라!"

더 많은 이들이 나를 따라 외쳤다.

와, 이야. 부자들 욕을 하니 정말 효과가 있네.

나는 창문 밖으로 몸을 더 빼고서 외쳤다.

"너희는 우리가 필요하지만, 우리는 너희가 필요 없다!"

"너희는 우리가 필요하지만, 우리는 너희가 필요 없다!"

군중은 이제 완전히 활기를 되찾았다. 그들의 에너지가 공기를 울렸다. 이제 이 동력을 다른 데로 이끌어야겠는데…….

"시민 여러분! 구체제를 타락시킨 탐욕의 본능에 굴복하지 마시오! 더 좋은 사람이 됩시다! 그러니 정해진 몫만을 가져가시오!"

내가 외치는 소리에 쌀통 주변 사람들이 죄책감 어린 얼굴로 국자를 던졌다. 나는 곤경에 빠진 젊은이를 가리키며 외쳤다.

"또한, 더는 기생충들이 정의의 심판에서 도망치지 못하게 합시다! 저자를 천뢰로 데려갑시다!"

군중은 더없이 큰 함성으로 환호했다.

"이 사회의 기생충을 박멸하자! 박멸하자!"

나는 군중 속 누군가가 준 확성기를 통해 차창 밖으로 소리쳤다.

"이 사회의 기생충을 박멸하자! 박멸하자!"

전기차 뒤를 따라 이어진 긴 행렬은 세상을 뒤흔들 만큼의 힘으로 나의 구호를 제창하며, 장안 외곽에 있는 천뢰 교도소로 꾸준히 움직였다. 거리마다 사람들이 계속 나와 우리 일행에 합류했다. 대부분 이게 무슨 일인지는 모르고, 그저 이 행렬의 일부가 되고 싶어 하는 것 같았다. 등 뒤로 손이 묶인 운 나쁜 젊은이는 밀쳐져서 차 앞에 세워졌다. 그래도 그는 죽을 정도로 맞지는 않았다.

태평은 새하얀 속옷만큼이나 새하얘진 손마디로 차 운전에 온 신경을 쏟고 있었다. 독고가라는 미동도 없이 좌석에 앉은 채였다.

그동안 완아는 태블릿으로 계속 구호를 만들어내고 그 위에 발음 기호를 표시했다. 내가 구호를 잘못 읽어서 망신당할 일이 없도록 하기 위해서였다. 완아가 있어서 정말 다행이었다. 나만 있었더라면 생각해 낼 수 있는 구호가 벌써 다 떨어졌을 테니까. '나는 부자가 밉고, 그들이 다 죽어야 한다고 생각한다'라는 말을 표현할 방법은 한정적이었다.

"해결책은 단 하나! 노동 계급 혁명이다!"

"해결책은 단 하나! 노동 계급 혁명이다!"

군중은 내 말을 제창했다. 내가 외치는 말마다 수천 명의 사람이 응답하는 소리를 들으니 감미로운 권력의 맛이 느껴졌다. 중간중간 나는 진심으로 우리가 하나로 뭉쳐서 무엇이든 이루어낼 것만 같은 기분이 들었다.

하지만 난 분명히 기억하고 있다. 지금 난 여러모로 거짓말을 하고 있다는 걸.

진정이 건강해지고, 우리가 모든 부유층과 권력자들을 제거한다 해도, 그다음은 어떻게 될까? 일반 시민들이 다 같이 협력해서 서로를 돌봐주고 영원히 평화롭게 살게 될까?

절대 그럴 리 없잖아.

"단결한 민중은 패배하지 않는다!"

그럼에도 불구하고 나는 계속 구호를 외쳤다. 대중의 호감을 사는 이 기회를 포기할 수가 없었으니까. 전쟁터의 권력 이상을 원한다면, 실제로 사람들이 날 좋아하도록 만들어야 한다. 진정이 나를 축출하는 걸 무서워할 만큼의 영향력을 가져야 한다. 내가 부당한 대우를 받는다면 거리에서 폭동이 일어날 정도로 존경받는 존재가 되고 싶다.

좋아할 만한 존재가 되는 것. 이것은 내가 이제껏 받아온 것 중에서도 가장 어려운 도전 과제다.

마침내 도착한 천뢰 교도소는 콘크리트와 철조망으로 이루어진 요새였다. 구름 낀 하늘 저 높이 우뚝 솟은 감시탑에는 무장 군인들이 서 있었다. 이곳에 한번도 와 본 적이 없건만, 익숙한 감각이 고통스레 나를 덮쳤다. 그래서 다음 구호를 외치기까지 몇 초 동안 머뭇대었고, 목소리도 떨려나왔다. 부디 아무도 이 점을 이상하게 생각하지 않기를 바랄 뿐.

교도소 정문까지 힘겹게 나아가자, 예상치 못한 수천 명의 인파를 본 교도소장은 혼란스러운 얼굴로 우리를 맞이했다. 그는 조정 관료는 아니었으나, 제5급 관료들이 입는 연빨강 의복 차림이었다. 세민의 기억 속 교도소장은 아니었다.

다행이군. 만약 그 사람을 봤다면 난 참지 못하고 주먹을 날렸을 테니.

원형 대열을 이룬 사람들이 고함을 치면서 젊은이를 교도소장에게 인계하는 동안, 전기차 안에서 독고가라가 말했다.

"이 말은 해야겠어요. 나는 부정한 방법으로 돈을 번 적이 없어요. 내 실력대로 조종사의 표준 급여를 받았고, 고 기업 제품 광고를 몇 개 해서 번 게 다라고요."

교도소 정문에 모여드는 군중을 바라보는 태평은 생전 처음 공포를 느낀다는 표정으로 말했다.

"그리고 저는요, 까놓고 말해서 이젠 돈이 하나도 없어요. 정말이에요."

"보란 듯이 사치품을 지니고 다니지 말아요. 그러면 믿어줄지도요."

완아가 떨떠름하게 대꾸하자 태평은 완아를 휙 돌아보았다.

"정말로 당신들 혁명이 폭력적이 아니라고 생각해요?"

"누가 폭력적이지 않다고 했나요?! 일반 시민들이 저지르는 폭력이 항상 너무 과대평가 된다고 말하는 거잖아요! 구체제는 그들을 총살하고서도 뉴스에서 왜 그들이 분노하는지 단 한 마디도 이유를 설명하지 않았을걸요. 하지만 마마께서는 신체제가 실제로 시민들에게 관심을 갖고 있다는 희망을 주셨어요. 그러니 시민들도 우리를 해치지 않고 물러섰잖아요?"

완아는 나를 재평가한다는 듯 바라보며 덧붙였다.

"이걸 보면 사람들이 원하는 것이 있을 때 합리적인 출구를 하나만 줘도 이성적으로 행동한다는 걸 알 수 있어요."

완아의 시선 때문에 나는 묘하고도 커다란 책임감을 느꼈다. 마치 내가 한 일이 그저 수천 명을 속여서 내가 원래 가려던 교도소로 누군지 모르는 남자를 호위하게 된 것만은 아니라는 듯했다. 나는 억지 미소를 지어보였다.

군인들이 젊은이와 그를 고발할 여자를 비롯하여 몇 명을 문 안으로 데리고 들어가자, 군중들은 환호성과 박수갈채를 보냈다. 저 젊은이가 사람들이 생각하는 당사자가 맞다면, 그에게 불만인 사람들이 한두 명이 아닌 듯했다. 나는 거리에서 그의 신원을 확인하는 걸 포기했었다. 막상 잡아놓은 사람이 범죄를 저지르지 않았다는 게 드러나 군중들의 노력이 헛수고였다는 게 입증되었다면, 그들은 웃고 노래하며 흩어지는 대신 위험하도록 불만을 키워댔을 것이다.

"마마……."

군중이 떠난 후, 교도소장은 내가 탄 차로 다가왔다. 그는 한 손바닥에 주먹을 대는 포권으로 인사하며 자기 소개를 했다.

"저는 마마의 충신 내준신(來俊臣, 측천무후 시기에 활약한 고문 기술자로 악명이 높았으며 측천무후의 권력을 다지는 데 일조하였음.)이라 합니다. 어떤 일로 행차하셨는지……."

나는 목을 가다듬고 말했다.

"내 교도소장. 시민들이 여기 온 이유는 천뢰 교도소가 화하에서 가장 높은 정의의 표본이 되기를 기대하기 때문이니라."

나는 최대한 지금 상황을 아주 잘 아는 듯한 모습을 꾸며대며 차창 밖으로 말했다.

"그대가 조사권이 있든 없든, 관련 인력을 동원하여 저 젊은이와 고발인들을 철저히 조사하여라. 만약 그 젊은이가 그들에게 해를 입힌 게 아니라면, 진범을 찾아내라. 백성들을 실망시키지 말도록 해라. 그렇지 않으면 그들은 다시 폭도가 되어 돌아올 것이다."

나는 눈을 가늘게 뜨고 그를 노려보았다. 교도소장은 마른침을 삼키더니 절을 했다.

"마마의 명을 따르겠습니다."

그는 차 앞을 걸어가며 몇 개의 문과 검문소를 통과시켰다. 교도소 부지를 지나자 기억의 파편들이 나에게 밀려왔다. 다른 수감자들과 함께 사슬로 묶여 제품 조립을 했던 때의 모습. 반항의 기미만 보여도 총이나 전기 충격기를 꺼내 들던 간수들의 시선. 나는 이 교도소를 통제했던 권력을 부수었지만, 그럼에도 불구하고 도망치고 싶은 기분이 들었다.

"저기, 괜찮아요?"

독고가라는 내 어깨를 잡아 부축해 주었다.

"난 여기 온 적이 없지만, 여기 있었던 기분이 들어."

나는 그녀만 들을 수 있도록 나직하게 말했다. 독고가라는 이해했다는 기색으로 표정이 한층 부드러워지더니, 내 어깨를 놓으며 말했다.

"그래요. 나랑 견이도 이런 일이 자주 있죠. 누구랑 같이 조종하면 할수록, 서로의 삶이 섞여버리니까."

독고가라는 짝을 다정하게 부르는구나. 무심코 나온 호칭에 나는 살짝 미소를 지었다.

세민은 이곳에서 행복하지 않았다는 걸 알지만, 그래도 이 느낌으로 내 안에 일어나는 감정을 고이 간직하기로 마음먹었다. 어떤 의미로는 세민이 나와 함께 이곳을 방문하는 것 같았다.

교도소 본관 앞에 다다라 전기차에서 내린 후엔 휠체어에 탔다. 그때쯤 태평은 다시금 옷을 갖춰 입고 있었다. 내 교도소장은 우리를 데리고 죄수가 들어가는 방이 내려다보이는 관찰실로 안내했다. 그곳은 진정이 격리된 무균실과 비슷하지만, 방 벽은 반질반질한 흰색 타일이 아니라 칙칙한 콘크리트로 이루어져 있었다.

"안심하십시오. 저곳에서는 여기를 볼 수 없습니다. 우리가 허락하지 않으면 이쪽 목소리도 들리지 않습니다."

내 교도소장은 관찰실 유리 앞 긴 탁자에 앉아서 마이크를 잡았다. 그리고 태블릿을 꺼내 세웠다. 이윽고 화면에는 사마의가 궁전의 새로운 사무실을 배경으로 나타났다.

그는 두꺼운 책들이 가득 꽂힌 책장 앞에 서서 핏줄이 불거진 얼굴로 말했다.

"마마, 대체 방금 무얼 하셨습니까? 왜 마마께서 폭동 선동이라는 검색어로 온라인에 떠 계신 건지 말씀해 주시겠습니까?"

"나는 폭동을 막고 있었소! 사람들이 그 젊은이를 곧바로 죽여버리려 했다고! 우리도 함께 죽을 뻔했소! 당신도 거기서 봤어야 하는 건데!"

나는 그에게 새된 소리를 지르다가 깨달았다. 반동 세력들은 이걸 증거로 내가 얼마나 위험하고 기만적인지 보라며 신나게 물어뜯겠군.

맘대로 하라지. 엘리트들 사이에서 나의 평가는 이미 바닥을 쳤다. 하지만 일반 백성들은 다수 나를 좋아하게 될지도 모른다.

사마의는 얼굴을 쓸어내렸다.

"저는……. 아니, 됐습니다. 내 교도소장. 후보자를 봅시다."

"알겠습니다."

내 교도소장은 나에게 서류철을 건네며 말했다.

"마마, 최근 검사에서 기력이 500을 넘어선 20세 미만 수감자는 세 명이 있습니다."

나는 서류철을 완아에게 넘겼다. 이 행동이 나의 독해 능력에 자신 없어 하는 게 아니라 권위적인 행동으로 보였으면 하는 바람이 있었다.

"첫 번째 후보자를 보겠소."

교도소장은 마이크의 버튼을 눌렀다.

"들여보내라!"

우리 앞에 보이는 방의 두꺼운 철제 문이 열렸다. 간수는 주황색 죄수복을 입은 수감자를 데리고 들어왔다. 뺨에는 범죄자를 상징하는 문신이 새겨져 있었고, 손과 발에는 쇠고랑을 차고 있어 덜그덕 세민의 이름이 나오지 못하고 침묵이 흐르면서 사마의가 종이를 넘기는 소리만이 들렸다.

"아, 그놈에 대해 들은 적 있소."

나는 다시금 임무에 집중했다.

"그가 무슨 짓을 저질렀는가?"

"반역죄입니다. 국가의 화합을 저해하려고 선동하고, 불법 집회에 참여했으며, 체포에 저항했고, 경찰을 폭행하고 법정을 모독한 죄 등등…… 그밖에도 많습니다."

사마의는 손가락으로 종이 위를 주욱 그었다.

내 교도소장은 비웃음을 지었다.

"저놈은 자신이 성현들보다 많이 안다고 생각했습니다. 가만히 있었으면 장안대학에서 좋은 학위를 받을 수 있었을 텐데, 반정부 메시지를 퍼뜨려서 선동하는 신문과 라디오 프로그램을 운영했지 뭡니까. 3년 전에도 학생들을 모아 선동해서 성현궁에서 소란을 일으켰습니다. 꽤 심각한 상황까지 갔었지요."

"아, 저자가 그 소동의 주동자였다고?"

독고가라도 거들었다.

적인걸은 가느다란 눈매로 이쪽 유리창 너머를 쏘아보았다. 그에게 우리가 보이지도 들리지도 않는 게 맞을까.

완아는 입을 꾹 다문 채로 서류철을 넘기며 말했다.

"내 교도소장. 여기 기록된 사건을 나 역시 실시간으로 보았습니다. 하지만 학생들은 아무런 소란을 일으키지 않았습니다. 부동산 시

거리는 소리가 났다. 처음에는 충격적이리만큼 세민이 떠올랐⸢
다시 보니 세민과 이 죄수는 많은 차이가 있었다. 그는 건장한 ⸢
보다 훨씬 작고 마른 체격으로, 호리호리하고 연약해 보였다. 머⸢
자르지 않아서 전통적인 상투를 틀고 있었다. 턱선이 날렵하고 날⸢
로웠으며, 눈은 여우처럼 길고 얇았다. 눈썹 끝은 마치 불꽃처럼 ⸢
구쳐 있었다.

교도소장의 설명이 이어졌다.

"이자는 적인걸(狄仁傑, 측천무후 휘하의 저명한 관리이자 정치가.)입니다.
기력이 단연 높은 후보로, 흥미로운 사례입니다. 셋 중 다른 둘은 어
린 시절 기력 검사를 통해 예비 입대자로 선발되었다가 조종사로 선
발되기 전 범죄를 저질러 수감되었지만, 이자는 수감되기 전까지
는 기력이 500을 넘지 않았습니다. 최근 기력 검사 수치는 1630로,
철의 귀족 기준에 아주 근접합니다. 저는 그가 일반 절차를 거치지
않고 곧바로 조종사로 특진할 거라 생각했습니다. 전에도 그런 사
례가……."

내 교도소장은 말을 하다 말고 굳었다. 표정에 죄책감이 서렸다.

나의 가슴이 찔린 듯 아팠다. 다시금, 세민은 입에 담을 수도 없는
추방자가 되었구나. 주 지방을 탈환하는 데 기여한 영웅으로 추모받
지도 못하게 되었구나. 범죄자라서가 아니라, 나 때문이었다. 내가
진정과 결혼하기 전에 결혼한 남자라서, 사람들은 그를 입에 담기
불편해하기 때문이었다. 마치 그를 입에 담으면 고귀하신 황제의 남
성다움을 훼손하기라도 한다는 양.

장이 붕괴했는데도 무책임하게 행동한 은행들을 구제해 준 구체제에 반대하는 평화 시위를 벌였을 뿐입니다. 하지만 군인들이 최루가스를 쏘면서 상황이 악화되었고, 학생들은 그저 돌을 던졌을 뿐인데 군인들은 그들에게 사격을 시작했던 겁니다."

내 교도소장은 시선을 올리고 이쪽을 슬쩍 훑어보았다. 마치 어디서 파리가 날아들었나 싶은 눈빛이었다.

"저 하녀가 어째서 입을 놀리는 것인가?"

나는 언성을 높였다.

"내 교도소장. 나의 비서에게 예의를 갖추어라."

"죄송합니다, 마마. 하지만 이 여자애가 먼저-."

"여자애가 아니다. 이 사람은 스물네 살이다."

나는 그의 말을 잘랐다. 그러자 사마의가 끼어들었다.

"그렇소, 조심하시오, 내 교도소장. 마마께서는 여자를 나쁘게 말하는 것만 같아도 아주 예민하게 구시니 말이오."

나는 저 말에 대꾸할 가치를 느끼지 못했다.

내 교도소장은 나와 화면 속 사마의를 번갈아 바라보았다. 어느 쪽에 아부해야 할지 갈피를 잡지 못하는 듯했다.

"어쨌든, 이 아가씨는 본인이 무슨 소리를 하는지 전혀 모르고 있습니다. 저 녀석들은 그저 할 일이 없어서 시간이 많고 혈기가 넘쳐서 그렇습니다. 불만을 제기하고 싶다면 적당한 통로가 있지 않습니까. 성현궁에서 소동을 일으키다니요! 게다가 우리 용감한 군사들에게 돌을 던지는 폭력을 저지르기까지 했습니다!"

완아는 '내가 뭐랬어'라는 눈빛으로 태평을 쏘아보았다. 태평은 민망한 표정을 지었다.

나는 못마땅하게 코웃음을 쳤다.

"내 교도소장. 그대가 불만을 제기하는 데 적절한 절차를 그토록 중요시한다면, 성현궁을 무너뜨린 나와 우리의 고귀하신 황제 폐하까지도 마땅히 체포해야 하지 않느냐?"

그러자 교도소장의 얼굴이 창백해졌다.

"어찌 감히 제가 그러겠습니까, 마마! 그런 뜻이 아닙니다!"

"구체제가 사라졌는데, 그 체제에 반대하여 시위했던 죄수를 감옥에 가두어 두어도 되는가?"

그때, 사마의가 전혀 송구하지 않은 어조로 말했다.

"송구하오나, 마마. 지금 말씀은 여기에 온 목적에서 벗어나는 것입니다. 내 교도소장. 심문을 시작하시오."

"예, 의장님. 바로 하겠습니다."

교도소장은 마이크를 켜고 말했다.

"적인걸. 나는 새 정부의 대표단과 함께 이 자리에 왔다. 대표단은 너에게 화하를 섬길 기회를 주며 사형을 면제해 주겠다고 제안했다. 하지만 그 대가로 너는 거세되어야 한다. 어떻게 하겠느냐?"

내 교도소장은 마이크 버튼에서 손을 뗐다. 그러자 긴 침묵이 흘렀다. 나는 적인걸이 당황하며 분노하리라고 예상했다. 그런데 적인걸은 침착하게 대답했다.

"만약 저의 임무가 황후 폐하의 부조종사가 되는 것이라면, 저는 대가를 기꺼이 받아들이겠습니다."

나는 내 교도소장의 탁자를 쾅 쳤다.

"징병되는 이유를 이야기하지 말라고 하지 않았느냐!"

내 교도소장은 손을 마구 저어대며 말했다.

"아닙니다, 마마 저는 간수들에게도 말한 적이 없습니다! 적인걸이 그냥……. 눈치채는 겁니다! 어제는 제가 옷이 구겨진 채로 출근한 걸 보고 아무런 단서가 없는데도 제가 부부싸움을 했다는 걸 알아냈을 정도입니다!"

"어쩌면 당신이 옷을 직접 다리는 법을 배워야 할 때가 되었는지도 모르지."

독고가라가 말했다.

"마마께서 직접 보십시오!"

내 교도소장은 다시 마이크를 켜더니, 적인걸에게 말했다.

"적인걸, 어째서 이게 황후마마와 관련된 일이라고 생각하는지 설명하거라!"

적인걸의 눈동자가 좌우로 움직였다. 마치 다른 이들은 보지 못하는 무언가를 훑어보는 듯한 움직임이었다.

"대관식 말미에 폐하에게 무슨 일이 일어났기 때문입니다. 어제 봉황소 경기장에 온 사람은 폐하가 아니었습니다. 폐하의 근접 화면에서 보이는 그림자와 원거리 화면에서 보이는 그림자가 일치하지 않았습니다."

"수감자들을 모아놓고 방송을 보여준 것은 사실입니다만, 저것들에게 황제 폐하를 존경하는 마음을 심어주려는 의도였습니다."

내 교도소장은 서둘러 설명하고는 다시 마이크를 켰다.

"그림자라니? 오늘은 정말 말도 안 되는 소리를 하고 있구나, 적인걸!"

"다른 두 수감자와 저를 여기 불러내시기 전까지는 그저 단순한 추측에 불과했습니다. 우리 셋이 가진 공통점은 그저 높은 기력과 크리살리스 조종 능력이 있는 나이대라는 점뿐입니다. 얼마 전까지만 해도 저희는 정식 조종사로 징병될 거라 생각했지만, 단순한 조종사라면 거세까지 해야 할 이유는 없습니다. 하지만 우리가 내밀하게 접촉하지 말아야 할 상대와 같이 조종해야 한다면 이야기가 다릅니다. 그 점과 더불어 황제 폐하께서 현재 활동하고 계시지 못하는 상황이니, 결론은 바로 황후마마께서 몸소 우리를 선발하고 계신다는 겁니다. 조종사의 전통을 깨는 행동이야말로 황후께서 하실 법한 일입니다. 지금 계시는 쪽에서 기 금속이 움직이는 소리가 들렸습니다. 내 교도소장님. 마마께서 지금 같이 계시지 않습니까?"

"이야, 쟤 진짜 똑똑하네요."

태평이 숨을 내쉬며 말했다. 사마의도 입을 열었다.

"그래서 위험한 것입니다. 특히 저자의 반란 전력을 생각해 보면 더욱 그렇습니다."

나는 공격적으로 거친 숨을 내쉬었다.

"다시 말하지만, 저자의 죄목은 이전 정부에서나 해당하는 것이었다. 우리는 그 정부를 완전히 무너뜨렸다. 만약 우리가……"

그때, 적인걸이 말했다.

"마마, 혹시 거기 계시다면 제 말씀을 들어주십시오. 저는 마마의 부조종사가 되기 위해 신체절단을 기꺼이 감당할 것입니다. 다만 한 가지는 반드시 약속해 주십시오. 마마 본인을 위해 싸우시는 것만큼 나머지 소리 없는 자들을 위해서도 힘써 싸워 주십시오. 여기 수감된 죄수들까지도 포함해서 드리는 말입니다. 이들이 무슨 짓을 저질렀든, 마마께서는 이 체제가 얼마나 망가졌는지, 또 얼마나 약자를 처벌하고 부자의 이익을 위해 존재해 왔는지 분명히 보실 수 있습니다. 이 체제를 반드시 해체해주셔야 합니다. 그렇게 해주십시오."

나는 입술을 깨물었다. 어째서 저자는 나에게 이런 기대를 하는 거지? 나는 벌써 마음 써야 할 일이 너무나 많다고! 여자들과 소녀들에게 더 많은 권력을 넘겨주는 것만으로도 이미 힘겨운 목표란 말이야!

"무엄하다! 적인걸, 너에겐 요구할 권리가 없다!"

내 교도소장은 마이크에 대고 소리쳤다. 사마의는 다른 서류로 거칠게 넘어갔다.

"이제 다음 후보를 볼 차례인 것 같습니다."

나는 아무 말 없이 적인걸이 간수들에게 끌려가는 것을 내버려두었다. 그러나 다음 두 죄수와 면담을 진행하면서 사형 선고를 피하기 위해서 거세되어야 한다는 조건에 그들이 보인 반응을 지켜보며, 계속 적인걸에 대해서 생각하지 않을 수가 없었다. 두 죄수는 예측했던 것 이상의 반응을 보였다. 곧바로 분노하며 조건을 거부하더니, 이어서 협상을 시도하며 거세까지 받으며 해야 하는 임무가 무엇인지 당황스러운 질문을 해대었다. 그들이 여기에 갇힌 혐의는 다음과 같았다. 두 번째 후보는 상점 주인을 살해한 무장 강도짓을 연속으로 저질렀고, 세 번째 후보는 아주 끔찍한 포르노를 제작하다가 붙잡혔다. 내 교도소장이 그 사건을 설명하자 우리 모두는 입을 모아 혐오스럽다는 소리를 냈다.

"마마께서 선택하시든 마시든 상관없어요. 저자를 거세하세요! 솔직히, 내가 직접 해주고 싶다고!"

독고가라는 소리를 지르며 문으로 성큼성큼 걸어갔다. 내 교도소장은 그녀의 뒤를 따라가며 소리쳤다.

"대공비 장군님! 부디 소란을 일으키지 마십시오!"

나는 수감자의 얼굴이 보이지 않도록 시야를 차단했다.

"나는 저자의 정신과 연결되고 싶은 마음이 없다. 내 앞에서 저자를 치워라!"

세 번째 수감자가 분노한 독고가라에게 잡히기 전에 벗어나도록 간수들이 그를 끌고 나갔다. 그 모습을 바라보며 완아가 생각에 잠긴 듯 물었다.

"그렇다면 미심쩍도록 총명한 반역자와 살인 강도 중에서 누구를 선택하시겠습니까? 적인걸의 기력이 훨씬 강하니 마마와 함께하는 전투에서 오랫동안 살아남을 가능성이 있습니다만, 기술적으로 보자면 풍소보(馮小寶, 측천무후의 총애를 받은 승려이자 관원. 후에 설회의로 개명하였음.)는 중범죄를 저질렀기에, 원론적으로 보자면 마마의 크리살리스에서 죽어 마땅한 자이기도 합니다. 어느 편을 선택하시겠습니까?"

나는 이 선택의 결과가 어떻게 될지 깨달았다. 나의 권력을 변화를 위해 사용해야 할까? 아니면 처벌을 하도록 사용해야 할까?

"둘 다 선택하겠다. 적인걸을 나의 부조종사로 삼고, 풍소보를 여분의 조종사로 둔다. 둘이 교대한다면 위험을 둘에게 분산시킬 수 있으니까."

사마의는 화면 속에서 분노로 소리쳤다.

"마마, 그건 안 될-."

"무엇이 안 된다는 말이오, 사마 의장? 남자 조종사들은 첩 조종사를 여럿 거느리지 않소? 그런데 나는 어째서 거세된 조종사를 여럿 가지면 안 된다는 말이오?"

사마의의 입이 일그러졌다. 그는 서류를 내리치며 말했다.

"어디 폐하께서 승인하시는지 두고 보시지요."

제18장

치를 만한 대가

 진정은 평소와 달리 내가 주동한 집회에 대해 칭찬했고, 일단 거세된 남자들이라면 내가 몇 명의 조종사들과 함께 타든 상관하지 않았다. 수술은 오늘 오후에 진행될 예정이었다.
 왜 사람들은 남녀를 구분할 때 성기만이 모든 기준이라고 여기는 걸까. 생각해 보면 참 이상했다. 적인걸과 풍소보는 이제 자녀를 낳을 수 없고 서서 소변을 보지 못하지만, 그 말고 뭐가 근본적으로 달라졌다는 것일까? 그들은 여전히 같은 정신과 같은 외양을 지녔고, 남자로 자라면서 형성된 태도와 생각 역시 달라지지 않았다. 그렇다면 거세되었다는 걸 모르는 채로 그들을 만나는 사람들은 여전히 그들을 남자로 대할 텐데. 더는 갖고 있지 않은 그 생식기관만을 보고 남성성이 결정된다고 어떻게 말할 수 있나? 만약 성별을 버리는 게 그토록 간단한 일이었다면, 나는 애초에 어머니의 자궁 속에서 스스로에게 칼을 대었을 것이다.

어쨌든 진정은 이제 화하에서 '거세된 조종사'라는 개념을 모두가 알도록 확실하게 손을 썼다. 사마의는 정부가 진행하는 새로운 토크쇼에 나가서 전국의 모든 스크린과 라디오 앞에서 진정이 나와 함께 그 조종사들을 전쟁에 내보내는 이유를 설명했다. 내가 싸우는 동안 황제는 '화하의 부흥'에 집중하기 위해서라는 거짓말을 퍼트린 것이다. 쇼의 진행자는 과거 고 기업의 드론 카메라를 통해 전투를 생중계하며 고래고래 소리를 지르던 유명한 전투 해설가로, 대화 중에 열심히 고개를 끄덕여댔다. 사마의는 도표와 예전 군사 기록을 보여주면서 황룡이 혼돈과의 전투에는 효과적이지 않으며, '반혁명 전쟁'을 막는 용도로 아껴두어야 한다고 설명했다.

별로 완벽한 설명이 되지는 않았지만, 지금은 이 정도로 해두어야겠지. 철의 미망인들을 다시 세운 다음에는 국경이 안정되어 다시는 진정이 직접 싸워달라고 사람들이 요구할 일이 없기를 바랄 뿐이다.

내 인생에는 어둡고 악독했던 시절이 있었다. 그때였다면 나는 이렇게 상황이 바뀐 걸 보며 승리감을 느꼈겠지. 여자들이 남자에게 봉사하기 위해서 신체를 훼손하는 게 아니라, 이제는 남자들이 여자에게 봉사하기 위해서 신체를 절단하고 있잖은가. 그러나 지금, 승리감은 전혀 느껴지지 않았다. 그들이 고통받는다 하여 나의 고통이나 다른 여자들의 고통이 줄어드는 것도 아니었으니. 적인걸과 풍소보가 천뢰에서 나오려고 거세 절차에 동의한 것 때문에 내가 잠을 설칠 정도는 아니었으나, 그러는 게 생산적이라는 생각도 들지 않았다. 이건 진정이 나를 소유했다는 걸 강조하기 위한 새로운 보여주기에 불과했다. 그래서 강화되는 건 그의 경계이지나 나의 경계가 아니었다.

전선으로 떠나기 전날 밤, 나는 다시 진정에게 훈련을 요청했다. 그를 정말 혐오하지만, 여성 조종사 지휘관이 존재할 수 있다고 대중을 설득하기 위해서 난 최대한 준비를 해야 했다.

그러나 꿈의 영역에 들어가 비밀리에 대화할 수 있게 되자, 그는 예상치 않았던 점을 드러내었다.

"넌 내가 정말로 아이를 원한다고 생각하나? 그렇지 않다. 신들에게 보여주기 위해 사마 의장의 헛소리에 동의했을 뿐이다."

그가 웃으며 한 말에 나는 깜짝 놀랐다.

"신들이 우리가 아기를 갖기 원한다고요?"

그러다 다시 생각해 보니 놀랄 일이 전혀 아니었다. 신들은 내게 말하지 않았던가. *충실한 아내가 되어라, 무측천. 충실한 어머니가 되어라. 반역자 남편을 통제하고 네가 파괴했던 균형을 되돌려놓아라.*

"아무도 사랑하지 않는 남자는 예측할 수 없는 위험 요소가 된다. 그들은 내가 이런 일을 강요받는 걸 얼마나 싫어하는지 알고 있기 진정은 물보라 가운데로 손을 휘저었다. 그러더니 무지갯빛 수증기 속에서 맑고 붉은 수증기를 끌어냈다.

"네가 가장 익숙한 기는 금기고, 화기가 두 번째지. 이제 금기가 전혀 없이 화기만을 끌어내 봐라."

"알았어요."

화기의 느낌을, 그 열기와 폭발적인 힘을 떠올리며 나는 그가 한 대로 따라해 보았다.

하지만 그건 보기보다 대단히 어려웠다. 증기는 손으로 잡을 수 없으리만큼 실체감이 존재하지 않았다. 분수대 안으로 손을 휘저었지만, 정신력으로 어찌어찌 느낄 수 있는 차가움만이 미약하게 느껴질 뿐이고, 나타나는 것은 하얀 금기밖에 없었다. 이거 큰일인데. 나는 수증기를 더욱 휘저으며 조금이라도 뜨거운 화기가 있는지 느껴보았지만, 상당량의 하얀 금기를 먼저 끌어내지 않고서 화기를 끌어낼 수가 없었다. 금기의 압도적인 감각 때문에 내가 다른 기를 끌어낼 때까지는 아무것도 느껴지지 않는 것 같았다.

진정은 손등을 뺨에 댄 채로 기대어 서서 지루한 표정을 지었다.

나는 적인걸을 떠올리기도 했고, 또 우리 둘 다 내가 화기를 못 끌어내고 있는 상황에만 정신이 팔리게 두고 싶지 않았기에, 입을 열었다.

"있잖아요, 천뢰 교도소를 방문한 다음에 든 생각인데요. 구체제에 반대했다는 이유로 감옥에 갇힌 수감자들을 석방해야 한다고 생각해요. 그들이 반대했던 정부를 우리가 전복시켰잖아요. 그런데도 아직 그들을 가둬두다니 좀 위선적이지 않아요?"

진정은 생각에 잠긴 듯 시선을 돌렸다가, 2초쯤 지난 후에 바로 말했다.

"네 말이 맞다. 내일 사면 명령을 내리겠다."

"아."

마지막으로 화기를 분리해 내려다가 그만 기운이 손에서 떨어졌다. 그러자 진정은 눈살을 찌푸렸다.

"어째 실망한 듯한데."

"아뇨. 그냥…… 갑자기 내리기엔 큰 결정이라서요. 게다가 내일이라니, 너무 일러요."

그는 뿔 달린 왕관의 가장자리를 긁으며 말했다.

"미룰 이유가 뭐지? 네 말은 일리가 있다. 이건 솔직히 내가 미처 못 챙겼던 지점이다. 나는 깨어난 당일에 노동주의 활동을 처벌 대상에서 제외하고 그 혐의로 구금된 사람들을 석방했다. 그러니 당연히 반체제 활동으로 구금된 사람들 역시 우리의 동지일 가능성이 높지 않은가. 그들이 노동주의 원리를 이해한다는 걸 서면 시험을 통과해 증명한다면 혁명의 선봉대가 될 것인데."

나는 죄책감에 가슴이 미어졌다.

"그럼 적인걸은 석방될 기회를 단 하루 차이로 놓쳤군요……."

적인걸이 노동주의를 따르는 사람일까. 알 수 없었다. 하지만 그가 시험을 통과할 수 없을 것 같지는 않았다.

진정은 내 표정을 읽는 것처럼 눈을 가늘게 뜨더니, 이윽고 입을 열었다.

"적인걸은 자신의 운명을 받아들였다. 거리에서 집회를 조직하는 자가 되는 것보다는 너와 직접적으로 연결될 수 있는 쪽을 선호할 것이다. 그리고 너의 정책에 영향력을 행사하고 싶어 하는 것 같군. 그의 제안이 합리적이라면 난 들어주어도 상관없다."

아. 내 표정이 아니라 내 기억을 읽고 있군.

나는 오싹하고 불편한 감정을 털어버리며 대꾸했다.

"내가 보기엔 이게 좀…… 너무 쉬워 보여서요. 너무 좋아서 진짜 인가 싶네요. 수감자들을 대량 사면하는 것도 그렇고, 게다가 당장 내일 사면한다는 이야기을 막 하다니."

"당장 하고 싶지 않다면 애초에 왜 제안을 했지? 내가 이걸 얼마나 천천히 하리라고 예상했는데? 아니면 내심 내가 '싫다'라고 거절하기를 바랬나? 내가 거절한다면 사면 후에 따라올 결과를 네가 맞닥뜨리는 일은 없겠지. 그래도 변화를 시켜보려고 노력했다는 식으로 자신을 정당화할 수 있기만을 바랐나?"

"그게 아니죠, 나를 뭘로……."

나는 이 심각한 순간에 말을 더듬고 말았다. 진정은 미소를 지었다.

"너는 권력을 행사하는 게 익숙하지 않나 보군."

나는 수증기를 더욱 격하게 휘저으며 마음을 가다듬은 다음 입을 열었다.

"우리가 너무 빠르게, 너무 많은 걸 바꿨다가 모든 게 허사가 될 수도 있잖아요. 그건 걱정이 전혀 안 돼요? 폐하께서는 이런 말 듣기 싫으시겠지만요, 지금 살해당하기 딱 좋은 상황이라고요."

"음? 지금 내 걱정을 하는 건가?"

그는 분수대 위로 몸을 숙이며 물었다. 나는 분노가 확 치밀었지만 입술을 깨물어 꾹 참았다.

"진정, 3400만 백성의 희망과 운명이 당신에게 달려 있어요."

그는 혀를 찼다.

"무엄하다! 내 이름을 함부로 부르지 마라. 그리고 3400만 명이라니? 왜 그것밖에 되지 않지?"

"무슨 소리예요? 그것밖에라니? 그게 인구 수니까 그렇죠……."

내가 말꼬리를 흐리자, 진정은 다시금 비웃음을 슬며시 지었다.

"그건 내 시대의 인구 수와 비슷하다. 대체 어디서 들었는지 모르겠지만, 앞 단위를 하나 빠뜨린 것 아닌가? 최근 인구 조사에 따르면 화하의 인구는 1억 3400만명이다."

"알았어요. 1억 3400만명. 그만한 사람들의 희망과 운명이 달렸다는 말이었어요."

"나라의 인구도 제대로 모르는 사람의 조언을 내가 들어야 할까."

이 분수대를 번쩍 들어서 진정의 머리에 부어버리면 어떨까. 그만한 소동을 벌일 가치가 있을까. 곰곰이 생각하고 있는데 그의 목소리가 진지하게 변했다.

"농담이다. 나 역시 지금 내 목숨이 위태로운 상황이라는 걸 잘 알고 있다. 그래서 정치범들을 최대한 빨리 석방해야 한다. 그래야 시민 단체 조직이 잘될 테니까. 혁명은 나 혼자만의 힘으로는 할 수 있는 게 아니다."

그는 다시금 침묵하더니, 무언가를 골똘히 생각하다가 다시금 강렬한 눈빛으로 나를 보았다.

"만약 나에게 무슨 일이 생기면, 반동 세력이 대중을 공격하기 전에 무기고를 열어서 그들에게 무장하라고 일러라."

물보라를 헤치던 내 손이 순간 멈췄다.

"사람들에게 전부 무기를 나눠주라고요?"

"노동자와 농민에게 나눠줘라. 내 시대에 나의 편이 저질렀던 실수를 반복해서는 안 된다. 기생충 같은 자들이 반격할 생각을 접으리란 가정은 하지 마라."

진정이 없으면 화하는 얼마나 혼란스러워질까. 상상만 해도 나의 꿈의 몸체가 흔들렸다. 이어서 태평의 말이 떠올랐다. "매대에 물건이 없어지고 물가가 급등하면 신나는 상태가 얼마나 오래갈 것 같아요? 이 상황이 어떻게 끝날 것 같냐고요."

나는 진정과 나를 연결하는 빛나는 끈을 바라보았다. 이 실이 끊어져서 하릴없이 흔들리는 모습은 어떨까.

"현대 총기가 얼마나 강력한 무기인지 알아요?"

나의 목소리가 어쩔 수 없이 떨려 나왔다.

"시위를 이미 보았다. 이상적인 세상이라면야 무기를 모두 압수해서 파괴했겠지. 하지만 반혁명 세력에게서 무기를 완전히 압수하는 건 현실적으로 불가능하다. 그러니 대중이 저항 능력을 갖추는 편이 낮지. 모든 시민에게 기본적인 총기 사용 교육을 시킬 작정이다. 그러면 필요한 경우 어떻게 해야 할지 알겠지."

"그러면 끔찍한 내전으로 곧바로 이어지는 지름길 아니에요?!"

"황후여. 우리는 이미 내전 상태다. 네가 성현궁과 그 안에 있는 엘리트들을 함께 짓밟은 순간부터 내전이 시작된 거다."

진정의 사실적인 말에는 비난의 기색이 없었다. 그가 내 입장이었더라도 역시 같은 결정을 내렸겠지. 하지만 그걸 알면서도, 무너진 궁이 묵직하게 내 마음을 짓눌렀다. 피부에서 살이 터져 나오고 두개골에서 안구가 튀어나오는 장면이 눈앞을 스쳤다.

"진정한 변화로 가는 길에서는 전투를 피할 수가 없다. 나는 통일 전쟁을 야기한 사람이 아니야. 여섯 나라가 먼저 나에게 전쟁을 선포했지."

"그게…… 정말이에요?"

"나는 노동자 봉기로 혼란스러운 상황에서 권력을 잡았다. 다른 국가들은 나를 '천민 정권'이라고 칭하면서, 나의 정권은 '인도주의적 재난'이라며 탄식했지. 네 나라가 연합하여 나를 무너뜨리기로 했다. 정말 우습게도, 수천 명이 공장에서 일하다 죽어나갈 때는 아무도 걱정하지 않다가, 우리가 기업가들을 잡아다 가로등에 매달아 죽이자 갑자기 걱정을 해대더군."

진정은 고개를 저으며 덧붙였다.

"어쨌든 유산 계급의 단결력은 국경을 초월한다. 그들은 어떠한 도전도 용납하지 않아. 그래서 나도 국경을 초월해서 싸웠다."

"그럼 여섯 나라 때문에 어쩔 수 없이 통일 정복을 했다는 건가요?"

진정은 웃음기 없이 대답했다.

"그래. 그들은 나와 공존하기를 거부했으니까. 혁명이 무엇인지 아나? 혁명이란 항상 비극이다. 평화라는 선택지를 죄다 잃어버린 자들이 어쩔 수 없이 고삐를 풀어낸 파괴적인 힘이란 말이다. 역사상 혁명을 일으킨 자들은 사실 할 수만 있다면 기존의 세계 질서 안에서 원하는 것을 얻어내기 바랐을 것이다. 안 그런 사람은 하나도 없을 테지. 하지만 구체제를 단순히 개혁할 수는 없다. 체제 자체가 권력을 빼앗기지 않도록 설계되어 있으니까. 나는 오래전에 그걸 깨달았다. 그러니 내 판단을 조금이라도 믿어주지 않겠나?"

"하지만 폐하의 옛 판단 때문에 폐하는 결국 인생의 전성기에서 역사의 비주류로 밀려나 버리셨죠."

이 말을 입밖에 내자마자 난 후회했다. 이제는 진정이 분수대를 번쩍 들어서 내 머리에 부어버리겠다는 표정을 지었다. 하지만 그가 정말로 행동에 옮기기 전에 내가 말을 고쳤다.

"알았어요. 방금 말은 너무했어요. 바이러스랑 주먹으로 싸울 수는 없었을 테니까요. 난 이 상황이 통제 불능 상태로 번져서 우리에게 어마어마한 결과가 닥칠까 봐 걱정하는 거예요. 너무 나가기 전에 언제 멈춰야 할지 어떻게 알 수 있는데요?"

그는 나의 말을 비웃었다.

"너무 나간다라? 우리가 변화를 시도한 건 거의 없다시피 한데, 벌써 너무 나갔다는 걱정을 하다니. 황후여, 대체 왜 이렇게 변했지? 반쯤 잠든 상태의 나를 끌어들여 정부를 무너뜨릴 때나, 거리에서 시위를 선동할 때의 태도와는 너무 다른데?"

나는 어리둥절한 표정으로 그를 천천히 올려다보았다.

이걸 모르겠다고? 깨달은 게 없다고?

"극단적인 행동을 하면 극단적인 결과가 나타난다는 걸 알게 됐거든요."

나는 공허한 목소리로 말했다. 어쩔 수 없이 이런 생각이 들고 말았다.

네가 그 예잖아. 네가 바로 그 결과를 평생 지고 살아야 하잖아.

다행히도 진정은 내 의식의 흐름을 정확히 듣지는 못한 것 같았다. 그걸 다 들었다면 나를 몇 번이고 죽이고도 남았을 테니.

"그러니까 내 말은요, 폐하가 처음 혁명을 일으키신 후에 이 세상이 상상보다 훨씬 더 나빠졌다는 거예요."

내 말에 진정은 약간 움츠러든 기세로 말했다.

"다는 아니다! 물론 나는 연설에서 너의 시대를 완전히 비난하긴 했지만, 사실 신기하게 여긴 장점도 몇 가지 있긴 있었다. 화하 전역의 가정에 보낼 안내서를 수백만 부 인쇄할 필요가 없다는 걸 알고서 얼마나 안도했는지 아느냐. 디지털 플랫폼으로 하면 되니까. 생산 기술이나 운송 방식이 좋아져서 어렵지 않게 배급도 할 수 있었다. 내가 처음 다스리던 시절에 이런 기술이 있었다면 얼마나 혁신적인 기적이 일어났을지 생각해 본 적 있나? 이런 기술을 엘리트가 아니라 민중을 위해서 다시 쓴다면 고칠 수 있는 게 많다."

"민중을 위해서라니."

나는 믿을 수가 없어서 그 말을 반복했다. 진정은 고개를 갸웃거렸다.

"그게 뭐가 이상하지?"

"폐하의 말씀은 가끔 이상주의적으로 들려서요. 그건 솔직히……폐하답지 않네요."

그는 얼굴을 찌푸리며 말했다.

"네 생각은 틀렸다. 나는 유물론자다. 노동주의적인 이상론자로 나를 생각해서는 안 된다. 그런 자들은 현실에서 시도하는 모든 것을 자기네들의 이상에 맞지 않는다고 비판하지. 완벽한 무혈 혁명을 꿈꾸면서 실제로는 아무것도 안 하는 자들이란 말이다."

"민중을 위해 봉사하는 정부를 정말로 우리가 만들 수 있다고 생각해요? 이 현실을 보고 어떻게 그렇게 생각할 수가 있어요?"

갑자기 절망이 확 일어서 나를 덮였다. 내 목까지 물이 차오르는 기분이었다.

"그래요, 우리는 민중에게 일어서라고, 그래서 지금의 엘리트들을 없애라고 말할 수는 있어요. 하지만 그 다음에는요? 사람들은 아마도 새로운 엘리트가 되어 모든 걸 빼앗으려고 서로 밀고 밀칠걸요? 인간이란 항상 그런 존재니까요!"

문득 배급 줄에 서 있다가 어떻게든 기회를 엿보아 쌀을 더 많이 퍼담던 사람들이 기억에 떠올랐다. 나는 머리를 움켜쥐었다. 다시 나온 목소리는 아까보다 작았다.

"우리가 경계를 푸는 순간 무너질 거라면, 이게 다 무슨 소용일까요? 우리는 인간 본성과 맞서 싸워야 할 거라고요."

진정은 무거운 침묵 가운데 나를 바라보더니, 자리에서 일어서서 돌아섰다.

"같이 가자."

그는 앞장서서 걸었다. 이윽고 우리의 주변은 남루한 옷을 걸친 유령 같은 사람들이 가득 행진하는 거리가 되었다. 나는 이제 아무래도 좋은 분수대를 넘어서서 진정을 따라갔다. 새로이 펼쳐진 장면은 이전보다 선명함이 훨씬 덜했다. 거리 양편의 나지막한 건물들은 세세한 점이 잘 보이지 않았다. 사람들의 형상도 윤곽이 흐릿했다. 그들은 저마다 도구와 나무 장대, 종이나 천으로 만든 팻말을 들고 있었다. 그들은 연기가 자욱한 하늘을 향해 주먹을 휘두르며 구호를 외쳤다.

그들의 팻말에 무어라 쓰여 있는지, 그들이 무어라 외치는지는 정확히 분간이 되지 않았지만, 중요하지 않았다. 사람들은 이제 참을 만큼 참았고, 더 나은 것을 바라고 있었다. 그것만큼은 분명했다.

진정은 시위대 앞으로 나가며 말했다.

"너는 인간의 본성이란 탐욕과 이기심이라고 생각하지. 나도 그게 아니라고 생각하지는 않아. 하지만 그 결과가 어디로 이어지는가에 대해서는 전혀 동의하지 않는다. 만약 사회의 운명이 인간의 이기심에 따라 정해지는 거라면, 우리 인류의 극히 작은 일부분이 모든 필

수 자원을 통제하고 자신들을 위해 다수가 일하도록 강요할 수 있는 이유가 대체 무엇일까?"

집회 행렬은 멈춰 섰다. 하지만 시위 참여자들의 함성은 멈추지 않았다. 줄지어 선 군인들이 소리를 지르며 군중에게 총을 겨누었다.

진정은 분간할 수 없는 목소리를 배경으로 계속 말했다.

"누군가 우리를 짓밟으며 자신들을 위해 일하라고 명령하는데, 정작 그들은 가만히 앉아서 이익을 대부분 거둬간다면, 우리는 본능적으로 저항하게 된다. 이런 방식은 하나도 자연스럽지 않지. 이걸 유지하려면 지속적인 힘이 어마어마하게 필요하다."

시위대는 몇 걸음 앞으로 나아갔다.

군인들은 사격을 시작했다.

이것은 현실이 아니지만, 나는 소리를 지르며 옆에 선 여자를 끌어내려고 달려들었다. 내 손은 그녀의 몸을 관통했기에, 총탄은 그녀의 가슴에 박히고 말았다. 여자의 몸은 격하게 경련하면서 피를 튀겼고, 앞줄에 선 수많은 사람들도 함께 길바닥에 쓰러졌다. 유령 같은 비명이 공기에 울려퍼졌다.

나는 이렇게 반응한 게 살짝 바보 같다고 생각하며 손을 뒤로 뺐다. 하지만 동시에 뼛속 깊이 사무치는 직감 역시 떨칠 수가 없었다. 이 일은 과거 어느 시점에 실제로 일어난 일이로구나.

여자의 피가 들고 있던 팻말을 적셔서 세모꼴을 이루었다. 그 모습이 꼭 용두기의 빨간 삼각형 같았다. 이윽고 다시금 장면이 변했다. 바닥에 쓰러진 시체들이 흐릿해지면서 새로운 시위대가 새로운 군인들을 마주한 모습이 생겼다. 거리도, 군인들도, 그들이 입은 군복도 다르지만, 남루한 옷차림의 군중은 똑같은 기세로 구호를 외쳤다. 그들은 군인들에게 손짓했다. 그러자 몇 명이 총구를 내리기 시작했다.

그 순간, 우리 뒤에서 커다란 소리가 터졌다.

난 이게 무슨 소리인지 보지 않았다. 그 소리는 군중 속에서 나온 게 아니라 골목에서 나온 것 같았다. 군인 중에서 다친 이는 아무도 없었다.

군인들은 다시 총구를 겨누고 발사했다.

더 많은 피가, 더 많은 비명이, 더 많은 죽음이 있었다.

나는 숨을 겨우 고르면서 왜 나에게 이런 걸 보여주느냐고 진정에게 따지고 싶었지만, 그럴 겨를도 없이 장면이 다시 바뀌었다. 새로운 시간의 새로운 거리였다. 새로운 군인들과 새로운 군중이 보였다.

진정은 그들이 반복하는 충돌 가운데 팔을 들어올리며 말했다.

"만약 착취가 정말로 인간의 본성이라면, 이 저항 역시 인간의 본성이겠지. 착취하는 이들은 무기와 군인, 선전과 거짓말을 쓰지 않고는 평화를 누릴 수가 없다. 나는 인간 본성이 이기적이라는 걸 꽤 믿는다. 그래서 사회의 진정한 노동을 하는 자들은 스스로를 위해서라도 일어나 싸울 것이라는 걸 믿는다. 그들은 착취하는 자들이 더는 존재하지 않을 때까지 싸울 것이다. 제 아무리 오랜 시간이 걸리더라도 말이다. 압제자들은 모두 인간성을 부정하기 때문에 스스로의 멸망을 초래할 씨앗을 뿌리는 거다."

다음 장면에서 군인들은 서로 고개를 끄덕였다. 그리고 총구를 돌리더니 군중과 한 몸이 되어 앞으로 돌진했다.

한 몸이 된 군중은 한때 그들을 갈라놓았던 압제자들을 향해 나아갔다. 진정은 우리를 지나쳐 가는 사람들 가운데서 말했다.

"물론 그게 쉽지는 않을 것이다. 하지만 시도란 무엇이든 가치가 있다. 실패한다 하더라도 다음에 하지 말아야 할 것이 무엇인지 알려주기 때문이지. 황후여, 현재보다 나은 세상이 가능함을 믿어라. 그것이 바로 인간의 집단 이기심이 진정으로 발현된 형태니까. 결국, 구성원을 돌보는 사회는 그 사회를 불태워버리려는 상상을 하는 아이를 낳지 않는 법이다."

그는 비밀을 공유하자는 듯한 눈빛으로 나를 바라보았다. 그의 눈동자에 나를 소진하는 분노가 비쳐 보이자, 온몸에 소름이 쫙 돋았다.

누군가를 이토록 증오하면서도, 또 그가 제발 살아 주었으면 바랐던 적은 처음이었다.

제19장

어찌 이런 악순환이

양광의 시체 옆에 무감각하게 앉아 있던 기억이 난다. 온 화하에 그를 죽였다고 자랑한 다음, 분노도 목적도 다 잃어버린 채로 다른 크리살리스들이 구미호를 양광의 망루로 옮기는 모습을 지켜보았었지. 그 이후로 구미호는 움직인 적이 없었다. 다음에 구미호를 물려받을 만큼 강력한 조종사가 나타날 때까지 대기 중이었다. 그 조종사는 바로 내가 되어야 했으련만. 구체제는 여자의 손에 권력을 넘겨주느니 차라리 비논리적으로 굴기로 작정했었지.

나는 완아와 독고가라와 함께 만리장성 위에 설치된 호버크래프트 착륙장에 내렸다. 백호는 아직 장안에 있기에, 독고가라는 나의 경호원 자격으로 여기에 왔다. 그런데 우리를 맞이하러 온 사람을 본 순간, 마치 귀신을 본 듯 나의 피가 싸늘하게 얼고 말았다.

바로 도 아주머니가 나왔으니까. 양광이 나를 데려가기 전에, 나의 기력 검사를 진행했던 상급 시녀 중 하나였다.

솔직히 그녀를 볼 거라고 예상을 했어야 했다. 만리장성의 이 지점은 국경이라기보다는 주 지방을 재건하기 위해 물자를 전달하는 교통의 허브였고, 여전히 같은 직원들이 근무하고 있었다. 양광이 죽은 다음 나와 함께 입대했던 여자애들은 어디로 재배치되었을까? 지금까진 별생각이 없었다. 하지만 그 여자애, 소숙비에게 소리를 질렀던 기억이 떠올라 몸이 움찔했다. 걔한테 그렇게 화내지 말걸. 화내봤자 무슨 소용이 있었을까?

동시에 난 그 애들과 친구로 지내지 않아 다행이라고 생각했다. 나와 조금이라도 연이 닿았던 아이라면 다들 내 가족과 함께 성현궁에서 인질로 잡혀 있었을 테니까.

우리가 지닌 모든 유대감으로 서로에게 맞서도록 몰아가는 것, 그것이 구체제가 우리를 무력하게 만드는 방식이었다.

발사대에 선 도 아주머니는 내 앞에서 무릎을 꿇었다.

"황후마마 천세 천세 천천세!"

"일어나라."

나는 극도의 불편함을 느끼며 중얼거렸다.

그녀는 사시나무처럼 떨면서 일어났다. 그녀에게 묻고 싶은 게 너무나도 많았지만, 다른 이들 앞에서는 할 수 없었다.

병사들은 풍소보를 들것에 실어 호버크래프트에서 내렸다. 그는 잿빛이 된 얼굴 위로 땀을 뻘뻘 흘린 채로 진통제에 의식을 잃고 비행 내내 들것에 묶여 선체 뒤편에 고정되어 있었다. 나는 그를 이용하여 수-당 국경에서 한 국경으로 구미호를 옮기는 고된 여행을 할 예정이었다. 그리고 적인걸은 실제 전투를 위해 체력을 아껴야 하기에 한까지 직접 가는 비행기에 태웠다.

만약 천뢰 교도소에서 만난 남자가 이들이 아니라 세민이었다면, 나는 세민에게도 같은 처분을 내렸을까?

그야 당연하지. 나는 속으로 자신을 다그쳤다.

도 아주머니의 안내에 따라 나와 독고가라, 완아는 다리를 건너 망루의 엘리베이터로 향했다. 나는 독고가라와 완아에게 먼저 올라가라고 권했다. 나는 휠체어를 탔으니 모두 다 타기에는 공간이 부족하다는 평계를 대었다. 두 사람은 더는 이유를 묻지 않았다.

"무여의."

이제 도 아주머니와 나만 남게 되자, 나는 입을 열었다. 만리장성에서 한 줄기 바람이 불어와 우리 둘 사이로 먼지를 일으켰다.

"내 언니의 이름이다. 네가 관리하는 동안 언니는 이 망루에 정착했지. 그리고 양광은 분노를 풀면서 내 언니를 죽였어."

도 아주머니의 목에서 흐느낌이 터졌다.

"마마, 저는……."

그녀가 다시 무릎을 꿇기 전에, 나는 그녀의 팔꿈치를 잡았다.

"양광이 여자들을 얼마나 많이 죽였지? 너는 보았을 것이다. 네가 처리한 시체가 얼마나 많았지?"

그녀는 숨을 헐떡이며 입가에 경련을 일으켰다. 뺨 위로 눈물이 반짝였다. 그 순간, 어머니도 이런 모습으로 겁에 질렸던 기억이 떠올랐다. 지금의 나처럼, 아버지도 어머니의 팔꿈치를 움켜잡았었다.

나는 곧바로 손을 놓았다. 도 아주머니는 콘크리트 바닥에 손을 짚고 쓰러졌다. 나는 몇 초 동안 가만히 부모님 기억을 떨쳐내었다. 그리고 더욱 나직하게 말했다.

"들어라. 양광이 한 짓으로 너를 탓하지는 않을 것이다. 네가 말했다 해도 아무도 들어주지 않았을 거란 사실도 안다. 하지만 이제부터는 같은 일이 일어나면 더는 침묵하며 보고만 있어서는 안 된다. 만약 네가 관리하는 여자들이 또 다치게 된다면, 무슨 수를 써서라도 내게 알려라. 세상이 바뀌었으니, 너도 바뀌어야 한다. 알겠느냐?"

"네, 네, 마마."

그녀는 흐느끼면서 목 멘 소리로 대답했다.

이제 엘리베이터 버튼을 누르려 하자, 어느새 손이 덜덜 떨렸다. 개황 망루와 성현궁을 파괴했을 때, 당연히 무고한 여자들도 함께 죽었겠지. 생계를 위해 일하던 하녀들이, 그들을 자유롭게 해주고 싶다는 환상에 사로잡힌 나에게 짓밟혀 죽었다. 그 여자들의 이름은 무엇이었을까. 그 여자들을 위해 슬퍼하며 울어주는 사람은 누구였을까. 이런 생각에 빠질 수가 없어서 애써 머릿속에 그들의 삶을 잊으려 노력했던 느낌을 난 안다. 그 생각에 빠져들었다면, 난 한 순간도 버티지 못하고 산산이 부서졌겠지.

내가 했던 단호한 행동들 때문에, 내가 시작한 이 혁명 때문에 나는 도 아주머니와 이런 대화도 나눌 수 있는 것이다.

 나 때문에 죽은 이들의 목숨을 보상할 길은 없다. 하지만 내가 무너져버린다면, 그들의 죽음은 무의미해지리라.

       〜✵〜

 구미호를 한 지방 국경으로 옮기는 방법은 만리장성을 따라 육로를 이용하는 것이었다. 새벽이 되자 나는 처음 구미호에 탄 다음 벗겨졌던 바로 그 기 아머로 갈아입었다. 약에 취한 풍소보는 죽은 양광이 입었던 갑옷 안에 들어갔다. 우리가 전투를 하러 가는 게 아니라 그저 이동만 했다면, 풍소보도 거세될 운명은 피할 수 있었을지도 모른다. 나는 그를 음의 자리에 태우고 출발했다. 이제는 음의 자리도 양의 자리와 똑같이 출력이 균형 잡히기를 바랐다. 어쨌든 풍소보의 기력은 나보다 훨씬 낮아서, 나는 정신 영역 어느 곳에서도 그를 마주치지 않았다. 나의 정신 뒤편에서 두꺼운 벽에 가로막힌 음악 소리가 들려오듯 그의 정신은 그저 떨려댈 뿐이었다.

 이동이 계속될수록 지평선에서 빛이 퍼졌다. 금색이 분홍색으로, 또 이어서 파란색으로 변해갔다. 만리장성은 완벽한 원형이 아니라서, 진 산맥의 가장자리를 구불구불 휘감으며 황량한 평원과 바위 산맥 위로 솟아 있었다. 나는 텅 빈 망루를 지났다. 이곳 망루의 주인들은 현재 주 지방 국경에 배치 중이라서 비어 있었다. 남쪽으로 갈수록 공기가 더 덥고 습해졌다. 크리살리스 내부에서는 온도와 습도

가 일반적으로 둔하게 느껴졌지만, 뜨거운 햇살이 구미호의 금속 표면에 내리쬐었기에 확실히 어지럽고 불편하긴 했다. 시간 감각이 점점 없어지면서 느릿하게 녹아내리는 느낌이 들었다가, 마침내 처음으로 나는 바다를 보게 되었다.

안전이고 뭐고 어서 바다로 달려가고 싶은 충동이 어찌나 크던지, 나는 있는 대로 자제심을 끌어내어 참았다. 사실 바다에서는 주의해야 했다. 혼돈은 탁 트인 황야보다 붉은 파도에서 예상치 못하게 불쑥 나타날 때가 훨씬 더 많았으니까. 만리장성과 남해 사이에는 전투를 치를 여유 공간을 확보하기 위해 완충 지대를 신중하게 유지하고 있었다. 망루와 그 아래에 놓인 크리살리스는 수-당 국경보다 훨씬 더 빽빽하게 배치되어 있었다.

"놈들은 물속에서도 살 수 있지만, 너무 깊은 곳까지는 못 갑니다. 그래서 해안선에 아주 가까이 몰려 있죠. 항상 육지를 되찾기 위해 싸우는 이유가 그겁니다."

한 지방의 전쟁 상황을 설명하면서 사마의가 이렇게 말했다.

해안선을 멀리 두고 평행하게 구미호를 타고 달리는 동안, 부담감이 나를 무겁게 눌렀다. 하지만 나는 속도를 늦추지 않았다. 이 국경 지역은 나의 보호가 필요하다. 이곳을 보호해야만 수백 년 전 조종사 통치자들처럼 황후의 권리가 있음을 입증할 수 있다. 구미호의 네 발이 분홍빛 흙에 깊은 발자국을 남겼다. 남쪽의 토양은 빨간 화기 금속이 많이 함유되어 있어서 내가 익숙하게 보아 온 회색 토양과는 달랐다.

총 열네 시간이 걸린 끝에 나는 한 지방에 도착하여 배정받은 망루로 향했다. 구미호에서 나올 때는 너무 지친 나머지, 풍소보가 험한 여행길에서 살아남았다는 걸 확인한 다음 바로 조종석에서 잠들고 말았다.

이윽고 독고가라는 조종실 문을 열고 들어와 나를 깨웠다. 그녀와 완아는 구미호를 호위하는 병사들과 함께 트럭을 타고 만리장성 위를 달려왔다. 나는 의식이 흐릿해서 그들이 내 얼굴을 베일로 가리고 도킹 플랫폼으로 나를 데리고 가는 것만 간신히 알 수 있었다. 이윽고 한 전선의 곽언위 최고전략가라는 사람이 자신을 소개했다. 그동안 병사들은 구미호에 올라가서 풍소보를 꺼냈다.

독고가라와 완아의 도움으로 휠체어에 앉는 동안, 곽 전략가는 슬쩍 얼굴을 찌푸리더니 내게 물었다.

"아뢰옵기 황송하오나, 마마께서 정말로…… 폐하 없이 출격하신다는 게 확실하신지요?"

나는 곧바로 몸을 펴면서 말했다.

"나의 신체 상태는 조종 실력과 무관하다! 전략가라면 그 점을 알지 않느냐?"

"송구합니다, 마마. 제 말은 그런 뜻이 아니었습니다. 단지 폐하께서 타신다면 저희 중 다수가 정말로 안심하고-."

"더없이 귀하신 황제 폐하께서 무의미하게 힘을 소모하길 원하는 특별한 이유라도 있는가? 말해 보라, 곽 전략가!"

그는 얼굴이 창백해졌다.

"그렇지 않습니다, 마마!"

"좋다. 그러지 않기를 바란다."

휠체어에서 일어나 걸을까 생각해 보았지만, 뒤뚱대는 모습을 보이면 더 안 좋을 것 같아서 그만두었다. 나는 독고가라에게 휠체어를 밀라고 손짓하며, 병사들을 경고 조로 쓱 노려보았다. 그들이 어떤 식으로 의심을 하든지, 그것을 표현하면 반역 행위라는 걸 분명히 마음에 새겨두어야 했다. 그렇지 않으면 군대에 어떤 소문이 돌지 알겠는가?

나의 새로운 망루는 어제 묵었던 양광의 방처럼 누가 살았던 흔적을 말끔하게 지워놓았다. 이 남자 조종사들이 힘을 얻으려고 첩 조종사의 생명을 소진한다는 건 기괴하리만큼 시적인 면이 있었다. 그러나 첩이 전투에서 죽으면, 살아있는 다른 첩들이 그녀의 존재가 있었다는 흔적을 싹 지워버리겠지. 나와 함께 입대한 소숙비를 비롯하여 여러 소녀가 양광의 물건을 버리는 임무를 맡았을 거고. 어찌 이런 악순환이 다 있나. 대체 무엇을 위한 악순환일까?

거짓으로 이루어진 세계와 실재하지 않는 현실이라니.

신들을 죽일 만큼 강해져야만 타개할 수 있는 난국이라니.

베개에 머리를 대자마자 나는 어둡고 깊은 잠에 빠져들었다.

제20장

더는 약하지 않다

장안에서 임신 걱정을 하는 것만큼이나 전선에서 전쟁 걱정을 하는 것도 마음에 들지 않았지만, 그래도 나는 전투에 대비해 기를 회복하는 매 순간을 생산적으로 보내기로 마음먹었다.

나는 독고가라와 함께 꿈의 영역으로 들어가려는 마음으로 구미호의 두 번째 기 아머를 그녀에게 빌려주었다. 하지만 알고 보니 우리가 만든 꿈의 영역은 진정과 내가 평소 구현했던 것보다 생생함이 훨씬 떨어졌다. 색상도 형태도 그저 모호할 뿐이었다. 기력이 많이 차이 나는 사람들 사이의 꿈 연결은 안정성이 덜하다는 진정의 말은 거짓이 아니었던 거다. 그렇다면 독고가라보다 기력이 낮은 사람과는 일관된 영역을 만들어낼 수 없을 것 같았다. 사실상 화하의 모든 사람과 다 안 된다고 봐야 했다.

나는 진정에게서 배운 것을 그녀에게 최대한 알려주었다. 수업은 두 번뿐이라 가르칠 것은 많지 않았지만, 그래도 전략가에게 의존하는 대신 조종사들이 서로의 경험을 전달하는 관습을 부활시킨다는 것이 중요하니까. 꿈 공유법은 직접 해보지 않으면 배울 수가 없는 것이었지만, 일단 한 번 경험하면 재현하기는 쉬웠다. 그러니 여기서 머무는 동안, 독고가라는 한 지방 국경의 다른 조종사들에게 이 능력을 전해줄 수 있다. 먼저 공작급의 균형 잡힌 짝이 있는 여성 조종사들에게 이 능력을 전해줄 수 있겠지. 그러면 그들이 백작급 짝들에게 전해주는 식으로 말이다. 그리고 여성 조종사들은 남성 짝에게 전달할 수 있을 거고, 그렇게 남성 조종사들도 서로에게 능력을 알려주는 것이다.

그러자 문득 궁금해졌다. 예전에 존재했던 균형 잡힌 짝들이 구체제에서 조종석 입력값이 불균형하게 조작되었다는 사실을 어떻게 처리했을까? 분명 그들은 짝과 균형이 맞지 않는다는 걸 알았을 텐데. 그걸 두고 어떤 논의가 생겨났을까? 진정은 이미 말했다. 균형 잡힌 짝은 희소성이 있기에, 그걸 저해하지 않기 위해 그들의 크리살리스는 그냥 차이 나게 두었다고 말이다. 하지만 각 쌍들도 이 과정에서 여자 쪽이 더 기력이 높다는 걸 알았을 테니, 무언가 바뀌긴 했을 텐데. 나는 공작급 짝인 소녀 하나를 망루로 불러서 대화를 해보려 했다. 그녀의 이름은 두의방(窦猗房, 전한 문제의 황후인 효문황후의 이름.)이었는데, 쭈뼛대면서 지나치게 공식적인 대답만을 내놓았다. 나는 사람을 사귀는 능력이 없는 데다, 나의 지위가 황후라서 상황은 훨씬 더 어려워졌다. 완아가 쉬는 시간에 태블릿으로 계속 사람들과 채팅을 주고받는 모습을 보면 질투가 날 지경이었다. 그녀는 특히 태평과도 계속 논쟁을 이어갔다. 하긴, 혁명 때문에 벌어진 온갖 일 때문에 두 사람이 논쟁할 소재도 얼마든지 많겠지.

왜인지 두 사람을 보며 또 드는 생각이 있었다. 만약 독고가라와 내가 꿈의 영역에서 성공적으로 이어질 수 있다면, 성별이 같은 사람 둘이 함께 크리살리스를 조종하는 것도 가능하지 않을까?

기술적으로야 불가능한 이유는 없어 보였다. 하지만 그걸 시험해볼 좋은 구실 역시 찾을 수가 없었다. 크리살리스는 내킨다고 활성화할 수 있는 게 아니다. 언제나 죽을 위험이 있기 때문이다. 나는 목숨을 잃을 수도 있는 일에 여자들을 더는 몰아넣고 싶지 않다. 그리고 남성 조종사들은 다른 남성과 함께 크리살리스를 조종하느니 차라리 혼돈에게 밟혀 죽는 편을 택할 것이다.

호기심은 이쯤에서 덮고, 혼돈도 생각하지 않기로 했다. 나는 완아의 강의에 다시 집중하면서 매일 하는 글 읽기와 쓰기를 연습하며 머릿속을 비웠다. 그렇게 머리를 들 수 없을 만큼 피곤해질 때까지 열심히 공부했다. 눈이 감길 때마다 악몽이 찾아오지 않으면 진정이 떠올랐다. 책상에 한가득 펼쳐놓은 책들과 관료들의 반대를 통계자료와 이론으로 반박하던 진정의 능력을 생각하면, 나는 언제나 몇 장 더 읽고, 몇 자 더 쓰고 싶은 열망이 활활 타올랐다. 나 역시 말로 수백만 명을 움직일 수 있는 힘을 갖고 싶다. 그렇다면 크리살리스에 타지 못하게 되더라도 내가 의지할 수 있는 기반이 되겠지. 지난번 시위에서는 완아가 알려준 구호가 통했지만, 화하를 내가 원하는 방향으로 이끌어가려면 그보다 더 많은 것이 필요했다. 나는 생각 없는 짐승이 되지도, 아기를 낳는 씨받이가 되지도 않을 것이다.

완아는 역사와 정치 수업 외에도 글을 읽을 줄 아는 여성들을 대상으로 여성 편집자가 발행하는 잡지에서 좋아하는 기사를 골라 나에게 읽어주었다. 난 그런 잡지가 있는 줄도 몰랐다. 완아는 과거에 여성들도 대학에 다닐 수 있었다고 알려주었다. 하지만 반동 세력들이 주나라가 멸망한 원인을 '전통 가치의 부재'로 돌리자, 정부에서는 그것을 구실로 고등 교육기관에서 여성들을 추방했다고 했다. 깡패들은 거리를 혼자 다니는 여성부터 시작하여 노출이 심한 여성이나 전족하지 않은 여성들까지 저들의 기준에 맞지 않는 여성들을 죄다 공격했다.

완아는 내게 거리에 벌거벗은 채로 널브러진 시체들의 사진을 보여주었다. 조악한 사진 속 시체들의 가슴이 잘려 있는 걸 보자, 나는 분노조차 느끼지 못했다. 그저 공허함만을 느끼며, 내가 알지 못했던 세상이 사라졌음에 애도했을 뿐.

내가 이 혁명을 유지하지 못한다면 다시는 그 세계가 부활할 수 없겠지.

우리 숙소에 있는 대형 스크린은 언제나 배경으로 켜져 있었다. 그래서 화하 전역의 정책 변화와 혁명 활동을 새로이 보고 들을 수 있었다. 어찌나 일이 빨리 진행되던지, 매일 아침 새로운 세상에서 깨어난 듯한 기분이었다. 매일 화하에서 제일가는 부자들에 대한 조사

내용이 쏟아져나왔고, 농민들이 지주들을 억지로 잡아 토지 소유권을 불태우라고 한다는 뉴스가 이어졌다.

완아에게는 애석한 일이지만, 지금쯤 저 지주들은 분명히 죽었을 것이다. 완아가 인간성을 신뢰한다는 면을 나는 존중하지만, 우리는 모두 군중이 흥분하면 어떻게 되는지 경험하지 않았던가. 그녀가 태블릿을 쭉 내리는 걸 보고 있으면, 군중이 토막 낸 시체를 이리저리 끌고 다니는 영상이 한 번씩은 꼭 나왔다. 진정은 이러한 즉석 살인을 두고 혁명에 먹칠을 하는 '반혁명 선동가들의 소행'으로 규탄하면서, 대중이 이런 속임수에 넘어가 혁명을 저해하지 않도록 당부했다. 또한 그는 군인들이 일반 대중을 잔혹하게 진압하지 않도록 했다. 군중을 진압할 때 과격하게 무력을 쓰는 이들은 오히려 엄벌에 처하고 수모를 주었다.

내가 깨달은 사실이 있다. 군대의 충성심이야말로 혁명의 성패를 좌우하는 가장 중요한 요소다. 그러나 그 힘의 균형은 아주 불안정하다. 결국 군대란 부자와 권력자의 이익을 지키기 위해 만들어진 것이니까. 진정이 귀환해서 일시적으로 모든 명령 체계가 무력화되긴 했으나, 군대가 오랫동안 갈고 닦은 본능은 결국 군중을 향해 총구를 겨누어 그들은 통제하는 것이었다. 만약 내가 일개 병사였다면, 지금쯤 무척 혼란스러워할 뿐이겠지. 하지만 엘리트 가문 출신 장교라면, 진정이 완전히 귀환한 것이 아니며, 누군가의 조종을 받고 있다고 주장하는 제갈량을 믿고서 진정을 전복하는 음모를 꾸며도 괜찮다는 쪽으로 마음이 기울겠지.

그래서 내가 할 일은 정해졌다. 나 역시 그들이 전복시켜도 괜찮은 자가 아니라는 걸 확실하게 보여주는 것이다. 진정이 뭔가 이상하다고 의심하더라도, 나 역시 무시할 수 없는 권력임을 보여야 한다. 곽 전략가 역시 그 점을 잘 알 텐데도 나를 얕보았던 모습을 생각하자 분노가 치밀어 올랐다. 비록 기술이 아직 미숙할지라도, 양광이나 세민, 진정과 맞먹는 잠재적 조종 능력이 내게 있다는 걸 난 안다. 사람들은 이 점을 믿지 않으려고 초자연적인 음모론을 꾸며댔지만, 내가 전설의 남성 조종사 없이도 전투에 나섰을 때도 얼마나 현실을 부정할 수 있는지 두고 보겠다.

군인들은 힘 앞에 고개를 숙인다. 제아무리 열심히 공부한다 해도, 때로는 나의 크리살리스가 얼마나 큰지 모두에게 보여주는 것만이 정답일 때도 있는 것이다.

화창한 날씨가 계속 이어지면서 예상과는 달리 내가 전쟁터에 나갈 일이 없었다. 그러나 드디어 구름 낀 밤, 혼돈 경보가 울렸다.

책상에서 공부하던 나는 뻐근한 손목을 흔들며 벌떡 일어났다. 태평과 또 채팅으로 논쟁하던 완아는 태블릿을 확 내려놓고 나를 숙소의 이동용 봉으로 데려다주었다. 나의 발은 점점 나아지고 있지만, 그래도 완전히 회복하려면 몇 주는 더 있어야 했다. 조심스럽게 하강용 폴 주변 철제 판을 밀어서 열었다. 매서운 바닷바람이 획 들어오면서 소금기와 해조류 비린내가 풍겼다.

"마마. 영광스러운 승리를 거두소서!"

바람과 경보음 소리 너머로 완아가 소리쳤다.

나는 봉을 꽉 움켜쥐었다. 다리 위로 하강하는 경사가 문득 더욱 가파르게 느껴지면서, 바람이 출구로부터 들어와 더욱 세차게 윙윙 대었다. 나의 몸이 철제 격자 위로 뒤틀려 떨어질 것만 같았다.

아니. 그만 생각해.

뻣뻣해지려는 몸을 최대한 억제하고 한쪽 다리를 봉에 감아 열려 있는 출구로 뛰어내렸다. 아머가 금속과 마찰을 일으켜 밤하늘 사이로 불꽃을 뿜었다. 나는 무릎을 들고 몸을 기울여 발이 아닌 엉덩이로 착지했다. 우아해 보이지는 않았겠지만, 다행히 카메라 드론은 아직 오지 않았다. 나는 다리 난간을 한 손으로 잡고서 몸을 지탱하며 구미호로 걸어갔다.

1분쯤 지나자, 다리 뒤편 엘리베이터가 열리면서 빛이 환하게 보이는 가운데 적인걸과 병사들이 나타났다. 천뢰 교도소 이후로 그를 본 건 이번이 처음이었다. 그가 편안하게 회복기를 갖도록 해준 것이라고 마음을 다잡았지만, 솔직히 그가 그런 일을 겪게 되어 조금은 미안했다. 특히 그가 내건 협상 조건 때문에 진정이 내린 대사면에서 제외되었다는 점이 미안했다. 적인걸의 반사 재질 점프슈트를 보는 순간, 세민을 처음 만났던 때가 불쑥 떠올랐다. 나는 애써 둘의 차이를 찾아보았다. 적인걸은 목줄도 입마개도 차지 않았잖아. 그를 겨누는 총구도 없잖아. 주저하지 않고 걸음을 옮기고 있잖아. 그는 오히려 본인이 병사들을 이끌고 오는 것처럼, 단호하게 나에게 다가왔다.

"마마, 제 부탁을 기억하시는지요."

그는 나와 함께 조종석에 타면서 말했다. 목소리가 약하게 나오는 걸 들으니 비로소 큰 수술을 겪었다는 티가 났다.

윽. 그의 말이 내 귓가에 울렸다. '한 가지는 반드시 약속해 주십시오. 마마 본인을 위해 싸우시는 것만큼 나머지 소리 없는 자들을 위해서도 힘써 싸워 주십시오.'

"정치범들이 대사면을 받았다는 소식을 듣지 못했는가? 그건 내가 제안한 것이다."

"그걸로는 부족합니다."

순간 분노가 확 치밀었지만, 그와 가타부타 논쟁하지는 않았다. 나는 양의 좌석에 직접 앉았다. 그리고 그가 음의 좌석에 앉아 점프슈트를 벗는 동안 시선을 돌리고 있었다. 병사들이 조종실을 나가며 문을 세차게 닫자, 나는 적인걸의 등에 닿은 기 금속 부분을 정신으로 더듬어 찾았다. 그리고 머리카락처럼 얇은 연결 침을 그의 척추에 찔렀다. 적인걸의 목에서 신음이 불쑥 나왔다. 구미호로 흘러들어가는 그의 기는 나와 같은 하얀 금기였다.

재미있네. 나는 이렇게 생각하며 물에 떨어지는 검은 먹물처럼 구미호로 정신이 흘러들어가게 두었다.

기 금속의 곡선과 모서리의 감각이 날카롭게 느껴지면서, 이윽고 인간의 몸이 사라지고 구미호의 거대한 눈동자를 통해 세상이 깜빡거리며 인식되었다.

구름 낀 밤하늘 아래로 만리장성 너머의 황량한 지형이 너르도록 이어지다가 분홍빛 모래로 변해 거친 파도 아래로 부서져 내렸다. 해안선을 따라 빈대처럼 몰려나온 혼돈은 해변을 쭉 가로지르며 위협적으로 진격해 오고 있었다. 하지만 전투 가능 지역은 내륙의 국경 지방과는 달리 턱없이 작았다. 나는 꾸물거리지 않고 표준형 구미호의 네 발로 뛰어올라 그들을 향해 돌진했다. 크리살리스의 발톱이 모래에 닿을 때마다 우레 같은 소리가 먹먹하게 들려왔다. 적인 걸의 의식은 내 정신 속 뒤편에 그저 유령처럼 어른거리며, 내가 조종에 전념하도록 홀로 두었다.

이윽고 카메라 드론들이 구미호의 머리 주변으로 모기처럼 윙윙대며 날아올랐다. 수천, 수만의 눈이 내 모든 움직임을 판단하고 있음을 나는 날카롭게 인식했다. 그 판단으로 과연 여자 스스로 크리살리스를 주도적으로 조종할 수 있는지 결정하게 되겠지. 나의 시야에 들어와 있는 다른 크리살리스는 인접한 망루에서 아직 수면형으로 머물러 있었다. 한 지방 전략가들은 이 해안선 전체를 나 혼자 처리하도록 믿고 맡겨주었다.

어쩌면 내가 실패하기를 바라는 것일지도.

가까이 가 보니, 종이처럼 말려 올라간 파도 거품이 어둑한 분홍빛 해안 위로 부서졌다. 파도가 칠 때마다 해변 위로 혼돈들이 계속 밀려나와 밀집된 대열을 형성하여 내 쪽으로 달려왔다.

내가 무엇을 해야 할지는 확실히 안다. 저들을 맞이하여 으깨버리는 것이겠지. 죽이고 또 죽여서 혼돈들을 퇴각시키는 것이겠지. 크리살리스로 토할 수도 있나? 가능한지 알고 싶지 않았다.

"인간들……, 우주의 재앙……."

금형 황제급 혼돈의 부자연스러운 목소리가 머릿속에 울렸다.

하지만 혼돈과 충돌하기 직전, 내 안에서 무언가가 뚝 끊어졌다. 나는 홱 돌아서서 포위된 해안선을 따라 평행선을 그리며 구미호의 몸으로 달렸다.

"마마, 어떤 전략이신지 물어도 되겠습니까?"

곽 수석전략가가 구미호의 조종석 스피커로 나에게 물었다.

'나도 모른다'라는 대답을 할 수는 없었다. 혼돈과 카메라 드론이 나를 따라 돌아서며 위아래에서 동시에 추격해 왔다. 바다에서는 계속해서 더 많은 혼돈이 나와 곤충 같은 다리 여섯 개로 모래와 거품을 튀겨대었다. 나는 구미호로 그들을 뛰어넘어 피했지만, 너무나 빠르게 나타나는 혼돈들을 더는 피할 수가 없었다.

"마마, 주변 혼돈을 물리치지 않으시면 더 큰 떼가 올 겁니다!"

"나도 알고 있다!"

나는 구미호의 입으로 소리쳤다. 정말로 나름의 계획이 있다는 듯이.

화하에서 자고 있지 않은 이들이라면 지금의 장면을 모두 보고 있겠지. 황후로 나온 첫 전투니까. 대중은 나를 어떻게 평가하려나?

지금 뭐 하는 거야?

생각이 없네.

어쩔 수 없지. 여자잖아.

나는 거친 함성을 지르며 돌아서서 구미호의 앞발로 혼돈을 내리눌렀다. 몇 마리가 부서져 죽어가면서 내뿜는 분노가 구미호의 발에 박혔다. 마치 인간으로 걸을 때 느꼈던 고통 같았다. 나는 뒤로 휘청이며 물러났다가 뒤에서 파도처럼 밀려오는 혼돈을 맞닥뜨렸다. 그들이 구미호의 뒷다리를 기어오르는 동안, 나를 쫓아오던 앞쪽의 떼는 동료 혼돈의 시체를 헤치며 밀려들었다. 그들은 나를 완전히 포위했다. 나는 계속 혼돈을 발로 차며 저항했지만, 몸이 터지며 죽어가는 혼돈들은 내 심장을 깊숙이 찔러대어서 난 마구 비명을 지르고 싶어졌다. 하지만 절대로 그럴 수는 없었다. 두려워하거나 겁에 질린 모습을 보여서는 안 된다.

더는 약해서는 안 돼! 나는 스스로를 다그쳤다. 이제껏 정부를 전복하고, 가족을 죽이고, 권력을 얻으려고 무고한 생명을 얼마나 희생시켰던가. 만약 내가 철의 미망인들을 다시 세우는 것만큼 큰 변화를 이뤄내기도 전에 흔들린다면, 이제껏 해온 일이 무슨 의미가 있나?

나는 혼돈을 부수고 짓밟았다. 그들은 침략자라고 상상했다. 그게 내가 믿어야 할 것이었으니. 하지만 혼돈이 마지막 순간 느끼는 고통과 분노가 내게 밀려들자 그런 거짓말을 다시는 믿을 수 없게 되었다. 나는 마음속으로 사과하면서 그들을 죽였다. 그러면 뭐가 달라지기라도 하는 것처럼. 얼마나 혼돈을 많이 죽였던지 구미호 주변으로 반짝이는 기 금속 조각들이 마치 조악한 모래층처럼 새로이 쌓여 갔다. 하지만 그 시체의 층들도 밀려오는 혼돈을 막지는 못했다. 그들은 죽은 동료의 시체 위를 계속 타올라 내 쪽으로 몰려들었다. 나는 구미호의 몸을 흔들고 아홉 갈래 꼬리를 휘두르면서 혼돈에게 묻히지 않으려고 발버둥쳤다.

"마마, 기립형으로 변신하시면 무기를 사용하실 수 있습니다!"

혼돈의 다리가 구미호를 긁는 소리 너머로 곽 전략가의 목소리가 아스라이 들려왔다.

"나에게 명령하지 마라!"

나는 버럭 소리쳤다. 카메라 드론의 새빨간 눈이 혼돈처럼 나를 공격적으로 둘러쌌다. 그것들이 주는 압박감이 견딜 수가 없었다. 나는 그들의 감시를 피할 만한 유일한 장소로 돌진해 갔다. 바로 바닷속으로.

파도를 헤치며 바닷속으로 더 깊이 걸어 들어갔다. 점점 더 느릿하게 움직이다 이내 구미호의 몸체가 완전히 물에 잠겼다. 나는 조종실의 기 금속을 강화하여 안을 밀폐시켰다. 지금 어디로 가야 할지 모르겠지만, 잠시라도 혼자서 곰곰이 생각해 볼 시간이 필요했다. 칠흑같이 검은 바닷물과 구미호 다리에 달라붙은 수많은 혼돈 때문에 나는 느릿하게 바닷속을 거닐었다. 곽 전략가가 절박하게 외치는 소리도 결국 잡음으로 변하다 사그라들었다.

온몸을 바스라뜨릴 듯한 어둠 속에서 나는 구미호를 가만히 세워 두었다. 제아무리 거대한 크리살리스의 몸체라도, 바다에 비하면 그저 작디작은 존재가 되어 해저에 느릿느릿 부딪칠 뿐이었다. 만약 여기서 나가지 못하고 화하의 마음을 놀랍게 사로잡지 못한다면, 한 지방의 국경이 무너지고 혁명은 끝나버리겠지. 불타는 고급 차량 주변에서 춤추며 나와 함께 시위 대열을 행진하던 여자들은 빈민가로 쫓겨가고 결국 거리에는 가슴이 잘린 시체들이 널리고 소녀들의 발은 부서지겠지. 여기서 죽지 않더라도, 내가 압도적인 힘을 보여주지 못한다면 진정은 나를 처형할 것이다. 전투 중 숨 막혀 죽는 황후를 그냥 보아 넘길 리 없으니까. 신들을 먼저 쓰러뜨리지 않고서는 이 전쟁에서 벗어날 방법이 없을까? 하늘의 별은 너무나 멀기만 하구나.

세민은 너무나 멀기만 하구나.

혼돈들은 나의 사방에 둥둥 떠서 핵심적인 기를 빛내고 있었다. 물속에서는 구미호의 입을 열 수 없으니, 그저 혼돈이 알아주었으면 하는 말을 생각으로 낼 뿐이었다.

미안해.

그들이 우리에게 거짓말을 했어.

우린 몰랐어.

백성들도 아무도 몰라.

나는 진실을 알아냈지만, 사람들은 나에게 진실을 말하지 못하게 해. 그들은 날 죽이고 거짓말쟁이로 낙인찍을 거야.

미안해. 미안해. 미안해⋯⋯.

몇 초 후, 혼돈이 나를 공격하지 않는 이유가 그저 수압 때문이 아니라는 걸 깨달았다. 수많은 혼돈이 아직 구미호에 붙어 있는데도, 안으로 파고들려는 혼돈이 하나도 없었다.

내 말을 알아들었어?

나는 있는 힘껏 생각했다.

대답은 들리지 않았지만, 분명히 느낄 수가 있었다. 분노가 사라진 자리에는 쓰라린 슬픔 같은 감정이 새로이 밀려들었다.

잠깐만. 크리살리스 안에 있을 때 조종사들이 혼돈의 감정을 느낄 수 있다면, 혼돈도 혹시 우리의 감정을 느낄 수 있는 건가?

그 답을 찾기도 전에 수많은 혼돈들이 경계 태세를 갖추며 휙 돌아섰다. 우리 쪽으로 물결이 소용돌이치며 밀려와 크기가 작은 혼돈들은 균형을 잃고 떠밀려갔다.

나는 기력을 활성화시켰다. 그러자 빽빽한 혼돈의 무리 너머로, 최소 공작급은 되는 거대한 기력이 해안에서 이쪽으로 빠르게 다가오고 있었다. 혼돈이 이런 반응을 보이는 것이라면, 저건 분명히 크리살리스일 것이다.

혼돈들은 나에게서 물러나 다가오는 크리살리스와 맞서기 위해 서둘러 떠나갔다. 가느다란 다리가 물속에서 격하게 헤엄쳤다. 희미한 빛을 내며 자그마한 혼돈들이 흩어졌다.

안 돼! 싸우러 가지 마! 그냥 떠나!

나는 머릿속으로 소리쳤다.

나는 구미호를 움직여 혼돈을 따라 기어갔다. 물속이라 움직이기 힘들었다. 어둠 속 저 멀리 한 쌍의 크리살리스 눈이 초록색으로 빛나고 있었다. 거대한 검은 날개가 몸체의 양편에서 느리게 퍼덕였다. 하지만 머리는 고래 모양이었다. 그것은 전설 속 동물을 연상케

하는 수형 크리살리스, 곤붕이었다.

　혼돈들은 곤붕 주변으로 비틀비틀 일그러진 구처럼 모여들었다. 곤붕은 날개로 강력한 회오리를 일으켜 혼돈을 밀어내면서 초록색 빛을 폭발하듯 빛내며 기립형으로 변신했다. 고래의 머리가 앞으로 구부러지는 동안 나머지 몸체는 수직으로 휘청이며 인간형으로 변했다. 넓은 입가에서 초록색 목기가 복부까지 흘러내렸다. 날개에서 굵직한 팔이 떨어져나오더니 양손에 초록색 줄무늬가 있는 망치를 쥐었다. 이제 곤붕은 두 망치 사이로 폭죽처럼 불꽃을 튀겨가며 혼돈을 부쉈다.

　그만해! 나는 머릿속으로 비명을 질렀다.

　하지만 혼돈도, 곤붕도 그만두지 않았다.

　초록색 목기가 곤붕의 몸에 새겨진 줄무늬를 따라 두근두근 빛났지만, 목기 특유의 가속도는 수중에서 별 효과가 없었다. 혼돈은 곤붕의 날개가 일으킨 물살을 헤치면서 달려들어 곤붕의 머리에 벌이 침을 쏘듯 날카로운 다리를 박아댔다.

　더는 두고볼 수가 없었다. 곤붕의 조종사는 날 돕기 위해 왔으니 죽어서는 안 된다. 이 전투는 대참사로 기록될 것이며, 나 때문에 이제 다시는 여자가 크리살리스를 지휘하지 못하게 되겠지.

　구미호의 앞발로 해저 진흙 바닥을 밀어내면서, 나는 크리살리스를 기립형으로 변신시켰다. 하지만 이번에는 크리살리스의 형태에는 본질적인 규칙 같은 게 없다던 진정의 말을 떠올리며 크기를 늘리지 않았다. 수중에서 움직임에 방해를 받지 않기 위해서였다. 하얀 금기가 구미호의 각 부분을 도드라지게 감싸며 양광의 토기가 만들어낸 것보다 더욱 복잡하게 몸체를 다듬었다. 아홉 갈래 꼬리는 더할 나위 없이 날카로운 창으로 변했다. 나는 곧게 뻗은 뒷다리로 몸체를 일으킨 다음 구미호의 어깨가 만들어지는 위로 손을 뻗어 창을 하나 뜯어내었다.

나는 물살 속에서 최대한 빠르게 창을 휘두르며 혼돈 사이를 뚫고 곤붕에게 다가갔다. 그리고 구미호의 팔을 훨씬 육중한 팔꿈치에 감아 해안으로 끌어올렸다. 그러면서 창으로는 계속 머리에 붙은 혼돈을 떼어내었다.

저리 가! 너희를 죽이고 싶지 않아!

나는 머릿속으로 계속 새된 비명을 질렀다.

수심이 얕아질수록 우리의 움직임도 한결 수월해졌다. 구미호의 머리가 수면 위로 떠오르자마자 나는 목구멍에서 바닷물을 토해내고 곤붕에게 소리쳤다.

"뭐 하러 왔지? 내가 알아서 하고 있었는데!"

이건 거짓말이 전혀 아니었다.

"그, 그건 명령이었습니다!"

곤붕은 넓적한 입으로 말했다. 크리살리스의 목소리가 부자연스럽도록 굵었다.

"죄송합니다, 마마. 저희는 마마가 어떤 상황에 계시는지 파악할 수가 없었습니다."

곽 전략가가 구미호의 스피커로 말했다.

"폐하께서 내게 수백 년 전에 명맥이 끊겼던 조종 기술을 여러 가지 가르쳐주셨다! 내 방법은 너희가 이해할 수 있는 게 아니야! 그런데 너희 때문에 다 망치고 말았다!"

나는 해변으로 걸어가며 당당하게 말했다. 내 머리 위를 돌고 있는 드론 카메라를 통해 모든 화하가 나의 변명을 듣게 되겠지.

곽 전략가가 주절주절 사과를 늘어놓는 동안 나는 문득 궁금해졌다. 진정은 전자기기에 대한 분노를 참고 이 전투를 생중계로 보고 있을까. 아니면 다음번 나와 연결할 때 나의 기억을 보고 평가를 내릴까. 어쨌든 그는 나의 행동을 탐탁지 않게 여기겠지.

우리가 마른 뭍으로 뛰어오르자 곤붕의 하반신이 둘로 갈라지면서 꼬리지느러미가 육중한 다리로 변했다. 분홍색 모래밭은 네 발로 섰을 때보다 훨씬 아래에 있는 듯했다. 나는 곤붕과 등을 맞대고서 자세를 잡았다.

혼돈은 우리를 계속 추격하며 파도 속에서 쏟아져나왔다.

내 속에서 공포와 좌절, 분노가 이리 꼬이고 저리 엉켜서 파르르 떨려왔다. 침묵하는 저 바닷속 깊은 곳에서 우리는 일종의 이해에 도달했는데. 인간과 혼돈이 소통할 방법이 있는데. 서로를 죽이기를 잠시만 멈추고, 그 방법을 찾아내면 될 텐데.

하지만 이 전투가 끝날 때까지는 그럴 수 없었다. 곤붕이 나와 함께 있고, 카메라가 지켜보고 있는 상황에서 어떻게 그럴 수 있을까. 내가 방금 경험한 일을 소리친다 해도 아무도 믿지 않을 거다. 게다가 믿는 이가 있다 한들, 평화를 받아들일 사람이 어디 있을까?

곤붕은 망치로 혼돈을 내리쳤다. 나는 반응이 느린 모습을 보여줄 수 없었기에, 두 팔을 모두 이용해 싸우려 창을 하나 더 뜯어내었다. 이 전투에서 나의 기량을 보여주는 유일한 방법은 바로 곤붕보다 압도적인 결과를 내는 것뿐이었다.

"내 앞에서 비켜라!"

나는 고함을 질렀다.

어떻게 여기서 도망칠 생각을 할 수 있을까? 이건 내 운명만이 걸린 게 아니었다. 화하의 모든 여자를 대표해서 여기에 나온 것인데. 그들을 실망시켜서는 안 된다. 우리 언니처럼 무의미하게 죽을 수는 없었다.

나는 홱 뛰어올라 혼돈 사이에 내려선 다음 몸을 홱 돌렸다. 그다지 우아한 자세는 아니었지만 상관없었다. 매우 날카로운 나의 창이 마치 물을 가르듯 기 금속을 마구 잘라댔으니까. 하지만 싸우는 동안 이 전투 장면을 위해 창보다 훨씬 좋은 무기가 있다는 걸 깨달았다. 나는 창 두 자루의 끝을 직각으로 연결하여 낫으로 변형시켰다. 진정은 이 모습의 가치를 알아줄 테지. 농민 출신 황후가 실제로 낫을 들고 전투하고 있으니까. 나는 낫을 낮은 위치로 휘둘러서 평민급 혼돈을 단번에 잘라내었고, 높이 휘둘러 귀족급 혼돈에게 정확한 타격을 가했다. 이러면 혼돈의 시체를 깔끔하게 크리살리스로 만들어낼 수 있었다. 나는 혼돈을 죽이며 받게 되는 감정의 충격을 이겨내기 위해 내가 권력을 잡지 못한다면 수백만 명의 여자애들이 맞닥뜨리게 될 인생을 생각했다. 나를 얕잡아보고 학대하고 배신했던 이 세상의 모든 순간을 떠올렸다. 나를 전족시켜 비싸게 팔아치우려 했던 우리 가족을, 아주 사소한 것에도 말을 듣지 않는다며, 눈빛이 불손하다며 나를 때렸던 아버지를, 언니 빼고는 아무도 내 편을 들어주지 않았던 가족들을, 언니가 죽었다는 소식을 들었어도 양광에게는 아무런 책임이 없다는 걸 깨달았던 순간을, 주 지방을 되찾으려고 모든 걸 쏟아부은 우리를 성현들의 명령에 따라 공격했던 현무를, 저 하늘 닿을 수 없는 천궁에 세민의 목숨을 아슬아슬하게 달아 놓은 신들을, 그리고 날 가둬둔 진정을 생각했다. 진정의 모든 모습을, 진정을, 진정을, 진정을 떠올리며 견뎠다.

  마침내 혼돈들이 바다에서 더는 나오지 않게 되었다. 나는 낫으로 버티며 구미호의 몸을 숙인 채, 쓰러지지 않으려고 안간힘을 썼다. 주변에는 모래가 아니라 그저 금속 시체들만이 끝없이 펼쳐져 있었다. 피로 덮여야 할 자리에는 대신 반짝이는 기 금속 조각만이 그득하게 널려 구미호의 털가죽 닮은 금속 위로 빛을 반사했다. 순수한 대참극의 먼지는 저 하늘에서 우리를 지켜보는 별빛처럼 그저 차가웠다.

제21장

터무니없는

곽 전략가는 내가 달성한 혼돈 학살 기록을 칭송하면서 나의 '정교한 전략'을 미처 알아보지 못했다며 사과했다. 하지만 나는 전투를 마친 후 제대로 잘 수가 없었다. 기를 너무 많이 소모해서 완전히 지쳐버렸는데도 사정은 다르지 않았다. 악몽이 계속 서로 뒤섞이면서, 혼돈이 나를 에워싸더니 내가 죽인 사람들의 목소리로 말을 걸어댔고, 진정이 내 목을 조르는 동안 나는 세민처럼 사지가 잘린 채로 공중에 붕 뜨는 장면이 반복되었다.

아침이 되어 독고가라가 나를 흔들어 깨웠다. 나는 한참이나 멍하니 천장을 바라보다가 겨우 몸을 일으켰다. 망루의 창문을 바라보니 햇살을 받아 평화로이 반짝이는 바다가 보였다. 내가 세운 공 때문에, 이제 한 지방은 200년 전 주나라에서 도망친 내 조상들 같은 난

민들이 몰려들어 혼란이 생기는 일은 없게 되었다. 그리고 나는 전쟁터에 여자를 나가지 못하게 하는 게 무의미하다는 걸 증명했다. 그건 분명히 의미 있는 일이다.

"황제께서 성명을 발표하실 거예요."

독고가라는 숙소에 설치된 대형 스크린을 가리켰다. 화면에선 진정이 연설하기 전까지 용두기를 커다랗게 띄워놓았다.

나는 휠체어를 타고 독고가라와 완아의 도움을 받아 소파에 앉았다.

이윽고 북소리가 커지면서 진정이 화면에 등장했다. 보좌가 흐릿하게 보이는 배경 앞에 선 진정은 아머와 망토 차림이었다. 그가 정말로 거기 있기는 한 걸까. 무대 뒤에서 벌어지는 기술적 혼란을 목격한 적이 있었으면서, 지금은 이렇게 일반 시민처럼 방송을 보게 되다니, 참 초현실적이었다.

"시민들이여. 아침이 밝았소."

그의 목소리는 인공적인 건지 아닌 건지 분간이 안 되는 울림이 있었다.

"지난 밤의 장엄한 전투로 나의 황후는 여성 조종사들의 숨겨진 잠재력을 보여주었소. 여성들이 크리살리스를 자신의 힘으로 조종할 수 있음을 증명한 것이오. 그래서 나는 인민해방군 징집에 더는 성별 차별을 두지 않음을 선언하오! 이제부터 12세에서 24세 여성 중 기력이 500 이상인 여자들은 모두 남자와 동일한 조건으로 징집될 것이오."

독고가라와 완아는 놀란 기색으로 소리쳤다. 나는 온몸의 피가 싸늘하게 식었다. 내가 높은 기력을 지닌 소녀들을 모으라고 했지만, 이러란 뜻은 아니었어! 소녀들은 자발적으로 입대해야 한다고!

화면 속 진정이 계속 말했다.

"우리의 귀한 소녀들이 지닌 잠재력을 더는 낭비하지 않을 것이오. 또한 크리살리스 조종 능력이 없는 18세에서 30세 사이의 젊은 이들 역시, 성별 무관하게 우리 군대의 보병으로 최소 1년간 복무하게 될 것이오! 혁명을 위해 싸울 때는 반드시 조종사일 필요는 없소! 혁명의 적은 혼돈만이 아니오. 노동자 국민을 반대하는 모든 적을 맞서 물리치기 위해서 우리는 각자 지닌 능력으로 최선을 다해야 하오! 우리가 하나되어 일어설 때야 비로소 진정한 해방을 이룰 수 있소. 힘찬 단결을! 화하에 영광을! 인류에게 자유를!"

이윽고 방송이 끝났다.

침묵을 깬 건 독고가라였다.

"음. 이런 게 평등이로군."

"그런가요?"

완아는 얼굴을 찌푸렸다. 그녀가 진정의 정책을 두고 갈등하는 모습을 보인 건 이번이 처음이었다. 나는 최대한 차분한 기색으로 말했다.

"이제 장안으로 돌아가자. 우리의 존귀하신 황제 폐하와 이야기를 해야겠으니."

궁으로 돌아와 보니 내가 없던 몇 주 동안 알현실 내의 격리 무균실이 완공되어 있었다. 진정은 이제 장안대학교 의대에서 그곳으로 거처를 옮겼다. 이치의 말에 따르면, 알현실 뒤편의 복도 전체와 개인실까지 무균 공간으로 들어가 있어서 이제 아무도 뒤편으로는 들어갈 수가 없다고 했다. 그래서 나는 새로운 통로인 발코니 쪽을 통해 창호문을 밀고 안으로 들어갔다.

알현실 한가운데에 설치된 거대한 유리 벽에 햇살이 비쳐 눈부시게 반짝였다. 천장 높이까지 뻗은 유리 벽은 왕좌와 단상을 둘러싸며 모든 것을 차단했다. 나는 숨을 들이쉬고 다시 내쉬었다. 진정과 전쟁에 관해 이야기하는 것은 언제나 위험한 일이 될 테니까.

내가 알현실 중앙 양탄자를 따라 다가가자, 진정은 단상 위 책상에서 고개를 들었다.

이제껏 내면에서 분노가 부글부글 끓었건만, 눈앞에 보이는 어이없는 광경에 그만 싹 잊고 말았다. 진정은 외모 단장을 포기한 것 같았다. 아머 대신 수수하고 검은 가운을 입고, 상투는 전혀 단정하지 않게 헝클어져 한데 묶은 꼴이었다.

"잘 왔다, 황후."

그의 목소리가 천장 스피커에서 울렸다. 그는 휘청이며 일어섰다.

그런데 가운이 심하게 짧았다.

나는 그의 하반신을 보지 않으려고 눈을 가리며 쇳소리를 질렀다.

"바지 좀 입지 그러세요? 더러운 당신 물건이 보일 뻔했다고요!"

그는 눈살을 찌푸리며 책상 주변을 둘러보았다.

"더러운 물건은 뒷방에 다 치워놨는데."

"내 말은 그게 아니라! 아니, 됐어요."

"아! 잠깐, 이제 알겠군. 너희 미래인들은 그런 표현을 쓰는군."

진정은 허리에 손을 짚고는 다리를 더욱 벌리며 서더니 덧붙였다.

"너희의 위선에는 정말 끝이 없군. 나에게 뭐라 하지 말고 생각해 봐라. 요즘 여자들은 솔직히 더 심한 옷을 입고 다니지 않나?"

"아, 됐다고 했잖아요!"

진정은 책을 집어들더니 보들보들한 슬리퍼를 신고서 단상 아래로 비틀대며 내려왔다. 술 취한 건가? 아니면 잠을 못 잔 건가? 혹시 둘 다인가? 그의 가운이 느슨하게 풀리며 가슴팍이 살짝 드러났다. 난 다시 소리를 지를 뻔했지만, 그러면 진정이 나를 똑바로 바라보며 옷깃을 더 벌릴 것만 같았다. 누가 나더러 너무 노출이 심한 옷을 입었다고 비난한다면, 아마 나도 그렇게 행동했을 테니까.

아래로 내려온 진정은 나의 맞은편에 앉아 유리 벽에 설치된 투명한 상자를 열었다.

"받아라."

그는 상자에 책 한 권을 넣었다. 이제 그의 목소리는 천장 스피커가 아니라 상자 위에 설치된 인터콤에서 들려왔다. 눈 아래 다크서클이 내가 떠났을 때보다 한층 커지고 진해졌다.

"폐하께서는 격리된 곳에서도 잘 지내고 계신 것 같네요. 그런데 이건 뭐죠?"

나는 상자를 열고 책을 꺼냈다.

"〈노동과 착취에 대한 논설 선집〉이다. 〈노동주의〉라는 제목으로도 알려져 있지. 노동주의 사상가들이 쓴 고전이 수록되어 있다. 내가 아홉 살짜리 애들도 이해할 수 있도록 주석을 달아놓았다. 너는 사적 소유와 개인 소유의 차이도 모를 정도로 기본이 없는 상태이니, 이 정도도 모르는 사람과 난 대화하고 싶지 않다."

나는 얼굴을 찌푸렸지만, 진정이 나를 경멸하며 도발하는 데 넘어가지 않기로 했다. 나는 낡디낡은 책을 넘겨보았다. 여백을 빼곡이 채운 글씨체는 급히 갈겨쓴 것인지라 완아가 도와주지 않으면 무슨 뜻인지 알아내기 어려워 보였다.

"음. 고마워요."

나는 책을 덮으며 대답했다.

"그럼…… 이제 나와 함께 잠자리에 들겠나?"

진정이 조롱기 어린 목소리로 말했지만, 나는 이 말을 심각하게 받아들이는 실수 따위 하지 않았다. 그의 눈빛은 분명히 냉랭하고 날카로웠으니까.

그는 내가 전투에서 실수할 뻔한 일을 두고 따지기 원했다. 나는 여성 징병 확대를 두고 따지기 원했다. 하지만 꿈의 영역이라는 사적인 공간이 아니면 전쟁에 대한 논의를 했다간 위험했기에 그럴 수가 없었다.

"아, 네. 저도 오늘 하루 종일 그 생각을 했네요."

나는 애교 있는 목소리로 말하며 그의 격리실 끝부분을 바라보았다. 유리 벽으로 분리된 공간이 보였다. 벽을 사이에 두고 좁은 침대 두 개가 놓여 있었다.

"저게 우리가 쓸 침대인가요?"

"그렇다. 이걸 봐."

그는 격리실 뒤로 가서 벽에 설치된 금속 다이얼을 돌렸다. 그러자 두 침대 앞쪽으로 두른 유리창이 불투명해졌다.

"우아."

나는 진심으로 감탄했다.

"그래, 놀랍겠지."

그는 유리 벽으로 성큼성큼 다가오더니 마치 내가 작은 일에도 쉽게 감탄해 버리는 바보인 것처럼 비웃었다.

그래. 난 바보일지도 모르지. 하지만 첨단 기술을 모르는 건 그쪽도 마찬가지 아닌가?

"이게 무슨 원리죠?"

내가 묻자, 그의 얼굴이 굳었다.

"과학이다."

그는 잠시 어색하게 머뭇대다가 말했다. 나는 어쩔 수 없이 히죽 웃고 말았다.

"총명하신 황제 폐하께서도 모르시는 게 있군요?"

"너는 원리를 아는가?"

"아뇨. 하지만 몰라도 상관없어요."

"물론 상관없겠지."

그는 마치 날 모욕하듯 대답했다.

나는 코웃음을 치고는 어두워진 구역으로 휠체어를 움직였다.

"잠을 주무시기는 하나요? 아니면 쓰러질 때까지 일하다가 그냥 아무 때나 자나요?"

그는 어깨를 으쓱였다.

"한번 잠들었다가 일어났는데 또 200년이 사라졌으면 어떡하라고."

그는 농담처럼 던진 말이었지만, 그의 눈빛에는 진짜로 공포의 기색이 스쳤다.

"그래요. 만약 폐하가 또 '잠들었다가' 영영 깨어나지 못하신다면 그야말로 비극이겠죠."

언제나 그에게 가까이 갈 때마다 망설여졌지만, 나는 애써 그런 마음을 누르고 분할된 구역으로 연결된 문을 밀고 들어갔다. 이윽고 소독약의 아릿한 냄새가 확 끼쳤다. 그곳에는 내가 누울 침대 외에도 몇 대의 의료 장비가 있었다. 뒤편에는 철제 싱크대 여러 개와 보호 장비를 걸어두는 선반도 보였다. 진정과 나를 분리하는 유리 벽에는 복잡한 잠금장치가 달린 투명 문이 있었다. 이 공간이 나만을 위한 용도가 아니라는 걸 보니 어쩐지 좀 마음이 편해졌다.

분리된 유리벽을 통해 진정을 지켜보았다. 그는 왕좌가 설치된 단상으로 올라가 서류 더미를 들고서는 내려와 그걸 유리 벽에 설치된 상자에 넣었다. 그리고 상자 근처에 있던 버튼을 누르자, 몇 분 후에 알현실 문이 열리면서 이치가 나타났다.

나는 휠체어에 앉은 채로 몸을 폈다. 온몸에 힘이 들어갔다.

"폐하. 마마."

이치는 우리에게 인사하며 상자에서 서류를 꺼냈다. 불편한 기분이 확 들었다. 마치 이치가 보지 말아야 할 게임에 끼어든 것만 같은 기분이었다.

진정은 유독 큰 소리로 명령했다.

"가서 일을 봐라. 그리고 경비병에게 우리를 방해하지 말라고 일러두어라. 제국을 뒤흔들 만한 긴급 상황이 아니라면 아무도 들이지 말라."

그는 침대 쪽으로 다가오더니 두툼하고 검은 커튼을 잡아당겨 쳤다. 그러자 이치가 서 있던 알현실 반대편이 가려졌다.

나는 발코니 문으로 이치의 발소리가 나갈 때까지 기다렸다가 입을 열었다.

"꼭 그렇게 소리를 질러야 했어요?"

나는 침대 옆 인터콤에 대고 말했다. 가슴이 묵직하게 착 가라앉은 기분이었다.

"난 소리 지르지 않았어."

진정은 영문을 모르겠다는 눈초리로 날 바라보며 묶은 머리를 풀었다.

"아뇨. 소리 질렀는데요? 그것참 흥미롭군요. 고용인을 무례하게 대하다니, 폐하의 사상과는 어긋나는 행동 아닌가요?"

"미안한데, 나는 이곳에서 근무하는 직원들의 봉급을 두 배로 올렸다! 심지어 이들의 서비스가 그다지 좋지도 못한데 말이야! 너의 그 비서라는 인간은 노조 대표로 와서 무리하게 협상을 시도하더군. 난 어이없는 상황에서 살고 있는데 이젠 직접 빨래를 하고 바닥을 닦아야 한다."

"어머나, 폐하께서 그토록 심한 고통을 견디고 계시다니 상상이 안 가네요."

"어쨌든, 너처럼 무엄한 자가 예절 운운하는 소리를 들어주지는 않을 거다."

그는 허리띠를 풀고 가운을 벗어던졌다. 그러자 맨몸이 드러나면서 등에서부터 허리까지 내려오는 황금빛 척추 지지대가 보였다.

나는 숨이 막힐 것만 같아서 다시금 손으로 눈을 가렸다. 세상에는 볼 필요가 없는 것도 있기 마련이다. 잠옷은 안 입고 자는 건지, 혹시 잠옷이 없는 건지 물어보지 않으려고 입술을 깨물었다. 내가 이걸로 소란을 피울수록 상황은 심각해질 뿐이다. 그쯤은 안다.

실눈을 뜬 채로 왕관과 가면을 벗어서 철제 수납장에 놓았다. 나머지 아머는 벗지 않았다. 깨어나자마자 여기서 나가고 싶어서였다.

우리 사이에는 유리벽이 있지만, 진정 옆에 누워서 잠든다는 행위란 내가 살아오며 갈고 닦은 자기 보호 본능과 상충되었다. 그가 유리 근처로 몸을 숙이고는 긴 금속 실을 유리 벽으로 통과시키자, 피부가 따끔거리면서 맥을 따라 두근두근 피가 맥동했다. 어서 싸우라고, 아니면 도망치라고. 하지만 나는 실을 잡았다. 바다에서 본 것을 그에게 말하면, 어쩌면 마음을 바꿀지도 몰라.

그러다 고개를 들자, 그는 나를 아주 지그시 바라보고 있었다.

"뭐죠?"

나는 절대로 그의 하반신을 보지 않으려고 필사적으로 그의 목 위쪽을 바라보았다.

"무성한 털을 영구 제모하려면 레이저 시술을 여러 번 받아야 한다는 게 사실이었군?"

그는 내 얼굴을 가만히 훑어보며 덧붙였다.

"너는 여자인데 인중에 눈에 띄게 거뭇한 털이 나고 있다. 어째서지?"

"아, 씨발!"

"무엄하다! 감히 나에게 그런 말을 하느냐!"

"어쩌라고요, 그래서 유리 벽 너머로 건너와서 날 혼낼 수는 있고요? 그러시든가요. 한 국경 지방에서 묻혀온 신선한 세균이 폐하를 위해 잔뜩 있거든요?"

나는 유리 벽을 혀로 쭉 훑었다.

이 벽 역시 무균 공간이었다. 그러니 깨끗해야 했다.

그렇지 않다 해도, 진정이 얼굴을 찌푸리며 부들부들 떠는 모습을 보니 뭐든 이렇게 핥아댄 보람이 있었다. 귀까지 시뻘게진 것 같네. 하지만 그가 불을 확 꺼버리는 바람에 금방 어두워져서 확인할 수는 없었다.

"어서 자라. 이 나쁜 년아!"

"폐하의 대가리가 거시기만큼이나 실하다면 얼마나 좋을까요! 그러면 나도 순순히 말씀을 들었을 텐데!"

잠깐 침묵이 흘렀다. 그러다 마침내 진정이 입을 열었다.

"그건 칭찬으로 듣겠다. 하지만 여기서 내 그곳 크기가 왜 나오지?"

나는 머릿속으로 할 말을 애써 찾아보았지만 제대로 생각나는 게 없었다.

침묵이 계속 이어지다가, 진정이 아주 나직하게 물었다.

"이런 게 요즘 욕인가?"

"그래요."

이 대화 대체 뭐지.

⁌〰〰⁍

진정 때문에 분노하다가 언제 정확히 꿈으로 넘어간 건지는 알 수가 없었다. 다만 어느새 꿈속 거리를 걷고 있게 되어 깜짝 놀랐다. 대체 언제 여기까지 왔을까. 나는 붐비는 거리로 향하고 있었다.

"마침내 왔군."

진정은 내 옆에서 자신의 손을 가만히 살펴보았다. 우리를 연결하는 금빛 꿈의 실이 그의 손목에서 쭉 늘어졌다. 진정의 모습은 그의 시대에서 주로 입었던 검은색과 빨간색 가운 차림이었다. 묵직한 천 위로 허리둘레에 가느다란 띠를 매고, 머리에는 상투 부분에 모자를 쓴 다음 턱을 따라 길게 내려온 끈을 묶어 고정하는 복식이었다.

이러니까 마치 시간 여행을 한 듯했다. 거리에는 직접 만든 거친 옷을 입은 사람들이 오갔다. 벽돌 건물 사이로 뿜어지는 연기는 목조 건물 사이로 흩어졌다. 전기차 대신 말이 끄는 마차가 비포장도로 위를 덜컹대며 흔들흔들 지나갔다. 전자기기가 있다는 유일한 흔적은 가게에 걸린 이상하리만큼 두툼한 화면이었는데, 거기서 흑백 방송이 나왔다.

"여기가 어디죠?" 꿈속 나의 모습도 예스러운 복장이었다. 머리는 뒤로 느슨하게 묶었고, 몸에 칭칭 감은 가운은 넓적하고 검은 테두리가 달린 빨간 담요 같았다.

"한단이다. 내가 태어나서 자란 곳이지."

진정이 말했다.

"그래요? 한 번도 들어본 적 없는 도시예요."

"그건 내가 이곳을 완전히 파괴했기 때문이다."

순간, 지진이 일어난 것처럼 거대한 굉음으로 땅이 흔들리더니, 크리살리스가 거리에 착륙하여 건물을 짓밟았다. 거대한 몸체가 착지하며 일어난 먼지바람에 내 몸이 뒤로 밀려나자 진정이 어깨를 잡아주었다. 사방에 비명이 들려오면서, 도망치려는 사람들의 발소리가 우르르 났다. 뭉게뭉게 피어나는 먼지와 안개 속에서 하얀 금형 크리살리스가 집채만 한 발굽을 딛고 몸을 일으키면서 뿔 달린 머리를 흔들어댔다. 기 금속에서 나는 끼익 소리가 지붕 위로 울려 퍼졌다. 방금 떨어진 곳을 향해 몸을 일으킨 크리살리스의 크기는 표준형 구미호와 맞먹는 높이였다. 7, 8층짜리 건물만 한 크리살리스는 대부분 낮았던 이 시대의 건물들을 압도하며 거대한 그림자를 사람들이 급히 도망치는 거리에 드리웠다. 크리살리스의 머리는 용 모양이었지만, 몸체는 말의 형태였고 살갗은 물고기 비늘로 덮여 있었다. 그렇다면 이것은 전설 속 키메라인 기린의 모습을 본 딴 것이겠구나.

이윽고 두 번째 크리살리스인 삼족오가 하늘에서 내려와 검은 날개를 펼치고서는 기린의 반대편에 착륙했다. 다시금 지축을 뒤흔드는 소리와 함께 건물들의 목조 기둥이 부서지고 손으로 쓴 가게 간판이 바닥에 떨어졌다. 까마귀의 윤기 나는 매끈한 깃털 아래 불꽃 같은 화기가 끓어오르면서 먼지가 자욱한 공기에 너울너울 열기를 뿜었다. 그러자 뜨거운 바람이 내 얼굴에 확 불어오면서 눈을 자극했다.

기린은 삼족오에게 달려들어 날카로운 뿔로 가슴을 찔렀다. 삼족오는 격한 날갯짓으로 기린을 밀어내면서 두 다리보다 앞에 있는 세 번째 다리의 발톱으로 기린을 할퀴었다. 전투가 벌어지며 무시무시한 그림자가 마구 흔들리는 가운데 군중들은 비명을 지르며 도망쳤다. 나 역시 그들과 함께 도망치고 싶었지만 마치 폭포처럼 흐르는 강 속 바위처럼 진정은 나와 함께 그 자리에 꿋꿋이 섰다.

그는 기 금속이 부딪치며 내는 굉음 가운데 소리쳐 말했다.

"내가 살던 시대에는 이런 일이 드물지 않게 일어났다. 일곱 나라는 저마다 전쟁에서 기술적 우위를 차지하려고 각자 신들에게 조공을 바쳤다. 전투는 끊임없이 벌어지고, 동맹은 매해 바뀌었으며 피흘려 얻은 평화는 분열의 뿌리가 남아 있기에 오래 지속되는 법이 없었다. 그래서 전쟁을 완전히 끝내는 방법은 압도적인 승리를 거두는 것뿐이었다."

까마귀의 열기로 건물이 폭발하며 불꽃을 내더니 기린과의 격투로 완전히 붕괴했다. 목조 상점과 집들은 불꽃에 휩싸이고, 거리 사이로 바람이 휘몰아쳤다.

재와 잔해의 폭풍 너머로, 황혼녘 하늘에 거대한 뱀 모양 윤곽을 그리며 황룡이 솟아올랐다.

"아니, 여기서 자랐다면서 고향을 왜 공격하는 거예요?"

내가 소리치자, 진정은 내 어깨를 더욱 세차게 움켜쥐었다.

"나의 어머니는 전쟁 포로가 되어 이곳에서 적군 병사들에게 노예로 팔렸다. 그러다 내가 아홉 살 때 포로 교환으로 진 왕국에 되돌아오셨지."

나는 입을 멍하니 벌렸다. 전설 속 진정의 어머니에 관한 내용은 그저 그녀가 매춘부였다는 것뿐이었다. 그런데 현실이 훨씬 더 끔찍했을 줄이야.

황룡이 도시로 돌진하자, 마음 더욱 깊은 곳으로 드문드문 끊어진 소리와 이미지들이 번뜩였다.

더운 공기로 가득한 공장에서 위험하리만큼 빠르게 돌아가는 직조기들이 보였다. 어린이 노동자들이 떠밀어 위험하게 직조기로 밀려나는 아이가 있었다.

"*진나라로 돌아가, 매춘부의 자식아!*"

낯설고 검은 군복을 입은 군인들이 지켜 선 기차를 타고 오랫동안

했던 여행. 사람들이 붐비는 시설. 어머니를 애타게 부르며 끌려가는 아이. 그런데 그저 멍한 눈빛으로 무릎을 그러모으고 앉아 있는 어머니. 비슷한 눈빛을 한 다른 여성들.

"이 아이는 변이 가능성이 있다. 실험에 넣어라."

퍼뜩 깨어나 보니 침대에 묶여 있는 모습. 가죽 끈을 어떻게든 풀어내려고 애쓰던 모습. 손에 클립보드를 들고 하얀색 가운을 입은 남자들이 의료 기구로 아이를 찌르며 검사하던 모습.

"259번 실험체가 승자가 되었습니다. 결과는 긍정적이지만, 이 실험체는 감정 변동성이 아주 높습니다. 주의해서 진행해야 합니다."

유리 벽 너머로 빨간 면류관을 쓴 조종사 왕과 그의 수석 성현이자 일곱 나라에서 가장 부유한 기업가가 이쪽을 관찰하고 있었다.

"네 어머니 같은 여자의 성을 따르는 것은 적절하지 않다. 너는 이제부터 진나라의 아들이다. 우리의 강력한 국가를 섬기게 될 것이다. 네 이름을 진정이라고 붙이겠다."

머리에 전극이 부착되는 모습. 척추로 기 금속에 연결되는 모습. 몸부림치며 변이되던 모습.

"1분 안에 구체를 소환해 봐라, 진정."

전기 충격으로 경련이 일었다. 타는 듯한 통증이 살아 펄떡였다.

"20초 안에 정육면체를 소환해 봐라, 진정."

정육면체 대신 만들어낸 것은 가시 달린 철퇴였다. 기 금속으로 자아낸 유동적인 끈을 달아 철퇴로 유리창을 부수고, 갈라진 틈으로 돌진했다. 이어서 과학자의 목에 유리 조각을 찔러 넣었다. 찌르고,

또 찌르고, 그렇게 피에 흠뻑 젖을 때까지 계속 공격했다. 이윽고 군인들이 들이닥쳤다.

"실험체는 전례 없는 능력을 발달시켰으며, 기력 수준은 측정 불가할 정도로 높습니다. 마침내 변이가 성공했습니다. 하지만 실험체의 심리적 안정성을 간과했을 수 있습니다. 실험체에게 크리살리스를 맡기기에는 너무 위험할 수도 있습니다. 그러므로 연상의 여성 스승을 붙여서 실험체를 진정시키며 지도하는 편이 좋습니다."

엄한 표정의 여자가 다가왔다. 온몸에 딱 달라붙는 검은 아머 차림이었다. 어깨 위 아머가 깃털 모양으로 펼쳐져 있었다. 그녀를 공격했다. 팔을 물었다. 하지만 몸싸움으로 제압당했다.

"네 힘을 통제할 수 있다는 걸 증명해야 해. 그래야 자유로워질 수 있어. 그러면 어머니를 다시 볼 수 있다고. 알겠어?"

몇 달 동안 실험실에서 지낸 다음 호위를 받으며 병영으로 이동했다.

"쟤가 그 실험실 애야? 그 더러운 여자들이 낳은 애 중 하나라던데. 그러면 아비는 적국 사람이겠네."

"쟤가 사람 보는 눈빛 봤어? 그런 눈을 한 애 치고 정상인 게 없다고."

"쟤가 하 박사에게 한 짓 들었어? 너무 무섭더라."

연무장에서 검은 아머 여자와 검을 맞대었다. 그녀와 격투를 했다. 그녀와 함께 꿈에서 조종 연습을 했다. 그녀에게 글 읽는 법을 배웠다. 그녀의 가르침을 쉽게 익혀가자 놀랍다는 눈길을 받았다. 어두운 방 안에서 그녀가 수수하고 낡은 책을 주었다. 그리고 평소와 달리 나직하고 다급한 어조로 말하는 걸 들었다.

"이 책이 있다는 걸 누구에게도 들켜서는 안 돼. 성현들은 너를 왕위 계승자로 세우는 게 가능한지 논의하고 있어. 너는 네 세대에서 가장 강력한 조종사니까. 아니, 현재 조종사를 통틀어 가장 강력한 조종사야. 하지만 사실 통치자들은 모두 은행가와 기업가에게 매여 있어. 그들은 네가 이익에 위협이 된다면 주저하지 않고 없애려 들거야. 그러니 때를 기다려. 이 책을 읽고 혁명이 왜 필요한지 알아봐. 우리를 나누는 건 국가 간의 국경이 아니라 계급이야. 유산계급과 노동자, 착취자와 피착취자로 나누고 있다고. 하지만 네가 우리 편이라면, 우리는 승리할 수 있어."

더 많은 책을 읽었다. 아주 많은 책을 읽었다. 가명으로 유인물을 만들었다. 변장을 한 채 공장에서 연설했다. 다른 조종사들과 비밀리에 대화했다. 다수의 조종사를 설득하여 명령에 반항하도록 이끌었다. 모두의 예상을 뛰어넘고 황제급 혼돈과 싸워 이겼다. 거기서부터 황룡을 소환했다.

"이제는 돌이킬 수 없는 지점까지 왔어. 그들은 벌써 널 의심하고 있어. 그러니 너의 응당한 권리를 주장하도록 해."

전대 조종사 왕의 시체를 밟고서 검에서 피를 털어냈다. 기업가 성현이 손가락질을 했다. 그러면서 옆에 선 군인과 조종사들에게 공격을 명령하는 모습이 보였다. 그러나 그들은 들고 있던 무기를 성현에게 겨누었다.

"너의 능력으로는 권력을 쉽게 잡을 수 있어. 하지만 통치자는 언제든 바뀔 수 있는 법이야. 네가 권력을 어떻게 행사하느냐에 따라 너의 통치에 진정한 의미가 생길 거야."

"어떻게 그토록 어리석었나?"

물밀 듯 밀려드는 기억을 가르고 진정의 현재 목소리가 들려왔다. 나는 숨을 몰아쉬며 꿈의 영역에서 다시금 방향을 분간했다. 도시는 재와 벽돌 더미로 무너져 내렸다. 진정은 내 손목을 움켜쥐고 있었다. 그의 이글거리는 검은 눈동자에 공기를 부유하는 불꽃이 비쳤다.

방금 내가 본 장면을 그도 깨달았을까. 그 여자, 미선 장군은 나의 어머니와 기묘하리만큼 닮아 있었다. 비록 우리 어머니는 그토록 자신감 넘치는 모습이 아니었지만…….

진정은 내 손목을 흔들었다.

"너 때문에 한 지방 전체가 위험해질 뻔했어!"

나는 그의 손아귀를 뿌리치려 했다. 내 기억을 분명히 봤겠지.

"그럼 내가 바닷속에 있었을 때 일어난 일을 봤겠군요."

"네 행동을 이해할 수가 없었다. 아직도 목숨이 붙어 있는 걸 천만다행으로 여겨야 할 거다…….

"혼돈들은 날 이해했어요! 내 기억을 봤다면 부정할 수 없을 텐데요!"

진정을 그 순간으로 데려가고 싶은 욕망이 솟아올랐다. 물이 우리를 확 덮쳤다. 바닥이 푹 꺼졌지만 진정은 나를 놓지 않았다. 바로 다음 순간, 우리는 바다에 둥둥 떠 있었다. 수백 체의 혼돈이 마치 등불처럼 구미호 둘레를 감싸며 한때의 소중한 평화가 이어졌다. 나는 내가 만들어낸 재현의 순간에 너무 놀라고 말았다. 기억을 소환하기가 이렇게 쉽다니.

오히려 진정의 손아귀에서 벗어나는 게 훨씬 어려웠다.

나는 잡힌 손을 마구 비틀며 말했다. 물속이지만 말이 자유롭게 흘러나왔다.

"혼돈들은 내가 저들을 죽이고 싶지 않다는 걸 느꼈을 거예요! 곤붕이 끼어들지 않았다면 상황은 달라졌을 거라고요!"

진정은 단단한 손아귀를 풀지 않으며 물었다.

"어떻게 달라졌을까? 너와 혼돈이 서로 물러나서 각자의 갈 길을 갔을 거라고? 그런 휴전 상태가 정말로 지속될 거라고 믿나? 전쟁을 포기하다니, 우리보다 앞서간 모든 조종사 선배에게 침을 뱉는 거나 다름없다!"

"하지만 이 전쟁은 완전히 거짓말 위에서 이루어지는 거잖아! 터무니없다고! 당신이 직접 말했잖아. 신들은 저들 이익을 보려고 우리를 대신 싸우게 하는 거라고! 그럼 혼돈에게 우리 상황을 알려주고 신들을 물리칠 때까지 최대한 덜 싸우는 방법도 시도해 볼 만 하잖아? 왜 전쟁을 확대하려고 하지? 왜 여자애들을 자원하도록 하지 않고 징병하는 거야? 신들이 우리가 주는 기 금속을 어떻게 사용하는지는 모르겠지만, 공물만 더 많이 바쳐봤자 신들 힘만 더 키워주는 거라고!"

진정의 손아귀가 살짝 느슨해지나 싶다가도 이내 손목을 조였다.

"공물을 더 많이 바쳐야 공격할 때까지 그들이 방심하게 된다. 전쟁이란 원래 다 터무니없는 거야! 전쟁이 의미 있으려면 승리해야 한다."

혼돈이 사라지면서 다른 조종사들의 자취가 그의 뒤로 으스스하게 흘러갔다. 점점 더 수가 늘어나는 조종사들은 이제 바다를 가득 채웠다.

"진실이 어쨌든 상관없다. 우리 선조들은 자유를 꿈꾸며 목숨을 바쳤어. 그들의 희망과 열망은 실재했다. 그들의 결의는 현실이었단 말이다. 그들의 희생이 단순히 거짓에 속은 바보들의 이야기로 무너져 내리기를 원치 않는다면, 너 역시 선조들의 꿈을 실현하기 위해 네 몫의 역할을 해야 한다!"

수압이 압도적으로 늘어났다. 어디로 고개를 돌려봐도 조종사 유령의 피할 수 없는 시선이 나를 짓눌러댔다. 수천 년의 세월이 함정처럼 나를 옥죄었다. 아니, 정말로 수천 년을 우리가 이 행성에서 살기는 했을까.

다음 순간, 나는 다시 구미호에 돌아와 곤붕과 함께 전투를 이어갔다. 우리가 먼저 죽이지 않으면 혼돈에게 우리가 죽는 전투였다. 그들이 죽어갈 때마다 공포와 고통이 내 몸에 독처럼 부딪쳐왔다. 하지만 이번에는 그 고통이 어찌나 강력하던지 나는 그만 싸울 수가 없게 되었다. 더는 움직일 수 없게 되었다.

진정의 목소리가 들렸다. 어디서 들려오는지 모르겠는, 사방에서 들려오는 소리였다.

"이게 네가 원하는 것인가? 화하의 모든 조종사에게 진실을 알려주어 고문하고 싶은가? 승리를 향해 계속 싸우는 것밖에는 달리 방법이 없는데도?"

구미호가 모래 위로 쓰러졌다. 혼돈들이 몸체에 다닥다닥 달라붙어 파고들었다. 그들이 다리로 긁어대는 느낌과 쏘아대는 기에 타오르는 느낌이 들었다. 천 개의 칼에 찔려 죽는 듯한 느낌이었다.

"이 전쟁은 세상에 태어나버린 우리의 잘못이 아니다. 신과 혼돈이 모두 패하면, 조종사 선조들의 꿈이 현실로 이루어질 것이며, 그 현실만이 유일한 진실이 될 것이다. 우리가 알고 있는 진실은 우리와 함께 죽게 두라, 황후여. 다시 한 번 마음이 흔들렸다간, 너를 반역죄로 처형하겠다."

혼돈이 구미호의 조종석을 뚫고 들어왔다. 벌레를 죽이듯, 그들은 나를 쉽게 짓이겼다.

제22장

하늘을 무너뜨려

이치의 수하들이 성현궁의 폐허에서 정보를 찾아내었을 때, 나에게 이 세계의 진실을 서둘러 알려주지 않았더라면 좋았을 텐데.

아니면 진정에게 내 정신에서 그 기억을 지워달라고 애원하는 편이 나았을까. 하지만 그건 불가능하다고 했을지도 모르지. 진정이 관여할 때마다 꿈과 현실을, 거짓과 진실을 구분하기가 점점 더 힘겨워졌다. 꿈 연결을 깨끗이 끊고 깨어나지도 못해서, 그 해변에서 죽는 악몽에 끌려들어가다 다시 빠져나오기를 반복한 끝에 마침내 연결을 끊고 비틀비틀 알현실에서 나왔다.

진정은 자신의 의사를 명확히 알렸다.

그의 기억에서 본 것들을 떠올렸다. 그가 다른 아이들이 자신을 죽이기 전에 먼저 그들을 죽이지 않았더라면, 살아남을 수 없었겠지.

우리는 신들이 우리를 의심하기 전에 먼저 그들을 제거하는 데 중점을 두어야 할 것이다. 그걸 해결하지도 못했으면서 이런 감정에 얽매여 있는 내가 어리석은 것일지도.

궁의 숙소로 돌아온 후 나는 책상에서 메모를 발견했다. 오늘 저녁 '정보 업데이트'를 하러 밤에 터널에서 만나자는 이치의 전언이었다.
다시금 이치를 보게 되자 그만 눈물이 왈칵 솟을 뻔했다. 그를 끌어안고 싶은 마음이 너무나 간절했지만, 내가 너무 가까이 다가갈 때마다 이치는 조금씩 물러섰다. 게다가 온통 어지러운 머릿속을 그에게 단 한 마디도 털어놓을 수가 없었다. 다만 이치가 가져온 여분의 망토로 몸을 감싸고 옆에 앉는 것으로 만족할 수밖에. 망토에 밴 이치의 향기를 가만히 들이마시는 동안, 그는 내가 전선으로 떠난 후에 있었던 일을 알려주었다. 일단, 세민의 신장을 이식받은 사람을 찾아냈다고 했다. 놀랍게도 당사자는 어느 중년 여성이었다. 난 남자가 신장을 받았을 거라고 생각했지만, 이치의 말에 따르면 남자나 여자나 신장의 차이는 없다고 했다. 우리는 모두 같은 구조로 소변을 보니까.
그는 새로운 혁명방어부의 요원 자격으로 그 아주머니를 추적했다. 혁명방어부는 소위 '각위부'라고도 하는 곳으로, 부패한 관료와 기업가, 군 지휘관 같이 혁명에 위협이 될 만한 인물의 정보를 수집하기 위해 설립된 부서였다. 하지만 이치는 혁명방어부의 수장이 아니었다. 진정은 열여덟 살밖에 안 된 소년을 수장 자리에 앉힐 사람이 아니었다. 하지만 이치는 황제 비서관이었기 때문에, 혁명방어부에 미치는 영향력이 컸다. 그는 일석이조의 효과를 노리려고 한밤중에 병사를 시켜 가문의 형제회에 남은 지도자들을 체포하라 명령한 다음, 그들이 반응할 시간도 주지 않고서 유죄 판결을 내리고 처형했다. 그중에는 지하 활동을 관장하는 형제회의 후계자인 이치의 맏형도 있었다. 그리하여 이제 형제회의 통제권을 두고 이치에게 도전할 자는 아무도 없었다. 그는 놀란 부하들에게 처형된 지도자들은 일반 단원들을 착취해 이득을 보았기 때문에 진정한 형제회원이 아니며, 앞으로는 모든 것이 달라지리라고 선언했다. 그는 형제회를 혁명방어부 산하의 네트워크로 재편하여 고액 연봉의 첩자와 심문관으로 이용하는 작업을 진행 중이었다. 그들이 지하에서 활동한 경험을 마약 거래나 소규모 상인을 갈취하는 게 아니라 훨씬 더 유용한 곳에 사용하려는 목적이었다.

이치의 행보는 대단히 놀라웠지만, 한편으로는 또 그가 괜찮을지 두렵기도 했다. 하지만 이제 이치는 물러설 수가 없었다. 그의 운명은 혁명의 성공 여부와 너무나도 밀접하게 연관되어 있었으니까.

나는 이치가 밤새 옆에 있어 주기를 바랐지만, 눈도 제대로 뜨고 있지 못할 정도로 피곤한 모습을 보며 가서 자라고 말했다. 권력의 중심에 서게 되면 수면 부족은 당연한 운명인가 보다.

다음 날 아침, 이치는 완아로 변장하고서는 궁의 주차장에 나타나 평소 완아가 하던 대로 내 옆에 앉았다. 바로 오늘······. 세민의 신장을 이식받은 여성을 보러 가는 길이다. 세상에, 그 생각만 해도 기분이 정말 이상했다. 하지만 세민의 기척을 감지하는 능력을 높이면, 또 진정을 화나게 만들어 불안해진 나의 위치를 안전하게 되돌리는 데도 좋겠지. 나를 죽이려는 진정의 마음을 누르려면 난 천궁을 공격하기 위해서 대체 불가능한 존재가 되어야 한다.

이치가 우리 차에 오르는 걸 본 독고가라는 깜짝 놀랐다. 하지만 그녀는 고맙게도 이치의 존재를 크게 문제 삼지 않았다. 나는 완아를 궁의 숙소에 남겨두고서 진정이 준 책을 건네며 그의 필체를 해독하라고 시켰다. 그녀는 자신이 받은 게 무엇인지 깨닫고는 기뻐 날뛸 뻔했다. 하지만 소녀들까지 징병하기로 한 진정의 결정에 내가 더 말이 없는 걸 보고서는 좀 어리둥절한 기색이었다.

솔직히, 거기다 무슨 말을 하겠는가? 여성들이 남성과 동등한 수준의 권력을 얻으려면, 우리 역시 화하를 같이 책임지고 지켜야 공정하다는 사실을 인정할 수밖에 없다.

우리 차의 문에는 정부의 차량이라는 표식으로 거대한 용 머리가 붙어 있었다. 지난번 서(西)장안 지역을 지났을 때 고급 저택들은 겁에 질려 다들 문을 막아놓았지만, 지금은 문을 활짝 열어놓았다. 안마당에서 바삐 움직이는 사람들은 전혀 화려하지 않은 옷차림으로,

여윈 몸에 남루한 옷을 딱 달라붙게 입고 있었다. 하지만 그들은 탁 트인 하늘 아래 정원을 가꾸고 쌀 자루와 채소 더미를 나르고 커다란 솥으로 요리를 하며 서로 웃고 노래를 불러대었다.

이치는 나와 독고가라에게 저 저택들의 주인은 대부분 지방으로 피신을 갔다고 알려주었다. 지방은 혁명 활동이 장안보다 조직화가 덜 되어 있고 조사관도 피할 수 있기 때문이란다. 그래서 지금은 장안에서 나가는 모든 길목에 검문소가 설치되었다. 이제는 아무도 허가 없이 이곳에서 나갈 수 없었다. 도망치지 못한 이들은 도시 깊숙이 숨었거나, 정식 재판에서 정상참작을 기대하면서 혁명방어부에 자수했다. 분노한 군중의 심판을 받느니 그편이 낫기 때문이었다. 그들이 버리고 간 저택은 진정의 명령에 따라 공동 주택으로 개조되었다.

도시의 중심부로 들어갈수록 머리와 허리에 노란 띠를 두른 사람들을 계속 마주쳤다. 그들은 용두기를 휘두르며 진정의 초상화를 들고서 망치와 렌치, 삽 같은 공구를 무기처럼 휘두르고 있었다. 이들은 다 함께 진 나라의 옛 민요를 부르고 있었다. 이제껏 혁명 선전 방송에서 많이 나온 곡이었다.

"어찌하여 입을 옷이 없다 하시오? 내 나의 겉옷을 그대와 나누겠소. 폐하께서 군대를 소집하셨으니 내 도끼와 창을 준비하리라. 그대와 함께 적을 무찌르겠소……."

이치는 의자를 돌려 앉아 이제 수동으로 차를 운전하여 집회 대열에서 벗어났다. 대열의 맨 앞에는 손에 수갑을 찬 사람들이 떠밀려가고 있었다. 그중에는 화려한 비단옷을 걸친 사람도 있었고, 하얗고 맑은 피부 때문에 지저분하게 변장했어도 들통나버린 사람도 있었다. 그들의 얼굴과 옷 위에는 먹으로 쓴 단죄의 문구가 보였다. '도둑', '착취자', '이윤을 탐하는 자', '기생충', '지주' 같은 단어들에는 그들의 분노가 서려 있었다.

"이건 다 마마께서 시작하신 일이라는 걸 알고 계시죠."

이치는 여성스러운 목소리로 말했다. 그래서 혹시 나중에 들켰을 경우 독고가라는 그가 완아인 줄 알았다고 우겨대도 그 주장에 신빙성이 있을 테니까.

"내가 뭘 어쨌는데?"

나는 생각보다 더 놀랍다는 기색을 드러내었다.

"이제 장안의 군인들은 유명 인사를 체포하면 마마께서 하신 것처럼 피고인을 천뢰 교도소까지 도보로 호송합니다. 그러면 그 뒤로 수많은 사람들이 따라가죠. 사람들은 이걸 '황후의 행진'이라고 부릅니다. 폐하께서도 이걸 사람들이 도망치거나 숨는 대신 자수하도록 장려하는 데 좋은 방법이라고 하셨습니다. 또한 민중의 혁명 에너지를 통제할 수 있는 수준으로 유지하는 데도 좋다고 하셨고요."

"그건……. 참 잘됐네."

나는 차분하고 만족스러운 기색으로 시위를 지켜보았다. 백성에게 영향력을 끼친 증거를 보니 기분이 좋았다.

오늘 세민의 신장을 이식받은 사람을 보러 갈 계획이 아니었다면, 난 이 시위에 합류하여 더 높은 영향력을 확보할 수 있었을 텐데.

이치는 다른 길로 차를 몰았다. 내가 마지못해 시선을 돌리던 순간, 갑자기 노랫소리가 끊어진 부분으로 어떤 여자의 광기 어린 흐느낌이 들려왔다.

"잠깐, 멈춰!"

나는 손을 들며 의자에서 몸을 일으켰다.

이치는 차를 세웠다.

병사 하나가 자그마한 체구의 노파를 억지로 걷게 하고 있었다. 묶어놓은 흰머리가 헝클어진 노인은 전족한 발을 겨우 디디고 있었다. 나는 문손잡이를 움켜쥐었다.

"저건 누구지? 왜 노인에게 저런 짓을 하지?"

이치는 걱정스러운 표정으로 뒤를 돌아보았다가 이내 표정을 굳혔다.

"마마…… 저자는 야행진입니다. 세상을 떠난 재무부 장관의 아내입니다. 혁명방어부는 최근에 야행진이 화하 은행에서 유령회사와 대리인을 통해 4억 위안을 횡령했다는 사실을 밝혀냈습니다."

나는 불에 데일 듯한 충격을 느끼며 뒤로 물러섰다가 그만 눈더미에 빠져버린 기분이 되었다.

"4억 위안이라고?"

독고가라는 태블릿 화면을 빠르게 내리다가 목 멘 소리를 냈다.

"이걸 보시죠."

그녀는 병사들이 드레스룸을 뒤지는 영상을 보여주었다. 정교한 자수를 놓은 자그마한 신발이 룸에 가득 차 있었다.

"한 시간 전에 올라온 영상이에요. 저택에 명품 신발이 3천 켤레 있었다네요."

이치는 고개를 끄덕였다.

"야행진은 고위 관료들 입막음 접대용으로 매춘업소를 운영했습니다. 시골 출신 소녀들을 속여 업소에서 일하게 하고, 벗어날 수 없게 하는 식으로 전체 조직을 운영했지요."

"아."

나는 의자에 몸을 턱 기댔다. 그러다 이제 시위 주변에 모인 여자들이 얼마나 집중한 모습인지 깨달았다. 그들의 눈은 새빨갛게 충혈된 채로 열의가 이글거렸다. 그중 한 여자가 팻말을 들어 올렸다. 거기에는 진정만이 아니라 나의 모습도 그려져 있었다. 윤곽선으로 그려진 그림은 각각 진정이 망치를, 내가 낫을 들고서 손을 맞잡고 승천하는 모습이었다.

난 어째서 야행진만 보고 이 여자들은 못 봤지?

4억 위안이라니. 그건 고구의 자산 절반에 육박하는 금액이었다. 솔직히 아주 감탄이 나왔다. 저만한 능력이 있으니, 그 결과에 대한 책임도 오롯이 본인이 져야겠지.

"가자."

나는 손짓하며 명령했다.

우리의 최종 목적지는 신장 이식 환자가 지내는 일종의 아파트 단지였다. 도시에 있는 아파트 단지는 대부분 이렇게 모여 있었다. 독고가라와 나는 베일 달린 모자를 쓰고 두툼한 망토로 기아머를 가렸다. 아무도 우리를 알아보지 못하는 편이 좋았으니까. 우리가 모자를 써도 가장자리가 부딪히지 않을 만큼 차 내부는 넓었다. 이치는 아파트 단지의 보안 게이트가 가까워지자 속도를 늦추고는 차창을 내려 부스 안에 있는 경비원에게 금속 신분증을 보여주었다.

경비원은 눈을 휘둥그레 떴다. 이치는 손가락을 들어 소리를 내지 말라고 표시했다.

"아무에게도 말하지 마시오. 이 차는 여기 온 적이 없었던 것이오. 알겠소?"

이치는 여성스럽게 목소리를 꾸며대어 말했다. 경비원은 고개를 격하게 끄덕이면서 부스 안에 있는 버튼을 눌렀다. 이윽고 교차형 보안 게이트 바가 옆으로 접히면서 앞길이 트였다. 이치가 여성 직원 옷차림인데도 이런 식으로 위압감을 자아낼 수 있다니, 정말 경이로웠다.

그는 창문을 다시 올리고는 조종 패널에 뜬 환한 네온 빛 지도를 확대하여 단지 내의 세부 경로를 확인했다. 몇 블록을 지나간 이치는 가운데 연못이 있는 공원 근처에 차를 세웠다. 그곳은 휴식과 운동을 위한 공용 공간으로 지어진 듯했으나, 지금은 연못 둘레로 반원형의 계단식 벤치가 설치되어 있었다. 연못 옆쪽 정자에는 '단결의 힘'이라는 현수막이 걸린 아래로 대형 스크린을 두었다. 화면 앞에는 혁명 선봉대와 대화를 나누는 군인이 있었다. 혁명 선봉대는 진정의 장려 아래 민중이 선출한 공동체 지도자였다. 허리에 노란색과 빨간색과 검은색의 삼색 끈으로 이루어진 허리띠를 차고 가슴에는 용 머리 모양 핀을 단 혁명 선봉대원은 대부분 노동조합 지도자나 조직원, 활동가 내지는 몇백 년 동안 억압받다가 드디어 빛을 본 노동주의 단체의 회원들이었다. 내가 방송으로 마을 선거 과정을 시청할 때, 같이 보던 완아는 이런 단체들은 사실 사소한 갈등이나 노동주의 해석 상의 소소한 차이를 두고서 서로를 비난하는 데 열을 올린다고 웃으면서 말했다. 다들 노동 착취가 나쁘다는 점은 동의하면서도, 어떻게 대처할 것인지를 두고서는 합의하는 적이 거의 없다고 했다. 그러면 논쟁이 매우 격렬해질 수 있다.

"노동주의자를 제일 미워하는 사람이 누군지 아세요? 바로 다른 노동주의자랍니다."

완아는 농담을 던졌다.

그들에겐 쓰러뜨리기 힘든 공동의 적이 있는데, 어째서 그렇지 않아도 열세인 세력을 더 작게 쪼개려고 하는 걸까. 그게 어째서 생산적이라고 생각하는 건지 난 이해가 되지 않았다. 하지만 이제는 그들이 이 혁명의 지도자 역할을 하고 싶다면 다들 진정의 강경하고 공격적인 노동주의 해석을 수용하고 그 지시를 따라 협력해야 했다.

혁명 선봉대원과 병사는 우리 차량을 잠깐 쳐다보았지만, 이내 태블릿을 함께 조작하며 대화를 계속 이어갔다. 보안 게이트를 통과한 차량이니 미심쩍게 생각할 이유가 없었다. 나는 선봉대원이 중년 여성이라는 걸 알아채고는 안심했다. 방송에서는 선거에 남성만 참가하는 것은 아니라고 했지만, 직접 눈으로 확인해 봐야 했다.

이치는 의자를 독고가라 쪽으로 돌리고는 가운에서 태블릿을 꺼낸 다음 다른 중년 여성의 인적 사항을 보여주었다.

"당안정과 이곳 주민들은 약 10분 후에 공동체 활동에 참여할 예정입니다."

나는 베일 달린 모자를 벗어서 무릎에 얹어 마치 그게 방패인 양 움켜쥐었다. 그동안 이치는 계속해서 그녀의 인적 사항을 읊었다. 올해로 59세인 당안정은 장안 출신이고 전족하지 않았으며 남편과 함께 옷감 사업을 했다. 진정과 혁명보안부가 색출하려는 거대 기업들에 비하면 아주 보잘것없는 사업장이었다. 그러다 퇴행성 신장질환에 걸리자, 가족들은 돈을 모아 그녀에게 신장 이식을 해주었다. 그녀가 이식받은 신장이 사실은 저 유명한 이세민의 것이라는 사실을 알았을 가능성은 작았다. 교도소에서는 수감자에게서 장기를 빼냈다는 사실을 알려주지 않으니까. 다만 대기자에게 이식 적합성만을 알려줄 뿐.

이제 점점 주민들이 건물에서 나와 벤치로 모여들었다. 당안정이 나타나기를 기다리면서, 이치는 고개를 숙인 채로 엄지를 돌리고 있었다.

"그 사람을 만나면 어떻게 하시겠어요?"

오늘 처음으로, 이치는 평소의 남자 목소리를 내었다. 물론 간신히 들릴 정도로 나직한 소리였다.

"모르겠어."

난 이렇게만 대답했다. 당안정을 차로 끌어다가 말해 볼까. 당신이 기증받은 신장이 사실 누구 것인지 아느냐고 말하면 어떨까. 그녀는 아마도 세민을 괴물이라고 생각하고 있겠지. 내가 사랑했던 그 애를. 사실을 알면 그녀는 아마도 겁에 질려 내게 용서를 빌겠지.

이식된 장기를 다시 꺼내어 원 주인에게 재이식한 사례도 있을까? 그때도 여전히 신장은 같은 기능을 할까? 하지만 세민의 상태라면 신장 하나만이 아니라 더 많은 장기가 필요할 거야…….

액체로 가득한 수조에서 의식을 억지로 되찾아야 했던 세민이 떠오르자 몸이 부르르 떨렸다. 나는 얼굴을 손으로 꽉 잡고서는 애써 그 모습을 지웠다.

순간 누군가 내 어깨를 두드렸다. 손가락 사이를 보니 독고가라가 최선을 다해 나를 위로하려는 표정을 짓고 있었다. 하지만 그녀의 얼굴에 그런 표정은 별로 어울리지 않았다. 독고가라는 그렇게 두어 번 나를 토닥였다.

우리 중 누군가 입을 열기도 전에, 이치가 의자에서 몸을 곧추세우며 말했다.

"당안정이 옵니다."

차 뒤편에서 먹먹하게 짖는 소리가 들렸다. 몸을 뒤로 틀자, 차 뒤편 창문으로 짧은 꼬리를 흔들며 길 위를 달리는 자그마한 하얀 개가 보였다. 개의 목줄을 잡은 사람이 바로 당안정이었다. 그녀는 서류 속 사진보다 나이 든 얼굴이었지만 훨씬 더 표정이 밝았다. 웃는 표정 대로 주름 잡힌 얼굴을 한 그녀는 전족하지 않은 발로 사뿐사뿐 개를 따라 뛰어갔다.

그녀가 기뻐하는 모습에 나는 그만 온몸이 굳어버렸다. 그녀는 세민 덕분에 저 기쁨을 누리게 되었구나. 세민은 원치 않게도 자신의 생명력을 저 여자와 나누었구나. 세민은 그녀 안에 살아 있구나.

나는 눈을 감고서 기척을 활성화시켰다. 독고가라의 거대한 기척이 마치 주먹을 쾅 치듯 충격을 주었지만, 나는 그 감각을 밀어내고 이치의 흔적과 당안정의 흔적을, 심지어 그녀의 자그마한 강아지의 미세한 떨림까지 느꼈다. 당안정의 기척에 집중하자, 그녀의 영혼에는 정말로 두 개의 층이 있었다. 마치 그녀의 영혼 한가운데에 고통스럽도록 익숙한 온기가 활활 타오르고 있는 것만 같았다. 나는 떨리는 손을 맞잡아 이마를 꾹 눌렀다.

너구나. 네가 정말 보고 싶어.

세민의 기척이 차 옆을 지나가자, 나는 세민이 강아지를 쫓아가는 모습을 상상해 보았다. 내 마음속 눈으로 그는 뒤돌아 나와 이치를 바라보면서, 드물게 보였던 너무나 눈부신 미소를 지었다.

눈물이 뺨을 타고 흘러내려 망토에 떨어졌다. 상처받고 고통스러워하는 눈망울을 뜨자, 이치와 독고가라는 걱정스러운 얼굴로 나를 보고 있었다.

"세민이를 느꼈어. 세민의 기가 저 여자 안에 아직 살아 있어."

나는 흐느낌을 참으며 말했다. 신들이 세민을 빼앗아 간 후 그의 이름을 소리 내어 말한 건 처음인 것 같았다.

"그럼 당안정을 직접 만나야 할까요?"

이치가 나직하게 물었다. 하지만 난 단호하게 고개를 저었다.

"아니. 우리를 만나면 당안정은 무척 두려워하겠지. 언제나 자신의 옆에 주차하는 차들의 정체를 의심하게 될 거다. 나는 언제든 이렇게 와서 세민이의 기를 평화롭게 느끼고 싶어. 지금 한 것처럼."

독고가라는 내 손에 자신의 손을 얹었다. 지금 내가 둘러댄 말이 슬픔에 잠긴 사람에게는 그럴듯하게 들렸겠구나. 그렇다면 앞으로도 내가 계속 당안정을 보러 올 때마다, 신들이 내가 실은 나쁜 의도가 있다는 걸 알아채지 못하기를 바란다.

내가 기척의 감지 범위를 점점 넓혀서, 하늘에 있는 그들의 위치를 정확히 파악하여 끌어내리려 한다는 사실을 전혀 모르기를 바란다.

우리의 세상에서 가장 큰 권력자를 무너뜨리지 않는다면, 혁명이란 게 대체 무슨 의미가 있겠는가?

제23장

정의의 깃발

"……그러므로 우리는 혁명을 두려워할 이유가 전혀 없습니다!"

자신을 아파트 단지의 주민 위원회 회원이라고 소개한 혁명 선봉 대원은 정자에 서서 화면 속 그래프에 레이저 포인터를 쏘아대며 말했다.

"'중산층'이라는 개념은 본질적으로 민중을 분열시키기 위해 만든 것입니다. 결국 우리는 화하 전체 부의 6퍼센트, 아니 죄송합니다, 60퍼센트를 소유한 최상위 1퍼센트의 사람들보다는 길가의 거지와 공통점이 더 많습니다. 그러므로 혁명을 지켜내는 것이 우리에겐 이익입니다!"

우리는 이 아파트의 공동체 활동 내내 그 자리에 있었다. 당안정은 이곳에서 무릎에 강아지를 앉히고 연설을 듣고 있었기 때문이다. 혁명 선봉대원은 발표 자료 내용을 아주 잘 알지는 않는 것처럼 몇 번이고 말을 더듬었다. 이치는 그 자료가 진정이 작성한 것이라 말해주었다. 황제는 수많은 발표 자료를 만들어서 선봉대에게 지역 사회에 배포하도록 지시했다.

진정은 민중에게 무기 사용법을 훈련하는 것도 진지하게 추진했다. 선봉대의 발표 후, 병사가 나와서 총의 구조와 사용 방법을 알려주었다. 주민들은 긴장한 기색으로 탄창 없는 총을 서로 돌려가며 만졌고, 잘못 잡은 경우에는 적발되면 꾸지람을 들었다. 진정은 구체제에 있었던 총기 소유 제한법을 철회하지는 않았지만, 국민들은 사격 수업을 필수로 이수해야 했다. 이런 기본 수업 외에도, 모든 사람은 정해진 시간에 군사 훈련 기지로 가서 실제 총기로 사격을 연습하게 되었다. 좀 부조리한 것도 같았으나, 진정이 갑자기 다시 사라질 수도 있다고 생각하면 항의할 생각도 사라졌다.

장안으로 돌아가는 길에 나는 생각에 잠겼다. 세민이었다면 이 혁명에 어떤 반응을 보였을까. 그였다면 자신의 재능과 다짐을 끊임없이 짓밟았던 구체제가 사라졌어도 슬퍼하지 않았을 테지. 그가 혁명 선봉대원이 되어서 홍보를 다니는 모습은 상상이 되었어도, 불같은 진정을 보며 얼음 같은 세민이 어떤 생각을 했을지는 모르겠다. 물론 그들은 각자 읽은 책의 내용을 두고 몇 시간이고 이야기할 수 있겠지. 하지만 그 대화의 결론으로 그들이 동맹이 될지 적이 될지는 전혀 알 수 없었다.

차창에 머리를 기댄 채 이치와 세민과 함께 시위를 이끄는 나의 모습을 멍하니 상상하고 있었을 때였다. 갑자기 이치와 독고가라의 태블릿이 동시에 울렸다. 독고가라는 눈살을 찌푸리며 먼저 태블릿을 확인했다.

그러다 갑자기 얼굴이 시체처럼 창백해졌다.

"반혁명 세력이 또 나타났어."

그녀는 태블릿을 내 쪽으로 돌려주었다. 화면 속에는 남자 셋이 있었다. 하나는 연단 위에, 다른 하나는 그의 왼편에, 그리고 제갈량은 그의 오른편에 있었다. 반란군이 쓰는 백련기가 그들 뒤로 보였다.

이치는 끼익 소리를 내며 차를 도로 옆에 급히 세웠다.

"화하 시민 여러분."

연단 위에 선 남자가 입을 열었다. 그의 목소리가 이치와 독고가라의 태블릿 스피커에서 흘러나왔다. 아마도 화하 전 지역의 다른 기기에도 전달되고 있겠지? 나는 차창 버튼으로 급히 손을 뻗었다. 창문을 살짝 열자마자 그 남자의 목소리가 사방에서 바람결에 실려왔다. 그는 가슴에 손을 얹었다.

"저는 성현 공주희라고 합니다. 고인이 되신 공자 의장님의 조카입니다."

이런 쌍! 옛 성현이 살아 있었다고?

나는 베일 달린 모자를 머리에 급히 쓰고서 차 문을 열고 붐비는 거리로 비틀비틀 나갔다. 공주희의 얼굴이 사방에서 보였다. 사람들이 든 휴대 장치는 물론이고 상점의 화면, 건물 외벽에 설치된 디스플레이에 이르기까지, 그가 동시에 말하고 있었다.

"우연히도 당시 저는 숙부님과 동료들이 세상을 떠난 비극의 자리, 즉 성현궁에서 멀리 떨어져 있었습니다. 그래서 무사히 탈출할 수 있었습니다. 위험한 여정을 운 좋게 끝내서 마침내 제갈량 수석 전략가와 무사히 재회했습니다."

그는 제갈량을 가리키며 말했다.

"저는 제갈량과 마찬가지로 장안으로 돌아가 황제 폐하를 보필하고 싶었지만, 사마의와 무측천이라는 악한 도적들이 폐하의 귀에 거짓을 속삭이는 한, 제가 나타나자마자 목숨이 위험해질 것은 뻔합니다. 그러나 저는 화하가 광기에 빠지는 모습을 더는 두고볼 수가 없습니다! 무고한 시민들이 재산을 빼앗기고, 모범적인 사람들이 거짓 혐의를 쓰고 모욕을 받고 죽임을 당하며, 열심히 일한 자들이 땀 흘려 이룬 결실을 강도질 당하는 작금의 현상을 방관할 수 없습니다! 이 괴물들은 우리 어르신들조차도 가차 없이 대합니다!"

혁명의 폭력적인 장면들이 그의 연설과 함께 쭉 흘러나왔다. 방금 전 시위에서 전족한 발로 대열에 끌려가는 야행진의 모습도 있었다.

나는 분노하여 소리쳤다.

"사억 위안을 횡령했잖아!"

남이 들으라고 한 말은 아니었다. 너무 분노가 치민 나머지 제대로 된 문장이 나오지 않았다.

"매춘업소는! 맥락을 좀!"

"사악한 도적들이 내뱉은 달콤한 거짓말에 속지 마십시오! 그들은 백성의 이익을 위해 행동한다고 말하지만, 마음에는 시기와 탐욕만이 가득합니다! 그들의 속임수는 심지어 황제 폐하까지 독살하려 할 정도로 뿌리내려 있습니다!"

화면이 바뀌었다. 대관식에서 피를 토하며 쓰러지는 진정이 나타났다. 삭제했던 장면이 드러난 것이다.

공포가 얼음물처럼 나에게 확 몰려왔다. 주변을 돌아보았지만, 우리가 덮으려 했던 비밀에서 벗어날 길은 없었다. 그 장면은 내 눈이 닿는 곳마다, 크고 작은 온갖 화면에 모두 다 드러나고 말았다.

공주희는 다시 나타나 팔을 높이 들고 외쳤다.

"진실을 깨달으십시오, 시민 여러분! 이러한 소위 '혁명'이라는 것은 서류상으로는 훌륭해 보일지도 모릅니다. 하지만 실제 삶은 다릅니다. 폐하께서는 속임수에 넘어가 시행하신 것이지만, 순진한 환상은 그저 재앙을 초래할 뿐입니다! 그들이 가장 먼저 노리는 대상은 우리 중에서도 가장 뛰어나고 똑똑한 이들입니다. 그리고 그다음은 바로 여러분입니다! 게으르고 자격 없는 자들이 여러분의 것을 빼앗아 가는 걸 그저 손 놓고만 있다면, 정직하게 사는 사람들은 그 누구도 안전할 수 없습니다. 우리가 의로운 깃발을 들고 폐하의 곁에서 악당들을 몰아내지 않는다면, 우리는 모두 파멸하고 말 것입니다!"

제24장

승리의 길은 없다

"누가 영상을 유출했나?!"

진정은 무균 격리실의 유리창을 마구 쳤다. 천장에 달린 격리실의 조명은 그의 날렵한 얼굴선을 따라 기다란 그림자를 드리웠다. 그의 눈길은 나와 이치, 사마의를 번갈아 날카롭게 노려보았다.

이치는 긴장감으로 어깨를 바들바들 떨면서 고개를 숙였다.

"혁명방어부에서 제작진을 철저하게 조사하겠습니다, 폐하."

"네가 범인일지 어찌 알겠나?"

이치의 움찔하는 공포가 나에게까지 확 퍼졌다. 나는 억지로 차분함을 자아내며 대꾸했다.

"아, 왜 이러세요? 다른 사람은 몰라도 이치가 그럴 리 없잖아요. 반동 세력이 날 죽이겠다고 나오는데, 왜 이치가 나를 처형시키는

데 좋은 증거를 그쪽에 흘리겠어요?"

진정은 유리 벽 뒤에서 어슬렁거리는 포식자처럼 걸음을 이리저리 옮기기만 했다. 고통스러운 침묵이 흐르다가 그가 입을 열었다.

"제작진에게 내부에서 범인을 찾아내라 전해라. 만약 아무도 찾아내지 못한다면 모두의 목을 베어 머리를 창에 꽂아 전시하라. 그리고 법무부에 내릴 칙령을 작성하라."

그는 이치에게 손가락을 튕기며 말을 이었다.

"이제부터는 다섯 가구씩 한 단위가 되어 서로 반혁명 활동을 하는지 감시하라. 단위 내에서 일어나는 범죄를 신고하지 않는다면 모두가 다 처벌을 받게 될 것이며, 반대로 충분한 증거를 제출한 이들은 후한 보상을 받게 될 것이다."

"알겠습니다, 폐하."

이치는 태블릿에 번개처럼 빠른 속도로 그의 말을 기록했다.

나는 입이 바짝 말랐다. 화하는 언제나 중범죄를 엄격하게 처벌하는 정책을 시행해 왔다. 만약 내가 전투 중이 아닌데도 양광을 살해했더라면 우리 가족 역시 함께 연좌제로 처형되었을 것이다. 하지만 이건 새로운 수준의 강경책이 아닌가. 이렇게까지 해야 하는 건가? 반동 세력의 영향력이 생각보다 넓고 빠르게 확장되고 있기는 하다. 이제는 구체제의 성현까지 같은 편으로 끌어들였으니까. 그렇다면 어떻게 그들을 뿌리 뽑는단 말인가?

그때, 사마의가 공손하게 손을 모으며 물었다.

"폐하께서는 이 영상을 본 민중의 우려에 어떻게 대응하시길 바라십니까? 조작이라며 무시할까요?"

"그렇게 나오면 사람들이 믿을까?"

이치는 태블릿에서 고개를 들고 말했다.

"대관식의 그 순간을 재현하는 영상을 촬영할 수 있습니다. 다만, 황후의 대관식을 제대로 진행해야 합니다. 황후께서 완전히 소독된 채로 폐하의 방을 빠르게 드나든다면 감염의 위험은 낮을 것입니다. 그리고 그 화면으로 사람들을 대부분 설득할 수 있을 겁니다."

"대부분은 그렇겠지만, 모두는 아니겠지."

진정이 생각에 잠긴 채로 중얼거렸다. 그러자 사마의는 눈꼬리를 치켜뜨고 나를 노려보았다.

"그래서 마마께서는 고집을 그만 부리시고 폐하의 아이를 낳으셔야 합니다. 전장에서 허세를 부려봤자 어머니가 되시는 것만큼 대중의 여론을 진정시킬 수는 없단 말입니다."

나는 숨이 턱 막혔다.

"당신 자리나 먼저 걱정하지 그러시오? 성현이 살아 남았으니 당신은 성현 의장직을 유지할 자격부터 없지 않소?!"

사마의는 소맷자락을 휙 떨치며 말했다.

"그래서요? 제가 권력을 얻자고 이 자리에 있는 줄 아십니까? 저는 화하가 다 잘되기만을 바랄 뿐입니다! 공 성현께서 반혁명 수뇌부들을 넘겨준다면, 내 그분에게 기꺼이 자리를 양보할 겁니다. 사실, 나는 지금 이 말을 공개 방송으로 전달할 예정입니다! 저는 마마와 달리, 희생하는 데 아무런 거리낌이 없습니다."

"왜 그렇게 내 임신에 집착하지?"

나는 고함치다시피 물었다. 하지만 나의 임신을 정말로 바라고 노력하는 자들은 신들이라는 걸 잘 알고 있었다.

"집착이라니요? 저는 아주 논리적으로 말하고 있는 겁니다! 마마야말로 자연스러운 신체의 활동을 거부하시고, 목숨과 지위를 지키는 가장 쉬운 방법이 있는데 거부하는 것이야말로 집착이 아닙니까?! 배에 애를 배고 앉아서 손 하나 까딱 안 하고 남한테 일이나 시키며 살고 싶어도 못 하는 사람이 우리 중에 있는 마당에!"

"애 엄마가 가만히 앉아서 아무것도 안 하는 곳이 세상천지에 어디 있는데?! 그 힘든 고통을 겪었는데도 실속 없는 칭찬이나 듣고 사는 게 어머니들인데! 어머니들이 완벽한 모성애를 보여주지 않거나 이기적으로 굴기만 해도 사람들이 얼마나 빠르게 외면하는지 알기는 하나? 그리고, 내가 출산했다 쳐도, 혹시라도 딸이 태어난다면 어쩔 건데? 당신들은 징징대면서 애를 물에 빠뜨려 죽인 다음에 나더러 또 아이를 낳으라고 할 거잖아?"

나와 내 동생의 나이 차는 겨우 11개월밖에 되지 않는다. 내가 태어나면서 어머니의 몸이 상했는데도 회복할 겨를도 없는 상황에서 생긴 아이가 내 동생이다. 아버지는 다른 집들이었다면 연속으로 '재수 없게' 딸을 낳았을 경우 둘째 딸을 물통에 빠뜨려 익사시킨다고, 그래서 여자애 영혼을 쫓아내는 거라고 나에게 누누이 이야기했다. 그러니 나는 운이 좋다고, 태어났을 때 자신과 할아버지 할머니가 죽이지는 말자고 결정했기 때문이라고 말했다.

가끔은 궁금하다. 내가 황룡을 타고 가족들을 노려보았을 때, 가족들의 눈앞에는 그때의 일이 주마등처럼 스쳐 갔을까. 그래서 날 죽이지 않은 결정을 후회하지는 않았을까.

"그만! 사마 의장. 나의 황후에게 예의를 갖추시오."

진정은 유리창을 부술 듯 손으로 눌러대며 명령했다. 사마의는 핏대가 선 이마를 조아리며 고개를 숙였다.

"죄송합니다, 폐하."

"하지만 이제는 정말로 고집을 버릴 때가 되었다."

진정의 시선이 슬그머니 나에게로 옮겨왔다.

온몸에 소름이 돋았다. 머릿속으로 기억이 밀려들었다. 처음 만리장성으로 끌려갔을 때 당했던, 이른바 '처녀성 검사'가 떠올랐다. 다리를 벌리고 앉아서 몸을 떨고 있을 때, 아주머니가 차가운 철제 도구로 내 몸을 열고서 안에 손전등을 비추던 장면이었다.

의사들이 나에게 인공수정 시술을 한다면, 그게 또 나의 운명이 되겠지.

"내가 임신했다고 꾸며댄다면요?"

내가 불쑥 내뱉자, 진정이 믿을 수 없다는 듯 말했다.

"꾸며댄다니?"

"폐하께서 말씀하셨죠. 전에 있던 후궁들은 언제나 유산을 했다고요. 맞죠? 그러니 나도 같은 상황이라고 하면 어때요? 일단 제가 임신했다고 발표하세요. 그러면 반동 세력들이 나에 대해 입을 다물겠죠. 그다음에 제갈량과 공주희를 제거하고, 저도 비극적으로 유산을 겪었다고 해요."

솔직히 인정하겠다. 나도 어느 정도는 반동 세력들이 보는 그대로의 인물이 되어주고 싶은 마음도 있었다. 여자다운 행동을 전혀 하지 않고, 황제를 꼭두각시로 삼은 악독한 악녀가 되고 싶었다. 모성애를 꾸며대는 것조차 한발 물러선 것 같은 기분이었다. 순응하지 않고서는 이길 수 없다고 인정하는 것 같지 않은가. 하지만 진짜로 어머니가 되는 것보다는 나은 선택지였다. 반동 세력이 여론전에서 주로 사용하는 무기는 그들이 마음에 들어 하지 않는 모든 사항을 다 내 탓으로 돌리는 것이다. 그러니 내가 자존심을 세워서 가장 효과적인 방어막을 펴지 못하는 건 안 될 말이다.

사마의는 입가를 쓰다듬었다.

"하지만 현대 의학 기술이 좋으니 유산의 가능성은 훨씬 낮을 텐데……."

"설령 정말로 내 몸에 아기를 착상시킨다 해도, 걔는 분명히 태어나기도 전에 죽을 것이오. 진짜로 임신하게 되면 조종 능력이 떨어질 테니 공물로 바칠 혼돈도 많이 못 죽일 테고."

지금 사마의에게 하는 이야기는 신들에게 하는 이야기였다. 나는 진정을 바라보았다.

"폐하께서도 나를 폐하의 아기 어머니로 원치는 않으실 겁니다. 정말로요."

진정은 아주 이상한 걸 입에 넣었다는 표정을 지었지만, 이내 더 이상한 미소를 지었다.

"장 비서관, 이에 대해 어떻게 생각하나?"

"마마께서는 아직 어리시니 실제로 임신을 시도하시는 것보다는 전투에 전념하시는 편이 더 생산적일 것입니다."

이치의 말에서 느껴지는 쓸쓸함은 나 혼자만의 기분이기를 바랐다.

"그러니 외형만으로도 충분할 겁니다. 제아무리 냉혈한이라도 어머니가 전사가 되어 나라를 위해 헌신하는 애국심에는 감동할 수밖에 없습니다. 하지만 발표는 몇 주 더 기다렸다 하시는 게 좋습니다. 반동 세력이 폐하의 혈통에 대한 의문을 제기할 여지를 준다면 오히려 역효과가 날 것입니다."

진정의 미소가 사라졌다. 나는 그만 이치에게 소리를 지를 뻔했다. 그 이야기 좀 제발 그만해!

"좋다. 그러면 황후가 다음 번 전투에 나설 때 공표하겠다."

진정이 말했다.

나는 배에 손을 얹고서 거친 심호흡을 했다.

이미 대중에게 너무나 많은 거짓말을 해 왔다. 그러니 그들의 사랑과 지지를 얻기 위해서라면, 얼마든지 거짓말쯤은 할 수 있다.

제25장

자유의 길

 몇 주 만에 처음으로 나는 숙소의 거대한 원형 침대에서 혼자 잤다. 독고가라도, 완아도, 진정도 없이 나 혼자서만 자는 밤이었다. 나는 가짜 대관식을 촬영한 다음이라, 곧바로 진정 옆에 누워 훈련을 받을 수가 없었다. 그의 무균 격리실에 들어가 무릎을 꿇기 전에 소독제를 온몸에 뿌리고 항생제 주사를 맞았으니까. 하루에 진정 옆에서 견뎌야 하는 시간에는 한계가 있었다.
 잠은 쉽게 오지 않았다. 머릿속에서는 너무나 많은 생각이 서로 싸워댔다. 붉은 시트 위에서 얼마나 뒤척이고 있었을까. 이윽고 부드러운 불빛이 내 곁으로 다가왔다.
 "천천……."
 언니가 달처럼 빛나는 모습으로 투명한 비단 커튼을 친 침대 가장

자리에 앉아 내 얼굴에서 머리카락을 쓸어주었다.

이건 꿈일까.

꿈이라도 상관없어.

"언니……."

언니의 손을 잡자 목소리가 떨려 나왔다.

"나도 데려가."

하지만 언니는 천천히 고개를 저었다.

"아직 넌 올 수 없어, 천천. 고쳐야 할 일이 아주 많잖아. 왜 소녀들이 선택의 여지도 없이 전장에 갈 수밖에 없도록 내버려두는 거야?"

가슴이 찢어지는 기분이었다. 언니를 잡은 손에서 힘이 빠졌다.

"왜냐하면 남자들도 선택의 여지가 없잖아. 우리가 같은 규칙을 따르지 않으면 남자들만큼 존중을 받을 수가 없어."

"언제부터 너한테 규칙이 그리 중요했어?"

"나한테가 아니야! 대중에게 중요하다고! 그들을 설득해야 하니까! 커다란 변화를 들이밀지 않고서는 새로운 눈으로 여자들을 재평가하게 되는 일이 없으니까! 내가 무슨 마법을 일으킬 수 있는 게 아니라고!"

나는 얼굴을 부여잡고는 심호흡을 했다. 그리고 더 차분한 목소리로 말했다.

"여자들이 다시 크리살리스를 주도적으로 조종할 수 있게 된 건 엄연히 큰 진전이야. 남자와 같은 징집 기준을 받는다는 건, 우리도 같은 능력이 있다고 인정받는 거라고. 우리를 징집 대상으로 보지 않는 건, 우리가 약하다는 걸 대놓고 주장하는 방식이었단 말이야. 하지만 우리는 약하지 않아."

"그렇다면 힘만이 전부라고 생각하는 거니, 천천? 크리살리스를 조종할 기력이 되는 사람은 3퍼센트밖에 되지 않아. 그러면 나머지 97퍼센트의 여자들과 소녀들에게 좋은 게 뭐겠니?"

그러자 머릿속이 몇 초간 멍해졌다.

"그들은…… 영감을 얻게 되겠지. 권력을 가진 여자가 많아지는 걸 보면 좋은 일이잖아."

언니의 눈빛이 슬픈 기색을 띠었다.

"네가 원하는 게 정말 이런 거야? 여자애들이 자기 뜻대로 살도록 해주는 게 더 낫지 않아? 그 애들에게서 선택권을 빼앗을 뿐이잖아?"

"그 애들은 처음부터 자기 뜻대로 살지 못했어! 이제라도 다른 집에 시집가서 아이만 낳아대는 삶에 갇힐 일이 없게 된 거라고!"

"천천, 모든 소녀가 너와 같은 결정을 하고 싶어 하지는 않아. 어머니가 되어 가족을 돌보기 바라 마지않는 사람도 있어. 그게 바로 나였어. 넌 내가 소박한 삶을 살고 싶어 했다는 걸 알잖아. 여자들이 그런 걸 바라는 걸 잘못된 걸로 만들고 싶니?"

"언니는 우리 가족을 너무 아꼈기 때문에 죽었잖아!"

"아니야, 천천. 나는 얼마든지 제멋대로 굴어도 괜찮다는 허락을 받은 젊은이 때문에 죽은 거야. 내가 아끼는 사람들을 위해 희생한 건 잘못이 아니야. 내가 이런 사람이라서 죽어도 된다고 생각하는 세상이 아니라, 다른 세상을 만들어주지 않을 거니? 아니면 너는 너랑 똑같은 생각을 지니고 행동하는 여자들만 해방할 거니?"

"어쩌면 그럴지도 몰라! 내 능력이 그것밖에 안 되니까! 난 이미 힘들어! 난 전지전능한 구원자가 아니라고. 날 좀 내버려둬!"

나는 돌아누워 이불 속으로 몸을 말았다.

언니는 내 어깨에 손을 얹고서 머리에 입을 맞추며 말했다.

"남성들이 칭찬하는 특성을 갖추라고 여성들에게 요구하는 건 여성을 해방하는 방법이 아니야, 천천. 그걸 명심해."

나는 차마 뒤돌아볼 수가 없었다. 그래서 아주 오랜 시간이 지난 후에 뒤를 돌아보니, 언니는 이미 사라지고 없었다.

※ 다음 권에서 계속

아이언 위도우
천상의 폭군 1

1판 1쇄 인쇄 2025년 12월 5일
1판 1쇄 발행 2025년 12월 15일

지은이 쟈오 재이 시란
옮긴이 심연희

펴낸이 김영곤
문학팀 김지연 원보람 **교정교열** 이영애
디자인 임민지
영업팀 정지은 한충희 장철용 강경남 황성진 김도연 이민재
제작팀 이영민 권경민

펴낸곳 (주)북이십일 아르테
출판등록 2000년 5월 6일 제406-2003-061호
주소 (10881) 경기도 파주시 회동길 201(문발동)
대표전화 031-955-2100 **팩스** 031-955-2151
홈페이지 www.book21.com

ⓒ 쟈오 재이 시란, 2024

아르테는 (주)북이십일의 문학 브랜드 입니다.

ISBN 979-11-7357-614-0 (04840)
ISBN 978-89-509-6531-0 (04840) (세트)

• 책값은 뒤표지에 있습니다.
• 이 책 내용의 일부 또는 전부를 재사용하려면 반드시 (주)북이십일의 동의를 얻어야 합니다.
• 잘못 만들어진 책은 구입하신 서점에서 교환해드립니다.

옮긴이 **심연희**

연세대학교와 같은 학교 대학원에서 영문학을 공부하고 독일 뮌헨 대학교(LMU)에서 언어학과 미국학을 공부했다. 영어와 독일어 전문 번역가로 활동 중이다. 옮긴 책 중 대표적인 것으로 소설 《아웃랜더》, 《레슨 인 케미스트리》, 《스파크》, 《미드나잇 선》, 그래픽노블 《인어 소녀》, 《티 드래곤 클럽》, 배우 톰 펠턴 에세이 《마법 지팡이 너머의 세계》와 시리즈물 《이사도라 문》, 《마녀요정 미라벨》, 《아이언 위도우 - 죽음을 삼킨 여자 1, 2》 등이 있다.